THOMAS TRCZINKA

Mörderisches Stade
und Altes Land

NORDDEUTSCH-TÖDLICH Wer dachte, das Alte Land und die altehrwürdige Hansestadt Stade haben wenig zu bieten, wird eines Besseren belehrt. Hier wird gemordet, gemeuchelt und sich das Leben genommen. In elf Kriminalfällen beweist Jörg Ritter, dass kein Verbrecher gegen ihn eine Chance hat. Wie zum Beispiel der Mörder von Torsten Hursch, dessen Leiche auf dem Bützflether Weihnachtsmarkt gefunden wird, oder der kaltblütige Killer, der Angela Dähn tötete. Auch in dieser Region gilt: Den perfekten Mord gibt es nicht! Und als Jörg Ritter die bezaubernde Daniela Jäger kennenlernt, ist es um ihn geschehen. Sein Herz fährt Achterbahn und sein Leben wird sich drastisch verändern. Spannend, manchmal sonderbar, aber immer kurzweilig, so geht es in Stade und Umgebung zu. Folgen Sie Kriminalist Jörg Ritter und lernen Sie die schönsten Seiten der Hansestadt Stade und des Alten Landes kennen.

© Detlef Prochaska

Thomas Trczinka, gelernter Koch, bezeichnet sich selbst als Berufsnomade, arbeitete unter anderem als Verkäufer, Sicherungskraft, Versicherungsfachmann, Call-Center-Agent, … Er kombiniert sprachliche Gediegenheit mit genauer Recherche und einem gehörigen Schuss Fantasie, schrieb mit an »Tödlicher Tauchgang« (2005) und wurde daraufhin mit einem Literaturpreis ausgezeichnet. 2013 erschien im Gmeiner-Verlag sein Ostseekrimi »Sonderauftrag«.

Bisherige Veröffentlichungen im Gmeiner-Verlag:
Sonderauftrag (2013, mit Gabriela Heidenreich)

THOMAS TRCZINKA

Mörderisches Stade und Altes Land

11 Krimis und 125 Freizeittipps

GMEINER

Personen und Handlung sind frei erfunden.
Ähnlichkeiten mit lebenden oder toten Personen
sind rein zufällig und nicht beabsichtigt.

Im Ehnried 5, 88605 Meßkirch
Telefon 07575/2095-0
info@gmeiner-verlag.de

3. Auflage 2020
(erschien bereits 2016 im Gmeiner-Verlag unter dem Titel »Wer mordet schon in Stade und im Alten Land?«)

Lektorat: Claudia Senghaas, Kirchardt
Herstellung: Julia Franze
Umschlaggestaltung: U.O.R.G. Lutz Eberle, Stuttgart
unter Verwendung eines Fotos von: © ajlatan/shutterstock.com,
© TELCOM-PHOTOGRAPHY/Fotolia.com
Druck: Custom Printing Warschau
Printed in Poland
ISBN 978-3-8392-2358-1

Mein Dank gilt den Bewohnern von Stade und dem Alten Land, für ihre Gastfreundschaft und ihre zahlreichen Tipps.

Danke auch an Petra, für ihre fachkundige Führung durch die altehrwürdige Hansestadt Stade.

Mein besonderer Dank gilt Sigrun Krumbach, ohne die dieses Buch nie entstanden wäre.

Sie bewegte mich dazu, dieses Projekt zu wagen.

Ich danke dir, Sigrun, für deine Geduld, deine kritischen Worte und für deine zauberhafte Art, mich zu motivieren. Du hast viele Steine aus dem Weg geräumt, sodass ich mich auf das Wesentliche konzentrieren konnte.

Danke!

Thomas Trczinka

1 MORD IN DER DUNKELHEIT

Jörg Ritter fluchte. Feuchtigkeit drang durch seine neuen Schuhe und er bekam klamme Zehen. Warum hatte er nur diese dünnen Treter angezogen. Er hatte andere, wärmere, aber nein, er musste diese sündhaft teuren anziehen. Er liebte Schuhe. Im Allgemeinen galt ja die Meinung, nur Frauen hätten einen Schuhtick. Die Leute, welche so etwas behaupteten, kannten Ritter nicht.

Er blieb stehen, hob erst das linke Bein um es kurz zu schütteln, dann das rechte um die Prozedur zu wiederholen. Schade um das schöne Leder, dachte er, dann stapfte er weiter.

Der Boden war weiß vom Raureif. Die Landschaft um ihn herum hatte etwas Zauberhaftes. Über Nacht hatte der erste Nachtfrost alles verändert. Die Gräser glitzerten in der Morgensonne und alles sah weiß und wie aus feiner Spitze gewebt aus. Die Schwingewiesen[1] waren ein magischer Ort. Schon als Kind war Ritter gerne hier. Man konnte toben, Frösche fangen und Libellen beobachten. Doch heute war er dienstlich hier und seine Kindheit war seit etwa 20 Jahren vorbei.

Als er am Fundort der Leiche eintraf, waren seine Schuhe endgültig ruiniert. Selbst mit viel Pflege würden sie nicht mehr so aussehen, dass sie Ritter akzeptabel fand.

Frau Dr. Seidenbach begrüßte Ritter mit kurzen, knappen Worten. »Morgen! Männliche Person. Laut seinem Personalausweis heißt er Burkard Marder. Alter 46 Jahre. Wohnhaft in Stade.«

Sie hockte vor dem Leichnam und zog ein Thermometer aus ihm heraus. Ritter wandte sich kurz ab. Er mochte

1 Schwingewiesen: Landschaftsschutzgebiet, städtischer Naherholungsbereich

die Gerichtsmedizinerin, aber nicht ihre Arbeit. Sie hatte das Abwenden bemerkt und schüttelte leicht den Kopf. »So empfindlich?«

Er schaute zur Ärztin und seine Mundwinkel hingen nach unten.

»Es ist früh am Morgen, ich habe noch nichts gegessen und Sie haben das Gemüt eines Fleischers. Ich bitte Sie! Können Sie mir den Todeszeitpunkt sagen?«

»Einen Moment bitte noch.« Sie verglich die Umgebungstemperatur mit der gemessenen, dann zog sie eine Tabelle zur Hilfe heran und nickte.

»Gestern Abend zwischen 15 und 18 Uhr. Das ist aber vorläufig.«

Er nickte nachdenklich. Sein Blick ging hinüber zur Straße, an dessen Rand sein Auto parkte. Dann musterte er den Fundort. »Todesursache?«

»Wahrscheinlich wurde der Mann erstochen.« Sie drehte den Kopf des Toten etwas und deutete auf den Brustkorb. Dort war eine kleine Wunde.

»Genaues kann ich Ihnen nach der Obduktion sagen.« Sie stand auf und packte alles ein. Ritter sah den Mann, dessen Mantel und Hemd offen standen, an. Er blickte zur Wunde, dann musterte er die nähere Umgebung.

»Wer hat ihn gefunden?«, fragte er einen der uniformierten Kollegen.

Dieser deutete auf einen älteren Herrn mit Schlapphut. An seiner Seite saß ein großer Hund.

Ritter mochte keine Hunde. Seine Schwester schon. Sie wohnte auf einen alten Bauernhof im alten Land und hatte zwei Schäferhunde. Diese zeigten immer sehr viel Interesse an Ritters Lederschuhen. Er liebte seine Schwester, aber er hasste ihre Hunde.

Langsam ging er zu dem Mann und seinem Hund. Das

Tier schien eine Mischung aus Kalb und Bär zu sein. Ritter war immer wieder erstaunt, zu welchen Leistungen die Natur fähig war. Katzen ohne Fell, Fische ohne Augen und nun eine Kreuzung zweier sehr gegensätzlicher Säugetiere.

Vorsichtig näherte er sich dem Mann. Der Hund nahm keine Notiz von ihm. Er lag im reifüberzogenen Gras und döste mit braunen Hundeaugen vor sich hin.

Ritter grüßte. Der Mann tippte an seinen Schlapphut. Er war etwa 60 Jahre alt, mittelgroß und sein Mantel schlotterte um die Knie. Die Schuhe waren ausgetretene Winterstiefel zum Schnüren.

»Sie haben ihn gefunden?«

Der Mann nickte.

»Sie sind spazieren gegangen?«

Wieder nickte der Mann.

Ritter hatte ein Notizbuch aufgeschlagen. Mit dem Kugelschreiber zeigte er auf den Mund des Mannes.

»Reden können Sie?«

Wieder nur ein Nicken.

Ritter atmete tief ein. Die kalte Luft strömte in jede kleine Bronchie. Als er die Luft geräuschvoll auspresste, bildete sich eine kleine Wolke vor seinem Mund.

»Dann fangen Sie ganz schnell an, zu sprechen. Ich bin schlecht gelaunt, habe Hunger und feuchte Füße! Und was ich noch habe, ist keine Lust auf irgendwelche Spielereien! Ist das angekommen?«

Den letzten Satz flüsterte er ganz langsam, den Mann fest im Blick.

Der nickte wieder und schnell fügte er hinzu. »Ja, ist angekommen.« Vorsichtig setzte er einen Fuß zurück, so als bereite er seine Flucht vor.

»Schön, dann fangen wir von vorne an. Sie haben ihn also gefunden. Wann?«

»Vor einer Dreiviertelstunde.«

»Was machen Sie hier?«

»Ich rede mit ihnen.«

Ritter faste sich an die Nase. Zwei-, dreimal rieb er mit Daumen und Zeigefinger die Nasenspitze, um dann weiterzureden.

»Ja, jetzt. Was taten Sie hier, bevor Sie ihn fanden?«

Er hatte Mühe, ruhig zu bleiben.

»Ich ging spazieren. Das mache ich oft. Mein Blutdruck ist zu hoch und ich muss mich bewegen. Deswegen habe ich mir auch einen Hund angeschafft. Nicht wahr Leo, wir gehen oft spazieren!«

Ritter hatte nun gehört, dass es sich doch um einen Hund handelte und nicht um eine spezielle Kreuzung. Er nickte. Der Hund lag weiter unbeweglich da und mit teilnahmslosen Augen musterte er das Geschehen. Die Spurensicherung war noch mitten in der Arbeit und ihre weißen Anzüge passten in die Raureiflandschaft.

»Haben Sie ihn schon lange?«

»Wen?«

»Den Hund!«

»Ach so, den Leo, nein erst zwei Monate. Ich habe ihn aus dem Tierheim.«

Ritter nickte. »Sie gehen jeden Morgen hier lang?«

Der Mann schüttelte den Kopf. »Nein, das wäre ja langweilig. Jeden Tag eine andere Runde. Heute sind wir eben hier.«

»Aha! Und warum gerade hier?«

Mit großen Augen musterte der Mann Ritter.

»Wegen der Landschaft und der Ruhe.« Entrüstung lag in seiner Stimme.

»Wissen Sie die Uhrzeit, als Sie den Toten fanden?«

»Natürlich.«

»Verraten Sie mir diese oder bleibt das ihr Geheimnis?«

»Es war genau 7.22 Uhr.«

»Da war es doch noch dunkel und Sie stolpern im Dunkeln über diese Wiese?«

»Um 7.16 Uhr war Sonnenaufgang und heute, wenn ich das sagen darf, war es ein sehr schöner! Der klaren Luft sei Dank!«

»Ah ja, was Sie alles wissen. Dann sind Sie im Dunkeln von zu Hause los, um hier den Sonnenaufgang zu genießen?«

»Nicht nur den Sonnenaufgang. Die Natur hat viel zu bieten!«

Ritter dachte an seine letzte Freundin. Er nickte beim letzten Satz des Mannes.

»War sonst noch jemand hier?«

»Nur Leo, der Tote und ich.«

»Sonst niemand?«

»Nein, wie ich schon sagte, nur wir drei.«

Ritter schaute zur Chaussee, die einen verlassenen Eindruck machte.

»Kein Auto oder ein anderes Kraftfahrzeug?«

»Nur ein Traktor fuhr vorbei.«

»Wann?«

»Als ich auf Sie wartete. Etwa 10 Minuten, nachdem ich angerufen hatte.«

»Und wann haben Sie angerufen?«

»Gleich als ich den Mann fand, 7.22 Uhr, aber das sagte ich ja schon.«

»Wo waren Sie gestern zwischen 15 und 18 Uhr?«

Der Mann stutzte. »Ich?«

»Ja, Sie!« Ritter wurde etwas lauter.

»Ich war zu Hause, habe Schach gespielt.«

»Mit wem?«

»Alleine.«

»Da habe ich gleich zwei Fragen. Sie haben gegen sich selber gespielt? Und wer hat gewonnen?«

»Man kann sehr gut alleine Schach spielen. Der Theo, mit dem ich sonst spiele, liegt im Krankenhaus, der bekommt eine neue Hüfte.«

»Na da bin ich ja froh, dass Sie kein Fernschach gegen sich selber spielen. Immer diese Reiserei!«

Ritter schmunzelte, doch der alte Mann schaute verärgert.

»Verkohlen kann ich mich selber. Da kommt man seinen bürgerlichen Pflichten nach und Sie haben nichts Besseres zu tun, als mich zu veralbern.« Eine Zornesfalte bildete sich unter dem Schlapphut. Ritter klopfte dem Mann auf die Schulter.

»Nun bleiben Sie mal ruhig. Sie haben alles richtig gemacht und uns angerufen. Haben Sie ein Telefon?«

»Ja! Wie sollte ich sonst anrufen.« Er holte ein Smartphone neuster Bauart aus seiner Manteltasche.

»Gut! Sie haben den Mann angefasst?«

»Ich bin nur dem Leo nach und da sah ich den Mann liegen. Dachte erst, der wäre betrunken, aber dann sah ich diesen starren Blick und die komische Gesichtsfarbe. Ich zog Leo zurück und rief gleich an. Angefasst habe ich den nicht.«

»Super. Dann geben Sie ihre Personalien dem uniformierten Kollegen und kommen bitte heute Nachmittag um 15 Uhr in mein Büro. Wir setzen dann ein Protokoll auf.«

»Ihr Kollege hat meine Personalien schon aufgenommen. Wäre schön, wenn ich meinen Ausweis wiederbekäme.«

Ritter nickte. Er ging zum Posten und einen Augenblick später war der Mann entlassen. Doch er machte keine Anstalten zu gehen. Viel zu interessant erschien ihm alles, was hier geschah.

Die Spurensicherung hatte ihre Arbeit beendet. Ritter wurde herangewunken. Ein kurzer Gruß und er wurde schnell unterrichtet.

»Der Mann starb hier. Wir können davon ausgehen, hier ist auch der Tatort. Wir fanden Schuhspuren der Größe 44.

Um genau zu sein, Spuren von Sportschuhen. Marke werden wir euch noch mitteilen.«

»Habt ihr das Tatwerkzeug gefunden?«

»Nein.« Der Leiter der Spurensicherung schüttelte den Kopf. »Da kann ich dir nicht weiterhelfen, aber der Mann kam von da.« Er zeigte in die entsprechende Richtung.

»Da ist ein Weg, wird im Sommer gerne von Wanderern genutzt. Der Täter kam auch aus dieser Richtung. Er muss das Opfer beobachtet haben. Hinter der Weide hat er gestanden.«

»Das könnt ihr so sagen?«

»Können wir.« Der Leiter schmunzelte. »Seine Schuhspuren verraten das. Er ging nach vollendeter Tat auch wieder in diese Richtung zurück, und zwar hatte er es sehr eilig. Wir haben einen Hund angefordert, aber nach etwa vierhundert Metern verlor er die Spur. Irgendwas verunsicherte den Hund. Wir haben Bodenproben genommen.«

»Sonst noch was?«

»Der Tote wurde nicht bewegt. Er fiel da, wo er stand.«

»Danke. Bis wann habe ich euren Bericht?«

»Du bist so profan. Bericht ... Den wirst du schon bekommen. Wir beeilen uns. Versprochen!«

Ritter nickte. Dann ging er im Schlenderschritt langsam den Weg entlang. An der alten Weide, wo der Täter gestanden hatte, blieb er stehen. Trostlos sah der Baum aus, mit seiner rissigen Rinde und seinen senkrecht nach oben gewachsenen Trieben. Wenige Meter neben dem Baum floss träge die Schwinge. Einige Blätter schwammen auf der Wasseroberfläche und man sah dadurch deutlich die Strömung. Es roch nach Herbst, nach altem Laub und nach dem Fluss. Ritter musste seine klammen Zehen in den dünnen Schuhen bewegen. Er fror. Langsam ging er weiter. Hier wuchsen Schlehenbüsche, deren blaue Früchte verlockend aussahen. Ritter kannte diese Frucht. Sauer waren sie. Ihr schöner Schein war trügerisch. Manch einer mochte das herbe Aroma, er konnte dem nichts abgewinnen.

Die Kälte nahm zu. Er drehte um. Viel zu sehen gab es hier nicht.

Der Bestatter war soeben vorgefahren.

Ritter stapfte missmutig zurück zu seinem Auto. Seine neuen Schuhe bekamen nun den Rest.

Er fuhr nach Hause. Am Tabakladen legte er einen Zwischenstopp ein. Er kaufte drei Tageszeitungen. Der Verkäufer musterte ihn ungläubig.

»Sie wissen schon, in jeder steht dasselbe. Wenn Sie Abwechslung wollen, dann kaufen Sie jeden Tag eine. Da steht dann auch immer was Neues drin.«

»Ich möchte aber heute diese Drei kaufen und nicht morgen oder übermorgen.«

»Okay! Soll ich sie einzeln als Geschenk verpacken?« Der Verkäufer grinste breit.

Ritter grinste zurück. »Soll ich mal das Finanzamt vorbeischicken?«

Schlagartig war das Grinsen des Verkäufers weggewischt.

Ritter legte das Geld auf den Tresen, dann nahm er seine Zeitungen und ging.

Zu Hause schlüpfte er aus den Schuhen. Vorsichtig knüllte er die Zeitungsblätter und stopfte sie dann in die Schuhe. Vielleicht konnte er sie retten.

Seine Strümpfe waren feucht. Er zog sie sich von den Füßen und steckte sie in die Waschmaschine. Er krempelte die Hosen hoch, setzte sich auf den Wannenrand und ließ sich dann heißes Wasser über die Zehen laufen. Es schmerzte zu Anfang, doch dann setzte ein wohliges Kribbeln ein. Nach einigen Minuten drehte er das Wasser ab und dann frottierte er seine Beine. Strümpfe waren schnell gefunden, doch bei der Auswahl eines neuen Paars Schuhe zögerte er. Er hatte sich auf dem Flur einen extragroßen Schuhschrank einbauen lassen. Maßarbeit eines Tischlers. Sündhaft teuer war er gewesen, mit seinen Drehtüren und kleinen Fächern, in denen immer ein Paar Schuhe passte. Er entschied sich für ein leicht gefüttertes Paar aus braunem Rindvelourleder, dann fuhr er ins Büro.

Dort ging er zur Karte von Stade und markierte den Fundort. Sein Zeigefinger fuhr den Weg entlang, der direkt neben der Schwinge verlief. In etwa einem Kilometer Entfernung befand sich ein Wohngebiet. Hier hatte der Tote gewohnt. Ritter ging zum Computer und rief die Daten der Meldedatei auf. Burkard Marder war verheiratet. Auch das noch dachte Ritter. Er musste jetzt die Ehefrau informieren. Noch einige Klicks am Computer und er wusste, dass bisher keine Vermisstenanzeige aufgegeben worden war. Seltsam, dachte Ritter. Der Mann war immerhin schon über 12 Stunden tot und über Nacht nicht zu Hause gewesen.

Er stieg wieder ins Auto und fuhr zur Adresse des Verstorbenen. Es war ein einzeln stehendes Haus. Errichtet wie ein Kubus, mit großen Fenstern und einer Mauer drum rum. Ritter mochte diese Art von Gebäuden nicht. Zu quadratisch und steril, wie er fand. Er klingelte am Tor. Nach etwa einer Minute wurde das Tor geöffnet. Fast lautlos schwangen die beiden Torhälften auf. Er ging die wenigen Meter bis zum Wohnhaus, wo ihn eine Frau empfing. Er stellte sich vor. Ihm wurde mitgeteilt, dass Frau Marder im Haus sei. Er musterte die junge Frau, die ihm geöffnet hatte. Gut sah sie aus und sie sprach mit leichtem Akzent. Sie stellte sich als Agnieszka Madej vor. Sie war die Haushälterin.

Ritter gab ihr den Mantel und dann betrat er das Hauptzimmer des Hauses. Es war groß, fast riesig. Gefliester, weißer Boden und weiße Wände gaben ihm etwas Antiseptisches. Die weißen Möbel unterstrichen noch diesen Eindruck.

Frau Marder war eine sehr schlanke Frau, schon fast als dünn zu bezeichnen. Ihre kupferroten Haare standen im starken Kontrast zu ihrer blassen Haut, auf der die Schminke einen rauen, unnatürlichen Eindruck hinterließ. Sie war etwa so alt wie ihr verstorbener Ehemann.

Lächelnd begrüßte sie Ritter und bat ihn Platz zu nehmen. Ritter informierte sie über den Tod ihres Mannes. Sie musterte ihn ungläubig.

»Sie machen Scherze, oder …«

Er schüttelte den Kopf.

Sie schluckte und fragte dann. »Wie ist er verstorben? Das Herz?«

Wieder verneinte Ritter.

»Hatte ihr Mann Probleme mit dem Herzen?«

Sie nickte und blickte nach unten, auf den gefliesten Boden.

»Er klagte seit Wochen über Herzschmerzen. Wenn ich mich nicht irre, war er deswegen auch bei unserem Hausarzt.«

Sie nahm ein Papiertaschentuch und tupfte sich die Augenwinkel, so als wenn sie sich die Tränen trocknen wollte. Doch Ritter hatte keine Träne bemerkt.

Trotzdem fragte er. »Geht es noch?«

Seine Stimme hatte einen mitfühlenden Unterton.

Wieder nickte sie, das Taschentuch mit der rechten Hand zerknüllend.

»Bei welchem Arzt ist ihr Mann in Behandlung gewesen?«

»Dr. Bräuning.«

Er machte sich Notizen.

Die Tür öffnete sich und die Haushälterin fragte, ob sie etwas bringen sollte.

Frau Marder fragte. »Kaffee?«

Ritter verneinte. Er mochte keinen Kaffee. Er war leidenschaftlicher Teetrinker.

Als nach Tee gefragt wurde, nickte er. Frau Madej zog sich leise zurück.

»Waren Sie verwundert, als ihr Mann gestern nicht nach Hause kam?«

Frau Marder schüttelte heftig ihren Kopf. »Nein! Er wollte doch ins Büro. Er sagte, ein Kunde wollte am Abend mit ihm sprechen. Dies war nicht ungewöhnlich, und wenn es lange dauerte, blieb er gleich da. Er hatte ein kleines Zimmer dort.«

Ritter nickte. »War er denn vorher zu Hause?«

»Ja, er kam so um 15 Uhr. Und dann ist er um 17 Uhr wieder raus.«

»Hatte ihr Mann Feinde?«

»Nein!« Entrüstung lag in ihrer Stimme.

»Ihr Mann ist Architekt?«

»Ja, aber was hat das mit seinem Ableben zu tun?«

»Wir ermitteln in alle Richtungen.« Ritter hatte sich leicht nach vorne gebeugt.

»Ja, aber warum? Wie starb mein Mann? Wollen Sie mir das nicht endlich sagen? Sie reden und stellen so komische Fragen, man könnte meinen, mein Mann sei ermordet worden!«

Ritter nickte. »Ja es stimmt, meine Fragen mögen Sie verwundern, aber ich habe meine Gründe und ja, wir gehen von einem Tötungsdelikt aus.«

Sie griff wieder zum Taschentuch und tupfte sich die Augen. Einen Augenblick herrschte Stille. Dann trat die Haushälterin ein und brachte den Tee für Ritter und Kaffee für Frau Marder. Als sie gegangen war, fragte Ritter weiter.

»Wissen Sie, mit wem sich ihr Mann treffen wollte?«

Sie schüttelte den Kopf und mit einem kleinen Silberlöffel rührte sie im Kaffee umher.

»Sie sprachen davon, dass ihr Mann um 17 Uhr das Haus verließ. Er wollte von hier direkt ins Büro?«

Sie sah Ritter an. »Ich glaube schon.«

»Können Sie mir sagen, was er dann auf den Schwingewiesen getan hat?«

Sie zog die Augenbrauen hoch. Ihr langes Gesicht wirkte dadurch noch länger.

»Er ging dort oft spazieren. Er sagte immer, die Natur sei ein Schatzkästchen, und er genoss die Ruhe.«

Ritter trank von seinem Tee. Überrascht musste er feststellen, dass dieser sehr gut war.

Er deutete auf seine Tasse. »Ausgezeichnet!«

Frau Marder lächelte. »Ja, mein Mann trank lieber Tee und er kaufte immer im Teegeschäft[2] in der Nähe des Rathauses[3]. Ich mag lieber Kaffee.«

Sie nahm ihre Tasse und trank einen großen Schluck.

Ritter sah sich im Raum um.

»Hat ihr Mann hier ein Arbeitszimmer?«

»Ja, oben.«

»Ich muss es sehen.« Ritter stand auf. Frau Marder nickte, blieb aber sitzen.

»Agnieszka wird es Ihnen zeigen.« Sie griff zu einer kleinen Fernbedienung und eine Minute später stand die Haushälterin in der Zimmertür.

»Zeige dem Herrn Ritter das Arbeitszimmer meines Mannes.« Der Tonfall lies keinen Widerspruch zu.

Frau Madej nickte und sie gingen nach oben. Als sie die Tür zu Marders Arbeitszimmer öffnete, blieb Ritter überrascht in der Tür stehen. Dieser Raum stand im totalen Kontrast zum ganzen Rest des Hauses. Auch hier dominierten große Fenster und viel Licht, aber die Wände waren dunkel getäfelt und der Raum im Stil eines englischen Herrenzimmers eingerichtet. Eine dunkelgrüne Chesterfield Garnitur lud

2 Teegeschäft mit über 200 Sorten Tee

3 Rathaus: 1279 erbaut, beim großen Stadtbrand bis auf das Kellergewölbe zerstört, 1667/68 neu erbaut

zum Sitzen ein. Ein alter Schreibtisch, mit vielen geschnitzten Verzierungen stand unter einem der Fenster. Ein großes Bücheregal nahm die Stirnseite des Zimmers ein. Selbst der alte Regenschirmständer mit alten Schirmen, fügte sich nahtlos in das Gesamtbild ein. Bis auf das Telefon und den Computer gab es nichts Modernes in diesem Zimmer. Ritter ging zum Schreibtisch, darauf stand ein Tischkalender. Für den gestrigen Tag gab es keine Einträge. Für vorgestern waren zwei Vornamen notiert. Tomasz und Christian standen dort. Sonst nichts. Ritter blätterte, doch mehr Einträge waren nicht vorhanden.

Er notierte sich die Namen und wandte sich zur Haushälterin.

»Sagen Ihnen die Namen Tomasz und Christian etwas?«

»Ja.« Die Frau nickte.

»Tomasz heißt mein Bruder und bei Christian handelt es sich um Herrn Marders Sohn.«

»Ich habe hier eine Eintragung von vorgestern gefunden. Was wissen Sie darüber?«

»Ich … also ich …« Sie wirkte verlegen.

Von unten erscholl die Stimme von Frau Marder. »Kann ich helfen?«

»Nein!«, rief Ritter zurück.

Er gab der Haushälterin seine Karte. »Kommen Sie bitte um 15 Uhr in mein Büro.« Er schloss die Zimmertür und sie gingen wieder hinunter, wo Frau Marder an der Treppe stand und hinauf blickte.

Ritter sprach sie an. »Sagen Ihnen die Namen Tomasz und Christian etwas?«

»Tomasz ist der Bruder von der da!« Sie zeigte auf Frau Madej. »Und Christian ist der missratene Sohn von meinem Mann aus erster Ehe.«

»Wieso missraten?«

»Er sollte Architekt werden, wie Burkard, doch er hatte damit nichts im Sinn.«

»Warum hatte ihr Mann die beiden Namen in seinem Terminkalender notiert?«

»Keine Ahnung.« Sie zuckte mit den Achseln und strich sich über die Stirn.

»Mir geht es nicht gut. Wenn sie mich entschuldigen.«

»Gleich, Frau Marder. Eine Frage habe ich noch. Wo waren sie gestern zwischen 15 und 18 Uhr?«

»Ich?« Sie tat entrüstet. »Wollen Sie behaupten, ich habe meinen Mann ermordet?« Ihre Stimme wurde lauter, fast schrill. Ihr dünner Hals stieß nach vorne.

Ritter blieb ruhig. Er strich sich durch das schwarze Haar. »Ich behaupte gar nichts. Antworten Sie mir bitte, Frau Marder, dann sind sie mich auch gleich los.«

»Ich war hier. Fühlte mich nicht wohl, meine Migräne, Sie verstehen?«

Ritter nickte. »Kann ihre Haushälterin oder jemand anderes das bezeugen?«

»Die hatte frei.« Ihre Hand zeigte in Richtung Haushälterin. »Aber Dr. Bräuning war gegen 18 Uhr hier. Er gab mir eine Spritze gegen die Kopfschmerzen.«

»Herzlichen Dank für die Auskünfte.« Ritter verbeugte sich leicht. »Und Sie kommen bitte um 15 Uhr in mein Büro.« Er nickte der Haushälterin zu. Dann ging er.

Im Auto atmete er tief durch. Sein Magen meldete sich. Er war heute ohne Frühstück aus dem Haus und der Tee hatte die Magensäfte angeregt. Er beschloss, erst mal zu frühstücken.

Er fuhr in die Stader Innenstadt und betrat das Café im Goebenhaus.[4] Er liebte es hier zu sitzen, zu frühstücken und die Leute zu beobachten. Selbst zu dieser Jahreszeit bevöl-

---

4 Goebenhaus: Geburtshaus des preußischen Generals August Carl von Goeben.

kerten viele Touristen Stade. Sie erkundeten die kleine Stadt mit ihren vielen Fachwerkhäusern.[5]

Hier am Wasser West[6] war viel Betrieb. Ritter aß in Ruhe. Dann zahlte er. Neben dem Café war das Bürgermeister Hintze Haus[7]. Dort stand eine Touristengruppe und fotografierte die Fassade. Ritter schob sich vorbei. Er hatte einen Mord aufzuklären.

Er fuhr ins Büro, doch dort gab es noch keine Neuigkeiten. So beschloss er, Marders Büro aufzusuchen.

Dort wurde er von einer attraktiven Frau Mitte vierzig empfangen, die sich mit Müller vorstellte. Ihr Lächeln verschwand, als Ritter sich auswies und ihr erklärte, worum es ging. Alles Blut wich aus ihrem Gesicht und ihre Hände zitterten. Mit fahrigen Bewegungen zog sie ein Zellstofftaschentuch aus einer Spenderbox. Die Nachricht vom Tod ihres Chefs traf sie schwer. Es dauerte zwei, drei Minuten, bis sie weitersprach. Von einem Kunden, der sich gestern Abend mit Marder treffen wollte, wisse sie nichts. Sie kontrollierte zur Sicherheit noch den Terminplaner ihres Chefs, doch auch dort fand sich kein Eintrag. Ritter fragte nach den Terminen einen Tag zuvor. An diesem Tag waren zwei Termine eingetragen. Einmal eine Besprechung mit Herrn Kosowski, ein Angestellter des Büros und dann wieder die Namen Tomasz und Christian.

Ritter dankte und ließ sich dann die Räumlichkeiten zeigen. Marder hatte ein eigenes Büro. Sein Schreibtisch war aufgeräumt und von ähnlicher Bauart wie der in seinem Haus. Auch hier lud eine Chesterfieldcouch zum Verweilen ein. Diese war aber dunkelbraun. Ritter zog die Schreibtischschubladen auf, doch er fand nur Papier, Stifte und Bürobedarf.

---

5 Die gesamte Altstadt von Stade ist sehenswert mit Fachwerkhäusern aus dem 17. Jahrhundert.

6 Wasser West: Fußgängerzone in Stade

7 Bürgermeister Hintze Haus: Giebelhaus mit reich verzierter Weserrenaissance Fassade

Er bat, die anderen Räumlichkeiten zu sehen. Bereitwillig wurde er herumgeführt.

Ritter hatte helle Büroräume erwartet, in denen Angestellte an Zeichenwänden standen und arbeiteten. Doch er wurde enttäuscht. Zwar waren die Räume hell und lichtdurchflutet, doch niemand stand an einem Zeichentisch. Er musste sich belehren lassen.

»Heute wird die meiste Arbeit am Computer erledigt.« Ein Mann etwa in Ritters Alter war an sie herangetreten. Die Frau vom Empfang tupfte sich die Tränen von der Wange und ging schnellen Schrittes in Richtung der Toiletten. Der Mann stellte sich als Kosowski vor. Er sei die rechte Hand des Chefs, fügte er hinzu. Ritter informierte auch ihn. Kosowski nahm die Botschaft gefasst auf. Er deutete zu seinem Schreibtisch.

»Lassen Sie uns Platz nehmen.«

Ritter willigte ein. Im Gegensatz zu Marders Schreibtisch handelte es sich bei Kosowskis Exemplar um ein modernes Büromöbel.

Ritter sprach Kosowski darauf an.

»Nun ja«, meinte dieser lächelnd, der Chef hing ein wenig an den alten Sachen.«

»Wie bei ihm zu Hause.« Ritter lächelte zurück.

»Wieso?« Neugierig musterte Kosowski den Kriminalisten.

»Er hat ein ganzes Zimmer auf alt eingerichtet, und zwar sein Arbeitszimmer. Haben Sie das nicht gewusst?«

Kosowski schüttelte den Kopf. »Ich war nie bei Herrn Marder zu Hause und ich selber mag keine alten Sachen. Sehen Sie, selbst der Bilderrahmen ist modern.«

Lachend deutete er auf einen silbernen Rahmen, in dem ein Bild von ihm mit einem Hund steckte. Wenn Ritter sich nicht täuschte, handelte es sich um einen Rhodesien-Ridgeback. Bereitwillig beantwortete Kosowski die Fragen von Ritter. Nein, Marder hatte keine Feinde und es gab keinen

Ärger mit Auftraggebern. Ihr Büro arbeitete gewissenhaft und Herr Marder hatte einen guten Ruf. Ritter dankte und ging wieder nach vorne. Dort saß mit verweintem Gesicht die hübsche Empfangsdame.

Ritter ließ sich noch einmal den Terminplaner von Herrn Marder zeigen. Am morgigen Tag wollte er sich mit seinem Rechtsanwalt treffen.

Ritter ließ sich die Telefonnummer geben und dann verabschiedete er sich. Noch beim Hinausgehen wählte er die Nummer des Rechtsanwalts.

Einige Minuten später wusste er, dass Marder um ein Gespräch gebeten hatte. Er hatte aber nicht gesagt, warum er um diesen Termin gebeten hatte.

Nachdenklich beendete Ritter das Telefonat.

Kurz nach dem Mittag hielt er den vorläufigen Bericht der Gerichtsmedizin in den Händen. Marder war erstochen worden. Ein einzelner Stich direkt ins Herz hatte in getötet. Bei der Tatwaffe handelte es sich um eine schmale Klinge mit Hohlschliff, wie von einem Degen oder Stilett. Marder war sofort tot. Die Tatzeit konnte auf 17 bis 18 Uhr eingegrenzt werden. Der Stichkanal verlief fast gerade. Der Täter musste ebenso groß sein wie das Opfer. Nachdenklich ließ Ritter den Bericht sinken. Er trat an die Landkarte und markierte den Tatort. Dann nahm er ein andersfarbiges Fähnchen und steckte es an die Stelle, wo Marders Haus stand und ein weiteres dorthin, wo das Büro war.

Die Schwinge war blau eingezeichnet und wand sich wie eine Schlange über die Karte, bis sie in die Elbe floss.

Ritter zog sich den Mantel über. Er hatte eine Idee.

Am alten Holzhafen[8] schaute er sich um. Trotz des Sonnenscheins war es kalt. Der Winter klopfte an die Tür. Rit-

8 Alter Holzhafen: schließt direkt an den Stadthafen an, beherbergt heute Hausboote und eine Bootsvermietung

ter ging die wenigen Schritte zum Bootsverleih[9]. Eine junge Frau wollte gerade die Tür abschließen, als er sie ansprach. Sie lächelte, als Ritter sein Anliegen schilderte. Nach wenigen Minuten hatte er alle Informationen und er verabschiedete sich. Er musste die Schwinge hinauffahren, Richtung Quelle. Sie hatte ihm genau beschrieben, wo die Kanugruppe Rast machte. Als Ritter eintraf, saßen diese um ein Lagerfeuer, über dem ein großer Topf an einem Dreibein hing. Er wurde von der Runde kurz gemustert. Als er sich vorstellte, verstummten die Gespräche. Ein junger Mann trat zu ihm und lud ihn ein, sich zu setzen. Ritter fragte, ob auch gestern Kanuten auf der Schwinge unterwegs waren. Doch diese Frage wurde verneint.

»Wir machen heute unsere Jahresendtour. Wird langsam zu kalt, zum Paddeln.«

Der junge Mann deutete in die Runde der sechs Kanuten. »Von uns war keiner unterwegs und ich glaube, auch sonst fährt niemand mehr. Geht erst wieder im Frühjahr los!«

Ritter schaute resigniert drein. Schade, dachte er. Der junge Mann rührte in dem großen Topf und sagte dann. »Das Chili ist heiß!« Alle sprangen auf und ließen sich eine Portion geben.

Auch Ritter wurde eingeladen, eine Portion Chili con Carne mitzuessen.

Er nahm die Einladung gerne an und Minuten später genoss er das scharfe Essen. Es schmeckte ihm fantastisch. Das gute Essen, die frische Luft und das offene Feuer hatten etwas Romantisches. Er fühlte sich sauwohl. Doch dieser Zustand hielt nur wenige Minuten an.

Er bedankte sich, und ging langsam zu seinem Auto zurück.

Pünktlich um 14 Uhr betrat Agnieszka Madej sein Büro. Sie war blass und ihr Blick irrte unsicher durch den Raum. Ritter

---

9 Kanu und Bootsverleih für Fahrten auf der Schwinge, nach Wunsch auch mit Verpflegung

ließ ihr Zeit. Nach einigen Minuten, die mit nichtssagender Plauderei gefüllt worden waren, stellte er seine erste Frage.

»Wo waren Sie gestern zwischen 17 und 19 Uhr?«

»Ich war bei meinem Bruder Tomasz Czeresniak.«

»Hier in Stade?«

»Nein, in Hamburg.«

Ritter nickte. Er lies sich die Adresse geben.

»Mussten Sie gestern nicht arbeiten?«

Sie schüttelte den Kopf. »Nein, ich hatte meinen freien Tag.«

»Wie war ihr Verhältnis zu Herrn Marder?«

»Er war mein Arbeitgeber und er war ein guter Mensch.« Sie schluckte.

»Und mit Frau Marder ist es da genauso?«

»Nein. Sie ist sehr anstrengend. Ich kann ihr nichts recht machen. Deswegen werde ich auch kündigen.«

»Haben Sie denn schon eine neue Anstellung?«

Wieder schüttelte sie den Kopf.

Ritter erfuhr, dass der Ermordete jeden Tag am Fluss spazieren ging. Er schüttelte so alles vom Tag ab und er bekam die frische Luft, die er im Büro nicht erhielt.

Ritter fragte nach der Ehe und dem Sohn.

Frau Madej wollte erst nicht über die Ehe der Marders sprechen, doch sie ließ durchblicken, dass es nicht die glücklichste Verbindung gewesen war. Zu seinem Sohn hatte Herr Marder bis vor Kurzem keinen Kontakt gehabt, doch in den letzten Wochen hatte sich das gewandelt.

Die Befragung dauerte über eine Stunde und an ihrem Ende unterschrieb die Haushälterin das Protokoll.

Als Ritter wieder alleine war, wurde ihm eine Meldung der uniformierten Kollegen hereingereicht. Eine Rentnerin hatte ausgesagt, am Abend des Mordes auf dem Weg an der Schwinge gegen 18 Uhr einen Jogger gesehen zu haben. Ihr war der Mann nur aufgefallen, da er einen Regenschirm bei sich trug.

Zum Alter und Aussehen des Mannes konnte sie nichts sagen. Schließlich war es gerade dunkel geworden und ihre Augen waren nicht mehr die Besten. Sie hatte ihren kleinen Hund spazieren geführt.

Ritter suchte sich die Anschrift von Marders Sohn heraus. Er wohnte, wie Czeresniak, in Hamburg. Ritter beschloss, die beiden noch zu befragen. Vorher fuhr er noch bei Dr. Bräuning vorbei. Das Gespräch mit ihm war kurz. Trotz voller Praxis konnte der Mediziner einige Minuten für ihn aufbringen. Ja, er war gestern gegen 18 Uhr bei Frau Marder gewesen. Das könne er beeiden. Ritter dankte und dann fuhr er nach Hamburg. Auf der B73 ging es nur stockend voran. Es wurde Zeit, dass die Autobahn endlich fertiggestellt wird, dachte Ritter. In Agathenburg[10] staute sich der Verkehr. Hier, wo das gleichnamige Schloss stand, ging nichts mehr. Erst nach einer halben Stunde konnte Ritter weiterfahren. Bis kurz hinter Neu Wulmsdorf, wo nördlich das Naturschutzgebiet Moorgürtel[11] und südlich das Naturschutzgebiet Fischbeker Heide[12] lag, floss der Verkehr. Ab da hieß es wieder langsam, ganz langsam.

Als Ritter in Hamburg eintraf, setzte die Dämmerung ein.

Christian Marder war nicht zu Hause. Er fuhr zu Tomasz Czeresniak, doch auch dort traf er niemanden an. Ein freundlicher Nachbar, den Ritter im Treppenhaus traf, gab ihm den Tipp, im Hinterhof zu schauen. Ritter dankte, und tatsächlich traf er dort den Polen. Dieser werkelte in einem kleinen Schuppen. Er unterbrach seine Arbeit, als Ritter eintrat.

Czeresniak war schlank, etwa so groß wie Ritter und auch

---

10 Schloss Agathenburg: Sitz der gleichnamigen Kulturstiftung, geboten werden den Gästen innovative Kulturprogramme

11 Naturschutzgebiet Moorgürtel: steht seit 2001 unter Naturschutz und beherbergt seltene Pflanzen und Tierarten

12 Naturschutzgebiet Fischbeker Heide: hier befindet sich ein archäologischer Wanderpfad

in seinem Alter. Die Angaben der Gerichtsmedizin, bezüglich der Größe und des Stichkanals passten ebenfalls auf ihn.

Ritter stellte sich vor und Czeresniak zeigte auf die Fassade des Hauses. »Wollen wir nach oben gehen?«

Er sprach mit starkem Akzent. Ritter schüttelte den Kopf und fragte nach Christian Marder.

»Wahrscheinlich noch auf Baustelle. Moment, ich telefoniere.«

Er erreichte Marder. Dieser versprach, sofort vorbeizukommen. Ritter nickte befriedigt. Es wäre schade gewesen, nur Czeresniak befragt zu haben. Die Fahrt von Stade bis hierher hatte viel Zeit gekostet.

Czeresniak bestätigte die Aussage seiner Schwester. Sie war gestern bei ihm gewesen. Hatte sich um die Wäsche gekümmert und für ihn und Marder gekocht. Der war gegen 19.30 Uhr aufgetaucht und gemeinsam habe man zu Abend gegessen. Die Zutaten hatte Agnieszka mitgebracht. In Stade gibt es ein Geschäft für polnische Spezialitäten[13], so Czeresniak. Ritter war schon einige Male an diesem Laden vorbeigegangen, doch eingekauft hatte er dort bisher noch nicht.

Ritter fragte Czeresniak nach dem Termin, den sie bei dem Ermordeten hatten. Der Pole bestätigte diesen. Der Vater von Christian wollte sie finanziell unterstützen. Sie wollten für die Firma neue Maschinen anschaffen.

Ritter und Czeresniak wurden von Christian Marder unterbrochen, der verschwitzt eintraf. Er musterte Ritter kurz, und lehnte sich dann an die kleine Werkbank. Er war eine jüngere Ausgabe seines Vaters. Genauso massig, genauso groß!

»Sie kommen wegen meines Vaters.« Es war mehr eine Feststellung als eine Frage.

Als Ritter nickte, sagte er nur. »Dann beschäftigen Sie sich mal mit seiner Frau.«

---

13 Gola- direkt in der Stader Altstadt

»Ihrer Stiefmutter?«

Marder winkte ab. »Mehr Stief, als Mutter.«

»Aha. Wie das?«

Marder berichtete ihm vom frühen Tod seiner Mutter. Diese verstarb, als er acht Jahre alt war. Ein Krebsleiden raffte sie dahin. Zwei Jahre später heiratete sein Vater erneut. Christian fand keinen Kontakt zu dieser Frau und sie suchte auch nicht seine Nähe. Irgendwann zog er aus. Er wollte sie nicht mehr sehen. Sein Vater verstand nicht, warum sein Sohn so reagierte. Das vorgezeichnete Studium schlug er aus. Stattdessen arbeitete er auf dem Bau, um ein Jahr später als Tischlerlehrling durchzustarten. Vergangenes Jahr habe er seinen Meister gemacht, verkündete er stolz. Zusammen mit Tomasz Czeresniak hatte er seine eigene Firma gegründet und durch einen Auftrag sei er wieder in Kontakt mit seinem Vater gekommen. Dieser hatte das Projekt als Architekt betreut. Der alte Herr war angetan von der Arbeit und dem Werdegang seines Sohnes. Sein Vater wollte vieles wieder gutmachen. Er hatte die Kontakte und das nötige Kleingeld. Positiv war auch, wie der Deutsche und der zehn Jahre ältere Pole sich ergänzten.

Als Ritter nach seinem Alibi für die Zeit des Mordes fragte, zuckte Marder nur mit den Achseln.

»Ich glaube, ich habe keines!« Mehr sagte er dazu nicht.

Zwei Tage später trafen sich alle Beteiligten in Marders Villa. Ritter hatte um den Termin gebeten und sich als Unterstützung zwei uniformierte Kollegen mitgebracht. Diese standen vor der Haustür und musterten jeden Ankommenden. Ritter stand in der Eingangstür und empfing jeden persönlich. Frau Marder war sehr verärgert. Nach ihrer Meinung ziemte sich so etwas nicht in einem Trauerhaus. Doch Ritter war über ihre Einwände galant hinweggegangen. Jetzt saß sie im großen Raum unten, mit einem Kognakglas in der Hand und schmollte. Als Erster kam Herr Kosowski in Begleitung mit Frau Müller. Ritter begrüßte die beiden. Er bat sie, im Arbeitsraum des Verstorbenen schon mal Platz zu nehmen. Wortlos stiefelte Kosowski die Treppe hinauf. Frau Müller ging folgsam hinterher. Dann kamen Tomasz Czeresniak und Christian Marder. Auch sie gingen nach oben. Als Dr. Bräuning wenige Minuten später eintraf, war es mit der Stille vorbei. Lautstark beschwerte er sich bei Ritter. Er sei ein viel beschäftigter Arzt und habe keine Zeit für solche Mätzchen. Ritter lies ihn toben und schickte ihn auch nach oben. Als letzte traf Agnieszka Madej ein. Sie war blass und scheute sich, das Haus zu betreten. Sie hatte gestern gekündigt und Frau Marder hatte einen Tobsuchtsanfall bekommen. Dieser Anfall wiederholte sich jetzt. Kaum war die ehemalige Haushälterin über die Schwelle getreten, schrie Frau Marder los. »Die hat in meinem Haus nichts mehr zu suchen! Diese Person!«

Agnieszka Madej zuckte zusammen und wollte wieder hinaus. Doch Ritter deutete nach oben. »Gehen Sie ruhig hoch. Oben wartet ihr Bruder.«

Sie nickte und langsam stieg sie die Treppe hoch, am Geländer Halt suchend.

Ritter ging in den großen Raum, in dem Frau Marder tobte. Sie schwenkte das leere Kognakglas in der Hand und ihr Gesicht war krebsrot. Ihre Halsadern zeichneten sich blau ab und sie schrie.

Ritter ließ sie einen kurzen Augenblick gewähren, dann hob er seine Stimme.

»Beruhigen Sie sich. Ich habe einen Mord aufzuklären und das ist doch auch in ihrem Interesse!«

Schlagartig verstummte sie. Ihr Mund stand offen und sie hielt mitten in der Bewegung inne. Ritter nahm ihr das Glas aus der Hand und dann ging er mit ihr nach oben. So, wie sie lief, hatte sie dem Kognak schon sehr zugesprochen.

Er rief die beiden Polizisten hinein, die ihm folgten.

Oben saßen alle Verdächtigen. Ritter bat auch Frau Marder Platz zunehmen. Sie setzte sich neben Kosowski, der beruhigend auf Frau Müller einredete, die sich wieder Tränen aus dem Gesicht tupfte.

Ritter dankte lächelnd den Anwesenden für ihr Erscheinen. Dr. Bräuning knurrte etwas Unverständliches zurück.

»Ja, Sie werden sich wohl fragen, was dieses Treffen soll. Nun, ich bitte Sie um etwas Geduld. Vor einigen Tagen wurde ich an einen Tatort gerufen. Ermordet worden war ein Architekt, Ihr Mann«, er deutete auf Frau Marder. »Ihr Kollege«, nun wandte er sich Kosowski und Frau Müller zu. »Ihr Chef«, er blickte zu Agnieszka. »Und nicht zuletzt Ihr Vater und zukünftiger Förderer.« Er musterte Christian Marder, der neben Tomasz Czeresniak saß.

»Und wie das so ist bei solchen Ermittlungen, man hat viele Verdächtige und nach und nach kristallisiert sich ein Bild heraus.« Er lächelte und langsam ging er einige Schritte durch den Raum.

»Herr Dr. Bräuning, Sie waren am Tag des Todes gegen 18 Uhr hier im Haus?«

»Ja, aber das wissen Sie doch.« Er machte einen unruhigen Eindruck. Immer wieder sah er auf die Uhr.

»Gemach, gemach.« Ritter machte eine beruhigende Handbewegung.

»Heute benötige ich Ihren medizinischen Sachverstand. Frau Marder sagte aus, sie hatte an diesem Tag Migräne. Können Sie das bestätigen?«

»Ja, das kann ich, aber um Gottes willen, so machen Sie doch hin. Auf mich warten Patienten!«

Ritter musterte den Arzt. »Sie behaupten also felsenfest, Frau Marder litt an diesem Tag an Migräne!?«

»Was heißt felsenfest? Sie zeigte alle Symptome eines Migräneanfalls. Beschwerden wie Übelkeit, Lichtscheue und dieser spezifische auf eine Kopfregion beschränkte bohrende Schmerz lassen auf eine Migräne schließen.«

»Hatte Frau Marder schon öfters darunter zu leiden?« Dr. Bräuning schaute zu Frau Marder, die nickte.

»Ja, hatte sie.« Antwortete der Arzt.

»Und Sie behandelten sie? Richtig?«

»Richtig!« Der Arzt stöhnte kurz auf. »Ich spritze ihr Sumatriptan. Ein Mittel, das bei einem Migräneanfall gegeben wird.«

Ritter nickte. »Und dieses Sumatriptan gibt es nur als Spritze?«

»Nein!« Die Stimme des Arztes war etwas lauter geworden. »Den Wirkstoff gibt es auch als Tablette, als Nasenspray, als Suppositorium und …«

Ritter unterbrach den Mediziner. »Danke, danke Herr Doktor. Hätten Sie Frau Marder nicht der Einfachheit halber, ein Rezept für Tabletten ausstellen können? Ist doch einfacher, als einen Hausbesuch zu machen.«

»Hatte ich doch.« Knurrte der Arzt.

»Ach!« Ritter tat überrascht. »Warum das?«

Der Arzt rollte mit den Augen und seine Hände schlossen sich zu Fäusten.

»Migräne ist ein Anfallsleiden und dagegen gibt es die Triptane für die Selbsttherapie. Frau Marder bekommt diese seit etwa 10 Jahren von mir verschrieben.«

»Das ist schön.« Ritter lächelte.

»Eine Frage habe ich aber noch, Herr Doktor. Bekommt man so einen Anfall abends?«

Der Arzt sah aus, als wolle er Ritter erwürgen.

»Nein. Die meisten Patienten bekommen diesen aus dem Schlaf heraus, also eher morgens.«

»Herzlichen Dank, Herr Doktor. Sie haben mir sehr geholfen.«

Ritter wandte sich Frau Müller zu.

»Kann es sein, das Sie mehr empfanden für Herrn Marder?«

Sie schaute ihn mit großen Augen an und fing dann an zu weinen.

»Sehen Sie, das habe ich gemeint. Als Sie vom Tod ihres Chefs erfuhren, waren Sie sichtlich mitgenommen. Habe ich recht?«

Unter Tränen nickte sie.

Frau Marder geiferte los. »Mit dieser Schlampe hat mich Burkard betrogen? Und ich dachte, er ist hinter dem Polenflittchen her!«

Ritter drehte sich blitzschnell um. »Sie sind ruhig, oder ich lasse Sie gleich verhaften.«

»Sie mich verhaften? Sie ticken ja nicht mehr richtig. Weswegen wollen Sie mich verhaften?«

»Beihilfe zum Mord. Was halten Sie davon?« Ritter war dicht an sie herangetreten.

»Ich habe ein Alibi!« Sie schlug triumphierend ihre Beine übereinander. Ritter konnte ihre kantigen Knie sehen.

»Stimmt! Für die Tatzeit schon, aber Sie waren aktiv an der Vorbereitung beteiligt.« Ritter hatte sich vor ihr aufgebaut. Sie blickte ihn kurz an und lachte dann schrill auf.

»Sie spinnen ja!«

»Na, so würde ich das nicht sagen. Sie hatten einen Komplizen und der ist auch in diesem Zimmer.«

Langsam drehte sich Ritter und sekundenlang musterte er jeden Anwesenden.

Dann trat er vor Kosowski. »Ich verhafte Sie wegen Mordes an Herrn Burkhard Marder.«

Kosowski schaute ihn mit großen Augen an. »Jetzt drehen Sie wohl ganz durch.«

Frau Müller schrie kurz auf und rutschte dann ein Stück von ihm weg.

Ritter musterte Kosowski mit ernstem Blick.

»Ich werde Ihnen alles beweisen, Sie sagten mir im Büro, Sie seien noch nie hier gewesen. Trotzdem gingen Sie heute zielstrebig die Treppe hinauf, als ich Ihnen mitteilte, wir treffen uns im Arbeitszimmer von Herrn Marder. Sie wussten, wo es sich befand! Ja, Sie waren schon einmal hier.« Er hatte seine Stimme erhoben. Etwas leiser sagte er. »Eigentlich zweimal am Tag des Mordes. Einmal, um von Frau Marder die Information zu bekommen, ihr Mann gehe spazieren, wie fast jeden Abend, und um die Tatwaffe zu holen. Und dann, um sie zurück zu bringen.«

Kosowski lachte auf. »Sie haben eine blühende Fantasie!«

»Nein.« Ritter schüttelte den Kopf. »Schauen Sie.« Er ging zum Schirmständer. Dann streifte er sich einen dünnen Gummihandschuh über. Er zog einen Regenschirm heraus und sagte. »Hiermit töteten Sie ihren Chef.«

»Mit einem Regenschirm, sicher Herr Ritter. Also bei aller Liebe, aber das schaue ich mir nicht länger mit an.« Kosowski erhob sich. Ritter zog am Griff des Schirms und hielt dann einen Degen in der Hand.

»Setzten Sie sich!« Er ließ die Spitze des Degens vor Kosowskis Brust tanzen.

Der fiel mehr auf die Couch, als dass er sich setzte. Blass sah er aus und auf seiner Stirn bildeten sich Schweißtropfen.

»Ihr Pech war, dieser sogenannte Stoßdegen ist in Deutschland verboten, und zwar aus gutem Grund. Man sieht dem Schirm seinen gefährlichen Inhalt nicht an. Marder beantragte eine Ausnahmegenehmigung für das gute Stück und bekam sie auch. Ich fand diese, als ich Erkundigungen über Marder einzog.«

Er schob den Degen zurück in den Schirm. Vorsichtig gab er diesen einem der uniformierten Polizisten, die das Schauspiel von der Tür aus beobachteten.

»Ich wette, am Griff sind ihre Fingerabdrücke. Und ganz schlecht ist für Sie, dass es eine Zeugin gibt. Jemand hat Sie am fraglichen Abend gesehen, wie Sie als Jogger getarnt, von ihrer Tat zurückkamen. Nur, welcher Läufer rennt mit einem Regenschirm durch die Botanik?«

»Festnehmen!« Er deutete auf Kosowski und Frau Marder.

Nach wenigen Minuten war er mit den Verbliebenen alleine. Dr. Bräuning schaute aus, als träumte er.

Christian Marder fasste sich als Erster. »Können Sie uns erklären, was hier gerade passiert ist?«

Ritter nickte, dann setzte er sich. Er schwieg einen Moment und dann berichtete er.

»Ihr Vater wollte sich wohl scheiden lassen, aber das ist zurzeit nur eine Vermutung. Die Firma, das Haus, alles lief auf seinen Namen. Ihrer Stiefmutter wäre nicht viel geblieben und Herr Kosowski war nur ein willfähriges Werkzeug. Wahrscheinlich hat sie ihm die Leitung der Firma versprochen. Viel Zeit hatten die beiden nicht. Ihr Vater hatte schon einen Termin bei seinem Rechtsanwalt gemacht. Er wollte wohl sein Leben radikal verändern.«

»Das stimmt.« Dr. Bräuning hatte diesen Satz gesagt.

»Herr Marder klagte die letzten Wochen über Herzschmerzen, doch ich konnte nichts Auffälliges feststellen. Blutdruck und EKG waren unauffällig. Ich habe ihm gesagt, dass seine Beschwerden psychosomatischer Natur seien und er nickte. Er meinte, es sei Zeit einige schwerwiegende Entscheidungen zu fällen. Er sagte mir aber nicht, welcher Art diese Entscheidungen waren.«

»Und so beschlossen die beiden zu handeln. Am Tag als Frau Madej frei hatte und Herr Marder seinen Spaziergang machte, lauerte Kosowski ihm auf. Kaltblütig erstach er seinen Chef mit dem mitgebrachten Stockdegen, den er nach der Tat wieder zurückstellte. Die Zwei waren sich sehr sicher.

Vor allem, als Dr. Bräuning Frau Marder ein Alibi gab. Ich vermute, ihr Migräneanfall war nur vorgespielt.«

»Sie haben sich gut über Migräne informiert.«

Ritter erhob sich. »Migräne habe ich seit zwanzig Jahren, Herr Doktor und auch ich nehme Sumatriptan. Deswegen war mir Frau Marder gleich verdächtig. Ich musste nur herausfinden, wer ihr Komplize war. Deswegen auch das Treffen heute. Kosowski ging ohne zu Fragen die Treppe hoch und wir fanden auf dem Wanderweg Pelagonsäure, die er dort verspritzt hatte, um den Fährtenhund in die Irre zu leiten. Immerhin hat er ja selber einen Hund und kennt sich somit bestens auch.«

Ritter tippte kurz mit zwei Fingern an die Schläfe, dann ging er.

2 TOT UNTERM TANNENBAUM

»O du fröhliche, o du selige, gnadenbringende Weihnachtszeit«, klang es über den Bützflether Weihnachtsmarkt[14]. Reinhard Köhler sang kräftig mit. Er hatte ordentlich dem Glühwein mit Schuss zugesprochen und er war bester Laune. Es war ein milder Winternachmittag. Die Dunkelheit sorgte für die richtige Stimmung. Die Verkaufsbuden waren festlich geschmückt und es duftete nach Gebratenem und süßen Leckereien. Schade, dass bisher kein Schnee gefallen war. Es geht doch nichts über weiße Weihnacht, dachte Köhler, dann schlenderte er weiter. Er blickte in lachende Kinderaugen und sah Eltern, die ihre Sprösslinge beim Karussellfahren beobachteten, als der nächsten Glühweinstand von ihm besucht wurde. Heute herrschte Hochbetrieb. Einen Augenblick dauerte es bis er einen neuen Becher mit dem Heißgetränk in der Hand hielt. Vorsichtig pustend probierte er. »Oh ja, der ist gut«, murmelte *Köhler* leise vor sich hin.

Heute würde er hier bleiben und morgen wollte er den Weihnachtsmarkt auf dem Stader Pferdemarkt[15], direkt in der Altstadt aufsuchen.

Langsam trank er. Ebenso langsam ging er weiter. Nach diesem Glühwein wollte er Räucherfisch essen. Plötzlich hatte er Appetit auf geräucherten Fisch. Er schaute sich um. Wo war der nächste Stand mit Räucherfisch? Etwas in einer Ecke ließ ihn stutzen. Hier in der Festung Grauerort[16] gab es einige schlecht

14 Bützflether Weihnachtsmarkt- mit großer Hobbykunstaustellung und großer Schlemmermeile

15 Stader Pferdemarkt- dort befindet sich ein Brunnen mit einer Fischerstatue

16 Festung Grauerort- Die Festung Grauerort wurde in den Jahren 1869 bis 1879 von den Preußen an der Elbe errichtet

ausgeleuchtete Winkel und Ecken. Zu groß war die Anlage. Neugierig ging Köhler näher. Unter einer großen Tanne, die in einer Ecke stand, lag ein Mann. Köhler beugte sich hinab und rüttelte an den Schultern des Mannes. Doch der reagierte nicht. »Mann bist du besoffen. Kannst doch hier nicht pennen. Du erfrierst!«

Kopfschüttelnd kam Köhler aus der Hocke hoch. Er trank den Rest des Glühweins, Hilfe suchend schaute er sich um. Ein junges Pärchen schlenderte eng umschlungen vorbei.

»Dein Kumpel holt sich den Tod. Hat er zu viel gesoffen?«

Der junge Mann lachte, dann widmete er sich wieder seinem Mädchen, die ihn weiterzog.

»Ist nicht mein Kumpel«, rief *Köhler dem Pärchen hinterher.*

Er ging zum nächsten Stand. Hier wurden Schwibbögen angeboten.

»Na, welcher soll es sein?« Die Verkäuferin, eine Frau Anfang sechzig, strahlte ihn an.

»Ich will nichts kaufen. Nur, dahinten liegt einer.«

Er zeigte in die Richtung der Tanne.

»Na dann helfen Sie ihm auf!« Sie schüttelte den Kopf.

»Wie?«

»Wie? Typisch Mann. Wenn einer da liegt, hilft man ihm auf. Ist das so schwer?«

Köhler hob flehentlich die Arme. »Ich habe es ja versucht, aber der rührt sich nicht! Können Sie nicht mal …«

»Ich soll? Na, sagen Sie mal, …«

Köhler unterbrach sie. »Ich habe doch kein Telefon! Da muss ein Arzt her!«

Die Frau musterte Köhler, dann zog sie ein Handy aus ihrer dicken Jacke und wählte den Notruf.

Eine knappe Stunde später betrat Ritter die Festung. Er kannte das Gelände gut. Vor zwei Jahren hatte er im Urlaub hier gearbeitet. Er hatte einem Freund geholfen, der Mitglied des Fördervereins war. Sie hatten einen Lokschuppen hergerichtet, damit die Kleinbahn[17] wieder fahren konnte. Doch am meisten hatte ihm die Landungsbrücke[18] imponiert. Groß und trotzig ragte sie in die Elbe hinein.

Ritter ging zügig durch die wartende Menge. Die Kollegen hatten das Gelände weiträumig abgesperrt. Halogenscheinwerfer auf hohen Stativen warfen ihr Licht auf den Fundort. Wo ihr Licht sich traf, lag ein Mann. Ein großer Tannenbaum hatte seine Zweige über ihm ausgebreitet. Die Spurensicherung packte zusammen und die Gerichtsmedizinerin beendete ihre erste Leichenschau.

»Na, Frau Dr. Seidenbach, Sie haben auch kein Zuhause?«

Die Ärztin musterte ihn lächelnd. »Da geht es mir, wie ihnen. Also, männlicher Leichnam, verstorben vor etwa einer Stunde. Woran? Fragen Sie mich morgen nach der Obduktion. Ich kann es nicht sagen.«

Sie zuckte hilflos mit den Achseln.

»So kenne ich Sie gar nicht.« Ritter war überrascht.

»Ich mich auch nicht, aber wir Gerichtsmediziner haben auch nicht immer gleich eine Antwort parat. Schauen Sie selbst.«

Sie beugten sich zum Toten hinunter. Frau Dr. Seidenbach deutete auf eine Stelle am Kopf. »Hier sehen Sie, diese Stelle! Sonst sind keine weiteren Spuren zu sehen.«

Ritter sah eine dunkelrote Stelle und auf diese deutete die Ärztin.

»Kann das vom Sturz herrühren?«

Sie schüttelte den Kopf. »Nur wenn er irgendwo gegengefallen ist. Hier ist aber nichts.«

---

17 Kleinbahn- Besucher können auf der Strecke vom Lokschuppen bis zum Deich an der Elbe mitfahren

18 Landungsbrücke- darf leider nicht betreten werden, diente bis 1960 mit dem Restaurant«Klein Helgoland« als Ausflugsziel für Schiffe der Hadag

Sie nahm einen Ast des Tannenbaumes in die Hand. »Der Baum und die Äste geben nach.«

»Wurde der Mann bewegt?«

»Nein, ich glaube nicht. Warten Sie bitte die Obduktion ab. Gleich morgen früh mach ich mich an die Arbeit.«

Sie richtete sich wieder auf. »Und bevor Sie fragen warum heute nicht mehr. Erstens habe ich Feierabend, zweitens sind Überstunden nicht erwünscht, man muss schließlich sparen und drittens gehe ich heute Abend ins Stadeum.[19] Wir haben Karten für Prokofjews Cinderella, getanzt vom russischen Staatsballett.«

Auch Ritter hatte sich wieder aufgerichtet. Er schmunzelte.

»Ich hätte Sie nicht gefragt. Morgen ist okay, Ihnen und ihrem Mann viel Spaß beim Betrachten von Männern in Strumpfhosen.«

»Kulturbanause!« Sie streckte ihm die Zunge heraus.

Er zwinkerte ihr zu und befragte dann die Spurensicherung. Doch die schüttelten nur die Köpfe.

»Zu viele Leute und nur überlagernde Spuren. Das wird schwer!«

»Und sonst?«

»Sein Portemonnaie war in der Innentasche der Jacke. Der Mann heißt Torsten Hursch, ist 52 Jahre alt und wohnt in Stade. Laut seiner Visitenkarte hat er sich auf Haushaltsauflösungen, Wohnungsräumungen und Umzüge spezialisiert.«

Ritter überlegte kurz. »Der annonciert doch des Öfteren. Mir ist so. Na egal, mach bitte weiter.«

»Er trug 152,36 Euro bei sich, ebenso Führerschein und Personalausweis. Ein Schlüsselbund war in der rechten Jackentasche und eine Packung Papiertaschentücher. In der linken Tasche eine Schachtel Zigaretten und ein Feuerzeug aus Kunststoff, Farbe rot.«

---

19 Stadeum- Kultur und Tageszentrum

»Da hast du es wieder! Raucher sterben früher!«

Ritter schmunzelte. Er wusste, der Leiter der Spurensicherung war begeisterter Pfeifenraucher.

Dieser zeigte ihm einen Vogel. »Immer diese Diskriminierung!«

Ritter wurde wieder ernst. »Wer hat ihn gefunden?«

»Ein Reinhard Köhler! Er steht dort und wartet auf deine Befragung.«

»Dann wollen wir ihn mal nicht warten lassen. Ich danke dir. Wenn ihr was habt, klingelst du durch?«

Der Leiter der Spusi versprach sich zu melden, und Ritter ging zu Reinhard Köhler. Dieser beobachtete das Geschehen. Ein uniformierter Polizist war in seiner Nähe. Ritter stellte sich vor. Köhler war laut seinem Personalausweis 72 Jahre alt. Tiefe Falten durchzogen sein Gesicht, in dessen Mitte eine große, rote Nase prangte. Er schlug die Füße gegeneinander. Scheinbar war ihm kalt. Ritter musterte den Mann. Einfacher Mantel und billige Schuhe dachte er. Als Köhler zum Sprechen ansetzte, schlug Ritter eine gewaltige Glühweinfahne entgegen.

»Mann, Sie haben aber ganz gut gebechert.« Ritter drehte seine Nase aus der Richtung von Köhlers Atem.

»Nur ein paar Glühweinchen. Ist gut gegen die Kälte und schmeckt ja auch lecker.« Ritter nickte verstehend. Viel konnte ihm Köhler nicht berichten. Immerhin erfuhr Ritter den Zeitpunkt des Fundes. Sonst hatte er nichts bemerkt. Nach einer kurzen Befragung war Köhler entlassen.

Ritter wandte sich der Verkäuferin zu, welche den Notruf gewählt hatte. Sie stellte sich als Frau Berger vor. Ja, sie hatte angerufen. Der alte Herr war aufgeregt zu ihrem Stand gekommen und hatte um Hilfe gebeten.

Ritter dankte ihr, doch auf die Frage, ob sie sonst etwas bemerkt hatte, schüttelte sie den Kopf.

»Nein, ich habe mit meinem Stand alle Hände voll zu tun, da bekomme ich wenig mit, was drumherum geschieht.«

Der Kriminalist steckte die Hände in die Manteltaschen und überlegte. War das überhaupt ein Fall für ihn? Wahrscheinlich nicht, aber Vorsicht ist nun mal die Mutter der Porzellankiste. Mit diesem Gedanken tröstete er sich. Minuten später wurde der Leichnam abgeholt und das Gelände wieder freigegeben.

Gegen Mittag des nächsten Tages hielt Ritter den Obduktionsbefund in der Hand. Ab diesem Zeitpunkt war es ein Fall für die Kriminalpolizei. Hursch war keines natürlichen Todes gestorben. Ein Schlag an den Kopf hatte ihn getötet. Präzise und sehr dosiert war dieser ausgeführt worden, mit einem Gegenstand, dessen Schlagfläche drei Zentimeter im Durchmesser hatte und kegelförmig war. Ritter überlegte. Er dachte zuerst an einen Hammer. Genau so einen, wie ihn Amerikaner verwenden. Runder Kopf und die andere Seite als Klaue gefertigt. Doch er verwarf diesen Gedanken wieder. Welcher Hammer hatte einen kegelförmigen Kopf und war das Tatwerkzeug überhaupt ein Hammer? Die Gerichtsmedizinerin hatte sich dazu nicht weiter geäußert.

Ritter rief sie an. Sie hielt sich bedeckt. Er solle ihr das Tatwerkzeug bringen, dann könne sie sagen, ob es das Richtige sei.

Verärgert legte Ritter auf. So schwammig sollte er mal seine Berichte schreiben. Die Staatsanwaltschaft würde ihn zerfetzen.

Er beschloss, zur Wohnung des Verstorbenen zu fahren. Dieser wohnte in einem kleinen Haus in der Nähe des Freibades.[20] Dort hatte er eine alte Scheune als Lagerraum umgebaut. Der ehemalige Stall diente als Garage. Hursch wohnte

20 Freibad Bützfleth- geöffnet von Mai bis September, das Spaß-und Erlebnisbad Solemio in Stade ist ganzjährig geöffnet

in dem kleinen Wohnhaus auf dem Grundstück. Die Klingel funktionierte, doch niemand öffnete. Hursch lebte allein, doch Ritter hatte es schon öfters erlebt, wie Freunde oder Bekannte erstaunt waren, als die Polizei die Wohnung öffnete.

Er sah sich um. Das Haus hatte seine besten Tage hinter sich. Das Dach war bemoost und viel Energie hatte Hursch nicht in die Pflege des Anwesens investiert.

Aus der Scheune drang Gelächter. Ritter ging in diese Richtung. Als er die Tür öffnen wollte, flog diese auf und ein Mann sprang heraus. Ritter konnte gerade noch zur Seite springen.

»Bist du bescheuert, Wille? Das Zeug brennt doch wie die Hölle!« Er drohte mit der Faust.

Aus der Scheune rief jemand. »Nun scheiß dir mal nicht ins Hemd! Ist doch bloß Pfefferspray.«

Ein Mann mit Lockenkopf trat heraus, in der rechten Hand eine kleine Dose Pfefferspray. Er zielte auf den zuvor Geflüchteten.

Ritter rief kurz. »Polizei! Fallen lassen!«

Er zeigte seinen Dienstausweis. Der Lockenkopf öffnete die rechte Hand und die Dose fiel heraus. Langsam drehte er sich um und mit großen Augen musterte er Ritter. Dieser ging auf den Mann zu.

»Treten Sie mal zwei Schritte zurück!« Der Lockenkopf tat, wie ihm geheißen.

Ritter bückte sich, um die Dose aufzuheben. Der Sicherungsstift war nicht gezogen.

»Spaßvogel.« Knurrte er zum Lockenkopf herüber.

»War ja auch nur Spaß. Hätte doch niemals abgezogen. So schnell habe ich dich noch nie laufen sehen, Arni.« Er lachte wieder los.

Der Geflüchtete trat näher. »Du und deine blöden Spielereien. Mal fängst du dir eine.«

Ritter steckte das Pfefferspray ein.

»Sie arbeiten hier?«

»Ja.« Der Lockenkopf hatte geantwortet.

»Was wollen Sie denn?«, fügte sein Kollege hinzu.

Ritter schilderte sein Anliegen. Schlagartig war es mit der Lustigkeit der zwei vorbei.

Der Kriminalist ließ sich die Personalien der beiden geben. Bei Wille handelte es sich um Wilfried Habermann und Arni war Arnold Zweiger. Beide arbeiteten seit fast 10 Jahren für Hursch.

»Sie drei haben also Umzüge, Haushaltsauflösungen und Ähnliches gemeistert?«

»Bis vor zwei Wochen waren wir einer mehr. Doch Torsten musste Kusanke entlassen.«

»Weswegen?«

Habermann tippte mit Zeige- und Mittelfinger an die rechte Halsseite.

»Zu viel Durst. Er hatte einen Hang zu schöngeistigen Getränken und dabei nahm sein Geist Schaden.«

»Hat er schlecht gearbeitet?«

Zweiger winkte ab. »Mal kam er zu spät, mal musste Torsten ihn nach Hause schicken. Es wurde immer schlimmer mit ihm. Bis er vor zwei Wochen geklaut hat.«

»Hier?«

»Nein, beim Kunden! Torsten hat ihn erwischt, wie er 50 Euro verschwinden lassen wollte. Zum Glück hat der Kunde davon nichts mitbekommen.«

»Erzählen Sie mal.« Ritter war ganz aufmerksam.

»Mach ich, aber wollen wir nicht reingehen?« Zweiger zeigte auf die Scheune, aus der er vor einigen Minuten geflohen war.

Ritter nickte und sie gingen hinein. Überrascht blieb Ritter im Eingang stehen. Die Scheune wurde als Lager genutzt. Möbel standen sauber aufgereiht, neben Bananenkartons und Haushaltsgeräten.

»Ganz schön voll hier.« Ritter deutete auf den Scheuneninhalt.

»Kommt im neuen Jahr alles raus. Zum Jahresende haut sich kein Händler mehr das Lager voll.«

Sie setzten sich auf eine Couch.

Zweiger erzählte. »Wir hatten den Auftrag für eine Haushaltsauflösung. Eine alte Dame, die zu ihrem Sohn ziehen sollte. Ein paar Möbel sollten mit, der Rest ging an uns. Wir packten alles ein und dabei fanden wir Geld. Nicht gerade wenig. Dass ein Schein unter der Bettwäsche im Schrank steckt, das ist ja schon fast normal. Hier waren aber überall Scheine versteckt worden. Die alte Dame hatte das vergessen.« Er tippte sich an die Stirn.

»Selbst unter dem Teppich lag Geld. Kusanke hatte den Auftrag, die Wohnstube zu verpacken. In so einem alten Regulator fand er, in der Schublade, einen 50 Euroschein. Er wollte ihn gerade einstecken, als Torsten dazu kam. Er musste sofort gehen.«

»Geht ja mal gar nicht, den Kunden zu beklauen. Auch wenn Oma sich nicht mehr an das Geld erinnern konnte. Wir sind ehrlich!«

Habermann tippte sich beim letzten Satz an die Brust.

»Und Kusanke?«

»Der machte ein Affentheater. Drohte Torsten, aber wir haben ihn mal schnell an die Luft gesetzt. Der Sohn der alten Dame war gerade im Keller, als das passierte. Nicht auszudenken, wenn der mitbekommen hätte, warum Kusanke gehen musste.«

»Hat er denn was mitbekommen?«

Habermann nickte. »Klar doch! Kusanke war nicht zu überhören. Wir haben dem Sohn erzählt, Kusanke sei angetrunken.«

»Und der hat sich damit zufriedengegeben?«

»Hat er! Eine Viertelstunde später hat Torsten ihm dann von dem Geld im Regulator berichtet. Wir hatten ein paar Scheine in der Küche gefunden. Die kamen dann noch dazu. Der Sohn war überrascht.«

Habermann grinste.

»Warum schmunzeln Sie denn so?« Ritter musterte den neben ihm Sitzenden.

»Na ja, insgesamt fanden wir in der Wohnung fast 10.000 Euro. Schöner Geldsegen!«

Ritter pfiff leise.

»Da können Sie ruhig laut pfeifen. Das Beste kommt ja noch. Der Sohn hat uns dann einen Tausender gegeben. Finderlohn meinte er.«

»Ein feiner Mensch!« Zweiger machte mit dem Daumen eine anerkennende Geste.

»Hatte Kusanke noch einmal Kontakt mit Herrn Hursch?«

»Hatte er. Am nächsten Tag war er hier. Kam morgens, als sei nichts geschehen. Torsten hatte aber schon die Kündigung fertig und Kusanke musste seinen Schrank ausräumen.«

»Das machte er?«

»Na ja, Torsten musste etwas deutlicher werden.« Habermann schlug mit der Faust in die Handfläche der anderen Hand, dass er klatschte.

»Ich benötige die Anschrift von Kusanke.« Ritter klappte sein Notizbuch auf.

Zweiger gab ihm die gewünschte Adresse.

»Hatte ihr Chef Feinde? Hat ihn jemand bedroht?«

Die beiden Männer schüttelten den Kopf. »Bis auf Kusanke …«

Ritter schaute auf. »Wo waren Sie denn gestern so gegen 17 Uhr?«

»Herr Kommissar, Sie verdächtigen doch nicht uns? Wir

haben den Laden mit aufgebaut und Torsten war mehr Kumpel als Chef und Sie fragen uns, wo wir waren, also ne!«

Auf Habermanns Stirn bildete sich eine Zornesfalte. Ritter versuchte, ihn zu beruhigen.

»Alles nur Routine. Bleiben Sie schön ruhig und sagen Sie mir, wo Sie waren.«

Beide antworteten, wie aus einem Mund. »Hier!«

Ritter fragte nach. »Sie beide waren hier?«

»Klar doch. Um 17.30 Uhr ist doch erst Feierabend und wir haben noch den Schrottcontainer vollgemacht. Der wurde heute früh abgeholt.«

»Gibt es dafür Zeugen?«

»Der Fahrer des Containerfahrzeugs.« Zweiger war aufgestanden. Er humpelte und setzte den rechten Fuß nicht richtig auf.

»Verdammt, mir ist mein Bein eingeschlafen.« Er schüttelte den Fuß hin und her.

»Der Fahrer war gestern auch hier?«

»Nein, nur heute. Gleich um acht rollte er auf den Hof.« Habermann hatte geantwortet.

»Okay, meine Herren. Gibt es hier so etwas wie ein Büro?«

»Gibt es. Ist im Haus.« Habermann zeigte auf das kleine Haus, in dem Hursch gewohnt hatte.

»Dann werde ich mal rübergehen.« Ritter war aufgestanden.

»Brauchen Sie einen Schlüssel?«

»Haben Sie einen?« Ritter blickte zu Habermann.

»Klar doch! Wir haben jeder einen Schlüssel für Torstens Hütte.« Er zog ein Bund aus der Hosentasche und ließ es an einem Schlüssel hin und her pendeln.

Ritter streckte die Hand aus. Wortlos machte Habermann den Schlüssel vom Bund ab und legte ihn in Ritters ausgestreckte Hand. Dasselbe tat Zweiger.

Ritter nickte. »Danke meine Herren. Ich werde sicher noch auf Sie zurückkommen.«

Er wollte gerade zum Haus gehen, als Habermann fragte. »Sagen Sie mal, wie geht's jetzt mit uns weiter?«

Ritter überlegte kurz. Dann zuckte er mit den Achseln. »Das kann ich Ihnen auch nicht sagen. Da müssen Sie die Erben fragen.«

»Welche Erben?« Habermann schaute fragend drein.

»Na, Herr Hursch wird doch Angehörige gehabt haben?«

Die zwei schüttelten die Köpfe.

»Der Torsten hatte niemanden! Vor 20 Jahre wurde er geschieden. Die Ehe war kinderlos geblieben. Was dann wohl auch zur Scheidung führte. Torsten hat nicht gerne darüber geredet und seine Eltern leben auch nicht mehr. Seine Mutter hat er vor zwei Jahren beerdigt. Sein Vater ist wohl schon zehn Jahre tot.«

»Und sonst? Geschwister, Tanten, Onkel, Cousinen?«

»Nichts und niemand, Herr Kommissar.«

Ritter klapperte mit den Schlüsseln. Er dachte kurz nach. »Dann weiß ich auch nicht, aber auch das wird sich klären.«

Er nickte den beiden zu, um dann zum Haus zu gehen.

Als er aufschloss und eintrat, blieb er überrascht stehen. Der Flur und ein Zimmer waren zusammengelegt worden und man stand direkt in einem Büro. Hell und freundlich eingerichtet, so empfing es die Besucher.

Von dort ging eine Tür zum Rest des Hauses. Ritter verschaffte sich erst mal einen Überblick. Küche, Bad und die drei anderen Zimmer machten einen ordentlichen und aufgeräumten Eindruck. Ritter ging zurück in das Büro. Er setzte sich an den Schreibtisch und musterte diesen. Auf der Schreibplatte lag ein Klappkalender. Ritter zog ihn sich heran und blätterte durch. Für diese Woche waren nur drei Termine eingetragen. Darunter auch der Schrottcontainer von heute früh. Aber für den gestrigen Nachmittag war nichts notiert worden.

Ein Name war rot eingekreist worden, *Liebermann.* Ritter notierte sich diesen Namen. Er nahm sich das Telefonregister. Es handelte sich um eine dieser Trommeln, in der kleine Karteikarten, alphabetisch geordnet, im Kreis angeordnet waren. Die Nummer, die aufgeschlagen war, gehörte einem Rechtsanwalt Dr. Schüler. Ritter kannte diesen Mann. Er hatte seine Kanzlei in der Stader Altstadt. Auch diesen Namen notierte sich Ritter. Er fand aber keinen Liebermann. In den Schubladen waren nur Bürobedarfsartikel und Krimskrams. In einem Regal standen säuberlich aufgereiht Aktenordner. Ritter zog einen heraus, schlug ihn auf und blätterte die Formulare durch. Es waren Rechnungen und Belege. Ritter verstaute den Ordner wieder. Den Computer sollten sich die Kollegen der Technik ansehen, beschloss Ritter. Er musterte noch einmal das Büro, dann ging er hinaus, schloss ab und versiegelte die Eingangstür.

Er ging noch einmal zur Scheune, wo sich Habermann und Zweiger unterhielten. Die beiden verstummten, als Ritter näherkam.

»Eine Frage habe ich noch. Sagt ihnen der Name Liebermann etwas?«

Beide überlegten kurz. »Ne, einen Liebermann kenne ich nicht«, sagte Zweiger.

Auch Habermann schüttelte den Kopf. »Nie gehört.«

»Danke. Das Haus ist übrigens versiegelt. Ich schicke nachher meine Kollegen vorbei, und wenn Ihnen noch etwas einfällt, hier ist meine Karte.«

Er gab jedem eine Visitenkarte und dann ging er, zwei sehr nachdenkliche und heftig diskutierende Angestellte zurücklassend.

Er fuhr direkt ins Büro. Kaum war er an seinem Schreibtisch, klingelte das Telefon. Der Chef der Spurensicherung war am anderen Ende und verkündete Neuigkeiten.

Ritter glaubte, sich verhört zu haben, doch das hatte er

nicht. Auf der Kleidung des Verstorbenen waren weiße, künstliche Haare gefunden worden und rote Fasern, wie von einem Weihnachtsmannmantel.

»Also, wenn du mich fragst, da hat jemand im Weihnachtsmannkostüm gemordet!«

Der Leiter der Spurensicherung lachte kurz auf. »Vielleicht auch der Weihnachtsmann selber? Fahr doch mal zum Nordpol und erkundige dich bei ihm. Er soll doch da wohnen.«

»Blödmann!«, knurrte Ritter zurück.

»Nun sei doch nicht so. Ich lese schon die Schlagzeilen: *Weihnachtsmann verhaftet-Weihnachten fällt aus* oder Oberkommissar *Ritter überführt Weihnachtsmann als Mörder*.

Schallendes Gelächter kam aus dem Telefonhörer.

Ritter sagte ganz ruhig: »Bisher habe ich nur in Mordfällen ermittelt, aber wenn du so weiter quatschst, dann begehe ich gleich meinen ersten.«

»Ach, nun komm schon. Wann hatten wir schon so einen Fall!«

»Ich habe laufend solche Fälle. Wenn mal einer ein Buch darüber schreibt, dann werden sich die Leute fragen, was für Einwohner Stade und Umgebung hat!«

»Nette Leute! Auch diesen Fall wirst du wieder aufklären. Jörg, unsere Unterstützung hast du jedenfalls. Und wenn ich die Weihnachtsfrau treffe, dann lass ich mir das Alibi ihres Mannes bestätigen. Versprochen!«

Das letzte Wort hatte Ritter nicht mehr gehört, da war der Hörer schon auf das Telefon geflogen.

Ritter stand auf und ging einige Schritte hin und her. Dann griff er erneut zum Telefon und wählte die Nummer der Spusi. Er informierte die Kollegen über Hurschs versiegeltes Haus. Der Chef der Spusi versprach, sich sofort darum zu kümmern. Leise summte er ein Weihnachtslied. Ritter schüttelte nur noch den Kopf, dann legte er auf.

Er beschloss, Kusanke zu befragen. Vorher wählte er die Nummer vom Rechtsanwalt Dr. Schüler, doch er hatte Pech. Der Rechtsanwalt war nicht im Hause, und ob er heute noch käme, sei ungewiss. Und nein, über Mandanten gebe man generell keine Auskunft.

Es war nicht Ritters Glückstag.

Kusanke wohnte in einem Mehrfamilienhaus. Ritter klingelte, doch niemand öffnete ihm. Er wollte gerade gehen, als eine ältere Frau das Haus verließ. Er fragte sie nach Kusanke.

»Wenn Sie zu dem wollen, dann müssen Sie lange klingeln. Ist wahrscheinlich wieder betrunken, dieser unmögliche Mensch.« Ärgerlich schlug sie mit ihrem Gehstock auf den Boden.

»Passiert das oft, dass er betrunken ist?«

»Fragen Sie mal lieber, wann der nüchtern ist. Was wollen Sie denn von ihm?« Neugierig wurde er gemustert. Scheinbar fand er ihre Gnade, denn sie sagte.

»Na, jedenfalls sehen Sie nicht so aus, als würden sie zu seinen Bekannten gehören. Kommen Sie vom Amt?«

Ritter nickte.

»Dann streichen Sie dem mal die Stütze. Versäuft der ja doch nur.«

Als Ritter wieder nickte, murmelte sie. »Warten Sie, ich lass Sie ins Haus. Bullern Sie mal richtig gegen die Tür. Dann macht der schon auf. Übrigens, zweiter Stock!«

Er dankte und ging dann in den zweiten Stock. Er musste mehrmals klingeln und mit der Faust an die Tür hauen, bis von innen jemand schrie. »Gott verdammich, ich komm ja. Verfluchtes Weibervolk.«

Dann wurde die Tür aufgerissen. Kusanke war ebenso alt wie Ritter. Der hatte sich die Daten aus der Meldedatei gezogen, doch er sah aus wie fünfzig. Bekleidet mit einer Jogginghose, deren Farbe man nur noch erahnen konnte. Im Schritt zeichnete sich ein dunkler Fleck ab und wahrscheinlich war die Stelle auch feucht. Denn die Hose hing verdächtig nach unten. Er hatte nichts auf den Füßen, nicht einmal Socken. Seine Beine hatten eine erdgraue Farbe. Sein Unterhemd war früher mal weiß gewesen. Jetzt schillerte es in allen Farben. Spuren von Erbrochenem waren darauf zu sehen. Er war seit Tagen unrasiert. Mit wirren Haaren und glasigem Blick schnauzte er Ritter an.

»Biste bescheuert, oder was. Recht schaffende Leute zu stören.«

Ritter wies sich aus und Kusanke ging einen Schritt zurück.

»Was wollen Sie denn von mir?«, fragte er lauernd.

»Ich komme wegen Herrn Hursch.«

»Wegen Hursch, na dann kommen Sie mal rein.« Er gab die Tür frei und ging voran. Mit der rechten Hand zog er die Jogger etwas hoch. Die Stube, in welche er ging, war ein Schlachtfeld. Er hatte wohl auf dem Sofa geschlafen. Der Tisch war voller Bierflaschen. Ein übervoller Aschenbecher stand auf einem Stuhl. Leere Fischkonserven gab es ebenso, wie stinkige Socken, die neben einem Pullover lagen. Ritter ging zum Fenster und riss es auf.

»He, was soll das denn?« Kusanke protestierte. »Das treibt die Heizkosten nur hoch. Ich muss sparen.«

»Sparen? Schaffen Sie mal Ordnung in diesem Saustall.« Ritter war laut geworden. Er blieb am offenen Fenster stehen. Kusanke lies sich auf einen Stuhl fallen. Mit zittrigen Händen entzündete er sich eine Zigarette.

»Wo waren Sie gestern?«

»Na hier. Wo sonst.«

»Den ganzen Tag?«

Kusanke musterte den Kriminalisten.

»Ne, nachmittags bin ich zum Weihnachtsmarkt. Wollte mal sehen, ob ich welche von meinen Kumpels treffe.«

»Und haben Sie?«

»Ne, war keiner da. Aber Sie sagten doch, Sie kommen wegen Hursch. Geht's dem dummen Arschloch an den Kragen?«

»Warum sollte es das?«

»Na, die dumme Sau hat mich doch rausgeschmissen. Einfach so! Ohne Grund müssen Sie wissen. Drei Jahre habe ich für den geschuftet. Mich regelrecht aufgeopfert und meine Gesundheit ruiniert. Ich hab das nämlich mit der Leber, müssen Sie wissen.«

Er zeigte auf die linke Bauchseite. Scheinbar wusste er nicht, wo seine Leber saß.

»Aha, haben Sie.«

»Ja, habe ich. Und jeden Tag habe ich geschuftet für diesen feinen Herrn Hursch.«

Er nahm einen tiefen Zug von der Zigarette.

»Sie haben Herrn Hursch bedroht?«

»Was soll ich? Ich doch nicht!«

»Es gibt Zeugen.«

»Papperlapapp. Zeugen! Ich hab dem feinen Herrn meine Meinung gesagt, aber nicht gedroht.«

»So, so. Überlegen Sie ganz genau, Herr Kusanke. Haben Sie Herrn Hursch gedroht?«

»Ich doch nicht! Ich bin doch eine ehrliche Haut.« Er klopfte sich mit der Faust gegen seine dürre Brust. Die Glut flog von der Zigarette auf das Sofa, direkt auf die Decke. Unbeeindruckt nahm Kusanke die Kippe und drücke sie auf die Glut. So als sei nichts geschehen, rauchte er weiter. Das passierte ihm wohl des Öfteren, denn die Decke hatte einige Brandlöcher und Glimmstellen.

»Haben Sie ein Weihnachtsmannkostüm?«

»Wat soll ich haben? Warum soll ich als Weihnachtsmann mir verkleiden? Versteh ich nicht!«

Er blickte den Kriminalisten aus glasigen Augen an.

»Haben Sie nun eines oder nicht?«

»Ne, habe ich nicht. Können ja meine Bude durchsuchen.« Er drückte die Kippe aus und verschränkte die Arme vor der Brust.

»Mach ich.« Ritter öffnete die Schranktüren, doch in diesem Zimmer war nichts. Er ging einen Raum weiter. Doch hier gab es keine Möbel. Auch im Bad fand er kein Kostüm. Was er sah, ließ ihn erschaudern. Wie konnte ein Mensch nur so leben. War die Wohnung ein Schlachtfeld, so glich die Küche einem atomaren Supergau. Einige Teller und Tassen standen neben Töpfen und einer Kasserole. Auf allem wucherte Schimmel. Dazwischen lagen geleerte Schnapsflaschen. Angeekelt ging Ritter wieder in die Stube, wo Kusanke immer noch mit verschränkten Armen saß.

»Gibt es einen Keller?«

Kusanke nickte.

»Schlüssel?«

»Ist offen. Steht sowieso nichts drin.«

Ritter verließ die Wohnung und ging in den Keller. Er brauchte nicht lange zu suchen. Es gab nur einen Raum, der offen war und dieser war leer.

Er ging wieder die Treppe hinauf. Viel hatte er gegen Kusanke nicht in der Hand. Ein Weihnachtsmannkostüm oder eine Weihnachtsmannlarve hatte er nicht gefunden. Ebenso hatte Kusanke kein Werkzeug.

Er betrat wieder die Wohnung. Die kalte Winterluft ließ Kusanke frieren. Er zitterte und auf seinen dreckigen Armen bildete sich eine Gänsehaut. Doch das Fenster zu schließen hatte er sich nicht getraut.

Ritter musterte ihn kurz und sagte dann. »Das war es fürs Erste. Machen Sie mal sauber, waschen sich und ziehen Sie sich saubere Klamotten an. Sie hausen ja wie ein …«

Den Rest des Satzes verschluckte er. Als Kusanke das Klappen der Wohnungstür vernahm, lauschte er noch einen Augenblick, dann sprang er zum Fenster, um es zu schließen. Anschließend musterte er seine Alkoholvorräte, um dann einen tiefen Schluck direkt aus der Flasche zu nehmen. Der hatte ihm gar nichts zu sagen. Mit seiner Faust drohte er in Richtung Wohnungstür. Von wegen aufräumen! Ihm ging es gut und er fühlte sich wohl. Doch dann stutzte er. Warum war der Kriminalist bei ihm aufgetaucht? Wegen Hursch? So ein Arschloch, dachte er, dann nahm er einen zweiten Zug aus der Pulle.

Ritter ließ den Stadtteil Hahle hinter sich und mit ihm die Markuskirche[21].

Er hatte das dringende Bedürfnis sich zu waschen und die Garderobe zu wechseln.

Zu Hause angekommen zog er sich aus und dann duschte er ausgiebig. Er stand lange unter der Dusche. Seine Fingerkuppen schrumpelten schon, als er das Wasser abdrehte. Kräftig frottierte er sich ab, bis seine Haut feuerrot war. Seine Sachen schmiss er in die Waschmaschine. Er hatte immer noch den Geruch von Kusankes Wohnung in der Nase. In den Bademantel gehüllt griff er zur Flasche Whiskey. Ein kurzer Blick darauf und er stellte sie wieder weg. Heute keinen Alkohol, dachte er, lieber einen Tee. Minuten später duftete es nach Zimt und Kardamom. Er hatte sich für eine Wintermischung entschieden.

Am nächsten Tag hatte Ritter den Schreibtisch voller Arbeit. Die Spurensicherung hatte das Haus von Hursch auf den Kopf gestellt. Auch der Einzelverbindungsnachweis des Telefons lag vor.

Ritter war vor Dienstbeginn noch beim Rechtsanwalt Dr. Schüler vorbeigefahren. Getreu dem Motto »Der frühe Vogel

---

21 Markuskirche 1966 erbaut

fängt den Wurm«. Er hatte den Rechtsanwalt angetroffen, der sich einige Minuten Zeit genommen hatte.

Hursch war im letzten Monat zweimal an ihn herangetreten. Einmal wegen der Kündigung seines Angestellten Kusanke. Das zweite Mal bat er um eine Auskunft. Auf Nachfrage Ritters erzählte der Rechtsanwalt, das Hursch sich bei einem Geschäft übervorteilt gesehen hatte und angefragt hatte, was man dagegen tun könnte. Bei der Frage, worum es sich genau handelte, zuckte der Rechtsanwalt mit den Schultern. Mehr habe ihm Hursch nicht erzählt. Als der Rechtsanwalt das Testament erwähnte, war Ritter hellwach. Es gab zwei Begünstigte zu gleichen Teilen. Habermann und Zweiger beerbten Hursch!

Jetzt ging Ritter die Telefonliste durch. Ebenso versuchte er herauszubekommen, mit wem Hursch geschäftlich zu tun hatte. Da gab es den Schrotthändler, dann einen Antikhändler, eine Galerie in Hamburg, zwei Secondhandgeschäfte, eine Möbelbörse und die Abfallentsorgung. Alle diese Kontakte fanden sich auch auf dem Einzelverbindungsnachweis wieder. Aber keiner mit dem Namen Liebermann.

Ritter lehnte sich zurück und atmete tief durch. Er beschloss, in Hamburg bei der Galerie anzufangen. Er griff zum Telefon, aber mitten in der Bewegung hielt er inne. Er beschloss, persönlich vorbeizufahren.

Die Fahrt nach Hamburg verlief zügig. Er fuhr ein Stück auf der neuen A26, dann ging es auf Landstraßen weiter. Er war gerne hier unterwegs. Im Frühjahr und Sommer fuhr er mit dem Fahrrad oft über die Dörfer. Es gab so viel zu sehen. Aus dem Auto heraus konnte man die Landschaft und die Leute nicht entdecken, zum Beispiel die Hogendieckbrücke[22], oder die Mühle in Borstel[23] und das Museum in Jork[24].

---

22 Hogendieckbrücke- ein Überbleibsel der Holländer, führt über die Lühe bei Steinkirchen

23 Borsteler Mühle- auf einem Stück Schlafdeich errichtete Windmühle

24 Museum Altes Land in Jork

Ritter fühlte sich hier wohl. An keinem anderen Ort wollte er leben.

In Hamburg fand er nicht gleich einen Parkplatz. Erst nach 20 Minuten wurde sein Suchen belohnt.

Die Galerie sah er schon von Weitem. Als er eintrat, wurde er mit einem leisen Guten Tag begrüßt. Er fragte die Frau, welche ihn begrüßt hatte, nach dem Chef. Sie lächelte ihn an und stellte sich als Frau Ahrend, die Inhaberin der Galerie vor. Er wies sich aus und fragte, ob sie Herrn Hursch kenne.

Sie nickte. Sie wurden von einem älteren Herrn unterbrochen, der die Galerie betreten hatte.

Frau Ahrend ging auf den älteren Herrn zu und mit strahlendem Lächeln begrüßte sie ihn.

Sie plauschten einige Minuten, dann ging der Mann.

Ritter fragte weiter, doch Frau Ahrend bat ihn, mit nach hinten zu kommen. Im Büro sei man ungestörter.

Ritter folgte ihr. Im Büro saß ein Herr Anfang 40, der aufstand, als Ritter und die Galeristin eintraten.

»Bitte Edwin unterbrich deine Pause und geh nach vorne. Ich habe etwas mit dem Herrn zu besprechen.«

Edwin nickte und ging.

Ritter wurde gebeten Platz zu nehmen. Frau Ahrend nahm hinter ihrem Schreibtisch Platz. Das Büro machte einen gediegenen Eindruck. Die Möbel und die Ausstattung zeugten von Geschmack. Einige Bilder schmückten die Wände. Ein Bild stach heraus. Asiatische Schriftzeichen waren auf einem blattgoldverzierten Papier. Ritter deutete darauf und Frau Ahrend lächelt.

»Ein kleines Andenken an meine Zeit in Japan.«

»Oh, Sie waren in Japan?«

»Sechs Jahre habe ich dort gelebt. Ich war früher für eine Firma tätig, die in Japan eine Niederlassung hatte. Es war eine schöne Zeit.«

Er befragte sie zu Hursch und sie teilte ihm mit, ab und zu ein Bild oder einen Kupferstich von ihm gekauft zu haben. Der Kontakt sei lose gewesen. Herr Hursch habe nur wenige Stücke besessen, die den Ansprüchen ihrer Galerie genügten.

Auf die Frage, wann sie das letzte Mal mit Herrn Hursch Kontakt hatte, antwortete sie: »Ich glaube, wir telefonierten vor zwei oder drei Tagen. Wir wünschten uns ein schönes Weihnachtsfest. Warum fragen Sie?«

Ritter informierte sie über das Ableben von Hursch. Er nannte aber keine Einzelheiten. Sie machte einen betroffenen Eindruck.

»Ich hatte, wie schon gesagt, keinen innigen Kontakt zu Herrn Hursch, aber das tut mir leid.«

Sie legte ihm eine Liste aller Ankäufe vor. Es war wirklich nicht viel, was sie von Hursch erworben hatte. Ritter bat um eine Kopie, die sie ihm gerne aushändigte.

Nach einer weiteren Viertelstunde verabschiedete er sich.

Als Nächstes fuhr er zum Schrotthändler. Der hatte sein Domizil außerhalb von Stade. Ritter fuhr an der Windmühle[25] in Grefenmoor vorbei. Ihre Flügel standen still. Ritter hatte sie schon in Aktion erlebt, beim Mühlenfest im letzten Jahr. Er dachte an das frische Brot und den leckeren Kuchen. Ein Seufzer und er gab wieder Gas.

Beim Schrottplatz herrschte Betriebsamkeit. Fahrzeuge kamen und fuhren wieder. Ritter parkte außerhalb des Betriebsgeländes. Er ging zur Waage, wo ein älterer Herr arbeitete.

Ritter fragte nach dem Chef und wurde an das Büro verwiesen.

Dort fand er ihn auch. Ein Mann wie ein Baum, ungefähr 2 Meter groß und drei Zentner schwer. Sein Händedruck war kräftig.

---

25 Mühle Amanda in Grefenmoor

Auch er bestätigte, mit Hursch zusammengearbeitet zu haben. »Erst gestern habe ich einen Container von seinem Hof geholt. Hat immer gute Ware. Sauber sortiert! Bekommt auch immer einen guten Preis, der Torsten.«

»Ich benötige einen Ausdruck, wie viel Herr Hursch ihnen geliefert hat.«

»Bekommen Sie.« Der Hüne tippte ein wenig auf der Computertastatur und Sekunden später zog er ein Blatt Papier aus dem Drucker.

»Hier! Da steht alles drauf von diesem Jahr. Brauchen Sie auch das Jahr davor?«

Ritter schüttelte den Kopf. Sorgfältig steckte er den Ausdruck ein.

Als Ritter ihm vom Tod des Torsten Hursch erzählte, brach für den Schrottplatzbetreiber eine Welt zusammen. Er war sichtlich mitgenommen. Er war kalkweiß geworden und sein Adamsapfel hüpfte auf und nieder. Er schluckte mehrmals und sprach dann mit brüchiger Stimme. »War ein guter Kumpel, der Torsten. Haben manches Bier zusammen getrunken.«

Er wischte sich über die Augen.

Die Frage nach seinem Alibi beantwortet er. »Ich war im Krankenhaus bei meiner Frau. Blinddarm, Sie verstehen?«

Ritter nickte und dankte ihm. Er stand auf und ging bis zur Tür.

Dann drehte er sich um. »Eine Frage habe ich noch. Kennen Sie jemanden, der Herrn Hursch übervorteilt hat?«

»Torsten soll beschissen worden sein? Kann ich mir nicht vorstellen. Der kannte sich gut aus, aber einmal trifft es ja jeden. Geredet hat er darüber aber nicht.«

Ritter nickte und ging.

Vor der Tür herrschte ein Heidenlärm. Ein Containerfahrzeug wurde entladen und die Metallteile schepperten so laut, dass man sein eigenes Wort nicht verstand. Ritter beeilte sich fortzukommen.

Als Nächstes wollte er den Antiquitätenhändler aufsuchen. Der hatte sein Geschäft in der Nähe des Burggrabens. Ritter fuhr nach Stade zurück. Er ging über die Steinbachbrücke[26] zum Geschäft. Der Inhaber war ein alter Herr von knapp 70 Jahren. Er war das ganze Gegenteil des Schrottplatzbesitzers. Er reichte Ritter gerade bis zur Brust. Seine Hände waren gezeichnet von der Gicht. Eine Strähne seines schütteren, grauen Haares fiel ihm immer wieder in die Stirn. Immer wieder legte er es mit einer eleganten Handbewegung zurück. Auch er bestritt nicht, Torsten Hursch zu kennen. Auch er bestätigte, Hursch sei ein angenehmer Zeitgenosse gewesen. Er hatte das eine oder andere Stück von ihm erworben. Kein Trödel versteht sich.

Ritter ließ sich auch hier eine Aufstellung der Ankäufe geben. Es war eine umfangreiche Liste, die ihm ausgehändigt wurde. Als Ritter fragte, wo der Antiquitätenhändler am fraglichen Tag war, lächelte dieser. »Ich war hier in meinem Geschäft. Jetzt in der Vorweihnachtszeit mache ich guten Umsatz.«

Ritter bedankte sich. Er ging ins Büro.

Drei Tage später schlug er die Zeitung auf. Ein Artikel fesselte seine Aufmerksamkeit. Der Galeristin Frau Ahrend war ein Artikel gewidmet. Sie hatte 10.000 Euro für einen guten Zweck gespendet. Ritter fand, auf dem Foto sah sie selbstherrlich aus. Es war in ihrem Büro aufgenommen worden. Das Bild mit den Schriftzeichen lies daran keinen Zweifel.

Er legte die Zeitung weg und widmete sich wieder der Akte Hursch. Alle Geschäftsleute, mit denen Hursch Kontakt hatte, waren befragt worden. Ritter wollte als Nächstes

---

26 Steinbachbrücke- stellt als Verlängerung der Wiesenstraße die Verbindung zur Neubourgstraße her

den Kundenkreis von Hursch genauer unter die Lupe nehmen. Des Weiteren hatte er Erkundigungen über Kusanke, Zweiger und Habermann eingeholt. Zweiger und Habermann lebten in geordneten Verhältnissen. Kusanke gab sein weniges Geld für Alkohol aus.

Ritter beschloss, sich in der Mittagspause ein wenig die Beine zu vertreten. Er bummelte über den Weihnachtsmarkt auf dem Pferdemarkt. Ein junges Pärchen sprach ihn an. Ob er so nett wäre, ein Foto von ihnen zu machen. Gerne war er dazu bereit. Die beiden lächelten in die Kamera und er knipste. Das Zeughaus[27] gab dem Ganzen einen ansprechenden Hintergrund.

Er gab den Fotoapparat zurück und dann schlenderte er weiter. Es duftete nach Glühwein, Mutzen, gebrannten Mandeln und nach Bratwurst. Sein Magen meldete sich. Er kaufte sich eine Bratwurst und genüsslich biss er hinein. Sie war lecker!

Einige Minuten später kam der Weihnachtsmann unter großem Hallo der Kinder angefahren.

Ritter mochte den Mann im roten Mantel dieses Jahr nicht. Die um ihn herum Stehenden zücken ihre Fotoapparate und Handys und fotografierten den Weißbärtigen, der sich anschickte, Süßigkeiten an die Kleinen zu verteilen.

Plötzlich hatte Ritter eine Idee.

Er beeilte sich, ins Büro zu kommen. Dort angekommen, schmiss er den Mantel über den erstbesten Stuhl, dann nahm er die Zeitung vom Schreibtisch. Er rief die Redaktion an und wenig später hatte er alle Informationen, die er benötigte.

Zum Glück war die Zeitungsredaktion nur einige Straßen entfernt. Er schlüpfte wieder in seinen Mantel. Bis zur Redaktion lief er. Die kalte Winterluft brannte in seinen Lungen. Etwas außer Atem kam er an. Er wurde sofort zur zustän-

---

27 Zeughaus- errichtet zwischen 1697 und 1699

digen Kollegin gebracht. Er schilderte sein Anliegen und sie versprach, ihm zu helfen. Einige Minuten später hielt er in den Händen, was er wünschte.

Er eilte ins Büro zurück. Sein Vorgesetzter Kriminalrat Ottensen war nicht begeistert, als Ritter sein Anliegen schilderte.

»Mann Ritter, nur weil Sie so ein komisches Gefühl haben. Zeigen Sie mal her, was Sie haben.«

Ottensen warf einen Blick darauf und sagte. »Sehen Sie keine andere Möglichkeit?«

»Wir können auch die Bevölkerung um Mithilfe bitten. Auf dem Weihnachtsmarkt werden doch viele Fotos geschossen und Videos gedreht, wäre doch schön, wenn der Mörder darauf abgelichtet ist.«

»Und Sie wollen die ganzen Bilder durchsehen?«

»Na ich nicht alleine. Da benötige ich schon Unterstützung.«

»Vergessen Sie das Mal wieder. Ich bekomme doch jetzt zum Jahresende keine Überstunden mehr durch. Der Innenminister zeigt mir einen Vogel. Ich telefoniere für Sie.«

Ritter dankte. Er ging in sein Büro zurück, Schreibtischarbeit erledigen. Doch so recht wollte diese ihm nicht von der Hand gehen. Er saß wie auf glühenden Kohlen. Nach zwei Stunden klingelte das Telefon. Ottensen war am anderen Ende. »Morgen um 10 Uhr haben Sie einen Termin. Seien Sie pünktlich!«

Erleichtert legte Ritter auf.

Einen Tag später war er schon um 9 Uhr in Hamburg. Lieber eine Stunde zu früh, war seine Devise. Er beschloss zu frühstücken.

Pünktlich 10 Uhr betrat er das japanische Konsulat. Freundlich wurde er empfangen. Frau Dr. Akemi Katsuki nahm die Vergrößerung und schaute sie sich genau an. Dann blickte sie auf und sagte lächelnd. »Das ist eine Art Diplom, Herr Ritter. Hier wird bestätigt, dass die Frau eine Yūdansha, also eine Person mit Dan ist. Der Dan ist ein Meistergrad bei japanischen Kampfsportarten. Hier handelt es sich um einen Meistergrad im Yoshin ryu jiu jitsu.«

»Ist man in der Lage, als Meistergradträger einen Menschen zu töten?«

Frau Dr. Akemi Katsuki schaute mit ernstem Gesicht zu Ritter. »Ich denke schon. Nur …,« Sie zögerte. »Jiu Jitsu dient der Verteidigung, nicht dem Angriff.«

»Gibt es Waffen bei dieser Art von Kampfsport?«

»Ja, die gibt es. Zum Beispiel die Bo, der Langstock oder der Hanbo – der Halbstock. Warum fragen Sie?«

Ritter schilderte der Frau, welchen Abdruck man am Kopf von Torsten Hursch gefunden hatte.

Sie lehnte sich zurück und dachte einen Augenblick nach.

»Es könnte sich um einen Yawara handeln. Einen sogenannten Doppelpilz.« Sie nahm einen Kugelschreiber und mit wenigen Strichen zeichnete sie die Waffe. Ritter gab ihr Recht. Es sah aus wie ein Pilz, mit einem Stiel und an jedem Ende einen Hut. Der Hut lief in der Mitte spitz zu.

Man nahm den Stiel in die Hand, schloss sie dann zur Faust und auf beiden Seiten schaute jeweils ein Pilzhut hervor. Wenn man dann zuschlug, hatte der Gegner keine Chance. Eine wahrhaft teuflische Waffe!

Ritter bedankte sich bei Frau Dr. Akemi Katsuki. »Wünschen Sie mir Glück«, sagte er beim Abschied.

Die Japanerin lächelte. »Sie brauchen kein Glück, Herr Ritter. Es gibt in Japan ein Sprichwort.

Glück hilft nur manchmal, Arbeit hilft immer.«

Ritter lächelte etwas gequält. »Ein schönes Sprichwort. Na dann will ich mal weiterarbeiten.«

Sie verbeugten sich, und Ritter verließ das Konsulat.

Zurück in Stade informierte er Ottensen. Dieser telefonierte mit der Staatsanwaltschaft und eine Stunde später ließ Ritter die Galeristin zur Befragung holen.

In einem eleganten Kostüm gekleidet, so saß sie vor ihm im Vernehmungsraum. Ottensen war mit anwesend. Ein Umstand, der nicht oft vorkam. Doch in diesem Fall wollte er dabei sein.

Ritter begann die Befragung mit den Angaben zur Person. Sie war nicht sehr kooperativ. Immer wieder betonte sie die Wichtigkeit ihrer Anwesenheit in der Galerie. Sie drohte, sich an den Innenminister zu wenden, wenn diese Befragung nicht sofort beendet würde.

Ritter lächelte. Er legte vor sie das Foto. Es war die Vergrößerung eines Ausschnitts, das sie in ihrem Büro zeigte. Aufgenommen zu Ehren der 10.000 Euro Spende.

Sie kniff die Augen zusammen und musterte Ritter.

»Sie wissen, was dieses Foto zeigt?«

»Es ist ein Bild aus meinem Büro. Was soll das Ganze?«

»Das erläutere ich ihnen gerne. Das ist nicht nur ein Bild. Das ist ein Diplom. Ich war so frei und habe es übersetzen lassen. Es ist ihr Diplom, welches Sie ausgehändigt bekamen, als sie einen Meistergrad im Yoshin ryu jiu jitsu verliehen bekamen.«

Sie verzog das Gesicht. »An ihrem Japanisch müssen Sie aber noch feilen, Herr Ritter.«

»Da gebe ich Ihnen recht. Recht habe ich aber, wenn ich behaupte, Sie haben Herrn Hursch getötet.«

»Ich? Sie reden Blödsinn.«

»Oh nein. Sie töteten ihn mit einem sogenannten Yawara. Hier eine Zeichnung, aber sie kennen ja diese Art von Waffe.« Er schob die Zeichnung von Frau Dr. Akemi Katsuki über den Tisch.

»Was wollen Sie damit beweisen?« Ihr Mund verzog sich zu einer spöttischen Grimasse.

»Damit?« Ritter deutete auf die Zeichnung.

»Damit beweise ich nichts, aber die Spurensicherung, die in diesem Augenblick ihre Wohnung und ihre Galerie durchsucht, die wird Beweismaterial finden. Selbst wenn Sie nackt unter dem Weihnachtsmannkostüm waren, die Kollegen finden Spuren.«

Die Galeristin wurde blass.

»Sagt ihnen der Name Liebermann etwas?«

Die Frau schüttelte den Kopf.

»Als Galeristin sollte es das aber. Max Liebermann einer der bedeutendsten deutschen Impressionisten, aber Sie wollen ihn nicht kennen? Ich bitte Sie!«

»Wenn Sie mir gesagt hätten, dass Sie Max Liebermann meinen …«

»Ja, dann. Ich sage Ihnen jetzt etwas. Hursch hatte einen Liebermann erworben. Wahrscheinlich bei einer Haushaltsauflösung und diesen Ihnen zum Kauf angeboten. Er wusste nicht, was er da hatte, aber Sie, Sie erkannten seinen Wert. Was zahlt ein Liebhaber für einen Liebermann? 100.000 Euro?«

»Wahrscheinlich das Doppelte.«

»Und was zahlten Sie? Ich will es Ihnen sagen. 3500 Euro gaben Sie Hursch. Hier sehen Sie.«

Er reichte ihr den Ausdruck ihrer Ankäufe von Hursch. Ein Posten war von Ritter farblich markiert worden. ›Gemälde unbekannter Impressionist, Blumenbeet im Sommer 3500 Euro‹.

»Ich wette, wenn wir diesen unbekannten Impressionisten einem Sachverständigen vorlegen, haben wir den Beweis. Also reden Sie.«

Die Galeristin winkte ab.

»Ja, Sie haben recht. Ich kaufte das Bild, wohl wissend, was es wert war. Hursch war vor einigen Tagen bei mir in der Galerie, wo ich das Bild ausgestellt hatte. Hursch war in Hamburg und überbrachte sein Weihnachtsgeschenk. In diesem Moment kam Professor Heinrichs in die Galerie. Sie haben ihn übrigens gesehen, als Sie bei mir waren, der ältere Herr.«

Ritter nickte. Er konnte sich an den Mann erinnern.

»Professor Heinrichs schwärmte sogleich los. Oh, welch Kunstwerk, das sei ein Liebermann und so weiter.«

»Und Hursch hörte das?«

»Ja. Er fragte sofort, was das Bild wert sei und der Professor musste mit seinem Wissen prahlen. Als er weg war, machte Hursch mir die Hölle heiß. Er drohte mit einer Anzeige. Ich beruhigte ihn etwas. Ich machte ihm weiß, dass es nicht sicher sei, dass dieses Bild ein Liebermann sei und wenn, dann ließe sich über den Preis neu verhandeln.«

»Sie wollten aber nicht teilen?«

Die Galeristin grinste spöttisch. »Geschäft ist Geschäft. Oder wie man in Japan sagt: Geschäft ist Krieg.«

Ritter schüttelte den Kopf. »Ich habe heute schon mal ein japanisches Sprichwort gehört, dieses gefiel mir besser als das ihre.«

»Ansichtssache! Jedenfalls rief er mich einige Tage später an und teilte mir mit, er wolle einen Termin bei seinem Rechtsanwalt machen. Da musste ich handeln.«

»Sie verabredeten sich mit ihm?«

»Ja. Erst wollte er nicht, aber dann sagte er doch zu. Ich erzählte ihm, ich sei in Stade auf dem Kunstmarkt in der Festung Grauer Ort. Wir verabredeten uns. Ich kaufte in Hamburg ein Weihnachtsmannkostüm, nahm die Yawara und fuhr nach Stade.«

»Und dann? Der Weihnachtsmarkt war voller Menschen.«

»Wir trafen uns am Eingang. Ich lotste ihn zu einer ruhigen Stelle und bat ihn zu warten, da ich mal für kleine Mädchen müsste. Er wartete und ich zog mich auf der Toilette schnell um.

Ein Weihnachtsmann auf dem Weihnachtsmarkt, was gibt es Unauffälligeres! Er sah mich, erkannte mich aber nicht. Der Schlag war präzise. Ich nehme an, er war schon tot, als er aufs Pflaster knallte.«

Ritter grauste vor der Frau. Nach einer halben Stunde ließ er sie abführen.

Ottensen musterte seinen Kollegen.

»Sag mal, wie bist du auf sie gekommen?«

»Frag lieber nicht. Zuerst war es nur ein Verdacht. Doch unser Leiter der Spusi hatte so rumgeflachst. Nach dem Motto ›Ritter verhaftet den Weihnachtsmann‹ und dieser Mann klang in mir nach. Dann dieser eine Schlag, mit einem unbekannten Werkzeug. Und als ich in ihrer Galerie war und sie erzählte, sie habe mehrere Jahre in Japan gelebt, da fielen mir diese asiatischen Kung-Fu Filme ein. Ein Schlag kann einen Gegner töten! Dann die Notiz von Hursch, wo er den Namen Liebermann eingekreist hatte. Man kreist nur wichtige Sachen ein. Da keiner der Verdächtigen Liebermann heißt, habe ich den Namen bei Google eingegeben. Der erste Eintrag, der kam, war Max Liebermann, Maler.«

Ottensen nickte nachdenklich. »Gute Arbeit. Weihnachten kann kommen.«

3 SCHNEEFALL

Das Jahr war keine zwei Stunden alt, als Ritter zum Einsatz gerufen wurde. Er hatte es geahnt. Kriminalisten lebten auf Abruf. Er verabschiedete sich vom Gastgeber. Ein alter Schulfreund hatte zur Silvesterparty geladen und Ritter war gerne gekommen. Ritter wechselte die Schuhe. Er hatte sich für leichte Schuhe in der Wohnung entschieden. Solche, mit denen er gut tanzen konnte. Für draußen trug er gefütterte, halbhohe Winterschuhe. Er hatte sie erst einige Tage und heute hatte er sie eingeweiht. Ritter besaß viele Schuhe und es wurden ständig mehr. Er seufzte und trat dann hinaus auf die Straße. Es war kalt geworden und es schneite leicht. Das war um die Weihnachtszeit anders gewesen. Da hätte sich Ritter über Schnee gefreut. Jetzt fand er ihn lästig.

Der Streifenwagen, der ihn abholen sollte, fuhr gerade vor. Sein Blaulicht wurde vom Schnee reflektiert. In der Nachbarschaft zündete noch jemand Silvesterraketen. Mit lautem Knall zeichneten sie Chrysanthemen in den Himmel.

Ritter stieg ein und der Wagen setzte sich in Bewegung. In der nächsten Kurve kam der Wagen ins Rutschen, die Elektronik und das Können des Fahrers brachten ihn wieder in die Spur. Der Schnee machte die Straßen tückisch.

Es ging in die Stader Altstadt. Der Wagen hielt in der Poststraße, Ecke Hökerstraße. Trotz des kalten Wetters und des sehr jungen Tages waren viele Schaulustige anwesend. Die Polizei hatte weiträumig abgesperrt. Ein Betrunkener wollte mit aller Gewalt hier durch, wurde aber von den uniformierten Kollegen gehindert. Ritter hörte den Betrunkenen laut schimpfen. »Scheiß Polizeistaat! Ich habe auch Rechte!«

Mit teilnahmslosen Gesichtern hinderten ihn zwei Polizisten am Weitergehen. Zu oft hörten sie solche Sätze. Keiner mochte die Polizei, aber jeder brauchte sie irgendwann. Ritter ging langsam weiter. Am rot-weißen Absperrband blieb er stehen. Er wollte sich erst einmal einen Überblick verschaffen. Ein Kollege grüßte und dann hob er das Absperrband an. Ritter musste leicht in die Knie, und in gebückter Haltung ging er unter dem Band hindurch. Eine junge Frau lag mitten auf der kleinen Kreuzung. Genau zwischen einem Juweliergeschäft und einer Buchhandlung. Sie wurde gerade mit einer Decke abgedeckt. Ritter bat um einen Moment. Wortlos stand er da und blickte auf den Leichnam. Kleine Schneeflocken fielen auf den leblosen Körper. Die, welche auf das Gesicht fielen, schmolzen sofort. Die Frau war mit einem Mantel bekleidet und trug Schuhe mit hohen Absätzen. Für die Jahreszeit völlig unpassend, wie Ritter fand. Unter dem Mantel trug sie ein rotes Abendkleid. Festlich war sie gekleidet und wahrscheinlich war sie auf dem Heimweg von einer Silvesterfeier. Er wandte sich an Frau Dr. Seidenbach. »Frohes neues Jahr!« Er hatte einen sarkastischen Unterton.

»Was kann mir die schöne Gerichtsmedizinerin sagen?«

»Dass der Täter mir mein Silvesterfest versaut hat und dass ich so schön auch nicht bin. Trotzdem Ihnen auch ein gesundes neues Jahr.«

»Sie sagten Täter. Also kein natürlicher Tod?«

»Nein. Die Frau wurde erstochen, und zwar mit einem einzigen Stich in die Niere. Da wusste jemand, was er tat und wie er es tun musste.«

»Haben wir ihre Personalien?«

»Ja, sie hatte Führerschein und Personalausweis dabei. Die Kollegen der Spusi haben ihre Handtasche. Sie heißt Angela Dähn, ist 28 Jahre alt und verheiratet. Lebt und arbeitet hier in Stade.

»Wann starb sie?«

»Vor etwa 45 Minuten. Der Leichnam ist noch warm und die Augenlider sind beweglich. Keinerlei Anzeichen für rigor mortis.«

»Mmh, also keine Anzeichen für die Leichenstarre.« Ritter schaute auf die Uhr. »Wir haben es jetzt zwei Uhr. Das bedeutet, sie wurde gegen 1.15 Uhr getötet.«

Die Gerichtsmedizinerin nickte.

»Wurde sie bewegt oder hat sie sich noch bewegt?«

»Nein! Der Stich war sofort tödlich. Sie ist keinen Schritt mehr gelaufen.«

»Anzeichen für sexuellen Missbrauch?«

»Nein, da ist nichts, was darauf hindeutet.«

Ritter dankte ihr und dann ließ er den leblosen Körper abdecken. Der Leiter der Spurensicherung trat an ihn heran.

»Frag nicht, ob wir etwas haben. Die Leute haben alle Spuren zertrampelt und was sie nicht geschafft haben, das tat der Schneefall.« Er sah ärgerlich aus.

Ritter konnte den Mann verstehen.

»Frau Dr. Seidenbach gibt an, dass die Frau erstochen worden sei. Haben wir die Tatwaffe?«

»Nein. Hier war sie nicht. Der Täter hat sie mitgenommen oder einer der Passanten hat sie als Souvenir eingesteckt.«

Ritter musterte den Chef der Spurensicherung. »Ist doch wohl nicht dein Ernst?«

»Silvesternacht, dazu die Promille, was glaubst du denn? Als wir hier ankamen, wurde fotografiert und gefilmt. Schlimmer als in Hollywood!«

Ritter musterte die an der Absperrung Stehenden.

Er ging zu einem der Streifenwagen.

»Ich will von allen die Personalien und alle Fotos und Filmaufnahmen.«

Der Kollege nickte und informierte alle Einsatzkräfte.

Minuten später wurden alle Personen befragt. Ritter nickte zufrieden.

»Wer war zuerst am Tatort?«

Zwei Streifenpolizisten hoben die Hand.

»Irgendetwas aufgefallen?«

Beide schüttelten den Kopf.

»Wir haben sofort abgesperrt, aber da waren schon einige durch.«

»Wer hat sie gefunden?«

»Ein Kollege von der Bundespolizei. Kam von der Silvesterfeier. Er fand sie und hat den Notruf gewählt.«

»Wo ist er?«

Der eine der Polizisten deutete auf einen Mann, Anfang 50 und mittelgroß. Er sah durchfroren aus. Seine Füße schlug er immer wieder gegeneinander und seine Nase war ganz rot.

Ritter ging zu ihm.

»Sie haben die Tote gefunden?«

»Hab ich, Kollege.«

»Du bist Polizist?«

»Ja. Mein Name ist Malte Warin. Ich kam von einer Feier und fand sie.«

»Wann war das?«

»Ich habe natürlich auf die Uhr gesehen. Es war 1.12 Uhr.«

Ritter notierte sich die Angaben.

»Hast du noch etwas gesehen?«

»Nicht viel. Ein Mann lief die Sattelmacherstraße hoch.« Er zeigte in die Richtung.

»Kannst du ihn beschreiben?«

»Er war schon ein Stück weg und ich habe ihn nur von hinten gesehen. Ich würde ihn als groß bezeichnen, so um 1,90 Meter, schlank, bekleidet mit einem schwarzen Mantel, knielang.«

»Haarfarbe?«

Warin dachte einen Augenblick nach. »Blond. Ja, er war blond!«

»Na das ist ja schon etwas.«

»War sonst jemand unterwegs?«

»Nur der Blonde. Es kamen erst Passanten, nachdem ich sie gefunden hatte. Musste gerade erst passiert sein.« Er schüttelte sich. »Nicht gerade angenehm.«

»Verständlich. Von wo bist du gekommen?«

»Von da!« Er zeigte die Straße hinunter.

»Ab wann hast du sie gesehen?«

»Ehrlich gesagt, erst als ich dicht dran war. Habe nicht drauf geachtet. Wer rechnet auch mit so etwas in der Silvesternacht und dann nach einer Feier.«

»Wo hast du gefeiert?«

Warin nannte den Namen eines nahe gelegenen Restaurants.

»Und wo wolltest du hin?«

»Nach Hause. Barge.«

Ritter stutzte. »Da hast du aber noch einen schönen Weg vor dir.«

»Stimmt.« Warin seufzte. »Aber Taxis sind jetzt schlecht zu kriegen und mein Auto steht zu Hause.«

»Okay, dann war es das erst mal. Sieh zu, dass du nach Hause kommst. Deine Frau wird schon warten.«

Warin winkte ab. »Bin geschieden. Deswegen war ich auch alleine unterwegs. Ich werd dann mal.«

Er grüßte und eilig ging er davon.

Der Schneefall wurde dichter. Ritter schlug den Mantelkragen hoch. Auf der Decke, welche die Tote bedeckte, bildete sich eine dünne Schneeschicht. Wird Zeit, dass der Bestatter eintrifft, dachte Ritter.

Ein Kollege kam zu ihm. »So, die Kollegen haben die Aussagen und Personalien aufgenommen.«

Er deutete auf die umliegenden Fenster. »Vielleicht hat jemand etwas gesehen oder gehört.«

Der Kollege nickte und informierte den Rest der Mannschaft. Ritter ging zum Leiter der Spurensicherung, der gerade seine Utensilien im Wagen verstaute. »Laut eines Zeugen soll ein großer, blonder Mann die Sattelmacherstraße hochgelaufen sein. Eventuell der Täter. Magst du mal schauen, ob du was findest?«

Der Leiter der Spusi seufzte und nickte dann. »Einen Hund werde ich aber nicht anfordern. Wäre vergebene Liebesmühe. Um die Tote sind zu viele herumgetrampelt. Da hätte der Kollege, der uns gerufen hat, besser aufpassen müssen.«

Er nahm seinen Koffer und ging dann los in Richtung Sattelmacherstraße.

Ritter schaute, wie die Kollegen an den Haustüren klingelten, um Zeugen zu finden. Auch er ging zu einem Haus. Er klingelte, doch niemand öffnete. Er schaute zur Fensterfront hoch, alle Fenster waren dunkel. Er versuchte es beim nächsten Namen, doch auch dort öffnete niemand. Erst als er beim Dritten klingelte, ging der Türsummer. Er betrat das alte Fachwerkhaus. Er nahm sein Handy aus der Tasche und schaltete es auf Taschenlampenmodus. Er sah sich nach dem Lichtschalter um. Als er ihn drückte, flammte das Treppenlicht auf und er konnte die Treppe hochsteigen. Er musste ganz nach oben. Dort wartete auf dem Treppenabsatz ein alter Herr. Ungefähr 80 Jahre war er alt, klein und schmächtig. Mit verschlafenen Augen musterte er Ritter. Der wies sich aus, und der alte Mann trat einen Schritt zurück.

»Polizei? Ist was passiert?«

Ritter nickte. »Wir befragen alle Nachbarn, ob sie etwas bemerkt haben.«

»Bemerkt? Was soll ich bemerkt haben?«

»Ist in der letzten Stunde etwas Außergewöhnliches passiert? Vielleicht haben Sie ja mal aus dem Fenster gesehen.«

Der Alte schüttelte den Kopf. »Meine Frau und ich liegen seit halb elf im Bett und wir schlafen nach hinten raus.«

»Sie haben also nichts gehört?«

»Nur das Geballere um zwölf, aber wir haben Schlaftabletten genommen. Ich bin auch nur hoch wegen der Blase.«

»Sind Ihre Nachbarn zu Hause?«

»Nein.« Er winkte ab. »Die sind verreist. Nach Österreich zum Skiurlaub. Die Alten und die Jungen. Da haben Sie bei beiden kein Glück.«

Ritter dankte und eilig ging er die Treppe hinab. Einen alten Herrn zurücklassend, der ihm nachschaute, bis er die Haustür ins Schloss fallen hörte.

Ähnlich erging es Ritter bei den nächsten drei Häusern. Nur wenige der Anwohner waren zu Hause. Viele waren in den Urlaub gefahren oder feierten auswärts. Diejenigen, die zu Hause waren, hatten geschlafen oder waren betrunken. Bemerkt hatte niemand etwas.

Der Kriminalist schaute auf die Uhr. Viel würde er jetzt nicht erreichen. Er ging wieder zurück. Der Bestatter hatte in der Zwischenzeit den Leichnam abgeholt und die umstehenden Gaffer waren gegangen. Ein Polizist rollte das Absperrband ein. Nichts deutete mehr auf die grausame Tat hin und bald würde hier wieder das Leben pulsieren. Ritter schaute sich noch einmal um. Langsam ging er zurück zum Streifenwagen. Er wollte noch ein wenig alleine sein. Also informierte er die Kollegen. Die musterten ihn, so, als habe er den Wunsch geäußert, zum Mars zu fliegen. Dann ein kurzes Kopfnicken und sie stiegen ein. Eine Minute später sah Ritter nur noch die Rücklichter des Wagens.

Im Schlenderschritt ging Ritter in Richtung Wasser Ost[28]. Er machte gerne mal einen Spaziergang und zu vieles ging ihm im Kopf herum. Einen solchen Start in das neue Jahr hatte er auch noch nie gehabt. Der Schneefall wurde dichter. Er ging

28 Liegt Gegenüber Wasser West, Bummel und Flaniermeile

etwas schneller. Am Baumhaus[29] grölten einige Jugendliche. Der Alkohol und die Silvesternacht ließen sie über die Stränge schlagen. Eifrig verknallten sie ihre letzten Böller. Lachend und laut singend zogen sie weiter, an Ritter vorbei. Der atmete tief durch, als die Gruppe vorübergegangen war.

Das Kopfsteinpflaster war jetzt etwa zwei Zentimeter mit Schnee bedeckt und es war tückisch rutschig. Ritter beschloss, erst einmal die Wohnung der Verstorbenen aufzusuchen.

Doch dort war alles dunkel. Nirgendwo war ein Lichtschein zu sehen. In der Wohnung der Verstorbenen und auch in den Nachbarwohnungen, nirgendwo brannte Licht. Ritter klingelte, doch niemand öffnete. Ein Blick auf seine Armbanduhr hielt ihn von weiteren Versuchen ab, hier jemanden zu erreichen. Er beschloss, nach Hause zu gehen und ein wenig zu schlafen.

Kurz nach 1 Uhr mittags, war er wieder im Büro. Seine Füße schmerzten. Er war zu Fuß nach Hause gegangen. Ein Taxi war am Neujahrsmorgen Mangelware. Er hätte nur das Angebot der Streifenwagenbesatzung annehmen müssen, aber nein, er musste bei Minusgraden und Schneefall wandern!

Einige Stunden Schlaf und eine heiße Dusche brachten ihn dann wieder auf Vordermann. Er fühlte sich frisch. Der Schnee hatte ein weißes Tuch über Stade ausgebreitet. Die Straßen waren verwaist, ebenso die Dienststelle. Die meisten seiner Kollegen hatten frei. Er nahm sich die dünne Akte Dähn vor. Viel hatte er noch nicht. Am morgigen Tag hoffte er, den Bericht der Spusi und der Gerichtsmedizin vorliegen zu haben. Die Kollegen hatten in den frühen Morgenstunden die Befragung der umliegenden Häuser abgeschlossen. Niemand hatte den Mord gesehen oder etwas bemerkt.

Ritter lehnte sich zurück. Da wird jemand in der Silvesternacht auf offener Straße erstochen und niemand hat etwas gesehen oder gehört! Er schüttelte den Kopf. Kaum vorstell-

29 Privat geführtes Museum über die Stader Stadtgeschichte

bar, aber er hatte es schwarz auf weiß. Heftig schlug er die dünne Akte zu. Nachdenklich brühte er sich einen Tee. Er stellte sich ans Fenster und schaute hinaus. Es sah so friedlich aus und er plagte sich wieder mit einem Mord herum. Manchmal bereute er seine Berufswahl.

Seine Eltern waren damals nicht begeistert, als er ihnen offerierte, zur Polizei gehen zu wollen. Viel lieber hätte seine Mutter ihn als Arzt gesehen und sein Vater hatte sich gewünscht, dass sein einziger Sohn Agrarwissenschaftler wird. Doch er war seinen eigenen Weg gegangen. Seufzend nahm er einen Schluck Tee. Er atmete tief durch. Viel konnte er hier heute nicht mehr erledigen. Er beschloss, das private Umfeld der Verstorbenen aufzuklären. Irgendwo musste ihr Ehemann ja stecken. Er trank den Rest des Tees, dann spülte er die Tasse aus. Ein prüfender Blick, bevor er das Büro verließ.

Wieder fuhr er zur Adresse Dähn. Als er jetzt klingelte, hatte er wenig Hoffnung, dass ihm geöffnet wurde. Umso erstaunter war er, als der Summer ertönte. Schnell drückte er sich gegen die Tür. Er musste nur eine halbe Treppe hoch. Gott sei Dank, dachte er. Auf dem Treppenabsatz wartete ein Mann auf ihn. Groß war er, mindestens 1,95 Meter. Sein blondes Haar stand wirr vom Kopf und aus müden Augen musterte er den Besucher. Ritter wies sich aus und bat, hereingelassen zu werden. Dähn zeigte wortlos auf die Wohnungstür. Ritter trat ein. Als er an Maik Dähn vorbeiging, roch dessen Atem nach Alkohol und Tabak.

Die Wohnung war aufgeräumt. Helle Möbel herrschten vor. Alles wirkte ordentlich. Ritter nickte unmerklich, als er sich setzte. Dähn blieb in der Tür stehen und musterte ihn aus rot unterlaufenen Augen. Plötzlich gähnte er herzhaft.

»Tschuldigung! Was wollen Sie denn?«

Ritter deutete auf den Sessel.

»Bevor ich anfange, setzten Sie sich bitte.«

Dähn zuckte mit den Schultern und ließ sich in den Sessel fallen. Er zog die Stirn kraus und sein Mund machte einige Kaubewegungen. Es schien, als prüfe er den schlechten Geschmack, der in seinem Mund zurzeit herrschte.

Ritter musterte ihn kurz und dann unterrichtete er ihn mit kurzen, knappen Worten über den Tod seiner Frau.

Der saß wie versteinert da und kein Muskel in seinem Gesicht bewegte sich. Nach etwa einer Minute grinste er.

»Sie machen einen Scherz mit mir?«

Ritter schüttelte wortlos den Kopf.

Das Grinsen verschwand aus Dähns Gesicht und Unglaube machte sich breit.

»Wie … wer …«, stammelte er leise.

»Ihre Frau wurde erstochen. Wenn es sie tröstet, sie war sofort tot und hat nicht gelitten.«

»Das ist mir scheißegal! Sie ist tot!« Mit groß aufgerissenen Augen brüllte Dähn los. Doch Sekunden später schüttelte ein Weinanfall seinen Körper.

Ritter fühlte sich unwohl. Er mochte solche Situationen nicht. Er sagte: »Möchten Sie einen Arzt?«

Dähn schaute kurz auf und schüttelte dann den Kopf. Er stand auf, ging zum Schrank, zog eine Schublade auf, und mit einer Packung Papiertaschentücher ging er zum Sessel zurück. Geräuschvoll schnäuzte er sich.

»Entschuldigung, aber das Ganze …« Er beendete den Satz nicht. Mit fahrigen Händen knüllte er das Taschentuch zusammen, um es dann intensiv zu mustern. Nach einigen Minuten der Besinnung fragte er nach Einzelheiten. Ritter hielt sich sehr bedeckt. Er antwortete ausweichend.

Dähn bemerkte dies nicht. Zusammengesunken saß er im Sessel.

Er blickte erst auf, als Ritter ihn fragte, wo er Silvester verbracht hatte.

»Ich bin mit einigen Kumpels verabredet gewesen. Wir feierten bei Heino zu Hause.«

»Ohne Ihre Frau?« Ritter schaute skeptisch.

Dähn winkte ab.

»Sie feiert seit Jahren mit ihrer Freundin in das neue Jahr hinein und ich mit meinen Kameraden vom Segelverein.«

»Ich benötige die Adresse und den vollständigen Namen von diesem Heino.«

Dähn schnäuzte sich kurz und gab dann Ritter die gewünschten Informationen.

»Heino heißt richtig Heinrich Lutz.« Er gab Ritter die Anschrift.

»Wie heißt die Freundin Ihrer Frau?«

»Monika Lewanka. Sie wohnt in Haddorf.«

Ritter notierte sich die Angaben.

»Wann haben Sie Ihre Frau zuletzt gesehen?«

»Gegen 20 Uhr. Warum fragen Sie?«

»Hatte Ihre Frau Feinde? Wurde Sie bedroht oder hatte sie Ärger?«

Dähn schüttelte den Kopf.

»Nein! Warum auch.«

»Ja, warum auch.«

»Sie sagten, Sie haben Ihre Frau gegen 20 Uhr das letzte Mal gesehen. Wo war das?«

»Na hier. Ich bin am Nachmittag zum Boot raus. Steht ja im Winterquartier und da habe ich nach dem Rechten gesehen. Mach ich immer am letzten Tag des Jahres! Dann haben wir uns noch ein wenig aufs Ohr gehauen und dann für die Feier fertiggemacht. Gegen 20 Uhr sind wir dann beide los.«

»Zusammen?«

»Angela hat sich ein Taxi genommen. Ich wurde abgeholt.«

»Von wem?«

»Steffen Baumann, der ist auch im Segelverein und wir sind dann zu Heino gefahren.«

»Wie lange ging die Feier?«

»Wenn Sie mich so fragen, zu lange. Bis gegen halb fünf haben wir durchgehalten. Ich habe dann ein paar Stunden bei Heino auf der Couch gepennt.«

»Und Sie hatten keinen Kontakt zu Ihrer Frau?«

»Ich schrieb ihr eine SMS und sie antwortete. Warten Sie, ich zeige sie Ihnen.«

Er stand auf und holte sein Smartphone. Dann zeigte er Ritter die Nachrichten.

Kurze Grüße und Wünsche für das neue Jahr.

»Wo ist Ihr Boot?«

Dähn gab ihm die Adresse. Es war bei einem Bauern in der Umgebung untergestellt.

»Im Frühjahr geht es raus zum Liegeplatz am Stadersand[30].«

Ritter nickte. Er kannte die Gegend. Er klappte sein Notizbuch zu und erhob sich.

»Es tut mir leid, Herr Dähn, dass ich Ihnen so eine Botschaft überbringen musste.

Wenn Ihnen noch etwas einfällt, hier ist meine Karte.«

Er legte seine Visitenkarte auf den kleinen Glastisch. Dähn nickte geistesabwesend. Ritters Verabschiedung, nahm er gar nicht richtig wahr.

Ritter verließ die Wohnung. Leise zog er die Tür ins Schloss.

Er beschloss zu Heinrich Lutz zu fahren, danach wollte er Monika Lewanka befragen.

Die dünne Schneedecke war von den Hauptverkehrsstraßen geräumt worden. Ritter kam gut voran.

---

30 Stadersand- am Schwingesperrwerk befinden sich die Liegeplätze, auch für Gastlieger die den kostenlosen Fahrradverleih nutzen können

Heinrich Lutz wohnte in einem Einfamilienhaus in Wiepenkathen. Als Ritter klingelte, wurde augenblicklich geöffnet. Ein kleiner Junge von etwa drei Jahren stand in der Haustür und musterte den Besucher. Als Ritter sich vorstellte und nach Mutti und Vati fragte, drehte der Kleine sich wortlos um und lief ins Haus. Verdutzt schaute Ritter ihm nach. Sekunden später steckte ein rothaariger Mitvierziger seinen Kopf in den Flur.

»Sie wollen zu uns?«

Ritter wies sich aus und wurde hereingebeten. Lutz' Ehefrau schickte die beiden Kinder nach oben. Der Kleinste hatte Ritter die Tür geöffnet. Er wurde von seinem vier Jahre älteren Bruder an die Hand genommen, und die beiden verließen das Zimmer.

Die beiden Eheleute bestätigten Dähns Anwesenheit, ebenso die von zehn weiteren Personen. Ritter ließ sich die Namen und Anschriften aller Partygäste geben. Laut der Aussage der Eheleute war Dähn gegen halb neun abends mit einem Sportfreund eingetroffen.

Selbstverständlich hatten sie nicht jeden Gast die ganze Zeit im Auge. Ritter erkundigte sich nach der Ehe der Dähns. Auch hier hörte er nichts Nachteiliges.

»Maik versucht, seiner Frau jeden Wunsch zu erfüllen. Nur mit seinem Boot, da versteht er keinen Spaß.«

»Inwiefern?« Ritter wurde hellhörig.

»Angela macht sich nicht viel aus dem Boot. Sie wissen ja, eine Stunde auf dem Wasser und vier Stunden arbeiten. So ist das Verhältnis bei uns Wasserratten.«

»Gab es Streit deswegen?«

»Nein!« Herr und Frau Lutz schüttelten den Kopf.

Herr Lutz fügte hinzu. »Meistens macht Maik alleine einen Törn, übers Wochenende mal nach Dänemark oder einen Kurztrip nach Polen. Angela bleibt dann zu Hause. Ab und zu fährt sie aber auch mit.«

Ritter dachte einen Augenblick nach.

Frau Lutz unterbrach seine Gedankengänge. »Warum fragen Sie das alles? Ist etwas passiert?«

Ritter informierte die Eheleute mit wenigen Worten über das Geschehene.

Beide zeigten sich betroffen.

»Und das im neuen Jahr.« Herr Lutz schüttelte den Kopf.

»Ist doch egal, ob im neuen oder noch im alten Jahr!« Seine Frau zog die Stirn kraus.

»Ja, ich meinte auch …« Was er meinte, sagte er nicht mehr.

Ritter stellte noch einige Fragen, dann erhob er sich und ging.

Draußen hatte die Dunkelheit wieder gesiegt. Im Schein der Straßenlaternen stieg Ritter in sein Auto. Monika Lewanka wollte er heute noch befragen. Er musterte sein Gesicht im Rückspiegel. Müde sah er aus, und so fühlte er sich auch. Ein pelziger Geschmack machte sich in seinem Mund breit. Er atmete tief ein und aus, dann fuhr er los.

Monika Lewanka wohnte alleine. Kaum hatte Ritter geklingelt, da summte der Türöffner.

Sie war etwa so alt wie Angela Dähn, schlank und ihr brünettes Haar trug sie schulterlang. Neugierig musterte sie den Besucher, der langsam die Treppe hinaufkam. Locker stand sie im Türrahmen. Eine Hand hielt die Tür, die andere hatte sie in die Hüfte gestemmt.

Ritter wies sich aus und bat um Einlass. Überrascht gab sie die Tür frei, und Ritter betrat die kleine Wohnung. Auf die Frage, ob er ablegen möchte, schüttelte er nur den Kopf. Ebenso auf das Angebot, einen Kaffee zu bekommen. Er wollte die Befragung so schnell wie möglich hinter sich bringen. Der Schlafmangel forderte seinen Tribut.

»Die Kriminalpolizei? Bei mir?« Fragend musterte sie den Kriminalbeamten, der mit aschgrauem Gesicht und roten, müden Augen vor ihr saß.

Er nickte und schilderte sein Kommen.

Erschrocken hielt sie die Hand vor den Mund und ein Stöhnen war zu hören.

»Was hat Maik nur getan?« Leise sprach sie diesen Satz aus.

Ritter rutschte nach vorne. »Wie bitte?«

Sie zögerte. Dann sagte Monika Lewanka. »Angela hatte sich mit Maik gestritten. Er ist da in irgendwas reingeschliddert. Angela war deswegen gestern auch ziemlich verstört. Gar nicht das lustige Mädchen, welches sie sonst so war.«

»Wissen Sie, was genau geschehen ist?«

»Nichts Genaues.« Nachdenklich hockte sie da. Dann sprang sie plötzlich auf. »Ich brauche erst mal einen Schnaps. Wollen Sie auch einen?« Sie deutete auf die Flasche, welche sie aus einem Schrank nahm.

Ritter schüttelte den Kopf. Sie goss sich etwas von dem Getränk in ein Glas und kippte dann den Inhalt in einen Zug hinunter. Heftig durchatmend stand sie da. Als sie sich nachschenkte, sagte Ritter: »Wenn Sie warten könnten, bis ich weg bin. Ich hätte gerne die Befragung fortgesetzt.«

Sie blickte auf die Flasche, zog dann einen Mundwinkel hoch und nickte.

Wortlos stellte sie die Flasche und das Glas auf den Tisch.

»Sie sagten, Sie wissen nichts Genaues. Was genau wissen Sie über den Streit?«

Die Frau schluckte und antwortete dann. »Es hängt irgendwie mit dem Boot zusammen. Angela meinte, dass dieses verdammte Boot an allem Schuld sei.«

»Und sie war gestern nicht so wie sonst?«

»Nein, war sie nicht. Traurig war sie und abwesend. Angela ist dann auch früh gegangen.«

»Alleine?«

»Ja, sie hatte ja jeden Annäherungsversuch abgewehrt.«

»Ist jemand zudringlich geworden?«

»Nein!« Die Frau schüttelte den Kopf.

»Angela war charmant. Da wurde ein Nein nett verpackt.«

Ritter nickte. »Hat sie jemand verfolgt?«

Monika Lewanka kniff die Augen zusammen. »Verfolgt? Nicht, dass ich wüsste! Sie ging alleine hinaus.«

»Und ihr folgte niemand?«

»Ich habe keinen gesehen. Sie winkte mir noch von der Tür zu.« Ein Schluchzen folgte und dann wurde ihr Körper von einem Weinkrampf geschüttelt. Ritter nahm die Frau in den Arm und nach einigen Minuten beruhigte sich Monika Lewanka.

Laut schnäuzte sie sich. Ritter schaute sie an und sagte: »Geht's wieder?«

Sie nickte.

»Waren Sie auch mal mit dem Boot unterwegs?«

»Um Gottes willen, nein!« Die Frau machte mit beiden Händen eine Abwehrbewegung. »Ich bin einmal auf einem Küstensegler[31] mitgefahren und wurde sofort seekrank. Mich kriegen keine zehn Pferde mehr auf ein Schiff.«

Ritter lächelte.

»Wie war die Ehe der Dähns?«

Die Frau zuckte mit den Achseln. Das Papiertaschentuch, welches sie in der Hand hielt, wurde zusammengeknüllt.

»Hätten Sie mich vor Silvester gefragt, so hätte ich mit glücklich geantwortet. Jetzt bin ich mir da nicht mehr so sicher.«

Sie atmete tief ein, und das Papiertaschentuch war nur noch eine kleine Kugel.

»Sie meinen wegen des Streits?«

»Nicht nur! Angela ist tot und das macht mir Angst. Wer macht so etwas? Das ist wie in einem schlechten Krimi. Nur, dort kann man umschalten, doch hier …«

---

31 Vom Stader Heimathafen werden Kurz und Tagestörns auf historischen Küstenseglern angeboten

Sie verstummte. Ritter merkte, dass er heute nichts mehr erreichen konnte. Er erhob sich und auch hier schob er seine Visitenkarte über den Tisch.

»Ich melde mich noch einmal. Wenn Ihnen noch etwas einfällt, dann rufen Sie mich bitte an.«

Monika Lewanka nickte, dann erhob auch sie sich und Ritter wurde hinausgeleitet.

Auf der Straße atmete er tief durch. Er war müde, hundemüde um genau zu sein. Seine Zunge war pelzig und sein Kopf war voller Watte. Er wischte sich über das Gesicht. Feierabend, dachte er, als er in das Auto stieg.

Am nächsten Morgen blätterte er die Akte durch. Aufmerksam las er den Bericht der Spurensicherung. Nachdenklich saß er da. Dann schnippte er mit den Fingern, und ein Lächeln trat in sein Gesicht.

Sorgfältig schloss er die Akte ein, dann verließ er das Büro. Er fuhr zum Winterquartier von Dähns Boot. Als er auf dem Bauernhof eintraf, stiefelte gerade ein älterer Mann über den Hof. Ritter grüßte und stellte sich vor.

Ihm wurde bestätigt, das Dähns Boot in der Scheune stand. Es gab drei dieser Gebäude. Nur noch eines wurde landwirtschaftlich genutzt.

»Bin nur noch Hobbybauer.« Der Alte grinste.

»Wirft die Landwirtschaft nicht mehr genügend ab?«

Der Alte machte eine wegwerfende Handbewegung. »Bin Rentner seit drei Jahren. Mein Sohn hatte mit dem Hof nicht viel im Sinn. Der ist bei Airbus, Ingenieur.«

Stolz schwang in seiner Stimme mit. Sie gingen zur Scheune.

Der Bauer öffnete die Tür, die in das große Tor eingelassen war. Das Boot stand auf einem Anhänger. Hier war es sauber und trocken.

Der Alte deutete auf das Boot. »Kleines Zubrot. Sonst steht die Scheune leer, und so kriege ich noch ein paar Euro.«

Ritter nickte. In einer Ecke stand eine Aluleiter. Ritter holte sie und stellte sie an. Schnell war er auf dem Boot. Die Tür zum Niedergang war aufgebrochen worden. Vorsichtig öffnete Ritter das Schiebeluk. Langsam stieg er die wenigen Stufen hinunter. Kein Zweifel, hier war jemand eingedrungen.

Er ging wieder an Deck und stieg die Leiter hinunter.

»Wann waren denn die Besitzer das letzte Mal hier und haben nach dem Boot gesehen?«

»Silvester war Herr Dähn hier.«

»Hat er erwähnt, dass sein Boot beschädigt wurde?«

»Beschädigt?« Der Alte stutzte. »Nein, das hat er nicht gesagt. Hat mir und meiner Alten einen guten Rutsch gewünscht und dann ist er wieder los.«

»Hat er nur in die Scheune geschaut oder war er auch an Bord?«

»Der ist wie Sie hoch. Hat fast eine Dreiviertelstunde darin zugebracht. Er räume auf, hat er mir zugerufen, als ich fragte, ob er Hilfe bräuchte.«

»Und?«

»Was und?«

»Na, brauchte er Hilfe?«

»Ne, Gott sei Dank nicht. So auf Leitern in meinem Alter, das ist nichts mehr. Hatte auch mehr aus Höflichkeit gefragt.«

Ritter nickte. »Waren, seit dem das Boot hier liegt, Besucher auf dem Hof?«

»Besucher? Bestimmt! Wir verkaufen ja so einiges. Enten, Gänse, Obst und etwas Gemüse. Da kommen einige! Gerade vor Weihnachten war ganz schön Trubel.«

»Würden Sie bemerken, wenn sich jemand hier zu schaffen macht?«

Der Alte winkte ab. »Wenn er mir nicht gerade über den Weg läuft, so wie Sie, dann nicht. Außer er macht Krach wie tausend Russen. Dann schon.«

»Vielleicht hat ihre Frau was bemerkt!«

»Glaube ich zwar nicht, aber wir können sie ja fragen. Er drehte sich um und stiefelte zum Wohnhaus. Ritter folgte ihm.

Eine Stunde später fuhr die Spurensicherung auf den Hof, um die Scheune und das Boot zu untersuchen. Ritter hoffte, dass die Kollegen etwas fanden. Der Bauer und seine Frau hatten ihm nichts erzählen können. Keiner von ihnen hatte etwas bemerkt.

Ritter wies die Kollegen ein, dann fuhr er vom Hof, direkt zu Dähn.

Der war zu Hause. Er hatte sich krankschreiben lassen. Ihm sei nicht nach Arbeit zumute, erzählte er Ritter.

Auf die Frage, warum er nicht berichtet hatte, dass er das Boot Silvester aufgebrochen vorgefunden hatte, zuckte er nur die Schultern.

Ritter musterte den Mann, der vor ihm saß, genau. Dähn sah aus wie ein Häufchen Unglück.

»Sie wollen mir doch nicht erzählen, Sie sind nur so Silvester zum Boot gefahren. Sie haben es gewusst und wollten sich überzeugen.«

Dähn blickte kurz auf. Ritter wusste, er war auf der richtigen Spur.

»Also reden Sie. Warum musste Ihre Frau sterben? Warum wurde Ihr Boot aufgebrochen?«

Er war etwas lauter geworden. Sein Gesicht war nur wenige Zentimeter von Dähns entfernt.

Dieser wich zurück. Eine Träne kullerte seine Wange herunter.

Er atmete tief ein und aus, dann brach es aus ihm heraus.

»Ich konnte doch nicht ahnen, dass Angela ermordet wird.« Seine Stimme klang brüchig.

»Warum musste Ihre Frau sterben?«

»Wegen mir!« Dähn schrie diesen Satz heraus.

Ritter ließ ihn gewähren. Nach einer kurzen Pause sprach Dähn weiter.

»Ich wollte Angela etwas bieten. Sie war die Frau meiner Träume, und sie sollte es gut haben. Mein Verdienst ist nicht so, wie ich mir es wünsche.«

»Und Sie beschlossen, etwas dazuzuverdienen?«

Dähn nickte.

»Und wie?«

Dähn wischte sich mit dem Ärmel über das Gesicht. Er lehnte sich zurück.

»Vor einem Jahr wurde mir bei einem Segeltörn nach Dänemark angeboten, ein Päckchen nach Deutschland mitzunehmen. Ein paar Euro wurden mir angeboten für die kleine Gefälligkeit. Ich dachte mir nichts dabei. Eine Woche, nachdem ich wieder in Stade war, klingelte mein Telefon, und ein Mann erzählte mir, was ich transportiert hatte. Drogen!« Dähn lachte kurz auf.

Dann fuhr er fort. »Der Typ bot mir an, öfter zu fahren. Ich bekam den Termin für die Fahrt telefonisch mitgeteilt, und mein Kontakt gab mir ein Päckchen sowie einen Umschlag mit Geld.«

»Wissen Sie, wer anrief?«

Dähn schüttelte den Kopf.

»Sie haben keine Nummer?«

»Nein!«

»Was ist passiert?«

»Angela träumte immer von einem Häuschen. Nur unser Lohn und die paar Euros von den Törns brachten uns diesem Traum nicht näher. Ich hatte das vorletzte Päckchen vorsichtig geöffnet und mir den Inhalt angesehen. Tabletten! Nach einer kurzen Recherche im Internet wusste ich, was sie wert waren. Das letzte Päckchen lieferte ich nicht ab, sondern verkaufte es.«

»Und was erzählten Sie ihrem Auftraggeber?«

»Dass ich von der Polizei kontrolliert worden bin und das Päckchen über Bord geworfen habe.«

»Aber er glaubte Ihnen nicht!«

»Nein! Er rief mehrmals an und drohte mir. Er war sehr gut informiert. Ich rechnete doch nicht mit so etwas.«

Dähn sah Ritter an.

Der nickte und zückte sein Handy. Er informierte seine Kollegen, die nach wenigen Minuten eintrafen und Dähn mitnahmen.

Im Büro verhörte Ritter Dähn. Nach zwei Stunden hatte er eine Liste mit den Fahrten. Dähn hatte sich einen Kalender geben lassen und so jede einzelne Fahrt benennen können. Seine Frau hatte ihn nur einmal begleitet. Sie war nicht erfreut, als er mit dem Päckchen an Bord gekommen war. Er hatte abgewiegelt und das Ganze als einen Freundschaftsdienst unter Seglern abgetan. Doch sie hatte ihm nicht geglaubt.

Er wiederholte, dass er seinen Auftraggeber nie gesehen hatte. Ja, es war ein Mann. Die Stimme war nicht die eines jungen Menschen, da war er sich sicher. Und nein, der Fremde sprach hochdeutsch. Mehr konnte er dazu nicht sagen.

Er musste die Päckchen jedes Mal auf dem Friedhof Geestberg deponieren.

Ritter ließ sich den Ablageort genau beschreiben.

Seitdem er das letzte Päckchen unterschlagen hatte, fühlte Dähn sich nicht mehr sicher. Der Anrufer war mit seiner Erklärung nicht zufrieden. Er bezeichnete ihn als Lügner. Dähn sollte entweder die Ware abliefern oder das verdiente Geld herausrücken. Doch er sträubte sich. Mit dem Geld war er ihrem Häuschen ein Stückchen nähergekommen. Er wollte dieses Stück vom Kuchen nicht wieder hergeben.

Eines Morgens steckte ein Zettel hinter dem Scheibenwischer seines Autos. Es war eine letzte Mahnung. Doch auch diese ignorierte er.

Am vorletzten Tag des Jahres war wieder ein Zettel da. Doch diesmal fand ihn Angela. Ärgerlich stellte sie ihn zur Rede. Doch er wich ihr aus. Was sollte er ihr auch erzählen? Dass er kriminell geworden war, ein Drogenschmuggler? Er tat den Zettel als schlechten Scherz ab. Doch seine Frau glaubte ihm nicht. Zuerst hatte sie angenommen, seine Segeltörns hingen mit einer anderen Frau zusammen, doch nach dem Zettel ahnte sie, dass etwas anderes dahinter steckte.

Ärgerlich hatte er das Blatt Papier zerrissen und in die Toilette geschmissen. Er erinnerte sich zwar an den Inhalt und dass es sich um einen Computerausdruck handelte, aber das half Ritter auch nicht weiter.

Seit dem Mord hatte sich niemand mehr gemeldet.

Ritter sortierte die Unterlagen, und dann ging er zu seinem Chef. Er hatte einen Verdacht.

Ottensen hörte ihm aufmerksam zu. Als Ritter seinen Bericht beendet hatte, schwieg er einen Augenblick.

»Du weißt, was du da sagst?« Ottensen hatte die Stirn in Falten gelegt.

Ritter nickte.

»Mann, das ist starker Tobak. Folgendes, du befragst die Geschiedene von ihm. Ich werde mal meine Beziehungen spielen lassen und mich vorsichtig erkundigen. Privat versteht sich. Alles klar?«

»Ja.« Ritter nahm den Hefter, und zufrieden ging er hinaus.

Wenige Minuten später hatte er den Namen und die Adresse der ehemaligen Ehefrau. Sie wohnte in der Altstadt, nur wenige Minuten entfernt, und hatte wieder ihren Mädchennamen, Jäger, angenommen.

Ritter zog seinen Mantel über, dann machte er sich auf den Weg. Der Schnee war liegen geblieben. Wie ein weißes Tuch lag er auf den Dächern und dem Boden. Nur die Straßen und Gehwege zogen sich wie Adern durch dieses Tuch.

Ritter ging über den Fischmarkt, wo der Holzdrehkran[32] ein beliebtes Fotomotiv bot. Er musste zum Spiegelberg[33]. Hier traf man selten Urlauber. Obwohl die kleinen Gassen und die Fachwerkhäuser eine malerische Stimmung verbreiteten.

Ritter blieb vor einem dieser Häuser stehen. Er klingelte und nach dem er sich an der Wechselsprechanlage zu erkennen gegeben hatte, wurde ihm geöffnet. Hinter ihm fiel die Tür ins Schloss und er stand im Treppenhaus. Er orientierte sich schnell. Dann stieg er die Treppe hinauf. Die Frau, die er suchte, wohnte im ersten Stock. Wartend stand sie in der Tür. Mittelgroß, brünett und von schlanker Figur. Sie mochte in seinem Alter sein. Neugierig musterte sie den Kriminalisten. Ritter stellte sich vor, und sie bat ihn herein. Ihre Stimme hatte einen angenehmen Klang. Überhaupt hatte sie etwas an sich, was Ritter anzog. Als er auf der Couch Platz genommen hatte, musterte sie ihn mit ihren großen, meerfarbenen Augen. Ritter war fasziniert von dieser Frau. Es fiel ihm schwer, seine Fragen zu stellen. Als er erklärte, warum er da war und welche Auskünfte er brauchte, verfinsterte sich ihr Gesicht. Dabei hatte er über den Mord keine Silbe verloren. Er hatte sich entschlossen, alles als allgemeine Ermittlungen darzustellen.

»Und da kommen Sie zu mir?«

»Sie kennen ihn und was liegt da näher.«

Sie seufzte. »Ich habe ihn zwei Jahre nicht gesehen. Nicht sehen brauchen, wenn Sie verstehen.«

»Ich kann verstehen, wenn man seinen Exmann nicht sehen möchte, aber erzählen dürfen Sie mir trotzdem etwas über ihn. Zum Beispiel, was für ein Mensch ist er?«

---

32 Der Holzkran wurde 1977 aufgestellt. Er ist eine Rekonstruktion des Originals von 1661.

33 Spiegelberg- künstliche Erhebung, bis ins 13. Jahrhundert stand hier die Burg des Stader Grafen

Sie zog die Augenbrauen hoch und man sah ihr an, dass sie ungern mit Ritter über ihren Exmann sprechen wollte.

»Sie fragen doch nicht nur so. Wollen Sie mir weismachen, von mir einige Informationen über meinen Geschiedenen bekommen zu wollen, nur wegen einer kleinen, unbedeutenden Ermittlung?«

Ritter staunte. Sie zerpflückte seine Legende in Sekunden. Er seufzte.

»Sie haben gewonnen, Frau Jäger. Wir vermuten, Ihr Ehemann könnte, und ich betone das Wort, könnte, in ein Kapitalverbrechen verwickelt sein.«

Er beugte sich leicht nach vorne. Er bemerkte ihr Parfüm. Ein leichter, unaufdringlicher Duft, der wunderbar zu dieser Frau passte.

Sie fuhr sich mit ihrer rechten Hand durch die schulterlangen Haare. Er bemerkte einen Fingerring, mit einem kleinen Topas. »Dieser Mann war nicht gut für mich und das ist er wohl heute auch nicht.« Sie seufzte.

»Also gut«, fuhr sie fort. »Was wollen Sie genau wissen?«

»Erzählen Sie mir einfach Ihre Sicht auf diesen Mann. Was ist er für ein Mensch?«

Sie überlegte einen Augenblick, dann sprach sie. »Ich lernte ihn vor zehn Jahren kennen und verliebte mich in ihn. Zu Anfang war er charmant und liebenswürdig, doch das änderte sich. Er ist 15 Jahre älter als ich, aber das spielte keine Rolle. Wir verstanden uns am Anfang sehr gut. Er veränderte sich, nach dem wir verheiratet waren. Er stieg die Karriereleiter auf, wurde Vorgesetzter und den legte er auch nicht zu Hause ab.«

Sie sah traurig aus. Doch nur einen kurzen Augenblick war diese Traurigkeit dominierend, dann war da wieder dieser offene, wache Gesichtsausdruck.

»Irgendwann hatte ich das Gefühl, eingeengt zu sein. Ich durfte das nicht oder jenes nicht. Wollte ich mich mit einer

Freundin treffen, murrte er. Wollte ich ins Theater, dann wollte er nicht. Kaum war er zu Hause, musste sich alles um ihn drehen. Kennen Sie solche Menschen?«

Ritter nickte. »Oh ja. Manche Leute glauben, sie sind der Mittelpunkt des Universums und alles dreht sich um sie.«

»Genau!« Sie lächelte. »So war mein Ex.«

»Und dann zogen Sie die Notbremse?«

Sie winkte ab. »Viel zu spät. Er wollte ein Haus, ein großes Auto, Urlaubsreisen zu den exotischen Orten dieser Welt und mich als Vorzeigepüppchen. Seine Ansprüche waren enorm.«

Sie musterte Ritter. »Möchten Sie einen Kaffee?«

Ritter nickte. Sie stand auf, um in die Küche zu gehen. Ritter folgte ihr. Die Küche war klein, aber gemütlich, eingerichtet mit weißen Möbeln. Der Küchenspiegel, im warmen Holzton, gab dem Raum ein angenehmes Flair. Wortlos deutete sie auf den kleinen Tisch, an dem zwei Stühle standen. Ritter setzte sich und beobachtete die Frau. Sie befüllte die Kaffeemaschine. Kaffeeduft zog durch den Raum. Ritter nutzte die Gelegenheit, ihre Figur zu bewundern. Sie trug einen grauen Long-Pullover und eine gleichfarbige Leggins. Sie war zwar schlank, aber mit fraulichen Rundungen. Lächelnd drehte sie sich zu Ritter. Der fühlte sich ertappt. Er versuchte, ein unbeteiligtes Gesicht zu machen.

»Möchten Sie Milch?«

»Nein danke. Kaffee trinke ich schwarz, schwarz wie die Füße.« Er lächelte.

Sie schaute ihn aus ihren großen Augen an. »Wenn ihre Füße so aussehen wie mein Kaffee, na dann gute Nacht.«

Sie lachten beide. Sie stellte eine Tasse vor ihm auf den Tisch und füllte diese. Das Gleiche tat sie für sich, nachdem sie in ihre Tasse noch einen Schuss Milch gegeben hatte. Dann setzte sie sich ihm gegenüber.

»Wollen wir hier bleiben?« Sie drehte lächelnd die Tasse in ihren Händen. Kleine Grübchen bildeten sich an ihren Wangen.

Ritter nickte. Er hätte sich gewünscht, diese Frau unter anderen Umständen kennengelernt zu haben.

Er nahm vorsichtig einen Schluck vom Kaffee. Anerkennend streckte er den Daumen nach oben.

»Der ist aber gut.«

Ihr Lächeln wurde breiter. »Danke«, hauchte sie.

Ihm wurde warm. Sie hätte ihm auch Salzsäure vorsetzen können. Wahrscheinlich hätte er die genauso gelobt.

Er versuchte, wieder den Bogen zur Befragung zu bekommen.

Sie machte es ihm leicht.

»Fragen Sie ruhig weiter.« Das Lächeln verschwand bei diesen Worten.

Es war, als wenn sich Wolken vor die Sonne schoben.

»Sie sagten, seine Ansprüche waren enorm. Verdienen wird er ja nicht so doll. Wenn ich da an mein Beamtengehalt denke …«

Er sprach den Satz nicht zu Ende.

Sie nickte nachdenklich und schaute in ihre Tasse. Nach einer Minute des Schweigens antwortete sie.

»Ich hatte vor unserer Hochzeit eine kleine Erbschaft gemacht. Einige tausend Euro, die wir angelegt hatten. Das Geld war eines Tages weg. Er hatte es sich genommen, um damit seine Spielsucht zu befriedigen.«

»Er verspielte Ihr Geld?« Auf Ritters Stirn bildete sich eine Zornesfalte.

Sie nickte. Nach einem kleinen Schluck Kaffee sprach sie weiter. »Ich war blind, weil ich ihm vertraute.«

Sie schüttelte den Kopf. Fassungslosigkeit sprach aus dieser Geste.

»Als wir uns scheiden ließen, zahlte er mich aus. Wir hatten ja das Haus. Einiges an Geld und Arbeit hatte ich auch reingesteckt. Na ja, er nahm einfach eine Hypothek auf und ich bekam mein Geld. Zwar nicht alles, aber immerhin einen Teil. Den Rest buche ich als Lehrgeld ab.«

Sie blickte auf.

»Er hat so viele Schulden!«

Sie schüttelte den Kopf.

»Dic Banken machen es einem auch leicht. Beamter, das reicht als Sicherheit.«

»Hat er noch andere Einkommensquellen?«

Sie musterte Ritter. Ihr Blick hatte etwas Hypnotisches. Er ertrank förmlich in ihren blauen Augen.

»Diese Frage sollten Sie ihm stellen. Sagen Sie mir, was hat er ausgefressen?«

»Ich kann Ihnen diese Frage nicht beantworten. Haben Sie bitte Verständnis.«

Sie sah ihn verwundert an.

Ritter blickte ihr direkt in die Augen. Himmel, dachte er, was passiert mit mir? Dann sprach er.

»Ich bitte Sie nicht um Verständnis für Ihren Mann, sondern für mich und die Situation. Ich kann und will Ihnen nichts vormachen, Frau Jäger, aber wurde Ihr Mann gewalttätig Ihnen gegenüber oder Dritten?«

Sie musterte ihn mit zusammengekniffenen Augen.

»Nein, das wurde er nicht. Wenn Sie körperliche Gewalt meinen.« Fügte sie leise hinzu.

»Meinte ich, aber ich entnehme ihren Worten, da gibt es noch etwas?«

»Und als er mir sagte, ich könne mir meinen Kinderwunsch abschminken, da zog ich die Notbremse.«

Sie sprach zunehmend leiser, und Tränen traten in ihre Augen. Ein dünner Tränenschleier umhüllte ihre Pupillen.

Ritter fühlte sich unwohl und langsam wurde er wütend auf diesen Mann. Was alles hatte er dieser Frau angetan?

Er atmete tief durch und nickte bestätigend.

Nach einer beklemmenden Pause stellte er seine nächste Frage.

»Wenn ich zusammenfassen darf, dann sprechen wir von einem egozentrischen, diktatorisch veranlagten Menschen?«

Sie nickte.

Er trank seinen Kaffee aus.

»Ich danke Ihnen für Ihre Offenheit und das Sie mir so bereitwillig Auskunft erteilt haben. Danke auch für den guten Kaffee.«

Sie lächelte. »Gerne. Sie haben Glück. Ab morgen bin ich wieder bei der Arbeit. Da hätten Sie mich nicht angetroffen.«

Ritter erhob sich. »Dann muss ich Ihrem Arbeitgeber ja dankbar sein. Sonst hätte ich Sie nicht kennenlernen dürfen.«

Sie verabschiedeten sich, und er hielt ihre Hand einen Augenblick länger, als nötig.

Nachdenklich ging er weiter den Spiegelberg hinauf. Am Ende der Straße blieb er stehen und schaute auf den Stadthafen[34]. Fest vertäut lag hier die Greundiek[35]. Ihr grüner Schiffskörper weckte in ihm die Sehnsucht nach dem Frühjahr. Er war kein Freund des Winters. Dieser dunklen Jahreszeit, in der kein Blatt am Baum war. Er beneidete die Zugvögel, die der Witterung entfliehen konnten.

Er wäre jetzt gerne zurückgegangen, um diese Frau näher kennenzulernen. Doch er hatte einen Kriminalfall zu lösen. Innerlich schallt er sich einen Narren. Ihm wurde kühl. Er drehte sich um und ging langsam die Straße hinunter.

Er nahm einen anderen Weg, als er gekommen war. Lang-

---

34 Stadthafen- kulturelles und maritimes Zentrum der Stadt Stade
35 Greundiek- Kultur und Museumsschiff

sam ging er durch die Salzstraße[36], vorbei an der Kirche St.Cosmae[37] und dem Johanniskloster[38]. Er ging langsam. Er sortierte seine Gedanken und das weitere Vorgehen.

Nach einer halben Stunde Schlendern, war er so weit. Zielstrebig steuerte er sein Büro an.

Am nächsten Tag klopfte es an seiner Bürotür. Malte Warin trat ein.

»Ihr wolltet mich sprechen?«

»Komm rein.« Ritter war aufgestanden und begrüßte den Kollegen.

»Leg ab und nimm Platz. Schön, dass du gekommen bist.« Er lächelte und deutete auf einen Stuhl.

Warin setzte sich.

»Habt ihr den Mörder gefasst?«

»Wir haben den Ehemann festgenommen.«

»Der Ehemann war's?«

»Wir sind uns da noch nicht so sicher. Deswegen bat ich dich auch, heute zu kommen. Möchtest du einen Kaffee?«

»Ne du, ist nett gemeint, aber ich habe beschlossen, im neuen Jahr weniger Kaffee zu trinken.«

Ritter grinste. »Die guten Vorsätze. Hauptsache, du hältst durch.«

Warin winkte ab. »Ist ja nicht so, wie mit dem Rauchen aufzuhören.«

Ritter nickte. Dann zog er die Schublade seines Schreibtisches auf und legte vor Warin einige Fotos. Alles Fotografien blonder, groß gewachsener Männer.

»War einer von denen am Tatort?«

---

36 Salzstraße- zeichnet sich durch einen geschlossenen Bestand erhaltener Fachwerkgiebelhäuser aus dem 17. Jahrhundert aus.

37 St.Cosmae et damiani- spätromanische Saalkirche, beherbergt eine weltberühmte Hus/Schnittger Orgel

38 Johanniskloster- ehemaliges Franziskanerkloster aus dem 13. Jahrhundert mit einem verträumten Klostergarten

Warin nahm die Fotos und musterte jedes aufmerksam. »Schwer zu sagen. Ich habe ihn ja nur kurz gesehen, aber der hier könnte es gewesen sein, sicher bin ich mir jedoch nicht.«

Er legte die Bilder auf den Tisch.

Ritter nahm das eine Foto. Es war eine Fotografie von Dähn. Er legte es auf die Akte Dähn.

»Das ist der Ehemann«, sagte er nebenbei.

»Ach was!« Warin tat überrascht.

»Du kannst es aber nicht bezeugen?«

»Ne du. Beim besten Willen nicht.«

»Ärgerlich!« Ritter schüttelte langsam den Kopf.

»Warum?«

»Wie gesagt, wir haben kaum etwas in der Hand, und er redet nicht.«

»Ich beneide euch nicht. Da lebe ich ruhiger.« Warin lehnte sich zurück.

»Äh, glaube ich nicht. Ihr habt bestimmt auch genügend Stress und Arbeit.«

»Ja schon, aber doch nicht so knifflig wie bei euch.«

»Hast du gewusst, dass Dähn ein Segelboot hat?«

»Nein, wie sollte ich?«

»Ja, wie solltest du? Ich dachte, weil du bei der Bundespolizei bist und er oft nach Dänemark oder nach Polen gesegelt ist.«

»Das machen Hunderte andere auch, und die kenne ich wahrscheinlich alle nicht.«

»Stimmt. Er hat sein Boot bei einem Bauern in einer Scheune untergestellt.«

»Aha! Und?«

»Nur so.« Ritter lächelte, als Ottensen eintrat. Dieser nahm sich einen Stuhl und setzte sich hinter Warin.

Der schaute sich um, und dann blickte er fragend zu Ritter.

»Du wunderst dich? Ist mein Vorgesetzter. Ab und zu überprüft er meine Arbeit. Lass dich nicht von ihm nervös machen.«

Warin nickte.

»Sag mal Kollege, als du die Tote fandest, da wolltest du von der Silvesterfeier nach Hause. So hattest du es ausgesagt.«

Wieder nickte Warin.

»Und du warst feiern im Restaurant?«

»Ja, war ich.«

»Wieso fragst du?«

»Ich versuche, die Silvesternacht zu rekonstruieren. Manchmal fällt einem Zeugen, wenn man sich über die Sachlage unterhält, noch das eine oder andere ein. Und du warst alleine feiern, ohne Frau?«

Warin winkte ab. »Bin seit zwei Jahren geschieden und habe noch nicht die Richtige gefunden.«

»Das kenne ich. Bin zwar nicht geschieden, aber auch noch auf der Suche. Ist nicht einfach, als Polizist eine Frau zu finden.«

»Stimmt. Meine laufen immer weg! Kein Verständnis für Überstunden, für den Dienst, und wenn man dann mal zu Hause ist, dann wollen sie bestimmen, wo es langgeht.«

Ritter nickte nachdenklich. »Weißt du, was ich nicht verstehe?«

»Na?« Warin musterte Ritter.

»Keiner hat dich in der Gaststätte gesehen. Wir haben mehrere Zeugen befragt, Gäste und das Personal und wir haben einige Hundert Fotos gesichtet, die in der Nacht gemacht worden sind. Nirgendwo bist du drauf.«

Warin zuckte mit den Schultern. Er machte einen gelangweilten Eindruck.

»Und dann sagtest du eben aus, du kennst weder Dähn, noch weißt du etwas von seinem Boot. Komisch!«

»Warum?« Warin setzte sich aufrecht. Seine Stimme klang leise. Er machte den Eindruck eines Raubtieres, welches sich in die Enge gedrängt fühlt. Fehlt nur noch, dass er die Zähne fletscht, dachte Ritter, dann schlug er die Akte Dähn auf.

»Wir haben Dähns Boot kriminaltechnisch untersucht.«

»Und habt ihr etwas gefunden?«

»Auf dem Boot nicht!«

Warin grinste.

»Aber auf der Leiter, die im Schuppen stand.«

Er legte ein Foto vor Warin. Es zeigte vergrößert einen Ausschnitt der Leiter.

»Ein sauberer Abdruck einer Hand. Wie aus dem Lehrbuch.«

Warin wurde bleich. Seine Augen wurden zu Schlitzen.

»Und ich wette, wenn wir diesen Abdruck mit dem deiner Hand vergleichen, dann werden wir fündig. Du hast das Boot nach den Drogen durchsucht. Wahrscheinlich hattest du Handschuhe an. Nur bei der Leiter, da warst du unvorsichtig.«

Warin schwieg. Sein Kiefer mahlte. Man sah ihm die Anspannung an.

»Was mich aber am meisten wunderte, und das tat es schon am Tatabend, warum warst du so durchgefroren? Ich will es dir sagen! Du hast auf Angela Dähn gewartet. Bei ihrem Mann kamst du nicht weiter, so hast du dir die Frau gegriffen und sie ermordet. Ihn konntest du nicht töten. Er hatte ja noch die Ware beziehungsweise das Geld aus dem Drogenverkauf. Du hast sie von ihrem Zuhause an verfolgt. Dein Auto stand auch nicht auf deinem Grundstück. Das hat uns dein Nachbar berichtet. Er konnte so ungehindert sein Feuerwerk abbrennen. Das erzählte er uns freudestrahlend, und er sah dich mit dem Wagen vorfahren. Keine fünfzehn Minuten nachdem wir uns am Tatmorgen trennten.«

Warin sagte immer noch nichts. Seine Halsschlagader pochte. Deutlich war sie hervorgetreten.

»Dann sagtest du aus, du sahst einen Mann die Sattelmacherstraße hochlaufen. Nun, wir haben das heute um 1.15

Uhr nachgestellt. Ich konnte meinen Kollegen nicht beschreiben. Die Lichtverhältnisse lassen dies nicht zu! Wie konnten Sie, Herr Warin, die Haarfarbe des Mannes sehen und das bei Schneefall? Ich will es Ihnen sagen. Es gibt diesen Mann nicht. Den Knochen haben Sie uns vorgeworfen!« In Ritters Stimme schwang etwas Anklagendes mit.

»Ihr spinnt!« Warin tippte sich an die Stirn. Dann schlug er die Beine übereinander und verschränkte die Arme über der Brust.

»Oh nein! Wir werden alles beweisen. Ihr Hang nach Höherem. Die Idee, mit Drogenschmuggel zu viel Geld zu kommen. Dähn kam Ihnen gerade recht. Er hatte schon einmal ein Paket mitgenommen. Wir legten ihm ein Foto vor und er erkannte in Ihnen den Mann, der ihn um diesen Gefallen gebeten hatte. Danach war es ein Leichtes, ihn vor Ihren Karren zu spannen. Bis er das eine Paket unterschlug. Die Ausrede mit der Polizei nahmen Sie ihm nicht ab, denn Sie wussten es ja besser. Und Dähn fuhr immer dann, wenn Sie Dienst hatten.«

Warin blickte überrascht auf.

Ottensen trat an den Schreibtisch heran und legte ein bedrucktes Blatt Papier auf den Tisch.

»Hier, Ihre Dienstschichten. Und hier die Liste mit den Daten an denen Dähn fuhr. Verblüffend, diese Übereinstimmung!«

Warin lachte kurz auf.

»Das Lachen wird Ihnen vergehen, Herr Warin. Ehemalige Polizisten haben es im Strafvollzug nicht leicht.«

Ritter klingelte nach dem uniformierten Posten.

»Abführen!« Er deutete auf Warin, dessen Gesicht blutleer war.

4 CHA-CHA-CHA MIT HINDERNISSEN

»Aber Herr Jansen, grazil führt der Herr die Dame. Sie sind doch nicht mehr auf Ihrem Boot.« Der Tanzlehrer schüttelte den Kopf.

»Schiff! Ich war Kapitän auf einem Schiff. Mit einem Boot können Sie den Burggraben erkunden.« Jansens grauer Schnauzbart zitterte vor Erregung.

»Schauen Sie, so!« Leicht drehte der Tanzlehrer mit Frau Jansen eine Runde.

»Schritt, Schritt, Wechselschritt!«, rief er laut in die Runde. Jansen gab sich alle Mühe, doch er stapfte mehr, als dass er tanzte.

Der Tanzlehrer klatschte in die Hände. »Danke meine Herrschaften, das war es für heute. In der nächsten Woche geht es weiter. Üben Sie alle zu Hause und haben Sie Spaß.« Er verbeugte sich. Dann gingen die Paare.

Frau Jansen hakte ihren Mann unter und lächelte ihn an.

»Danke, dass du mit mir tanzen lernst.« Sie schaute zu ihm auf und lächelte ihn an.

Er knurrte. »Tanzen lernen. Was für eine Schnapsidee!«

Sie knuffte ihn in die Seite.

»Ach was. Jetzt wo wir Rente bekommen, da haben wir doch Zeit. Und ich möchte doch so gerne mit dir tanzen gehen. Haben wir nie gemacht.«

Jansen half seiner Frau in den Mantel.

»Der Tanzlehrer hat ja recht. Ich stapfe umher wie ein Blaufußtölpel.« Er zog sich den Mantel über, dann rückte er den Schal zurecht, und sie gingen hinaus. Der eisige Wind zerrte an ihnen. Es war noch einmal kalt geworden. Jetzt,

Ende Februar, konnten sie darauf verzichten. Die Menschen sehnten sich nach Sonne, nach Frühjahr und dem ersten Grün.

Langsam schlenderten sie die Straße entlang. Es war kalt, aber hier an der Schwinge, in der geschützten Altstadt war es erträglich. Sie kamen am Denkmal der Fischverkäuferin Margarethe Flint[39] vorbei. Frau Jansen kuschelte sich an ihren Mann. Der spuckte in die Schwinge, auf der eine dünne Eisschicht schwamm. Plötzlich stutzte er.

»Schau mal. Schwimmt da einer?«

Er war ruckartig stehen geblieben. Seine Frau verlor beinahe den Halt. Glatt war es hier. Krampfhaft klammerte sie sich an ihm fest. Nachdem sie tief durchgeatmet hatte, blickte sie in die Richtung, die ihr Mann ihr anzeigte.

»Du, da schwimmt wirklich einer. Wir müssen Hilfe holen.« Sie blickten sich um. Hinter ihnen kam ein junges Pärchen. Jansen sprach sie an und deutete auf die Schwinge. Kurzer Hand holte der junge Mann sein Telefon aus der Tasche und wählte den Notruf. Dann zog er Schuhe und Hose aus und stieg die Granitstufen hinab. Als er ein Bein in die Schwinge tauchte, zuckte er zurück. Doch dann überwand er sich, und hinein ging es ins eiskalte Wasser. Er schrie fast, als er bis zur Hüfte eintauchte. Sein stoßweiser Atem war als weiße Wolke sichtbar. Er beeilte sich, zu dem Treibenden zu kommen. Weitere Passanten trafen ein, blieben stehen und schauten aufgeregt zu. Nur ein weiterer Mann folgte dem jungen Mann. Gemeinsam zogen sie den Verunglückten zur Treppe. Es war ein Mann, doch ihr Einsatz war erfolglos. Er war tot. Sie stiegen langsam, zitternd und zähneklappernd aus dem eiskalten Wasser. Aus einem Haus wurden ihnen Handtücher und Decken gereicht. Aus einem anliegenden Restaurant brachte man heißen Tee, den sie kaum trinken konnten, denn sie zitternden erbärm-

39 Mutter Flint mit dem Stint, einziges Denkmal einer Frau in Stade

lich. Die Frauen rieben ihren Männern die Oberkörper, um die Durchblutung anzuregnen. Nach wenigen Minuten trafen der Notarzt und die Feuerwehr ein. Der Arzt konnte nur noch den Tod des Mannes feststellen. Als er die klaffende Wunde am Hinterkopf des Mannes sah, rief er die Polizei.

Ritter traf eine halbe Stunde später ein. Wie so oft kam der Anruf während der Bereitschaftszeit. Doch er jammerte nicht. Es war sein Beruf, und er war mit Leib und Seele Kriminalist.

Die beiden Männer, welche den Toten geborgen hatten, waren ins Klinikum gefahren worden.

Der Tote war von den Feuerwehrleuten die Treppe hinaufgetragen worden. Die Gerichtsmedizinerin hatte ihre erste Leichenschau beendet. Ritter grüßte sie.

»Wahrscheinlich ein Schlag auf den Kopf. Hier müssen Sie auf die Obduktion warten. Mehr kann ich nicht sagen.«

»Wie lange ist er schon tot?«

»Nicht lange! Nicht länger als eine Stunde würde ich schätzen, aber das ist vorläufig, Herr Ritter.« Sie drohte mit dem Finger, dann zog sie sich die Gummihandschuhe von den Händen. Es gab ein schmatzendes Geräusch. Sie deutete auf das Portemonnaie, welches neben dem Toten in einer Tüte steckte.

»Rainer Wucas heißt der arme Mensch. 52 Jahre alt und aus Stade.«

Ritter dankte. Er schrieb sich den Namen und die Adresse auf. Dann schaute er sich um. Er fragte nach, wer den Toten gefunden hatte. Ein Posten zeigte auf die Jansens. Das Ehepaar gab bereitwillig Auskunft. Viel hatten sie nicht zu berichten. Ritter notierte sich die spärlichen Angaben. Er dankte den beiden und sie gingen. Eine Minute später sah Ritter sie über die Hudebrücke[40] davongehen. Er wandte sich an die unifor-

40 Hudebrücke- historische Brücke über die Schwinge, im Jahre 2014 wurde die Sanierung beendet, sie begrenzt den alten Hansehafen im Südwesten

mierten Kollegen. Die umliegenden Häuser und Restaurants mussten abgeklappert werden. Eventuell hatte jemand etwas gesehen oder gehört. Der Kollege nickte und versprach, Verstärkung anzufordern. Ritter fragte unter den Umherstehenden nach. Doch niemand hatte etwas gesehen. Alle waren erst gekommen, als der Mann gefunden worden war. Die Spurensicherung hatte mit ihrer Arbeit begonnen, doch hier hatten sie wenig Hoffnung. Sie wussten nicht, wo der Mann in den Hafen geworfen oder gefallen war. So mussten sie Wasser Ost und Wasser West absuchen. Ritter beschloss, die Wohnung des Verstorbenen aufzusuchen. Hier hatte er die Aufgabe, die Ehefrau über das Ableben ihres Mannes zu informieren. Eine Arbeit, die es in sich hatte.

Sie verlangte viel Fingerspitzengefühl und Einfühlungsvermögen. Hinter ihm flammten die Flutlichtstrahler auf. Die Feuerwehr hatte Masten aufgerichtet, an denen die Strahler hingen. Sie tauchten den alten Hafen in gleißendes Licht.

Ritter musste in die Bäckerstraße[41]. Er ging zügig. An manchen Stellen musste er vorsichtig sein. Glätte machte die Bürgersteige tückisch rutschig.

Er ging vorbei am Traufenhaus[42], ohne auf die unterschiedlich geschnitzten Halbsonnen zu achten. Heute hatte er keine Zeit, sich den Schönheiten der Altstadt zu widmen.

Am Ende der Bäckerstraße war er richtig. Wucas stand am Klingelschild. Ritter läutete. Nach einer Weile ging der Summer und er trat ein. Licht flammte im Treppenhaus auf. Nach kurzer Orientierung stieg er die Treppe empor. Von oben meldete sich eine resolute Frauenstimme.

»Sieh zu, dass du hochkommst, du alter Säufer!«

Ritter spähte nach oben, konnte aber niemanden sehen.

---

41 Bäckerstraße- blieb vom großen Stadtbrand verschont, fast alle Häuser (schlichte Fachwerkgiebelhäuser) sind aus dem 16.Jahrhundert

42 Renaissancehaus von 1590, eines der schönsten Fachwerkhäuser Stades

»Beeil dich. Wenn du mich schon rausklingelst. Kannst wieder deinen Schlüssel nicht finden, aber saufen.«

Die Stimme überschlug sich. Die Frau redete sich langsam in Rage.

Das kann ja heiter werden, dachte Ritter, als er die letzten Stufen nahm. In einer Wohnungstür stand eine Frau, Mitte fünfzig, korpulent, um nicht zu sagen dick. Sie musterte den Kriminalisten mit kleinen Augen. In der rechten Hand hielt sie einen grünen Hausschuh, der auf und nieder federte.

»Guten Abend, Frau Wucas?«

»Wer will das wissen? Sind Sie einer von Rainers Saufkumpanen? Traut er sich wieder nicht nach Hause und Sie sollen um gut Wetter betteln? Aber das Eine sage ich ihnen, wenn der mir unter die Finger kommt, ich schlage ihn windelweich!«

Kleine Spucketröpfchen flogen durch die Luft, in Ritters Richtung.

Heiliger Bimbam! Ritter blieb auf der obersten Stufe stehen, einen guten Meter Sicherheitsabstand zu der Frau haltend. Doch die schmiss kurzer Hand den Hausschuh in seine Richtung und sie schien Übung darin zu haben. Dank seiner schnellen Reaktion ging das Geschoss nur wenige Millimeter an seinem Kopf vorbei, knallte an die Wand und kullerte dann zwei, drei Stufen hinunter.

Ritter musterte den Hausschuh, dann die Frau. Diese stampfte mit dem noch beschuhten Fuß auf. Ritter befürchtete, dass sie den zweiten Schuh ebenfalls als Wurfgeschoss einsetzen würde. Und eventuell hatte sie genauso viele Schuhe wie er. Dann erwartete ihn ein Bombardement.

Schnell riss er seinen Dienstausweis hervor. »Kriminalpolizei!«

Doch die Frau beruhigte sich nicht. Sie wurde noch lauter.

»Polizei? Was hat der Suffkopp ausgefressen? Und warum behelligen Sie rechtschaffene Leute? Wir haben uns nichts zuschulden kommen lassen. Wir nicht!«

»Jetzt aber mal Ruhe!«

Ritter sprach laut und energisch. Die Frau war schlagartig still. Ihr Mund stand halb offen und ihre großen Brüste hoben und senkten sich schnell.

»Es geht um Ihren Mann! Lassen Sie uns bitte reingehen.« Ritter machte einen Schritt nach vorne, und mit der rechten Hand zeigte er auf die Wohnungstür.

Wortlos gab die Frau den Eingang frei. Als Ritter hineingehen wollte, zeigte sie auf ihren Schuh. »Den brauche ich aber.« Sagte sie leise.

Ritter drehte sich wortlos um und ging die wenigen Stufen hinunter. Er hob den Schuh auf und wortlos ließ er ihn der Frau vor die Füße fallen.

Geschickt rutschte sie rein. Auch darin schien sie Übung zu haben.

Ritter betrat die Wohnung. Ein kleiner Flur führte in die gute Stube.

Frau Wucas watschelte voran. Schwer atmend ließ sie sich in den einzigen Sessel fallen. Wortlos deutete sie auf die Couch. Ritter setzte sich, darauf bedacht, viel Platz zwischen sich und der Frau zu lassen.

»Ich komme wegen Ihres Mannes, Frau Wucas, er …«

Die Frau unterbrach ihn abrupt. »Was ist mit ihm? Hat er besoffen randaliert? Oder kann er die Zeche nicht bezahlen?«

»Er ist tot, Frau Wucas.« Ritter sprach mit ruhigen Worten diesen Satz. Dabei beobachtete er die Frau genau. Diese hatte die Hände im Schoß. Sie musterte Ritter.

»Ja, genau, das ist er.« Sie zeigte ihm einen Vogel.

»Wenn Sie mich auf den Arm nehmen wollen, dann Gnade Ihnen Gott.« Ihre Stimme wurde bei jedem Wort lauter.

Ritter hob die Hände. »Beruhigen Sie sich, Frau Wucas. Ihr Mann verstarb heute Abend. Er wurde aus der Schwinge geborgen.«

»So, jetzt ist aber gut.« Sie stütze sich auf den Sessellehnen ab, um wieder aufstehen zu können. Ritter befürchtete, dass sie sich wieder zum Angriff rüsten würde.

Er beugte sich nach vorne. »Bleiben Sie bitte sitzen. Ich mache keine Scherze, und ich nehme Sie auch nicht auf den Arm. Es tut mir sehr leid, Ihnen diese Mitteilung überbringen zu müssen.«

Frau Wucas rutschte in den Sessel zurück. Schlagartig wich alles Blut aus ihrem Gesicht. Aschfahl saß sie da. Ihr Blick war starr auf Ritter gerichtet. Plötzlich kam ein Röcheln aus ihrer Kehle, sie verdrehte die Augen, bis er nur noch das Weiße sehen konnte. Dann fiel ihr Kopf auf die Seite und ihr Oberkörper sackte in sich zusammen.

Ritter registrierte sofort, dass sie ohnmächtig geworden war. Mit seinem Handy alarmierte er den Notarzt. Dieser traf nach wenigen Minuten ein. Er bestätigte die Annahme von Ritter. Nach wenigen Minuten kam die Frau zu sich. Verständnislos musterte sie die Männer in ihrer Wohnung. Langsam kam die Erinnerung zurück. Sie wollte aufstehen, doch der Arzt verbot es ihr. Der Kreislauf machte ihm Sorgen, also beschloss er, sie in das Klinikum einzuweisen. Die beiden Sanitäter legten die Frau auf eine Trage und mühsam wurde sie durch das Treppenhaus in den Krankenwagen gebracht. Ritter konnte nichts mehr machen. Er beschloss, morgen tagsüber die Frau zu besuchen.

Er stand auf der Straße und schaute dem Krankenwagen hinterher, dessen Rücklichter sich langsam entfernten. Ein Blick auf die Uhr und er ging in das Büro, den Papierkrieg erledigen.

Am nächsten Morgen kam der Leiter der Spurensicherung

und brachte den ersten Bericht. Ritter trank gerade seinen Tee, als Dr. Brenner eintrat.

Sie begrüßten sich, und Brenner deutete auf den dünnen Hefter.

»Hier das Erste.«

»Was kannst du mir sagen?« Ritter schaute neugierig drein.

»Nun, wir haben die Stelle gefunden, an der dein Opfer ins Wasser fiel.«

»Aha.«

»Mehr hast du nicht zu sagen? Ein wenig mehr Begeisterung hätte ich mir gewünscht. Meine Jungs haben Stunden gebraucht, um alles abzusuchen.« Brenner schaute verärgert drein.

»Entschuldige. Ich möchte dir und deinen Kollegen meinen Dank aussprechen.« Ritter machte eine Handbewegung, als Brenner antworten wollte.

»Gib mir noch einen Moment. Ich meine das ehrlich. Tut mir leid, wenn ich das nicht gleich gewürdigt habe, aber ich wurde gestern bombardiert.«

Er erzählte von seinem Abenteuer mit der Witwe.

Dr. Brenner grinste breit. »Schadet dir gar nichts, wenn dir die Walküre von Stade die Leviten liest.«

Ritter grinste auch. »Du sagtest, ihr habt die Stelle gefunden …«

»Genau! Wenn du mich fragst, dann hat Mutter Flint mit dem Stint ihn auf dem Gewissen.«

»Hä?« Ritter zog die Stirn kraus. »Machst du Scherze?«

»Nein!« Brenner schlug den Hefter auf und reichte Ritter eine Fotografie. »Schau selber. Eigentlich war es der Fisch. Hier!« Er gab Ritter ein weiteres Foto. Es war eine Ausschnittvergrößerung des ersten Bildes. »Auf der Rückenflosse fanden wir Haare und menschliches Blut. Wenn du mich fragst, der ist mit dem Hinterkopf auf die Flosse geknallt und dann in das Wasser gefallen.«

Ritter musterte die Bilder.

»Kann schon sein. Dann sprechen wir von einem Unfall. Warten wir mal ab, was die Gerichtsmedizin für uns hat.«

Brenner nickte. »Viel mehr haben wir noch nicht. Die Spurenlage ist aber auch bescheiden. An der Kaimauer fanden sich Faserspuren. Die müssen wir aber noch auswerten.« Er schickte sich an zu gehen. »Wenn wir noch etwas finden, dann bekommst du es als Erster.«

Er tippte sich mit zwei Fingern an die Stirn, dann schloss er die Tür.

Ritter blätterte den Bericht der Spurensicherung durch. Viel war es wirklich nicht, was die Kollegen für ihn hatten. Doch sie hatten die Stelle gefunden, an dem die Tat oder das Unglück passiert war.

Die Befragung der Anlieger hatte wenig erbracht. Die Hinweise waren spärlich. Ritter telefonierte mit seinem Chef. Er bat um nochmalige Befragung der Anwohner, die in der unmittelbaren Nähe des Denkmals wohnten. Ottensen versprach, einige Kollegen dafür abzustellen.

Ritter musste ins Krankenhaus. Eventuell wusste Frau Wucas, wo ihr Mann am Abend seines Todes war.

Vorher telefonierte er aber noch mit der Gerichtsmedizin. Doch auch hier kam er nicht weiter. Die Obduktion war erst zum Nachmittag angesetzt worden. Die Gerichtsmedizinerin musste am Vormittag als Gutachterin vor Gericht erscheinen.

Ritter fuhr los. Er musste auf den Schwarzen Berg. Dort war das Klinikum. Zurzeit herrschte wenig Verkehr, so war er in wenigen Minuten dort. Am Empfang fragte er nach dem Zimmer von Frau Wucas. Keine drei Minuten später war er auf der Station.

Der diensthabende Arzt informierte ihn über den Zustand der Frau. Ihr Kreislauf war wieder stabil und sie würde aller Wahrscheinlichkeit nach morgen entlassen werden. Gegen eine Befragung hatte er nichts einzuwenden.

Ritter klopfte an die Zimmertür und trat dann ein. Frau Wucas lag alleine im Zimmer. Sie musterte ihn kurz, dann traf ihn ein wütender Blick. Er grüßte und fragte nach ihrem Befinden. Demonstrativ drehte sie sich weg.

»Frau Wucas, ich verstehe Ihre Wut und Ihre Trauer.« Er legte all seinen Charme in diesen Satz.

»Sie verstehen gar nichts!«, kam es leise und gepresst zurück.

»Wie kommen Sie darauf? Meinen Sie, ich kann nicht mitfühlen und verstehen, was Sie gerade durchmachen?«

Die Frau drehte sich zu ihm. Trotz ihrer Korpulenz bewegte sie sich schnell.

»Meine Tochter war vorhin hier. In der Stadt wird erzählt, mein Alter ist ermordet worden!«

»Das wissen wir noch nicht. Wir ermitteln in alle Richtungen.«

»Papperlapapp.« Sie machte eine wegwischende Handbewegung. »Der wird nicht von alleine ins Hafenbecken gesprungen sein. Dazu war der viel zu wasserscheu.«

»Zurzeit sieht einiges nach einem Unfall aus, aber wie gesagt, wir ermitteln noch.«

Sie richtete sich auf. »Unfall?«

Sie stützte ihr Doppelkinn in die rechte Hand. Nach einer Minute des Schweigens lächelte sie Ritter an.

»Dann muss die Versicherung ja zahlen.«

Ritter stutzte. »Welche Versicherung?«

»Mein Alter hat sich vor ein paar Jahren so ne komische Versicherung aufschwatzen lassen. Wenn er das Zeitliche segnet, dann bekomme ich ein wenig Kohle.«

»Wissen Sie wie viel?«

»So um die Hunderttausend. Meine Tochter hat gesagt, wenn der Alte ermordet wurde, dann zahlt die Versicherung nicht, aber bei einem Unfall müssen die ja zahlen, oder?«

Fragend sah sie den Kriminalisten an. Der zuckte mit den Schultern.

»Das kann ich Ihnen nicht sagen. Am besten, Sie oder Ihre Tochter fragen bei der Versicherung mal nach. Bei welcher Versicherung hat denn Ihr verstorbener Mann den Vertrag abgeschlossen?«

»Da, wo wir alles haben.« Sie nannte die Versicherungsgesellschaft. Ritter notierte sich gedanklich den Namen.

»Wann haben Sie Ihren Mann das letzte Mal gesehen?«

»Gestern, als er zur Arbeit ging.«

»Wann war das?«

Ritter zog sein Notizbuch hervor. Suchend sah er sich im Zimmer um. Dann nahm er einen Stuhl und setzte sich in die Nähe des Bettes.

Frau Wucas beobachtete ihn. Als er saß, antwortete sie: »Das war um sieben in der Früh. Da musste er los.«

»Und am Nachmittag oder am Abend sahen Sie ihn nicht?«

»Nein!« Ihre Stimme klang ärgerlich. Sie hob ihre Hände und ließ sie auf die Bettdecke fallen.

»Er traf sich doch mit seinen Skatbrüdern. Einmal im Monat, immer am Geldtag, saufen die und spielen Karten.«

Verachtung schwang in ihrer Stimme mit.

»Kennen Sie die Skatfreunde?«

»Freunde ist gut! Alles seine Kollegen. Erst saufen sie, dann raufen sie. Schade ums Geld!«

»Ach, was Sie nicht sagen. Kam es öfters vor, dass die sich stritten?«

»Klar. Der Alte ist schon öfters mit einem blauen Auge nach Hause gekommen.«

»Und dann?«

»Dann hat er von mir eine auf das andere Auge bekommen, der Suffkopp.«

Ritter glaubte ihr aufs Wort.

»Wo hat Ihr Mann gearbeitet?«

»Der ist Schlosser.« Sie nannte den Namen einer kleinen Stader Firma. Ritter notierte auch diesen.

Sie wurden unterbrochen. Eine Frau trat ein. Sie sah aus, wie die verjüngte Ausgabe von Frau Wucas. Genauso korpulent und die gleichen Gesichtszüge.

Die Eintretende stutzte. Sie musterte den Kriminalisten.

»Stör ich?«, fragte sie. Ihr Ton hatte etwas Resolutes und sie war laut. Auch das erinnerte den Kriminalisten an Frau Wucas.

»Quatsch, du störst doch nicht. Der Mann ist von der Kriminalpolizei. Geht um den Alten, weil der doch im Hafen schwamm.«

Ihr Ton und ihre Wortwahl zeugten von wenig Mitgefühl und Trauer. Ritter wunderte sich. Warum war sie gestern Abend zusammengebrochen? Wahrscheinlich war es die Anstrengung davon, den Hausschuh geworfen zu haben. Eine andere Erklärung hatte er nicht.

»Na denn.« Die Frau trat näher.

»Ich hab dir was zu essen mitgebracht.« Sie deutete auf ihre Tasche.

Ritter erhob sich.

»Bist ne feine Tochter.« Die im Bett liegende lächelte. Ritter hatte es geahnt. Vor ihm stand Frau Wucas Tochter. Er befragte auch sie. Sie hatte ihren Vater am Wochenende zuletzt gesehen. Sie hatte ihre eigene Wohnung und wenig Kontakt zu ihrem Vater.

Ritter verabschiedete sich. Er wünschte gute Besserung. Als er die Klinke in der Hand hatte, rief Frau Wucas ihm zu:

»Lassen Sie das Mal einen Unfall sein, wegen der Versicherung, Sie verstehen doch.«

Ritter verstand nur zu gut. Er hob grüßend eine Hand, dann zog er die Tür hinter sich zu. Er atmete erst einmal tief aus.

Grinsend ging ein Pfleger vorbei. Wer weiß, was der dachte.

Ritter trollte sich. Er hatte eine Abneigung gegen Krankenhäuser. Ihm war es unverständlich, dass es Menschen gab, die hier arbeiteten.

Er sah auf die Uhr. Bis zum Mittagessen hatte er noch etwas Zeit. Er beschloss, noch einmal das Ehepaar Jansen zu befragen. Vielleicht war ihnen noch etwas eingefallen. Er fuhr nach Wiepenkathen.

Das Ehepaar war zu Hause. Es wohnte in einem alten Bauernhaus. Im Vorgarten lag ein großer Anker, den Ritter begutachtete. Mal was anderes, dachte er, dann drückte er die Klingel. Ein Rohrgong schlug an und sein Dröhnen war unüberhörbar. Als die Tür von Herrn Jansen geöffnet wurde, hallte der Gong immer noch nach.

Der alte Herr musterte kurz den Besucher.

»Ah, Sie sind es.« Ein Erkennen huschte über sein Gesicht.

»Kommen Sie rein.«

Einladend zeigte er in das Innere des Hauses.

Das Haus war großzügig umgebaut worden. Hell und geräumig waren die Zimmer.

Im Wohnzimmer saß Frau Jansen, die über ihre Brille auf den eintretenden Kriminalisten schaute. Sie legte ihr Strickzeug beiseite.

Ritter wurde gebeten, Platz zu nehmen. Beide musterten ihn neugierig. Er stellte seine Fragen. Doch beide hatte nichts bemerkt, was ihm weiterhalf. Nur den Mann hatten sie treibend im Wasser gesehen. Kein Streit, kein Gerangel, nichts hatte ihre Aufmerksamkeit geweckt.

Ritter spielte noch einmal den zeitlichen Ablauf durch. Um 22 Uhr war die Tanzstunde zu Ende gewesen. Ungefähr zehn Minuten später hatten sie den Mann bemerkt.

»Wären wir mal nicht zur Tanzschule gestiefelt.« Jansen brummelte vor sich hin.

Seine Frau legte die Lesebrille heftig auf den Tisch.

»Das könnte dir so passen!«

Sie wandte sich an Ritter. »Seitdem mein Mann in Rente ist, kennt er nur Pötte gucken[43].«

»Nö, nö, das stimmt nicht. Wir haben auch schon eine Elb-Erlebnissfahrt[44] gemacht!«

»Ja, toll! Und wenn ich nicht aufpasse, dann fahren wir bald mit einer Gondel über den Burggraben[45].«

»Nö! Ich als Kapitän fahre doch nicht mit so einem Ding und dann noch auf dem Burggraben. Aber ne schöne Tidenkiekerfahrt[46] können wir doch machen.«

»Untersteh dir!« Eine Zornesfalte teilte Frau Jansens Stirn.

»Wir gehen tanzen, und im Frühjahr fahren wir in die Alpen.«

Zaghaft erwiderte der Kapitän. »Och, doch nicht in die Berge.«

Seine Frau lächelte. »Doch, wir fahren. Obwohl du alter Griesgram dir ja lieber mit der Hand über den Mors fahren würdest, anstatt in die Berge, aber wir fahren!«

Ihre Worte ließen keinen Widerspruch zu. Jansen blickte zu Ritter, zuckte dann mit den Schultern und lächelte seine Frau an. Er wusste, wann er aufzugeben hatte.

---

43 Pötte gucken- beliebtes Freizeitvergnügen an der Elbe, wo man die ein- und auslaufenden Schiffe beobachten kann

44 Elb-Erlebnisfahrt, angeboten werden Erlebnisfahrten, Schlemmerfahrten sowie Kaffeefahrten

45 Gondelfahrt- wird in einer originalen venezianischen Gondel auf dem Burggraben angeboten

46 Tidenkiekerfahrt- Fahrt an Bord eines Flachbootschiffes um den Gezeitenstrom der Niederelbe kennenzulernen

»Meine Frau verplant schon das ganze Jahr.« Grinsend sprach er zu Ritter. Sein grauer Schnurrbart hüpfte auf und nieder.

»Du kennst ja nur das Wasser.« Ihre Stimme hatte etwas Versöhnliches.

»Dafür quäle ich mich auch in der Tanzschule. Alles dir zuliebe!« Er warf seiner Frau ein Küsschen zu.

»Bis Ende April musst du das Tanzen gelernt haben. Dann heißt es: Tanz in den Mai, mein Lieber.«

Jansen stöhnte kurz auf. Er wandte sich an Ritter. »Walzer geht ja schon ganz gut, aber dieser verfluchte Cha-Cha-Cha. Der kostet mich meine letzten Nerven.«

»Und meine Zehen«, warf seine Frau ein.

Ritter erhob sich. Hier konnte er nichts mehr erfahren.

Als er sich verabschiedete, meinte er: »Wenn Sie in den Mai hineintanzen wollen, können Sie das auch auf einem Schiff[47]. So ist Ihnen beiden geholfen.«

»Hörst du?« Jansen blickte seine Frau an.

»Nur, wenn du mit mir zum Opernball[48] gehst.«

Jansen sah aus, als habe er Zahnschmerzen.

»Der ist doch schon nächsten Monat.«

Seine Frau nickte. »Der Walzer geht ja schon ganz gut, hast du selber gesagt.«

Ritter verabschiedete sich. Das Stöhnen von Jansen nahm er nicht mehr wahr.

Ein Blick auf die Uhr, und er fuhr in die Schlosserei. Wucas' Chef, Schlossermeister Reimann, war ein untersetzter Mann Anfang 60, der nur noch einen zarten Rest Haupthaar spazieren trug. Überrascht musterte er Ritter. Hier wusste noch keiner etwas vom Ableben des Kollegen.

»Und ich dachte, der macht krank.« Reimann ließ sich auf einen Bürostuhl fallen. Der Stuhl knackte bedenklich.

---

47 Verschiedene Anbieter bieten Tanzvergnügen an Bord an

48 Stader Opernball- das gesellschaftliche Topereignis für Stade

»Kam das öfters vor, dass Herr Wucas nicht zur Arbeit erschien?«

»Nein!« Der Schlossermeister schüttelte den Kopf.

»Deswegen dachte ich, der ist krank. Der Wucas kam immer zur Arbeit, ganz zuverlässiger Kollege.«

»Sind alle Ihre Angestellten so?«

Reimann winkte ab. »Nur die Älteren. Ich glaube, die jungen Leute haben es nicht so mit dem arbeiten. Wucas ist ein feiner Kollege. Immer pünktlich und auch bereit, länger zu machen. Ich glaube«, er beugte sich zu Ritter, »der war lieber in der Firma, als zu Hause.«

Ritter schmunzelte. »Das glaube ich auch. Sagen Sie mal, mir wurde gesagt, er spielte öfters Skat mit seinen Kollegen.«

»Öfters ist gut. Einmal im Monat dreschen die Kollegen ein Blatt runter. Ist gut für das Betriebsklima.«

»Wo spielen sie denn?«

Reimann nannte den Namen einer Kneipe in der Innenstadt. Keine drei Minuten Fußweg vom Denkmal der Mutter Flint entfernt.

»Und da sind dann alle Kollegen dabei?«

»Kommt drauf an. Manchmal fehlt einer. Gestern war ich nicht dabei. Hatte heute früh Arzttermin, mit Blutuntersuchung und so. Da konnte ich gestern nicht mit. Sie verstehen?«

Ritter nickte. »Kann ich mit Ihren Leuten reden?«

»Klar.« Der Schlossermeister ließ seine Hände klatschend auf die Oberschenkel fallen. Er erhob sich. Schnell war er, stellte Ritter fest. Reimann riss die Bürotür auf, und dann brüllte er aus Leibeskräften: »Alle Mann in den Pausenraum, und zwar sofort.«

Ritter klingelten die Ohren. Als er mit Reimann den Pausenraum betrat, stand vor ihm die Belegschaft. Er stellte sich vor und bat die Anwesenden, Platz zu nehmen. Ein junger

Mann stürmte hinein. Der eine Träger der Arbeitshose baumelte nebenher und er knöpfte sich die Hose beim Gehen zu. Mit rotem Gesicht stammelte er: »Tut mir leid, aber ich war auf dem Klo.«

»Hast deinen Hintern gefunden, Daniel? Ich mein, wegen der Abwischerei.« Ein Blondschopf, Mitte vierzig hatte die Frage laut gestellt. Allgemeines Gelächter enthob den jungen Mann einer Antwort.

»Ruhe. Gott verdammich.« Reimann hatte seine Stimme nur kurz erhoben. Sofort war es still im Raum. Nur das Schaben der Arbeitsschuhe auf dem Linoleum war zu hören.

Ritter informierte die Anwesenden über den Tod ihres Kollegen.

Betretenes Schweigen war die Antwort. Gestern Abend waren sie noch zusammen gewesen, und heute erfuhren sie von seinem Ableben. Leises Gemurmel setzte ein. Ritter hob eine Hand.

»Ich weiß, wie überraschend diese Nachricht kommt, aber ich benötige Ihre Mithilfe. Wir haben ermittelt, dass Ihr verstorbener Kollege gestern Karten spielen war, und zwar mit Ihnen.« Er deutete in die Runde. Zwei, drei nickten. Der Blondschopf achtete auf jede Bewegung und jedes Wort des Kriminalisten.

»Wer war gestern Abend mit Kollege Wucas zusammen?«

Drei Kollegen hoben die Hand.

»Super! Ich bitte Sie zu bleiben. Die Anderen dürfen gehen.«

Ritter wartete, bis alle den Raum verlassen hatten und nur noch die drei Kollegen anwesend waren. Sie schauten ihn mit neugierigen Augen an.

Ritter fragte nach dem Ablauf des Abends. Sie waren sofort nach der Arbeit in ihre Stammkneipe gegangen. Sie hatten Abendbrot gegessen und einen flotten Skat gedroschen.

Der Blondschopf, der vorhin den jungen Mann auf den Arm genommen hatte, erzählte, dass er die Kollegen an diesem Abend, eingeladen hatte. Am Wochenende vorher hatte er nämlich Geburtstag gehabt. Der eine oder der andere hatte mehr getrunken, als gut war. So auch Wucas.

Gegen 21.30 Uhr waren sie dann aufgebrochen. Wucas hatte dem Alkohol am meisten zugesprochen. Laut singend war er durch die Stader Altstadt gegangen. Irgendwann hatten sie Musik gehört. Wucas hatte versucht zu tanzen. Er ließ sich davon nicht abhalten.

»Peinlich war das!« Der Blondschopf schüttelte den Kopf. Seine Kollegen stimmten zu.

»Der hat sich aufgeführt wie unser Daniel und der ist gerade aus der Pubertät raus.«

»Was taten Sie?« Ritter musterte die Männer.

»Zuerst haben wir gesagt, er soll das lassen. Dann haben wir versucht, ihn davon abzuhalten.«

»Wie?«

»Wie? Nun, wir haben ihn am Ärmel gepackt. Doch da drehte er richtig durch. Fing an, mit uns Walzer zu tanzen. Na, da war er bei uns richtig! Wir sind doch nicht schwul!«

Die Männer klopfen mit den Fingerknöcheln auf den Tisch. Ritter nickte.

»Und da hat einer ihm einen Schubs gegeben …«

»Quatsch! Wir waren doch selber angetütert. Irgendwann haben wir ihn stehen gelassen. Doch das hat er gar nicht mitbekommen. Ich habe mich noch einmal umgedreht, da hat er versucht, mit Mutter Flint Cha-Cha-Cha zu tanzen. So besoffen war der!«

»War jemand zu diesem Zeitpunkt in seiner Nähe?«

Die Männer überlegten. Nach einem Augenblick schüttelten sie die Köpfe.

»Und dann?«

»Dann sind wir nach Hause. War ja arschkalt, und arbeiten mussten wir heute auch. Deswegen sind wir ja schon um 21.30 Uhr aufgebrochen. Der Meister hat es nicht so gerne, wenn die Arbeit darunter leidet.«

»Hat einer von Ihnen Wucas danach noch gesehen?«

Die Männer verneinten. Ritter nahm von jedem die Personalien auf. Sein Magen knurrte. Hier kam er erst mal nicht weiter. Er schaute auf die Uhr. Bis zur Obduktion von Wucas hatte er noch Zeit. Er dankte den Männern. Eine halbe Stunde später war er wieder in seinem Büro.

Dort gab es nichts Neues. Ritter telefonierte mit der Gerichtsmedizin. In einer Stunde würde die Leiche von Wucas obduziert werden. Er bat , dabei zu sein.

Das Mittagessen ließ er ausfallen. Stattdessen aß er nur einen Apfel.

Pünktlich betrat er den Obduktionsraum. Frau Doktor Seidenbach lächelte, als er eintrat. Zwei Stunden später saßen sie bei einer Tasse Tee in ihrem Büro.

Nichts deutete auf ein Fremdverschulden hin. Der Blutalkoholgehalt lag bei 2,4 Promille.

»Alles spricht für einen Unfall. Wenn Sie mich fragen Herr Ritter, ist der Mann gestürzt. Die Hinterhauptfraktur spricht dafür. Wahrscheinlich ist er nach hinten ausgerutscht und mit dem Kopf auf die Flosse des Stintes gefallen. Wie er dann in das Wasser kam, das müssen Sie herausfinden. Es gibt keine Anzeichen, dass Dritte beteiligt waren. Er ist ertrunken. Das ist sicher!«

Ritter beschloss, noch einmal die Unglücksstelle aufzusuchen.

Als er sich dem Denkmal näherte, sah er eine Touristengruppe, die sich um das Denkmal versammelt hatte. Wie so oft diente Mutter Flint als beliebtes Fotomotiv. Eine der Touristinnen verlor beinahe den Halt. Sie wurde von zwei anderen aufgefangen. Laut scherzend ging die Gruppe zur nächsten Sehenswürdigkeit. Ritter musterte das Denkmal, wo nichts auf den Tod von Wucas hindeutete. Blut und Haarreste an der Flosse des Fisches hatte die Spurensicherung beseitigt. Vor der Figur war eine kleine gefrorene Pfütze. Ritter stellte sich auf sie und blickte nach hinten. Wenn er sich jetzt nach hinten fallen ließ, würde sein Kopf auf das Denkmal schlagen. Nur, wie war der Mann in das Wasser gelangt?

Eine Stunde später wusste Ritter auch das. Die Spurensicherung hatte ihren endgültigen Bericht vorgelegt. Nachdem Wucas gestürzt war, kroch er in Richtung Wasser. Ob der Alkohol daran schuld war oder die Kopfverletzung, das konnte niemand sagen. Orientierungslos war er in das Hafenbecken gefallen. Das eiskalte Wasser und der Alkohol unterbanden jede Gegenwehr.

Ritter konnte die Akte Wucas schließen.

Am Abend schlenderte Ritter mit vollem Magen durch die Altstadt. Das Frühstück und der eine Apfel waren doch zu wenig für einen Erwachsenen. Er hatte sich ein großes Rumsteak mit Bratkartoffeln gegönnt und das Essen mit einem Stück Kuchen zum Nachtisch gekrönt.

Ziellos wanderte er durch die Stader Altstadt. Die kalte Luft tat gut. Er kam an den Flutkanonen[49] vorbei. Er legte die rechte Hand auf das Kanonenrohr. Ein Fehler, wie er sofort bemerkte. Die Kälte schlug unbarmherzig zu und wie kleine Nadeln drang sie in die Hand. Schnell zog er die Finger zurück.

Mit seinem Atem versuchte er, die Hand wieder warm zu bekommen.

Dann ging er weiter, sich tief in seinen Mantel vergrabend.

Er ging am Kunsthaus[50] vorbei. Ein Plakat warb für die

---

49 Flutkanonen- dienten früher zur Warnung vor Hochwasser, stehen heute hinter dem Schwedenspeicher in Richtung Schwingemündung

50 Kunsthaus- ist in einem 1667 errichteten Kaufmannshaus untergebracht, auf drei Etagen werden Ausstellungen zur klassischen Moderne gezeigt

nächste Ausstellung. Impressionistische Werke sollten gezeigt werden. Ritter merkte sich den Termin.

Keine zehn Minuten später stand er vor dem Spiegelberg. Sehnsüchtig sah er die Burgstraße hinauf. Sollte er hinaufgehen und klingeln? Einfach so?

Er schalt sich einen Narren. Ja, wenn der Zufall nachhalf, dann …

Deutlich sah er das schöne Gesicht von Daniela Jäger vor sich, ihre großen Augen und er hörte förmlich ihre angenehme Stimme.

Seufzend warf er noch einen Blick hinauf, dann drehte er sich um und ging nach Hause.

5 RAUBÜBERFALL

Die Notärztin kümmerte sich um die Verkäuferin. Mit bleichem Gesicht und zitternden Händen schaute diese auf die Männer der Spurensicherung, die sich mit ihren weißen Anzügen durch die Boutique arbeiteten. Jedes Haar, jede noch so kleine Spur wurde erfasst und gesichert.

Blitzlicht vom Fotoapparat flammte auf. Die zerbrochene Glasscheibe des Verkaufstresens wurde fotografiert. Ebenso die Blutlache und die Spritzer von Blut. Dieser Teil des Ladens sah wie ein Schlachtfeld aus. Ritter stand im Eingang und beobachtete die Szenerie.

Vor einer halben Stunde waren zwei Männer aus dem Laden geflüchtet. Sie nutzen die einsetzende Dämmerung und verschwanden unerkannt. Kurz vor Ladenschluss waren sie in die Boutique gekommen und hatten die Besitzerin angegriffen. Dann wurde die Ladenkasse ausgeraubt, und die Männer flüchteten. Das wusste Ritter durch die erste Aussage der Verkäuferin und eines Zeugen, der die Männer davonlaufen gesehen hatte. Die sofort ausgelöste Fahndung hatte bisher noch keinen Erfolg gebracht.

Ritter warf einen kurzen Blick auf das Opfer. Die Besitzerin der Boutique hatte den Angriff nicht überlebt. So wie es aussah, war sie von einem der Männer geschubst worden und dabei mit dem Hinterkopf auf den Verkaufstresen gefallen. Die zerberstende Glasscheibe hatte ihren Kopf schwer verletzt und zu dem enormen Blutverlust geführt. Frau Dr. Seidenbach hatte die erste Leichenschau beendet. Vorsichtig dem Blut ausweichend, kam sie zu Ritter.

»Ich möchte mich nicht festlegen.« Sie kaute auf ihrer Unterlippe. »Der Todeszeitpunkt stimmt mit den Aussagen überein. Zur Todesursache nur so viel: Die Frau hat eine Hinterhauptfraktur. Wahrscheinlich hat sie sich diese beim Sturz auf die Ladentheke zugezogen, aber warten Sie bitte die Obduktion ab. Ich muss mir das genauer ansehen.«

Ritter nickte. Er wollte gar nicht wissen, was sie unter genauer ansehen verstand.

»Herzlichen Dank, Frau Doktor. Wann habe ich den Bericht?«

Sie lächelte. »Die Frage habe ich erwartet. Immer nur ›wann habe ich den Bericht‹. Mann, Herr Ritter, haben Sie etwas Geduld oder wie ich sage: patientia uti (sich in Geduld fassen).«

Ritter grinste. »Ich sage lieber: Tempus fugit (es vergeht die Zeit).«

Die Ärztin tippte ihn mit dem Zeigefinger auf die Brust, da, wo sein Herz saß. »Vergessen Sie nicht den zweiten Teil, der da lautet: amor manet (die Liebe bleibt).«

»War das ein Antrag?« Sein Grinsen wurde noch breiter.

»Das hätten Sie wohl gerne! Ich bin glücklich verheiratet und um einiges älter als Sie. Eine Frau müssen Sie sich selber suchen.« Sie kicherte, als sie an ihm vorbei hinausging.

Nachdenklich schaute Ritter ihr hinterher. Sein Grinsen war wie fortgewischt. Er wandte sich wieder dem Geschehen in der Boutique zu. Der Leiter der Spurensicherung nickte ihm zu. Ritter ging weiter in das Geschäft hinein. Die Spusi nahm sich das Büro und den hinteren Teil des Ladens vor.

Ritter musterte die Verkäuferin, die sich beruhigt hatte. Der Notarzt klappte seine Tasche zu, und kurz grüßend ging er.

Ritter kniete sich vor der Verkäuferin hin. Sie saß auf einem Holzstuhl. Sonst gab es keine Sitzgelegenheit im Laden und im hinteren Teil waren die Kollegen der Spurensicherung.

Ritter musterte die blasse, vor ihm sitzende Mittzwanzigerin. Ihr Name war Jacqueline Lorenz. Sie wohnte in Stade und arbeitete seit vier Jahren in der Boutique. Ihre Stimme zitterte, als sie Ritter dies erzählte. Der nickte ihr aufmunternd zu.

»Wissen Sie was? Wir verlassen diesen ungastlichen Ort. Meine Kollegen haben hier noch ein wenig zu tun und wir stören nur.«

Er nahm sie am Arm und führte sie hinaus. Den uniformierten Kollegen am Eingang informierte er, dass er mit der Verkäuferin im benachbarten Restaurant zu finden sei.

Die Gaststätte war fast leer. Die wenigen Gäste an diesem Abend hatten ihre Plätze verlassen und standen auf der Straße. Auch der eine oder andere vom Personal warf einen schnellen Blick auf die Geschehnisse um die Boutique. Doch bald würde sich das Restaurant wieder füllen. Ritter führte die Verkäuferin an einen Tisch im hinteren Teil. Die dunkel gebeizten Deckenbalken und das dunkle Holzpaneel an den Wänden strömten Gediegenheit und Wärme aus.

Ritter bestellte zwei Glas Tee, der in wenigen Minuten serviert wurde. Erst dann begann er mit der Befragung.

»Frau Lorenz, ich weiß, wie schwer es Ihnen fallen muss, mit mir über den Tathergang zu sprechen. Doch es ist äußerst wichtig, dass ich so viele Informationen wie möglich bekomme.«

Die Verkäuferin nickte. Ihre Augenlider flatterten und Ritter befürchtete einen erneuten Zusammenbruch. Doch sie hielt sich tapfer. Mit brüchiger Stimme sagte sie. »Fragen Sie.«

»Was genau ist passiert?«

Frau Lorenz zuckte mit den Schultern.

»Ehrlich gesagt, ich weiß es nicht genau. Ich war ja hinten. Es war kurz vor Feierabend und ich packte ein Kleid ein, welches Ramona einer Kundin vorbeibringen wollte.«

»Mit Ramona meinen Sie Frau Ramona Weiß, die Inhaberin der Boutique.«

»Genau! Ich war hinten und dann hörte ich einen Ruf und dann knallte es. Ich bin nach vorne und da standen zwei Männer. Einer beugte sich über Ramona und einer räumte die Kasse aus. Als sie mich sahen, sind sie raus aus dem Laden.«

»Und Sie?«

»Ich kümmerte mich um Ramona, aber da war ja so viel Blut …«

Tränen schossen in ihre Augen und sie weinte leise vor sich hin. Ritter zog eine Packung Papiertaschentücher hervor und reichte eines der Frau. Diese nahm es und wischte sich die Tränen ab. Ihr schien der Tod von Frau Weiß sehr nahe zu gehen.

Minuten später sprach sie weiter. »Ich rief den Notruf an, und mehr weiß ich nicht.«

Ritter nickte. »Das ist doch schon eine ganze Menge. Zwei Männer sagten Sie. Wie sahen diese Männer aus?«

Sie schaute zu Ritter. »Ich weiß es nicht. Groß waren sie und ganz schwarz.«

»Schwarz?«

»Ja, schwarz gekleidet waren sie und schwarze Helme hatten sie auf.«

»Helme? Wie Motorradfahrer sie tragen?«

Sie nickte.

Ritter machte sich Notizen.

»Haben die zwei etwas gesagt oder war irgendetwas an ihnen auffällig oder ungewöhnlich?«

»Sie waren erschrocken, als ich von hinten kam.«

»Haben Sie ihr Gesicht sehen können, oder warum wissen Sie das?«

Sie schüttelte den Kopf. »Nein, ihr Gesicht war doch hinter

diesem dunklen Glas. Visier heißt das, glaube ich jedenfalls. Aber der eine hat *Scheiße* gesagt und dann *lass uns abhauen.*«

»Sprach er Dialekt oder mit Akzent?«

Sie überlegte kurz. »Nein. Da war nichts Derartiges. Hörte sich an wie Hochdeutsch.«

»Waren die beiden schlank, dick, hinkte einer oder fehlte einem ein Arm?«

Frau Lorenz musterte den Kriminalisten, Sie wusste nicht, ob er die Frage ernst gemeint hatte.

»Ob einem der Arm fehlte? Sagen Sie mal, was soll denn diese Frage?«

»Mir geht es um etwas Besonderes, was diese beiden ausmacht. Waren sie bewaffnet, oder …«

»Einer hatte ein Messer in der Hand.«

»In der rechten Hand?«

Sie überlegte kurz.

»Ne, in der Linken. Mit der rechten Hand räumte er doch die Kasse aus.«

»Und der andere Typ?«

»Der stand mitten im Laden und schaute dem anderen zu.«

»War es ein Küchenmesser?«

Die Frau schnaubte sich die Nase. Danach schüttelte sie den Kopf.

»Glaube ich nicht. Der Mann klappte es ein, als sie hinausstürmten.«

Ritter deutete auf den Tee. »Trinken Sie mal einen Schluck. Das wird Ihnen guttun.«

Sie nickte, und gehorsam hob sie das Glas an die Lippen. Ihre Hand zitterte so stark, dass sie Mühe hatte, nichts zu verschütten. Als das warme Getränk durch ihre Kehle ran, wich die Blässe und ihr Gesicht wirkte etwas lebendiger.

Langsam füllte sich auch das Restaurant. Die Gaffer, die bisher draußen vor der Boutique gestanden hatten, kamen zum Abendessen in das Lokal. Die Leiche der Inhaberin war soeben abgeholt worden. Die Spurensicherung hatte auch ihre Arbeit beendet. Viel gab es nicht mehr zu sehen.

Ritter wartete, bis Frau Lorenz sich wieder etwas beruhigt hatte.

Erst dann stellte er seine nächste Frage.

»Wie lange kennen Sie Frau Weiß?«

»Seit ich hierher gezogen bin. Ich komme eigentlich aus Berlin. Vor drei Jahren kam ich nach Stade. Eigentlich war es Zufall. Ich wollte mich in Hamburg niederlassen, aber dann entschied ich mich für Stade. Mich reizte der Kontrast. Vom Großstadtkind zum Landei, sozusagen.«

Sie lächelte gequält.

»Na, so ländlich sind wir aber nicht!« Ritter drohte lachend mit dem Zeigefinger.

»Nein, natürlich nicht, aber es ist schon ein wenig provinziell und das meine ich positiv!« Sie nahm noch einen Schluck vom Tee und auch Ritter trank.

»Und dann lernten Sie Frau Weiß kennen?«

»Ich stieg am Bahnhof aus dem Zug, mit nur einer Tasche und etwas Geld. Nach fünfzehn Minuten Fußweg war ich in der Altstadt, mitten im Sommer. Alles voller Touris und ich mittendrin, ohne Wohnung und ohne Arbeit. Ramona hatte einen Zettel im Laden zu hängen. Verkäuferin gesucht! Ich bin rein, habe mich vorgestellt und nach zehn Minuten hatte ich den Job. Einen Monat auf Probe sollte ich arbeiten, doch schon nach einer Woche war ich fest eingestellt. Ramona half mir auch bei der Wohnungssuche. Den ersten Monat wohnte ich in der Jugendherberge. Das war etwas anstrengend. Ramona war eine große Hilfe.«

Sie schluckte wieder, und eine Träne kullerte ihre Wangen hinunter. Ritter gab ihr Zeit sich zu fangen.

»Sie war eine angenehme Chefin?«

»Wir verstanden uns auf Anhieb. Nicht nur, was Mode und die Boutique betraf, auch privat stimmte es.«

»Entschuldigen Sie, wenn ich das frage: Sie waren ein Paar?«

Überrascht hielt die Verkäuferin inne.

»Ein Paar? Nein, wir sind nicht zusammen. Ramona ist nicht lesbisch und ich auch nicht. Wir sind … waren gute Freundinnen.«

»Hatte Frau Weiß Angehörige? Gab es einen Freund oder Mann in ihrem Leben?«

»Ihre Mutter lebt nicht mehr, und ihren Vater hat sie nie kennengelernt. Bis vor einigen Tagen hatte sie auch einen Freund, aber von dem hat sie sich getrennt.«

»Wissen Sie, warum?« Ritter war hellwach.

»Sie hat nur wenig darüber erzählt. Er wollte einen Kredit, um seinen Betrieb zu vergrößern. Die Bank gab ihm aber kein Geld und dann sollte Ramona bürgen. Das lehnte sie ab. Bürgen heißt würgen, sagte sie! Er machte ihr eine Szene und gab ihr die Schuld an der Misere.« Sie schaute traurig aus, als sie einen weiteren Schluck von ihrem Tee nahm.

»Welche Misere?«

Sie schürzte nur die Lippen und zuckte mit den Achseln.

»Kennen Sie den Mann?«

Sie nickte. »Andre von Fahrenholz heißt er.«

Ritter schrieb den Namen in sein Notizbuch und unterstrich ihn.

»Haben Sie auch die Adresse von ihm?«

Wieder schüttelte die Frau den Kopf.

»Gut. Das war es schon für heute. Ich werde Sie nach Hause fahren, wenn Sie erlauben.«

»Das ist sehr nett, aber nicht nötig. Mein Freund kann mich abholen.« Sie zog ihr Handy aus der kleinen Handtasche, und nach wenigen Augenblicken hatte sie die Bestätigung. Ihr

Freund war unterwegs zu ihr. Ritter bezahlte, und sie wechselten noch einige Worte. Frau Lorenz machte sich Gedanken um das Geschäft. Ritter riet ihr, sich morgen bei der Agentur für Arbeit zu melden. Ein junger Mann trat an ihren Tisch. Es war der Freund von Frau Lorenz. Er musterte kurz den Kriminalisten, dann deutete er eine Verabschiedung an, und die beiden verließen das Lokal, einen nachdenklichen Ritter zurücklassend.

Der erhob sich nach einer Minute und ging hinaus. Der Menschenauflauf hatte sich zerstreut. Es gab nichts mehr zu begaffen.

Ritter nickte dem Posten an der Tür zu, als er die Boutique wieder betrat. Die Spurensicherung packte zusammen.

»Und?« Ritter deutete auf den zerschlagenen Tresen.

»Warte ab. Wir haben einiges! Einer der Täter ist in die Blutlache getreten und hat wunderschöne Schuhabdrücke hinterlassen. Turnschuhe Größe 42, ein einfacher Schuh, um genau zu sein. Fingerabdrücke gibt es wie Sand am Meer. Mal sehen, ob wir vergleichbare in der Datei haben. Dann fanden wir Faserspuren.«

»Davon sollte es hier aber reichlich geben, ist immerhin ein Modegeschäft.« Ritter machte eine dementsprechende Handbewegung.

»Ja, ja mein Lieber! Da hast du recht, aber eine Faser an dem Schub der Registrierkasse stammt wahrscheinlich nicht von der Bekleidung, die hier verkauft wird. Sieht nach einer Kunstfaser aus. Was hier hängt, ist aus Naturstoffen und auch die Tote trägt keine Kleidung aus Kunstfasern.«

Ein triumphierendes Lächeln lag auf den Lippen des Kollegen.

»Na gut, ich gebe mich geschlagen. Bis wann kann ich mit den ersten Analysen rechnen?«

»Bei der Fülle der Spuren musst du einige Tage Geduld haben.«

Ritter stieß hörbar die Luft aus. »Bitte nicht! Du weißt, die ersten Stunden sind die wichtigsten und …«

»Hör auf zu jammern.« Der Mann winkte ab. »Du bekommst morgen Abend die Auswertung der Fußspur und der Kunstfaser. Mehr aber nicht!«

Ritter grinste. »Na, das ist doch schon etwas. Kann ich nach hinten?«

Der Kollege nickte, und Ritter ging dankend an ihm vorbei. Er wollte die hinteren Räume besichtigen, dort, wo sich Frau Lorenz aufgehalten hatte. Hier gab es nichts Außergewöhnliches zu entdecken. Ein kleines Büro, welches auch als Pausenraum genutzt wurde, dann ein kleiner Lagerraum mit Bekleidung und eine Toilette. Alles sauber und aufgeräumt. Im Lager führte eine Tür nach draußen. Ein großer Riegel war vorgeschoben. Als er ihn zurückschob und die Tür öffnete, sah er auf den Hof. Hier wurde die Ware angeliefert. Mit einem heftigen Ruck schob er den Riegel wieder vor.

Er blickte zum Verkaufsraum. Von hier aus war nur ein kleiner Ausschnitt des Geschäftes zu sehen. Kasse und Eingangsbereich waren nicht einsehbar.

Er ging einige Schritte in Richtung Verkaufsraum. Er war schon fast im Laden, als er den Tresen und den Eingangsbereich mit einsehen konnte. Irgendetwas störte ihn, aber er konnte nicht sagen, was es war. Er hielt sich mit der rechten Hand an einem Regal fest, in dem Kartons und Tüten lagen. Ein Karton stand abseits. Beschriftet mit dem Namen Krüger.

Ritter hob den Deckel an und sah ein dunkelblaues Abendkleid. Wahrscheinlich die Lieferung, welche die Verkäuferin angesprochen hatte.

Er machte sich eine Notiz.

Als er den Verkaufsraum wieder betrat, war er alleine. Nur der Posten an der Tür war noch da.

Eilig verließ er die Boutique. Der Posten schloss ab, und

Ritter versiegelte die Eingangstür. Dann gingen beide zum Hof, und auch hier wurde abgeschlossen und der Wareneingang versiegelt.

Ritter schaute sich nachdenklich um. Hier konnte er nichts mehr machen. Er beschloss, sich in der Wohnung der Toten umzusehen.

Sie wohnte nur einige Minuten vom Geschäft entfernt. So konnte er zu Fuß gehen. Die klare Abendluft tat ihm gut. Zügig schritt er aus. Er ging durch das Hahnentor[51], dann am Hökerhus[52] vorbei, und nach wenigen Metern war er am Ziel. Frau Weiß wohnte in einem alten Fachwerkhaus. Oft war Ritter schon hier vorbeigegangen, doch nie wäre er auf die Idee gekommen, hier einmal ermitteln zu müssen. Seufzend zog er das Schlüsselbund der Toten aus der Tasche, um die Haustür zu öffnen. Der zweite Schlüssel passte, und er trat ein. Es war eine der Wohnungen unten. Nach dem dritten Versuch öffnete sich die Wohnungstür. Ritter trat ein. Es roch nach Parfüm und guter Seife. Aufmerksam schaute er sich um. Es war immer ein komisches Gefühl, die Wohnung eines fremden Menschen zu betreten. Vor allem, wenn man wusste, der Mieter würde diese, seine Wohnung nie wieder betreten.

Ritter öffnete die erste Tür. Hier war das Bad. Chrom blitzte im Licht der Deckenlampe auf. In einem großen Spiegel sah Ritter sich selber. Er schloss die Tür und öffnete die nächste. Hier war die Küche. Groß war sie und damit das Gegenteil des doch sehr kleinen Bades. Moderne Küchengeräte und Hochglanz Küchenfronten waren vorherrschend. Nirgendwo sah man einen Fingerabdruck oder etwaige Brotkrümel.

Der Raum gegenüber war das Wohnzimmer. Ritter blickte auf alte Möbel im Biedermeierstil. Das Schlafzimmer war wieder modern eingerichtet, und der letzte Raum diente als

---

51 Hahnentor- Durchgang am Ende der Kalkmühlenstraße
52 Hökerhus- reichverziertes spätmittelalterliches Kaufmannshaus

Arbeitszimmer. Hier gab es nur einen Schreibtisch, einen Stuhl und einen Aktenschrank. Der Kriminalist zog einen Ordner aus dem Schrank. Auf seinem Rücken stand in sauberen Druckbuchstaben: Konto.

Überrascht musterte er die darin enthaltenen Papiere. Arm war die Frau nicht gewesen. Ihr Geschäft schien gut zu gehen. Auf ihrem Girokonto befand sich ein größerer Geldbetrag und bei ihren weiteren Geldanlagen handelte es sich nicht um kleine Summen.

Die weitere erste Durchsicht der Unterlagen ergab wenig. Das meiste waren Geschäftspapiere.

Ritter schloss die Wohnung ab und setzte auch hier Siegel.

Im Büro verfasste er den ersten Bericht, dann war Feierabend.

Die nächsten zwei Tage waren angefüllt mit Schreibtischarbeit. Andre von Fahrenholz, der ehemalige Freund der Getöteten, konnte noch nicht befragt werden. Laut Auskunft seiner Sekretärin war er für eine Woche verreist. Wohin wusste sie nicht. Komisch, dachte Ritter. Abgereist war er in der Nacht, als seine ehemalige Freundin starb. Warum verreiste er, wenn er dringend Geld für seine Firma benötigte? Dass er Geldsorgen hatte, wurde Ritter vom Finanzamt bestätigt. Von Fahrenholz hatte Steuerschulden in beträchtlicher Höhe.

Die Spurensicherung hatte Wort gehalten. Der erste Bericht kam am nächsten Abend rein. Frau Weiß war von einer Person angegriffen worden, die Schuhgröße 42 hatte und Turnschuhe trug. Die gefundene Kunststofffaser gehörte zu einem Stoff, wie er für preiswerte Trainingsanzüge verwendet wird. Die Registrierkasse hatte einen Gesamtumsatz von rund 6000 Euro gespeichert. Es war aber nur Kleingeld gefunden worden. Das Geld war von den Tätern entwendet worden. Ritter war überrascht über die Höhe der Summe. Doch der Frühling stand vor der Tür, und jeder wollte neue

Bekleidung. Das Geschäft von Frau Weiß hatte einen guten Ruf und viele Stammkundinnen. Auch einige Kolleginnen von Ritter kauften dort, wie er erfuhr.

Er hatte sich an die Aussage der Verkäuferin erinnert. Sie hatte die Täter als sehr groß beschrieben und dann Schuhgröße 42? Er musste sie zu diesem Punkt noch einmal befragen.

Auch die Gerichtsmedizinerin hatte ihren Bericht geschrieben.

Frau Weiß hatte eine Prellung am Brustkorb. Die Rekonstruktion ergab, dass sie einen heftigen Schlag vor die Brust bekommen und daraufhin den Halt verloren hatte. Als Folge schlug sie mit dem Hinterkopf auf den Verkaufstresen, dessen massive Glasscheibe zerbrach. Die Verletzungen, die sie erlitt, waren schwer, und ein Splitter der Scheibe hatte ihren Schädelknochen durchbohrt. An dieser Verletzung starb sie und nicht am Blutverlust.

Ritter las aufmerksam noch einmal alle Berichte. Wieder hatte er das Gefühl, etwas zu übersehen. Das Klingeln des Telefons unterbrach seine Gedanken. Ottensen bat ihn, zu ihm zu kommen.

Als Ritter das Büro seines Vorgesetzten betrat, erschrak er. Ottensen sah im Gesicht aus wie ein Preisboxer nach der 11. Runde.

»Hast du mit Klitschko trainiert?« Ritter deutete auf seine Wangen.

Ottensen winkte ab, und nuschelnd sagte er. »Vereiterte Wurzel. War eben beim Zahnarzt. Die ganze Gusche ist taub, aber wenigstens habe ich keine Schmerzen, der Spritze sei Dank.«

Er ließ sich auf seinen Bürostuhl fallen.

Er bat Ritter um eine kurze Zusammenfassung im Fall Weiß.

Als Ritter geendet hatte, schwieg Ottensen einen Augenblick. Dann nuschelte er: »Im März schon mit einem Motorrad? Das muss doch auffallen!«

Ritter stimmte zu. »Dachte ich auch. Wir haben mit mehreren Kollegen die Nachbarschaft befragt. Keiner hatte ein oder zwei Motorradfahrer bemerkt. Ein Mann will zwei Personen gesehen haben, die mit Motorradhelmen in die Straße Am Backeltrog einbogen, zu Fuß wohlgemerkt. Ab da verliert sich die Spur.«

»Und der ehemalige Freund?«

»Kommt morgen von seiner Reise zurück. Ich habe die Sekretärin gebeten, uns sofort zu informieren, wenn er sich meldet. Bisher nichts.«

»Okay Jörg. Wir schalten die Presse ein. Setz dich mit unserer Pressesprecherin zusammen und startet einen Aufruf. Vielleicht hat doch jemand etwas bemerkt.«

Ottensen zog eine Schreibtischschublade auf. »Ich habe was für dich, aber nur, wenn du möchtest.«

Er reichte Ritter eine Einladung. Der schaute überrascht darauf.

»Heute Abend wird eine neue Ausstellung im Kunsthaus eröffnet«, nuschelte Ottensen. Ritter hatte Mühe alles zu verstehen.

»Eigentlich wollte ich hin, aber ...« Er deutete auf sein geschwollenes Gesicht. »Also wenn du magst. Wäre schade, wenn sie verfällt.«

Ritter strahlte. »Klar mag ich. Was bin ich schuldig?«

Ottensen winkte ab. »Lös den Fall!«

Ritter dankte, dann ging er, mit lächelndem Gesicht die Einladung betrachtend.

Zwei Stunden später war die Presseerklärung fertig. Ritter war zufrieden. Es wurde wenig bekannt gegeben, und doch wurde auf die Dringlichkeit hingewiesen.

Er hatte das Gefühl, bei diesem Fall auf der Stelle zu treten. So richtig kamen die Ermittlungen nicht vorran. Er ging langsam den Flur entlang. Als eine der Bürotüren aufgerissen wurde, erschrak Ritter.

Ein Kollege ging grüßend an ihm vorbei. Höflich grüßte er zurück. Plötzlich kam ihm ein Gedanke. Frau Lorenz hatte ausgesagt, die beiden Täter hätten sich erschrocken, als sie nach vorne kam. Er beschloss, bei ihr vorbeizufahren.

Zwanzig Minuten später klingelte er an ihrer Tür. Als sie öffnete, musterte sie ihn, dann bat sie ihn herein. Schnell stellte er seine Frage.

Ja, die Täter waren überrascht, sie zu sehen. Da war sie sich ganz sicher.

Der eine habe gesagt: »Ich denk, die Alte ist alleine.« Ritter stutze.

»Davon haben Sie aber in der ersten Befragung nichts ausgesagt, und auch als wir das Protokoll am nächsten Tag aufgesetzt haben, wurde dieser Fakt nicht erwähnt.«

»Ehrlich gesagt, ich hatte das völlig vergessen.« Die Verkäuferin sah schlecht aus. Blass und mit dunklen Augenringen saß sie vor ihm.

Ritter nickte.

»War es die Stimme eines alten oder jungen Menschen?«

Sie überlegte. »Es klang gedämpft. Die hatten ja die Helme auf, aber ein alter Mann war es nicht.«

»Also ein junger Mann?«

Sie zuckte mit den Schultern.

»Und der eine sagte ›ich denk, die Alte ist allein‹?«

»Ja.«

»Können Sie sich denken, warum er das sagte?«

»Wahrscheinlich, weil ich an diesem Abend in der Woche sonst immer beim Sport bin. Nur diese Woche bat mich Ramona, den Sport mal ausfallen zu lassen. Wir hatten viel Arbeit. Die Frühjahrskollektion war gekommen und wir hatten gut zu tun.«

»Wussten Ihre Sportkameraden, dass Sie nicht kommen würden?«

»Ja, ich hatte beim letzten Mal Bescheid gesagt.«

»Also war es kein kurzfristiger Einsatz?«

»Seit einer Woche geplant.«

»Mmh.« Ritter überlegte einen Augenblick. Seine Stirn wurde von einer tiefen Falte geteilt, und die Augenbrauen senkten sich nieder.

»Gibt es jemanden aus Ihrem Bekannten- oder Freundeskreis, der diesen Umstand nicht kannte?«

»Ja, einige.«

»Ich brauche die Namen, nebst Adressen.«

Frau Lorenz nickte. Sie holte einen Schreibblock und einen Kugelschreiber, und nach kurzer Zeit hatte sie eine kleine Liste angefertigt. Es waren fünf Namen.

»Hat jemand aus Ihrem Bekanntenkreis ein Motorrad?«

»Ja. Der Jo!« Sie zeigte auf die Liste. Ritter las ›Johann Brauer‹ und schaute auf die Adresse. Er unterstrich den Namen.

»Sie denken doch nicht, dass der Jo …?«

Ritter schüttelte den Kopf. »Ich denke erst mal gar nichts. Wir müssen aber jeder Spur nachgehen.«

Er nahm die Liste, dann bedankte er sich, und als er ging, ließ er eine nachdenkliche Verkäuferin zurück.

Ritter fuhr sofort zur Anschrift des Johann Brauer. Hier im Stadtteil Schölisch traf er ihn nicht an. Nur seine Mutter öffnete. Der Johann sei doch arbeiten, teilte sie Ritter kopfschüttelnd mit. Sie verstand nicht, dass jemand am frühen Nachmittag nicht arbeiten war.

Ritter erkundigte sich höflich nach der Arbeitsstelle ihres Sohnes. Vorwurfsvoll wurde ihm mitgeteilt, Johann arbeite im Natureum[53] in Balje. Ritter dankte. Dann fuhr er sofort los.

Trotzdem dauerte es etwa eine Stunde, bis er im Natureum ankam.

---

53 Natureum Niederelbe- mehr als ein Freiluftmuseum, im Museumsgebäude kann man mehr als 300 Objekte aus Bernstein sehen, auf dem Freigelände unter anderem Hemmor Kugeln und den Fischkutter Erna Becker

Er wies sich aus und bat darum, Johann Brauer zu sprechen. Die junge Frau an der Kasse griff zum Telefon und drei Minuten später trat ein junger, breitschultriger Mann an Ritter heran.

»Sie wollten mich sprechen?«

Wieder zeigte Ritter seinen Ausweis. Verstehend nickte Brauer.

»Ich habe einige Fragen an Sie. Können wir uns irgendwo ungestört unterhalten?« Ritter deutete in die Richtung, aus der Brauer gekommen war.

»Klar. Kommen Sie mit.« Er ging voran, Ritter folgte ihm. Brauer führte ihn in einen kleinen Pausenraum.

Als sie saßen, fragte Ritter. »Sie haben ein Motorrad?«

»Ja.« Brauer lehnte sich zurück.

»Sie haben auch einen Helm?«

Wieder kam nur ein »Ja.«

»Farbe?«

»Mattschwarz.«

»Und das Visier hat welche Tönung?«

»Visier? Was für ein Visier?«

»Das am Helm!« Ritter beugte sich leicht nach vorne.

Brauer grinste. Dann beugte er sich ebenfalls vorne über. »Mein Helm hat kein Visier. Ich fahre eine Harley, also jetzt nicht, sondern nur von Mai bis Oktober.«

Er griff in die Gesäßtasche und zog ein Portemonnaie hervor, aus dem er eine Fotografie zog.

Eine Harley Davidson war darauf zu sehen.

»Schöne Maschine.« Ritter hob einen Daumen.

Brauer nickte.

»Sie glauben doch nicht, dass ich mir einen Helm mit Visier auf den Schädel drücke, bei so einer Maschine.« Er schüttelte den Kopf.

»Was tragen Sie denn?«

Brauer holte sein Handy hervor und rief ein Foto auf. Man sah ihn vor seinem Motorrad stehen, eine Sonnenbrille locker in der rechten Hand haltend, freundlich in die Kamera lächelnd. Auf seinem Kopf hatte er einen sogenannten Halbhelm.

»Einen anderen Helm haben Sie nicht?«

»Warum sollte ich? Ist ja keine Unterhose, die man täglich wechselt, oder?«

Ritter musste grinsen. Dann wurde er wieder ernst. Als er Brauer nach seinem Alibi fragte, zuckte der mit den Schultern. »Da muss ich passen. Ich war alleine zu Hause.«

»Zeugen?« Ritter musterte ihn aufmerksam.

»Wie gesagt, ich war alleine. Meine Mutter war bei der Chorprobe. Die kam erst nach halb zehn.«

»Sind Sie organisiert, in einem Motorradklub zum Beispiel?«

»Also wenn sie meinen, dass ich der Rockerszene angehöre, muss ich Sie enttäuschen. Ich hab zwar einige Kumpels, die genauso gerne Motorrad fahren wie ich, aber organisiert sind wir nicht.«

»Gibt es da jemand, der so einen Helm mit Visier besitzt?«

»Klar gibt es den. Fährt ja nicht jeder eine Harley wie ich. Wollen Sie die Namen?«

Ritter winkte ab »Dass ist nicht nötig, Herr Brauer.«

»Welche Schuhgröße haben Sie?«

»46, Marke Elbkahn!«

Er zeigte einen Schuh. Die Größe der Füße passte nicht zur Größe Brauers. Er war nur mittelgroß.

Ritter warf nur einen kurzen Blick auf die Schuhe, dann stand er auf. Hier kam er nicht weiter. Brauer hatte kein Alibi. Doch welches Motiv sollte er haben?

»Wie steht es um Ihre Finanzen?«

»Ich kann nicht klagen.«

Brauer grinste.

Er deutete zur Tür, und Ritter ging mit ihm hinaus. Unterwegs fragte er Ritter: »Können Sie mir verraten, warum Sie diese Fragen stellen?«

»Kann ich. Möchte ich aber nicht.« Jetzt grinste Ritter. Brauer blieb abrupt stehen.

»Sie kommen hier raus, halten mich von der Arbeit ab, und dann wollen Sie mir nicht einmal sagen, warum?«

»Genau! Vielleicht möchte ich mir den Leuchtturm[54] ansehen oder das mittelalterliche Dorf[55]. Ich möchte aber nicht mit Ihnen meine Ermittlungen besprechen. Ich danke ihnen jedenfalls für die Auskünfte.« Er drehte sich um und ging hinaus. Eine Schulklasse lärmte vor der Tür.

Die Knaben schrien, was die Lungen an Luft hergaben und die Mädels kicherten. Die Lehrerin machte einen überforderten Eindruck. Hilflos versuchte sie, die Kinder zu beruhigen. Ritter dachte kurz an seine Schulzeit zurück. In dem Alter war er auch nicht anders. Mädchen waren unbekannte Wesen, und das Leben bestand nur aus Spaß und Spiel.

Ein Blick auf die Uhr ließ ihn erschrecken. Er wollte doch zur Ausstellungseröffnung!

Er stieg ins Auto und gab Gas.

Doch es herrschte Feierabendverkehr, und er kam nur stockend voran. Kurz vor Hemmor ging es nur noch in Schrittgeschwindigkeit weiter. Ärgerlich auf sich selbst schaute er aus dem Fenster. Rechter Hand lag der Kreidesee[56]. Doch den sah Ritter nicht. Hinter ihm wurde gehupt. Die Kolonne vor ihm hatte wieder etwas Fahrt aufgenommen. Er legte den zweiten Gang ein, und weiter ging es.

---

54 Leuchturm in Balje, davon gibt es zwei

55 Mittelalterliches Dorf Op de Horn- befindet sich im Ortsteil Hörne

56 Kreidesee- hier ist eine der besten Tauchbasen Deutschlands, hier kann man auch U-Boot fahren und ein Campingplatz grenzt an den See

Irgendwo auf der linken Seite floss die Oste[57], über die eine Schwebefähre[58] führte.

Ritter hatte genügend Zeit seine Gedanken schweifen zu lassen. Der Verkehr floss langsam, aber stetig.

Brauer hatte kein Alibi. Laut seiner Aussage besaß er keinen Helm mit Visier. Doch war es ihm ohne Weiteres möglich, sich einen solchen zu besorgen.

Aber seine Schuhgröße stimmte nicht mit der überein, welche die Spurensicherung in der Boutique sichergestellt hatte.

Ritter fluchte. Er kam mit diesem Fall nicht voran. Morgen würde er den ehemaligen Freund der Frau Weiß befragen. Gegebenenfalls ergaben sich danach neue Ermittlungsansätze. Auch auf die Pressemitteilung hoffte er.

Nach fast zwei Stunden traf er in Stade ein. Im Eiltempo lief er in seine Wohnung. Dann sprang er unter die Dusche und riss neue Sachen aus dem Kleiderschrank. Der Wecker im Schlafzimmer ließ keinen Zweifel. Er würde zu spät kommen. Mit noch feuchten Haaren sprang er ins Auto und los ging es. Doch als hätten sich die Götter gegen ihn verschworen, kam er nicht weit. Ein Unfall zwang ihn zu einem Aufenthalt. Fluchend schlug er auf das Lenkrad ein. Nach fünf Minuten ging es weiter.

Als er am Kunsthaus eintraf, waren die Haare trocken, und er hatte sich beruhigt. Viel verpasst hatte er nicht. Er zeigte seine Einladung vor und kaum war er eingetreten, nahm ihn die angenehme Atmosphäre gefangen. Die alten, dunklen Deckenbalken standen in herrlichem Kontrast zu den weißen Wänden, an denen die ausgestellten Bilder wunderbar zu Geltung kamen. Langsam ging er von Bild zu

---

57 Oste- hier werden Naturführungen angeboten, mit dem Landungsboot Püttenhüpper werden einem die Schönheiten des Ökosystems gezeigt

58 Schwebefähre – Deutschland älteste Schwebefähre Osten-Hemmor, 1909 seiner Bestimmung übergeben, seit 1975 technisches Baudenkmal

Bild. Eines nahm ihn gefangen. Er nahm davor auf einem der Sitzmöbel Platz, und ließ die Farben und Formen auf sich wirken.

Minuten später, als er aufstand und weitergehen wollte, drehte er sich überrascht um. Hinter ihm standen zwei Frauen, die ihn wohl schon einige Minuten beobachtet hatten. Eine war Frau Jäger, die geschiedene Frau eines ehemaligen Polizisten, der zum Mörder wurde. Sie lächelte ihn an und sagte: »So versunken, Herr Ritter?«

Die Freude über das Wiedersehen war ihm in das Gesicht geschrieben. Er lächelte zurück.

»Ja, aber jetzt wo ich Sie sehe, verblasst jedes Kunstwerk zur Bedeutungslosigkeit.«

»Na na, nun übertreiben Sie mal nicht.« Ihr Lächeln wurde breiter. Man sah, dass ihr das Kompliment von Ritter gut tat.

»Darf ich Ihnen meine beste Freundin Ruth vorstellen?«

Ritter begrüßte die brünette Frau. Er fühlte, wie er gemustert wurde. Es war, als wurde er mit einem unsichtbaren Laser abgetastet, um alle Fehlstellen aufzudecken. Nach einem kurzen Augenblick war dieses Gefühl vorbei, und sie gingen zu dritt in den nächsten Raum.

Ritter genoss die Nähe zu Frau Jäger. Es war verblüffend. Bilder, die ihm gefielen, waren auch ihre Favoriten. Nach anderthalb Stunden hatten sie alles gesehen. Ritter nutzte die Gunst der Stunde, und lud die beiden Frauen zum Abendessen ein. Doch Frau Jägers Freundin lehnte ab.

»Ich muss nach Hause. Meine Tochter wartet, und ich glaube, ihr zwei kommt auch ohne mich klar.«

Mit einem Lächeln gab sie Ritter die Hand. Dann war Ritter mit Frau Jäger alleine.

Diese hakte sich bei ihm ein und deutete die Straße hinunter.

»Dann lassen Sie uns mal was essen gehen.«

Zwei Stunden später schlenderten sie durch die Stader Altstadt. Verliebte Pärchen kamen aus den Restaurants und genossen das milde Wetter. Frühling lag in der Luft. In ein paar Tagen würde die Natur explodieren.

Ritter war ganz Kavalier. Es freute ihn, dass Frau Jäger mit ihm essen gegangen war. Immerhin hatte er ihren geschiedenen Mann verhaftet. Doch mit keiner Silbe hatte sie versucht, etwas von ihm zu erfahren. Er war ihr dafür dankbar. Sie unterhielten sich über alltägliche Dinge und im Laufe des Abends waren sie zum vertrauten Du übergegangen. Als sie in die Burgstraße einbogen, die zum Spiegelberg führte, spürte Ritter ein Ziehen in der Brust. Es war eine Art von Abschiedsschmerz. Vorsichtig hatte er seinen Arm um sie gelegt und langsam gingen sie die Anhöhe hinauf. Beide schwiegen. Als sie bei ihrer Wohnung angekommen waren, schluckte Ritter.

»Nun sind wir da.«

Sie zog den Haustürschlüssel hervor. »Ja, das sind wir.«

Sie gaben sich die Hand.

»Darf ich dich wiedersehen?«

»Gerne. Am Wochenende?«

Ritter nickte und dann zog er sie dicht an sich heran. Als er sich zu ihr hinunterbeugte, um sie zu küssen, hauchte sie: »Bitte nicht.«

Sofort gab er sie frei. Sie spürte seine Enttäuschung, und lächelnd sagte sie: »Geduld ist eine Tugend.«

Er lächelte zurück. »Stimmt!«, quetschte er mit brüchiger Stimme heraus.

Sie zog ihn am Ohr ein Stückchen hinunter und hauchte ihm ein Küsschen auf den Mund. Das ging so schnell, das Ritter kaum reagieren konnte. Einen Augenblick später war sie im Haus und lächelnd schloss sie die Haustür.

Verwirrt stand Ritter noch einen Augenblick da, dann ballte er vor Freude eine Faust. »Ja, ja«, Jubelte er innerlich.

Er hatte die Frau seiner Träume wiedergesehen, und sie war nicht abgeneigt, sich mit ihm zu treffen. Sein Herz schlug bis zum Hals vor Freude.

Früh um acht klingelte das Telefon in seinem Büro. Von Fahrenholz war am Apparat.

»Sie wollten mich sprechen?«

Ritter bestätigte dies und fuhr sofort los.

Von Fahrenholz erwartete ihn. Sein Büro hatte etwas Übertriebenes an sich, so wie von Fahrenholz auch.

Er trug einen teuren Anzug, und seine Schuhe waren handgenäht.

Bereitwillig beantwortete er Ritters Fragen. Ja, er war bis vor kurzem mit Frau Weiß befreundet gewesen. Sie hatten sich laut seiner Aussage einvernehmlich getrennt. Das hatte nichts, aber auch gar nichts mit dem kleinen Liquiditätsengpass zu tun, versicherte er Ritter. Seine Schulden beim Finanzamt werde er begleichen. Seine Firma stand gut da, und sie hatten gerade ein neues Programm für kleine und mittelständische Unternehmen programmiert. Dieses Programm spülte Geld in die Kasse. Selbstbewusst saß er vor Ritter. Seine Hände ruhten in seinem Schoß.

Ritter fragte nach von Fahrenholz' Alibi.

»Ich war joggen.«

»Hat Sie jemand begleitet oder gesehen?«

Von Fahrenholz schüttelte den Kopf. »Ich laufe grundsätzlich alleine. Gesehen haben mich bestimmt Leute, aber ich kann ihnen nicht sagen, wer.«

»Wo laufen Sie denn immer?«

Von Fahrenholz musterte Ritter.

»Rüstjer Forst[59]«, antwortete er kurz.

»Oh, so weit draußen.«

---

59 Rüstjer Forst – zusammenhängendes Waldgebiet im Landkreis Stade, hier werden auch geführte Touren für Touristen angeboten, auf denen u.a. Baumriesen entdeckt werden können

»Ich brauche beim Laufen meine Ruhe. Da fahre ich auch mal ein Stück mit dem Auto.« Von Fahrenholz machte einen verärgerten Eindruck.

»Warum fragen Sie das eigentlich alles? Glauben Sie, ich habe etwas mit Ramonas Tod zu tun?«

Er tippte sich mit dem Zeigefinger an die Stirn.

»Und danach sind Sie verreist?«

»Ja!« In von Fahrenholz' Stimme schwang ein gereizter Unterton mit. Er war laut geworden.

»Entschuldigung, aber ich bin heute nicht gut drauf.« Er wischte sich mit der Hand über das Gesicht.

»Warum?« Ritter saß da und stellte diese Frage wie nebenbei.

Fahrenholz stutzte. »Sie fragen warum?«

»Ja.« Ritter schlug ein Bein über das andere.

»Weil ich das Finanzamt im Nacken hatte und Ramona mir nicht helfen wollte.«

»Wo waren Sie?«

»Ich fuhr nach Düsseldorf. Dort wohnt ein ehemaliger Schulfreund.«

»Dann hätte ich gerne den Namen und die Anschrift, nebst einer Telefonnummer, unter der ich Ihren Schulfreund erreichen kann.«

»Er heißt Gunther Möller und hier ist seine Anschrift.« Von Fahrenholz schob ihm eine Visitenkarte über den Schreibtisch.

»Und Ihr Schulfreund half Ihnen aus Ihrer misslichen Lage?«

»Ja, er half mir.«

»Und Sie fuhren mit der Bahn oder dem Auto?«

»Ich bin kein Bahnfahrer. Ich nahm meinen Wagen.«

»Warum trennte Frau Weiß sich von Ihnen?«

»Wer erzählt denn solchen Blödsinn? Ich machte mit ihr Schluss!«

»Aha und warum?«

»Das geht nur mich etwas an.« Er verschränkte die Arme vor der Brust.

»Das glaube ich nicht. Um es Ihnen zu verdeutlichen. Ich ermittle in einem Tötungsdelikt und nicht bei einem Laubeneinbruch. Bei mir gibt es kein ›das geht nur mich etwas an‹. Also!«

Von Fahrenholz schaute ärgerlich zu Ritter. Dann redete er.

»Irgendwie passte es nicht mehr. Sie spielte die erfolgreiche Geschäftsfrau, als ob das hier alles nichts ist.« Er zeigte mit der Hand in die Runde.

»Sie war doch auch erfolgreich!«

Von Fahrenholz zog die Stirn kraus.

»Ja, war sie. Bin ich aber auch.« Er setzte sich aufrecht.

Ritter hatte nur ein Lächeln übrig.

»Welche Schuhgröße haben Sie?« Er deutete auf die handgenähten Halbschuhe.

»43, glaube ich.«

»Glauben Sie oder wissen Sie es?«

»Ich weiß es!« Von Fahrenholz klang mehr als verärgert.

»Haben Sie oder hatten Sie ein Motorrad?«

»Ich? Nein! Ich habe nicht mal einen Führerschein für ein Motorrad.«

»Aha, dann haben Sie auch keinen Motorradhelm?«

»Nein. Was soll ich damit?«

»Wunderbar.« Ritter stand auf. »Wenn Ihnen noch etwas einfällt, dann rufen Sie mich bitte an.«

Er legte seine Visitenkarte vor von Fahrenholz auf den Schreibtisch. Der würdigte sie mit keinem Blick. Man sah ihm an, dass er froh war, dass Ritter ging.

Der Kriminalist hatte viel zu tun. Er telefonierte in seinem Büro mehr als zwei Stunden lang. Plötzlich wurde er unterbrochen. Ottensen stand im Büro.

Sein Gesicht war etwas abgeschwollen.

Er reichte Ritter einen Zettel.

»Hier, ein Zeuge. Da dein Telefon ja laufend besetzt ist, haben die Kollegen mich informiert.«

Ritter warf einen kurzen Blick auf das Stück Papier. Fragend schaute er seinen Chef an.

Der meinte. »Na los, worauf wartest du noch. Fahr hin. Der Mann behauptet, die beiden Täter gesehen zu haben.«

»Und warum meldet er sich jetzt erst?«

»Er war bei einem Seminar. Hat erst heute früh unsere Presseinformation gelesen und eins und eins zusammengezählt.«

»Okay, ich düse gleich los.«

Ritter nahm den Zettel und zog seine Jacke über. Zehn Minuten später verließ er Stade in Richtung Hollern-Twielenfleth. Er war lange nicht mehr hier gewesen. Das letzte Mal hatte er sich das kleine Museum im Leuchtturm[60] angesehen, als er zum Baden[61] mit einer Freundin hier war. Wie lange war das jetzt her? Zwei Jahre bestimmt. Wenn es Sommer war, würde er mit Daniela herfahren. Ach ja, Daniela Jäger. Er wollte es sich nicht eingestehen, doch er hatte sich verliebt.

Eine Gruppe Radfahrer kreuzte die Straße. Er musste bremsen, und die Gedanken an Daniela rückten in weite Ferne.

Als er beschleunigte, warf er einen kurzen Blick auf eine Windmühle[62]. Ihre Flügel ragten stolz in den Himmel. Drei Minuten später war Ritter angekommen. Er hielt vor einem alten Fachwerkhaus. Er brauchte nicht zu klingeln, ein Mann, etwa 50 Jahre alt, kam ihm entgegen. Er trug ein kariertes

---

60 Der alte Twielenflether Leuchtturm beherbergt ein kleines Schiffsmuseum, ausgestellt sind Modelle im Maßstab 1:1250

61 Hier ist die Elbe 2 Kilometer breit und ein herrlicher Sandstrand lädt an windgeschützter Stelle zum Baden ein

62 Twielenflether Mühle, trägt den Namen Venti Amica- Freundin des Windes, einmal im Jahr wird das Mühlenfest gefeiert

Hemd und eine blaue Latzhose. Seine Beine steckten in schwarzen Gummistiefeln. Am auffälligsten war seine Glatze, die ihm aber stand. Wie frisch poliert, glänzte sie in der Sonne.

Ritter stellte sich vor. Der Händedruck des Mannes, der Konrad hieß, war fest, aber angenehm. Er wurde hereingebeten. Konrads Frau blickte überrascht zu Ritter.

»Kriminalpolizei?«

»Ich habe dir doch von den komischen Typen erzählt, die ich gesehen habe. Haste wieder nicht zugehört.« Konrad grinste, als er das sagte.

»Ich habe zugehört. Mich wundert nur, dass jemand persönlich kommt.«

»Tja, Frau Konrad, so sind wir. Wir erscheinen auch persönlich.«

Er zwinkerte ihr zu.

Lächelnd bat sie ihn, sich zu setzen. Höflich fragte sie nach Kaffee oder Tee. Er bat um einen Tee.

Als sie in die Küche ging, widmete er sich dem Hausherrn.

»Sie haben die zwei Männer gesehen, nach denen wir fanden?«

»Wahrscheinlich ja!«

»Erzählen Sie bitte.«

»Ich war bei einem Kunden. Ich arbeite als Gutachter für eine Versicherung. Ich gehe also zu meinem Auto, da sehe ich zwei Typen, Trainingsanzüge an und der eine mit einem Skihelm auf den Kopf. Der zweite trug einen Motorradhelm und dann steigen doch beide in ein Auto. Ich bitte Sie, mit Helmen in ein Auto und es war nicht das kleinste.«

»Nicht?«

»Nein, ein Audi A8.«

»Haben Sie das Kennzeichen?«

»Stade Stadt und eine Acht war drin. Mehr habe ich mir nicht gemerkt vom Kennzeichen.«

»Immerhin, das bringt uns weiter.«

»Hab mich ja noch so gewundert, dass Männer mit Helmen und Trainingsanzügen so ein Auto fahren.«

»Dass es zwei Männer waren, haben Sie gesehen?«

»Klar, die haben doch im Wagen die Helme abgenommen.«

»Konnten Sie ihre Gesichter sehen?« Ritter war wie elektrisiert.

»Nur kurz, aber einer war ein junger Bursche und der andere etwa so alt wie ich.«

»Ich möchte Ihnen einen Zeichner vorbeischicken, der Bilder von den zwei Männern macht. Einverstanden?«

Konrad nickte, und Ritter rief mit dem Handy in der Dienststelle an, um alles Weitere in die Wege zu leiten. Er bat auch um Überprüfung der Kfz-Daten. Die Kollegen versprachen, sofort nachzusehen.

Frau Konrad trat ein und brachte den Tee. Ritter wartete, bis sie eingeschenkt hatte.

Dann fragte er Konrad. »Sie sagten, einer der Männer trug einen Skihelm. Sind Sie da sicher?«

Konrad grinste. »Ja, bin ich. Habe mir den gleichen letztes Jahr gekauft. Warten Sie mal.«

Er stand auf und ging hinaus. Nach einer guten Minute kam er wieder in das Zimmer, in der Hand einen schwarzen Skihelm. Er reichte ihn Ritter.

»Hier sehen Sie selbst.«

Ritter begutachtete den Helm. Wer sich nicht auskannte, konnte ihn leicht mit einem Motorradhelm verwechseln. Er notierte sich den Typ. Dann machte er mit seinem Handy ein Foto.

»Können Sie mir etwas über die zwei Männer sagen? Alter, Größe, Haarfarbe? Alles, was Ihnen einfällt.«

Konrad überlegte einen Augenblick.

»Der Jüngere trug eine Plastiktüte in der einen Hand. Er

nahm den Helm am Auto ab. Dabei hob er die Tüte zum Kopf. Ich konnte das Logo erkennen.« Er machte vor, was er gesehen hatte. Dann nannte er den Namen eines auch in Stade ansässigen Sportgeschäftes.

Ritter notierte alles gewissenhaft. Die Beschreibung der Personen ebenso wie den zeitlichen Ablauf.

Alles passte. Er trank seinen Tee hastig aus. Endlich hatte er einen konkreten Hinweis. Ritter bat Konrad, sich für den Zeichner bereitzuhalten. Der nickte.

Als Ritter zehn Minuten später wieder in Richtung Stade fuhr, ging ihm alles zu langsam. Er fluchte innerlich. Er kannte dieses Gefühl der Anspannung. Oft hatte er es erlebt, wenn die Ermittlungen am entscheidenden Punkt angekommen waren.

Im Büro angekommen, warf er einen kurzen Blick auf die Liste, welche ihm die Kollegen ausgedruckt hatten. Er war überrascht, wie viele Audi A8 in Stade zugelassen waren, die im Nummernschild eine Acht hatten. Aber ein Name fesselte ihn. Na bitte, dachte er. Dann griff er zum Telefon und das Netz wurde langsam zugezogen.

Eine Woche später fuhr Ritter mit einem Kollegen nach Himmelpforten[63]. Am Ortseingang wartete ein Streifenwagen. Ritter hielt und ließ sich von den ortskundigen uniformierten Kollegen den Weg weisen. Die beiden Kriminalisten warteten, bis diese Stellung bezogen hatten, dann klingelten sie.

Von Fahrenholz öffnete und musterte erstaunt die beiden Männer. Er schaute über Ritters Schulter zu dem Streifenwagen, dann huschte ein Lächeln über sein Gesicht. Spöttisch zog er einen Mundwinkel nach oben.

»Sie wollen es wohl wissen?« Seine Stimme hatte einen sarkastischen Unterton.

---

63 Himmelpforten – in der Weihnachtszeit in aller Munde, hier gibt es das Christkindpostamt, an dieses Postamt schicken Kinder aus aller Welt ihre Wunschzettel an den Weihnachtsmann

Ritter nickte und zeigte dann den Durchsuchungsbeschluss vor.

Von Fahrenholz musterte nur kurz das Stück Papier, dann meinte er: »Kommen Sie rein und schauen Sie sich um. Ich werde meinen Anwalt anrufen. Mal sehen, was der davon hält.«

Die beiden Kriminalisten traten ein. Der uniformierte Kollege blieb an der Tür stehen.

Von Fahrenholz ging schnurstracks zum Telefon, um mit seinem Anwalt zu sprechen.

Ritter kannte dieses Verhalten. Diese Menschen riefen als Kind ihre Mutter, als Erwachsene rufen sie nach ihrem Anwalt, dachte er. Dann bedeutete er seinem Kollegen, von Fahrenholz nicht aus den Augen zu lassen. Der nickte und postierte sich genau hinter dem Mann. Von Fahrenholz legte auf, und sein Grinsen war noch süffisanter geworden. »Mein Anwalt wird in 30 Minuten hier sein. Bis dahin …«

Er deutete in die Runde und ließ sich auf die große, weiße Ledercouch fallen. Ritters Kollege setzte sich wortlos ihm gegenüber.

Ritter wartete im Eingangsbereich. Nach fünf Minuten hörten sie Stimmen vor dem Haus. Von Fahrenholz warf einen Blick auf seine Armbanduhr. Hatte sein Anwalt nicht gesagt, es würde etwas dauern? Ritter öffnete, und die Kriminaltechniker der Spurensicherung traten ein.

Eine kurze Einweisung, und sie schwirrten durch das Haus wie Ameisen.

Von Fahrenholz protestierte lautstark. Ritter trat zu ihm und deutete an, er möge sich wieder setzen.

»Lassen Sie uns ein wenig plaudern, Herr von Fahrenholz.«

»Ich sage nichts mehr! Sie müssen schon warten, bis mein Anwalt eintrifft.«

»Gut. Warten wir.« Ritter setze sich ebenfalls.

Nach einer knappen halben Stunde traf der Anwalt ein. Mit schnellen, fast hektischen Bewegungen studierte er den staatsanwaltlichen Durchsuchungsbeschluss. Er musterte kurz von Fahrenholz, dann fragte er Ritter: »Was werfen Sie meinem Mandanten vor?«

»Bisher nichts.« Ritter steckte das Dokument wieder ein.

»Und wegen nichts, dieser ganze Aufwand?«

»Wir ermitteln in einem Raubüberfall mit Todesfolge.«

Ritter sprach ruhig.

»Wie bitte?« Der Anwalt tat schockiert. »Bei Herrn von Fahrenholz? Einem ehrenwerten Mitglied unserer Gesellschaft und einem erfolgreichen Geschäftsmann? Ich kann nur für Sie hoffen, dass Sie wissen, was Sie tun!«

Ritter nickte. »Ich bin mir ganz sicher.«

Wie aufs Stichwort trat einer der Kriminaltechniker näher. In seiner Hand ein Beutel, in dem sich ein schwarzer Skihelm mit Visier befand.

»Fanden wir im Schrank.« Er packte den Beutel in eine Klappbox. Dann trug er seinen Fund ins Protokoll ein.

Von Fahrenholz' Lachen klang künstlich. »Einen Skihelm haben Sie gefunden. Wenn Sie mich gefragt hätten, dann hätte ich Ihnen diesen geschenkt. Für den nächsten Winterurlaub. Falls Sie sich so etwas überhaupt leisten können.«

Ritter lächelte. »Wenn Sie ihn mir geschenkt hätten, so gehe ich doch nicht fehl in der Annahme, es ist der Ihre?«

»Natürlich ist es meiner!« Fahrenholz brüllte diese Worte hinaus. Er war rot angelaufen. Den Einwand seines Anwaltes, nichts zu sagen, wischte er mit einer Handbewegung beiseite.

»Ich bin wohl im falschen Film.« Seine Stimme überschlug sich. Spucketröpfchen flogen durch die Luft.

»Ich habe ein Alibi! Zum Zeitpunkt des Überfalls war ich auf der Autobahn.«

»Waren Sie nicht!«

Ritter war die Ruhe in Person. Leise hatte er gesprochen. Er wartete auf die Reaktion von Fahrenholz'. Dem klappte der Mund auf, und wortlos stierte er auf den Kriminalisten.

Der Rechtsanwalt sprach stattdessen. »Können Sie das beweisen?«

Ritter nickte und sein Kollege zog ein Foto aus einer Mappe.

»Sehen Sie selber. Hier ein Blitzerfoto vom Tag der Tat, mit Uhrzeit. Aufgenommen zwischen Stade und Buxtehude auf der B73. Deutlich zu erkennen, Ihr Mandant. Da diese Aufnahme etwa eine Stunde nach der Tat aufgenommen wurde, kann Ihr Mandant zur Tatzeit nicht auf der Autobahn gewesen sein. Da war er noch in Stade.«

»Das heißt aber nicht, dass er die Tat begangen hat.« Der Anwalt winkte ab. »Wenn Sie nicht mehr haben …«

»Doch haben wir. Die Täter wurden gesehen und einer der Zeugen konnte die Männer sehr gut beschreiben. Jetzt raten Sie mal, wem der eine sehr ähnlich sieht. Dann haben wir noch eine Aussage, die bestätigt, wo der Wagen von Herrn von Fahrenholz sich zum Tatzeitpunkt befand. Keine einhundert Meter vom Tatort entfernt.«

Der Anwalt blickte erst auf Ritter, dann auf seinen Mandanten. »Sie erlauben, dass ich mich mit meinem Mandanten unter vier Augen berate?«

Ritter nickte, und die beiden wurden für einige Minuten alleine gelassen.

Danach trat der Anwalt zu Ritter und sagte: »Herr von Fahrenholz verweigert zu diesem Zeitpunkt die Aussage. Sie werden mehr aufbieten müssen, als das, was Sie haben.«

»Wir haben mehr. Glauben Sie mir.« Ritter deutete um sich. »Und was uns fehlt, werden wir finden.«

Und sie fanden es! Eine Woche später schrieb Ritter den Abschlussbericht. Als er die Akte Ramona Weiß zuklappte, sah er von Fahrenholz vor sich. Dessen arrogante Art hielt nicht lange vor. Sie wich Überraschung, dann Bestürzung.

Ritter überführte in Stück für Stück, und auch sein Anwalt konnte ihm nicht mehr helfen. Es fanden sich Spuren von Blut am Skihelm und im Fußraum von von Fahrenholz' Audi. Blut, das zweifelsfrei von Ramona Weiß stammte.

Das Stader Sportgeschäft erinnerte sich an den Kauf von zwei Trainingsanzügen und Turnschuhen. Die Verkäuferin wunderte sich noch, warum ein gut gekleideter Herr, zwei der billigsten Trainingsanzüge und einfache Schuhe kaufte.

Das Blitzerfoto zerpflückte von Fahrenholz' Alibi.

Er hatte den Überfall geplant, wie er in der Vernehmung dann zugab. Sein Stolz war verletzt, und er wollte seiner ehemaligen Freundin eine Lektion verpassen, wie er es nannte.

Einen Komplizen hatte er schnell gefunden. Sein vorbestrafter Neffe, der immer in Geldnot war, machte bereitwillig mit. Er war es auch, der Ramona Weiß vor die Brust schlug, sodass sie den Halt verlor und mit dem Kopf auf den Glastresen aufschlug. Seelenruhig, über die Sterbende Hinweg steigend, räumte er die Kasse aus. Die Tageseinnahmen, so hatten die beiden sich geeinigt, waren sein Lohn.

Von Fahrenholz wollte sich rächen. Den Tod der Frau Weiß nahm er billigend in Kauf. In seiner Überlegenheit glaubte er nicht, dass die Stader Polizei ihn jemals verhaften würde. Er plante die Tat so, dass Frau Weiß alleine im Geschäft war. Was er nicht wusste, die Verkäuferin war dieses Mal nicht beim Sport. Die Trainingsanzüge und die Turnschuhe schmiss er am selben Abend in die Elbe. Ebenso die Handschuhe, die sie bei der Tat trugen.

Doch die Spurenlage und die Aussage von seinem Neffen, der sogleich verhaftet worden war, ließen von Fahrenholz keinen Ausweg mehr. Er gestand!

6 KIRSCHBLÜTEN

»Mama, Mama!« Das kleine Mädchen stand mit einigen Metern Abstand vor der Parkbank und deutete auf das Paar, welches darauf saß.

»Der Opa und die Oma schlafen.« Sie zeigte mit ihrer kleinen Hand auf die älteren Herrschaften.

»Lina, komm bitte her.« Ihre Mutter schüttelte verärgert den Kopf.

Die kleine Lina musterte noch einmal die beiden auf der Bank, dann lief sie zu ihren Eltern.

»Ich bin ganz schnell gelauft!« Sie quetschte sich zwischen ihre Eltern, die beide ihre kleine Hand nahmen.

»Gelaufen heißt das!«

Lina schaute zu ihrer Mutter hoch.

»Der Opa und die Oma schlafen, dabei scheint die Sonne.«

Die drei kamen an der Parkbank vorbei. Linas Eltern warfen einen kurzen Blick auf das Paar. Zwei Rentner, grauhaarig, saßen Hand in Hand auf der Parkbank, die Augen geschlossen. Scheinbar genossen sie die Strahlen der Frühlingssonne, die ihnen ins Gesicht schien.

»Ältere Leute brauchen mehr Schlaf. Bestimmt haben sie heute schon viel gesehen und ruhen sich jetzt ein wenig aus.«

Sie blickte zu ihrer kleinen Tochter, die bei den Worten ihrer Mutter eifrig nickte.

»Und jetzt machen wir hüpf!«, rief die Kleine. Ihre Eltern fassten sie fester und schwenken sie dann an ihren Armen durch die Luft. Die Kleine gluckste vor Freude. Keiner der drei dachte mehr an das Rentnerpaar auf der Bank.

Zwei Stunden später ging ein Liebespaar an der Bank vorbei. Die Frau stupste ihren Freund an. »Du, schau mal. Die beiden sitzen immer noch hier. Heute früh waren die auch schon da. Ich glaube, da stimmt was nicht.«

Langsam traten die beiden näher. Der junge Mann ließ seine Freundin los. »He, Sie da, alles in Ordnung?«

Doch die alten Leute antworteten nicht. Keiner der beiden reagierte auf die Ansprache. Die Mittagssonne brannte ihnen ins Gesicht, doch auch das schien sie nicht zu stören. Ebenso wenig die Biene, die die Nase des Mannes als Landeplatz auserkoren hatte. Vorsichtig streckte der junge Mann seine Hand nach dem Mann aus. Als er ihn an der Schulter rüttelte, bemerkte er die blasse Gesichtsfarbe der beiden.

»Ich glaube, die sind tot!« Langsam trat er einen Schritt zurück. Seine Freundin wollte ihn darauf hinweisen, dass man damit keine Scherze macht. Doch als sie in sein ernstes Gesicht sah, da wusste sie, er scherzte nicht.

Ritter näherte sich der Absperrung. Er genoss die Sonne an diesem Apriltag. Es war angenehm warm, und der Duft der Kirschblüten lag in der Luft. Die Vögel zwitscherten, als wenn es kein Morgen gäbe. Das Alte Land zeigte sich von seiner schönsten Seite. Ein totes Paar auf einer Bank passte da nicht ins Bild. Der Posten kannte ihn. Sie begrüßten sich, und Ritter hob das Absperrband, um darunter durchzuschlüpfen.

Frau Dr. Seidenbach schloss soeben ihre Arzttasche, und auch die Spurensicherung packte ein.

Langsam ging Ritter in Richtung der Parkbank. Er musterte aufmerksam die Szenerie.

Zwei alte Herrschaften saßen dort, Hand in Hand. Ihre weißgrauen Haare glänzten wie Silber in der Sonne. Sie sahen friedlich aus. Schlafend, nicht tot.

Hinter der Absperrung standen Urlauber wie Einheimische und beobachteten das Geschehen. Es war immer das

Gleiche. Der Tod zog die Menschen an und stieß sie doch gleichzeitig ab.

Die Ärztin lächelte ihm zu, als er näher trat.

»Na, Herr Ritter, Sie möchten bestimmt etwas hören!«

»Wenn Sie etwas für mich haben, gerne.«

»Nichts, oder besser gesagt nicht viel. Beide starben vor etwa vier Stunden. Es gibt keine Anzeichen von Gewalteinwirkung.«

»Und doch sind beide tot!?«

Sie nickte.

»Starben sie hier?«

»Wahrscheinlich ja. Es gibt keine Anzeichen einer Umlagerung.«

Ritter trat einige Schritte zurück. Die Bank stand frei und von Weitem einsehbar in einer kleinen Grünanlage. Von hier aus sah man den Gräfenhof[64]. Daneben stand ein Baum in voller Blütenpracht und auch neben der Parkbank blühte es. Alles sah so friedlich aus.

»Wissen wir, wer sie sind?«

»Ja.« Die Ärztin nickte. Sie holte zwei Personalausweise hervor. »Uwe Traber und Sieglinde Traber. 76 und 75 Jahre alt. Wohnhaft in Rostock.«

Ritter schrieb sich die Angaben auf.

»Wann können Sie mir Genaueres über die Todesursache sagen?«

»Wenn ich die zwei bei mir auf den Tisch habe.« Sie zog sich die Handschuhe von den Händen.

»Ist doch komisch, oder?« Ritter deutete auf die beiden Verstorbenen.

»Da sitzen sie friedlich nebeneinander und sind tot. Ein Ehepaar, welches gleichzeitig verstirbt?«

---

64 Gräfenhof- prächtiges Fachwerkhaus aus dem 17.Jahrhundert, ist heute das Rathaus der Gemeinde Jork

»Sie werden schon herausbekommen, was passiert ist. Natürlichen Tod schließe ich schon mal aus! Man hört ja immer wieder, dass wenn ein Partner verstirbt, der andere kurze Zeit später nachgeht, aber das?« Sie schüttelte den Kopf.

Ritter dankte und befragte den Leiter der Spurensicherung. Doch der hatte auch nicht viel. Er gab Ritter eine Aufstellung der Sachen, die das Ehepaar bei sich hatte.

Uhr und Geldbörsen der Eheleute waren vorhanden.

Ritter dankte, dann befragte er die jungen Leute, welche das Ehepaar aufgefunden hatten.

Bereitwillig gaben sie Auskunft. Sie hatten niemanden bemerkt, der sich auffällig verhalten hatte. Ritter glaubte auch nicht daran. Immerhin waren die beiden schon vier Stunden tot. Ein Täter, so es einen gab, war doch da schon über alle Berge.

Er gab den beiden seine Visitenkarte und bat sie morgen in sein Büro für das Protokoll zu kommen. Doch der junge Mann winkte ab.

»Geht nicht. Da bin ich wieder beim Bund in Lübeck und mein Spieß versteht keinen Spaß, wenn ich unpünktlich bin.«

Ritter zog die Augenbrauen hoch. Er wollte die ersten Stunden nach dem Auffinden für Ermittlungen nutzen. Also waren wieder Überstunden angesagt.

»Können Sie heute am späten Nachmittag?«

Beide nickten und so wurde ein Termin vereinbart.

Ritter blickte sich um. Wie kamen die beiden hier hin? Waren es Tagesausflügler oder Gäste in einem der Hotels oder Pensionen?

Er beschloss, zuerst bei der Touristeninformation vorbeizuschauen.

Er brauchte nur schräg über die Straße zu gehen. Die Mitarbeiter der Touristeninformation standen vor der Tür und beobachteten das Treiben vor dem Rathaus.

Ritter trat zu den beiden jungen Frauen und stellte sich vor.

Beide baten ihn hinein.

»Schrecklich. Wir haben gehört, zwei alte Herrschaften sind verstorben?«

Ritter nickte. »Ja, und ich ermittle. Sagen Ihnen die Namen Sieglinde und Uwe Traber etwas?«

Beide Frauen schauten sich kurz an und schüttelten dann den Kopf.

»Überlegen Sie bitte. Eine Frau 75 Jahre alt, mittelgroß, silbergraues Haar, schlank und ihr Mann 76 Jahre alt, groß, schlank und ebenfalls silbergrau.«

»Trug sie ein Brautherz[65] an ihrer Bluse?«

Ritter zuckte mit den Schultern.

»Hier war vor fünf Tagen ein Paar, genau, wie es Ihrer Beschreibung entspricht. Sie waren aus Rostock, das erzählte mir der alte Herr. Deswegen wunderte ich mich über den Schmuck seiner Frau.«

»Was wollten die zwei?« Ritter war nach dem Wort Rostock hellwach.

»Sie wollten wissen, ob man das Trauzimmer[66] im ersten Stock besichtigen kann.«

»Und kann man?«

»Selbstverständlich kann man. Es kommen öfters zukünftige Brautleute, um sich ein Bild zu machen. Wobei …«

Sie stockte.

Ritter hakte nach. »Wobei was?«

»Sie sahen nicht aus wie Brautleute.«

»Wegen des Alters?«

---

65 Brautherz – Altländer Filigranschmuck, wird seit Jahrhunderten an der Festtracht der Altländer getragen, wird heute in Buxtehude von zwei Juwelieren gefertigt, Brunckhorst und Funk

66 Trauzimmer – für den schönsten Tag des Lebens, eingerichtet mit Altländer Möbeln

»Ach was. Heiraten ist doch keine Frage des Alters.« Sie schüttelte ärgerlich den Kopf.

»Mir schien es so, als seien sie verheiratet, aber noch nicht lange.«

»Warum?«

»Sie gingen so liebenswert miteinander um. So rücksichtsvoll, mit ganz viel Liebe.«

»Aha.« Ritter verstand die Frau nicht. Sie schien dies zu bemerken, denn nach einer Minute fügte sie hinzu.

»Na, wenn die Leute eine Zeit verheiratet sind, dann lässt das doch nach, oder?«

Ritter zuckte wieder mit den Schultern. Er war noch nie verheiratet gewesen. Und wieder dachte er kurz an Daniela. Wie gerne wäre er mit ihr hier. Stattdessen ermittelte er.

»Wissen Sie, wo die zwei wohnten?«

Beide Frauen schüttelten den Kopf.

»Vielleicht wissen die Kollegen im Standesamt mehr. Wir haben sie dahin verwiesen.«

»Okay. Haben die beiden sonst noch etwas erzählt?«

»Nur, das sie sich freuten hier zu sein. Ich wollte ihnen noch Informationsmaterial mitgeben, doch sie wollten nicht. Sie schienen sich gut auszukennen. Also, ich denke, sie waren öfters hier.«

Ritter dankte, dann lief er hinüber zum Standesamt.

Das Standesamt hatte geschlossen. Mittagspause!

Mist, dachte Ritter, als er von einem älteren Herrn mit grauem Kinnbart angesprochen wurde.

»Ab 13 Uhr geht's weiter.« Er hatte eine angenehme Stimme.

Ritter stellte sich vor.

»Sie kommen, wegen …« Er deutete mit dem Kopf in Richtung Park. Ritter nickte.

»Na dann machen wir mal eine Ausnahme.« Er stellte sich als Herr Köppen vor.

Ritter schilderte ihm sein Anliegen. Herr Köppen hörte genau zu und nickte dann.

»Ja, vor fünf Tagen war das ältere Ehepaar hier und bat um Besichtigung des Trauzimmers. Den Wunsch haben wir ihnen gerne erfüllt. Wollen Sie es auch mal sehen?« Er lächelte.

»Gerne.« Beide gingen in den ersten Stock und der Standesbeamte öffnete die Tür zum Trauzimmer. Gemütlich war es. Ein warmer Farbton an den Wänden unterstrich die angenehme Atmosphäre. Die Altländer Stühle, mit ihren gedrechselten Beinen und großen Sitzkissen, an denen die großen Quasten auffielen, luden zum Verweilen ein.

»Sie können ruhig zur Probe sitzen.« Köppen zeigte auf einen der Stühle.

Ritter wunderte sich. Woher wusste Köppen, dass er nicht verheiratet war? Wahrscheinlich hatte der Mann ein Auge für unverheiratete Individuen.

»Wenn es so weit ist, gerne. Jetzt aber …« Er drehte sich zu Köppen. »Haben die beiden etwas gesagt? Warum sie das Zimmer sehen wollten?«

»Nein.« Köppen schüttelte den Kopf. »Und ich habe auch nicht gefragt. Sie setzten sich aber.« Er deutete auf die Stühle. »Es war rührend anzusehen. Fast fünf Minuten saßen sie da, Hand in Hand. Ganz still.«

»Und dann?«

»Dann standen sie auf, bedankten sich und gingen.«

»Einfach so.«

Köppen nickte. »Einfach so.«

»Mmh haben sie sonst irgendetwas erzählt? Ist Ihnen etwas aufgefallen, vielleicht als sich das Ehepaar unterhalten hat?«

»Die haben sich nicht unterhalten. Die beiden verstanden sich ohne Worte.«

»Und Sie wissen nicht, wo die beiden logierten?«

»Fragen Sie mal in einem der umliegenden Hotels.«

»Danke. Das werde ich tun.« Ritter ging.

Draußen schien die Sonne, als wenn nichts geschehen wäre. Der Park lag verlassen da. Die Polizei hatte den Fundort wieder freigegeben.

Ritter ging durch den Park. Als er bei der bewussten Bank ankam, musterte er diese. Sie war weiß und in ihre Rückenlehne war eine Gedenktafel eingelassen. Es war eine der Altländer Hochzeitsbänke[67]. Eine schöne Sache, diese Hochzeitsbänke, dachte Ritter. Man konnte immer am Hochzeitstag zu seiner eigenen Bank fahren. Er las die Gedenktafel. Doch die Inschrift hatte nichts mit dem Ehepaar Traber zu tun.

Er steuerte das erste Hotel an. Doch er hatte kein Glück. Nach dem dritten Hotel setzte er sich in ein Café und bestellte sich einen Tee und ein Stück Obstkuchen. Als er gegessen hatte, griff er zum Handy. Das hättest du gleich tun sollen, dachte er. Nach und nach rief er alle Hotels in Jork und Umgebung an. Doch in keinem war ein Ehepaar Traber abgestiegen. Erst als er sich den Pensionen widmete, hatte er Glück. Etwas außerhalb von Jork hatten sie sich ein Zimmer genommen. Ritter bezahlte und fuhr dann los.

Die Pension war Bestandteil eines Obsthofes. Empfangen wurde der Gast von einer wunderhübschen Prunkpforte[68].

Die Besitzer, ein Ehepaar in Ritters Alter, empfingen ihn freundlich. Wahrscheinlich hielten sie ihn für einen Gast. Als er sich auswies und ihnen mitteilte, warum er da war, trübte sich ihr Blick.

»Verstorben? Beide?« Ungläubig musterte die Wirtin Ritter. Tränen traten in ihre Augen und sie schluckte.

---

67 Altländer Hochzeitsbank – Brautpaare im Alten Land können sich eine eigene Hochzeitsbank anfertigen lassen, die dann an einem schönen Platz im Alten Land aufgestellt wird, vor dem Rathaus steht die Hochzeitsbank von Eva König und Gotthold Ephraim Lessing

68 Altländer Prunkpforte – außergewöhnliche Bauwerke, die den Wohlstand der Besitzer repräsentierten, die ältesten sind aus dem 17. Jahrhundert

»So ein nettes Ehepaar.« Stockend sprach sie. Man hörte ihr an, wie nahe ihr der Tod der beiden Menschen ging.

Ihr Mann nahm sie tröstend in den Arm. Seine großen Hände streichelten zärtlich ihre Arme.

»War es ein Unfall?«

Er sprach mit einem tiefen Bass. Die Stimme schien von ganz unten zu kommen.

»Wir wissen es noch nicht. Kann ich bitte das Zimmer sehen, welches die Eheleute bewohnten?«

»Natürlich.« Die Wirtin bat Ritter nach oben.

»Das Zimmer wurde aber schon gereinigt. Das Ehepaar Traber ist heute abgereist.«

Ritter blieb überrascht auf der Treppe stehen.

»Heute sind sie abgereist?«

»Ja. Sie bezahlten heute früh, und mein Mann trug die Koffer hinunter. Er half auch, sie ins Auto zu packen.«

»Was für ein Auto?«

»Ein Silbergraues. Fragen Sie mal meinen Mann, der kennt sich damit aus.«

Langsam gingen sie die Treppe weiter hinauf. Oben angelangt schloss sie ein Zimmer auf.

»Hier, bitte schön.« Ihre rechte Hand machte eine einladende Geste. Ritter trat ein. Das Zimmer war hell und nett eingerichtet. Es herrschten Brombeertöne vor.

»Nett! Hier lässt es sich aushalten.« Er warf einen Blick aus dem Fenster. Man sah die Obstbäume, die in voller Blüte standen. Etwas weiter entfernt sah man den Deich und dahinter schimmerte silbern die Elbe.

Das Bett war frisch bezogen, und der Papierkorb war leer.

»Haben Sie etwas zurückgelassen?«

Die Wirtin schüttelte den Kopf. »Nein. Das Zimmer war leer. Herr und Frau Traber waren sehr angenehme und ordentliche Gäste.«

»Ist wohl nicht immer so?«

»Das können Sie laut sagen.« Die Frau seufzte. »Leider gibt es immer wieder Gäste, die sich nicht zu benehmen wissen.«

Ritter warf noch einen Blick in den Kleiderschrank und ins Bad, dann verließ er das Zimmer.

»Wie lange waren sie ihre Gäste?«

»Fünf Nächte!«

»Waren sie alleine oder …«

»Kein oder. Sie sind alleine angereist und alleine abgefahren.«

»Haben sie Bekanntschaften geschlossen?«

»Nicht, dass ich wüsste. Sie genossen das Zusammensein und mieden den Kontakt mit den anderen Gästen. Außer …«

»Ja?«

»Na ja, heute früh im Frühstücksraum, da sprachen sie mit einem jüngeren Ehepaar, das ebenfalls bei uns zu Gast ist.«

»Ich brauche den Namen.«

»Familie Görges.«

»Und wissen Sie, was besprochen wurde?«

»Genaueres nicht, aber es ging um Geschenke für die Kinder.«

»Ist die Familie Görges hier?«

Wieder erntete Ritter Kopfschütteln. »Nein, sie wollten heute nach Otterndorf zur Spiel und Spaßscheune[69].«

»Na super!«

Ritter klang nicht glücklich. Schnell gingen sie die Treppe hinunter. Die Frau rieb sich die Arme, so als friere sie. Ihr Mann trat zu ihr und fragte: »Alles gut, Schatz?«

Sie nickte.

Ritter fragte den Mann: »Ihre Frau meinte, Sie wissen, was für ein Auto die Eheleute Traber fuhren.«

---

69 Spiel und Spaßscheune – Kinderabenteuerland in Otterndorf, hier kann gespielt, getobt und gestaunt werden

Der Mann nickte. »Einen dunkelgrauen Citroën DS5 mit Rostocker Kennzeichen.«

»Und heute früh sind sie abgereist?«

Wieder nickte der Mann. »Gegen 8 Uhr packte ich die Koffer ins Auto und verabschiedete die zwei.«

»Haben die beiden gesagt, was sie als Nächstes machen wollten?«

»Ja, er sagte, der Fährmann wartet.«

Ritter blickte zu dem Mann.

»Fährmann?«

»Ja, ich nehme an, er meinte die Elbfähre von Wischhafen nach Glücksstadt.«

»Ach so. Ihre Frau erwähnte auch ein Gespräch zwischen den Eheleuten Traber und der Familie Görges.«

»Davon weiß ich nichts.«

»Mein Mann ist morgens immer in der Küche.« Die Wirtin zeigte in die Richtung, in der die Küche war.

»Stimmt! Bin ich.« Er lachte leise.

»Haben Sie bemerkt, ob Herr oder Frau Traber mit jemandem Kontakt hatten oder Streit?«

»Streit? Die beiden? Nie und nimmer. Die waren so sanft und ruhig, denen konnte keiner böse sein. Und Kontakt? Ne, ich glaube nicht, wobei ich wenig mit den Gästen zu tun habe. Das ist mehr das Revier meiner Frau.« Er lächelte ihr zu.

Ritter dankte den Wirtsleuten. »Wenn Familie Görges heute zurückkommt, sollen sie mich bitte anrufen. Hier ist meine Karte. Richten Sie ihnen das bitte aus.«

Das Ehepaar versprach, alles auszurichten, und Ritter ging zu seinen Wagen. Er rief seine Kollegen an und bat um Fahndung nach dem Citroën der Familie Traber.

Eine Stunde später wurde der Wagen gefunden. Er stand auf einem Parkplatz am Festplatz. Im Kofferraum lagen die beiden Koffer der Eheleute. Die Fahrzeugpapiere befanden sich im Handschuhfach.

Ritter ließ den Wagen abschleppen. Die Koffer der Eheleute schaute er sich an. Außer der Bekleidung und den persönlichen Toilettenartikeln fand er nichts, was ihm weiterhalf.

Sein Handy fiepte. Es wurde Zeit, ins Büro zu fahren. Das Pärchen, welches das Ehepaar Traber gefunden hatte, sollte nicht warten.

Am nächsten Tag hatte Ritter den Bericht der Gerichtsmedizinerin auf dem Tisch.

Als er ihn durchblätterte, stutze er. Er griff zum Telefon und rief die Ärztin an. Diese bat ihn um Geduld, bis der toxikologische Befund da war. Doch das konnte bis zu 14 Tage dauern. Zwei Wochen und er kannte nicht die Todesursache!

Frau Traber litt an Bauchspeicheldrüsenkrebs im Endstadium. Doch hatte der nicht zu ihrem Tod geführt. Herr Traber war, für sein Alter, mehr als gesund. Die Ärztin tippte auf Gift, doch wie schon gesagt, Geduld sollte er haben.

Übellaunig legte Ritter auf.

War es Suizid? Wurde ihnen das Gift, so es welches war, unbemerkt verabreicht, oder war es ein Unfall?

Ritter beschloss, die einzige Tochter von Frau Traber zu befragen. Diese wohnte in Hannover. Die Kollegen hatten sie gestern Abend über das Ableben ihrer Mutter informiert. Laut Bericht der Kollegen war die Tochter sehr gefasst gewesen.

Er telefonierte kurz mit der Tochter. Ja, er könne kommen. Sie sei zu Hause.

Zweieinhalb Stunden später saß er ihr gegenüber. Eine Frau Anfang 50, mit schwarzen Haaren und übergewichtig. Der Haaransatz schimmerte grau. Ritter vermutete, dass das Schwarz nicht ihre natürliche Haarfarbe war. Sie hieß Altwien, war Ärztin und ledig.

Sie sah traurig aus. Bereitwillig schilderte sie Ritter, was sie wusste.

Bei ihrer Mutter wurde vor zwei Monaten ein Pankreaskarzinom festgestellt. Die Krankheit war zu weit fortgeschritten, als dass es eine Aussicht auf Heilung gab. Sie als Ärztin wusste um die Schwere der Diagnose, aber auch ihre Mutter kannte den Verlauf.

Ihre Mutter und Uwe Traber hatten sie vor ihrer Fahrt ins Alte Land noch einmal besucht. Uwe Traber war der zweite Mann ihrer Mutter.

»Er war das Beste, was ihr jemals passiert ist.« Frau Altwien nickte wie zur Bestätigung mit dem Kopf.

»Wollen Sie einen Kaffee? Also ich kann einen vertragen.« Ihr resoluter Unterton ließ keinen Widerspruch zu. Ritter nickte nur kurz, dann sprang die Tochter auf. Trotz ihrer korpulenten Figur war sie flink. Nach etwa 10 Minuten stellte sie eine Kanne auf den Tisch und schenkte ein. Als Ritter den Kaffee probierte, musste er sein ganzes schauspielerisches Talent aufbieten, um der Gastgeberin nicht zu Nahe zu treten. Der Kaffee war scheußlich. Er verdiente nicht einmal diesen Namen. Es war nur ein koffeinhaltiges Heißgetränk. Eine billige Sorte, die in einer preiswerten Maschine förmlich vergewaltigt worden war. Wenn er da an den Kaffee bei Daniela dachte, ein romantischer, träumerischer Zug trat in sein Gesicht, aber nur für den Bruchteil einer Sekunde.

»Ja, wie schon gesagt, Uwe war das Beste, was ihr passieren konnte.«

»Wieso?«

»Mein Vater war ein ungehobelter Mensch. Meine Mutter litt unter ihm. Als ich älter wurde, verstand ich, was sie durchmachte. Er war ein Despot! Geheiratet hatte sie ihn nur, weil ich unterwegs war. Damals durfte eine Frau kein uneheliches Kind haben. Blöde Zeit, was?«

Sie blickte zu Ritter. In ihr Gesicht war ein schelmischer Zug getreten, der sie sympathisch machte.

»Die Ehe war mehr als unglücklich. Meine Mutter war eine intelligente Frau, mein Vater eher das Gegenteil. Und das wenige, was er an Bildung besaß, ertränkte er im Alkohol. Als ich 19 Jahre alt war, fiel er besoffen vom Dach. Ist ja auch eine wenig sinnvolle Kombination Alkohol und Dachdecker. Meine Mutter begann zu leben, und ich studierte Medizin.«

Sie nahm einen Schluck vom Kaffee. Ritter riss sich zusammen und machte es ihr nach. Er musste aufpassen, dass er sich nicht schüttelte. Schnell stellte er die Tasse zurück.

»Meine Mutter hatte von Männern erst einmal die Nase voll. 1987 lernte sie dann Wolfgang kennen. Er war ein Abziehbild meines Vaters. Warum fallen Frauen immer auf den gleichen Typ Männer herein? Können Sie mir das verraten?«

Ritter schüttelte den Kopf.

»Na jedenfalls, dann kam die Wende und 1990 traf sie Uwe. Es war Liebe auf den ersten Blick. Er war aus einem kleinen Dorf bei Wismar und auf Montage in Stade. Meine Mutter hatte ein Monteurzimmer zur Vermietung angeboten, und Uwe bezog das Zimmer. Vier Wochen später setzte er Wolfgang vor die Tür, dann reichte er die Scheidung ein. Stellen Sie sich das Mal vor: Nach dreißig Jahren Ehe lässt er sich wegen meiner Mutter scheiden.«

»Vielleicht war die Ehe nicht glücklich? Die Dauer sagt ja nichts über die Tiefe einer Beziehung aus!«

Sie nickte. »Da mögen Sie recht haben. Meiner Mutter machte er einen Antrag, aber sie lehnte ab. Heiraten wollte sie nie wieder. Bis er mit ihr nach Moskau flog.«

»Hä?« Ritter schaute ungläubig drein.

»Ja. Sie sagen es. Meine Mutter träumte immer davon einmal Schwanensee im Bolschoitheater zu sehen, und Uwe erfüllte ihr diesen Wunsch. Fragen Sie nicht, wie. Er hat es nie verraten, und es muss ein kleines Vermögen gekostet haben. Als er ihr danach einen Antrag machte, sagte sie ja. Er überreichte ihr ein Brautherz und passend dazu eine Filigrankette. Sie sagte ja, und wir feierten im kleinen Kreis.«

Sie lächelte bei diesen Worten.

Ritter hatte eine Ahnung, als er fragte: »Und wo fand die Trauung statt?«

»In Jork, dort im Rathaus. Warum fragen Sie?«

»Ach, nur so. Reine Neugierde.«

Sie nickte. »Er gab seine Monteurstätigkeit auf und arbeitete bis zur Rente als Elektriker. Meine Mutter und Uwe beschlossen nach Rostock zu ziehen. Meine Mutter ist dort geboren, und erst 1960 kam sie nach Stade. Und auch Uwe kannte die Stadt. Sie ließen ihr altes Leben hinter sich und begannen ein Neues.«

»Und letzte Woche sahen Sie sich das letzte Mal?«

»Ja, sie waren beide hier. Ich hatte mir einige Tage freigenommen. Wir wussten alle drei, dass es der Abschied war.«

Sie schluckte heftig, dann sprach sie weiter. »Wir versuchten mit Spaß über die Situation hinwegzukommen, doch ehrlich gesagt, mir gelang das nicht.« Ihre Augen füllten sich mit Tränen. Sie stand auf und ging hinaus. Nach einigen Minuten kam sie wieder. Sie hatte geweint. Ihre Augen waren gerötet.

Langsam erzählte sie weiter. »Uwe ließ uns an einem Nachmittag alleine. Er gab vor, spazieren gehen zu wollen, doch er gab mir und meiner Mutter die Gelegenheit, Abschied zu nehmen. Ich weinte hemmungslos, doch meine Mutter war sehr gefasst. Eigentlich hätte ich sie trösten müssen, doch das Gegenteil war der Fall. Sie war so voller Liebe. Sie sagte, mit Uwe könne ihr nichts Schlimmes passieren. Alles würde gut werden.«

Sie schnäuzte sich die Nase. Es hörte sich an, wie das Trompeten eines Elefanten.

»Haben sie erzählt, was sie als Nächstes tun wollten?«

»Sie wollten die wenige Zeit, die meiner Mutter blieb, nutzen. Noch einmal das sehen, was sie mit Glück verbanden.«

»Eine Art Zeitreise?«

»So kann man es sagen.«

»Kann es sein, das ihre Mutter und Herr Traber Selbstmord begangen haben?«

»Suizid? Niemals! Sie freuten sich auf die nächsten Tage, Wochen. Ne, glauben Sie mir, meine Mutter hätte niemals Hand an sich gelegt und Uwe war viel zu lebenslustig, als dass er freiwillig aus dem Leben geschieden wäre.«

Ihre Stimme hatte wieder diesen resoluten Unterton. Bestimmend hatte sie gesprochen. So, als ob sie keine Widerworte duldete.

»Aber ist die Gewissheit, sterben zu müssen, nicht eine enorme Belastung, auch für den Partner? Ich frage Sie das als Ärztin.« Ritter griff zur Kaffeetasse, besann sich dann aber schnell eines Besseren.

»Klar ist es das. Meist ist der Partner mehr betroffen, als der Erkrankte. So auch bei meiner Mutter. Uwe klagte über Schlafstörungen. Ich gab ihm daraufhin eine Musterpackung. Meine Mutter sagte mir, sie hätte keine Angst vorm Sterben. Sie hatte doch ein schönes Leben mit Uwe und alles wäre geregelt.«

»Was meinte sie damit?«

»Ich nehme mal an, sie bezog das auf ihr Testament. Genaues hat sie nicht gesagt. Sie erzählte dann von ihren Plänen für den Urlaub in Stade und im Alten Land. Eine Kutschfahrt[70] wollten die beiden machen, und sie wollten auf den Aussichtsturm auf dem Litberg[71].«

---

70 Kutschfahrten – das Alte Land kann man prima mit einer Kutsche oder einem Planwagen erkunden, es gibt mehrere Anbieter solcher Touren

71 Litberg – 65 Meter hohe Erhebung, auf dem Gipfel steht der sogenannte Gauß-Turm, von hier aus hat man einen herrlichen Blick über die Geestlandschaft

Ritter dachte nach. Nach Suizid hörte sich das alles nicht an.

Er kam nicht weiter. Zu wenige Fakten, zu viele Vermutungen. Eine halbe Stunde später fuhr er nach Stade zurück. Unterwegs meldete sich die Pension. Herr Görges war am Telefon. Ritter bat ihn um eine Unterredung. Sie verabredeten sich in der Pension. Ritter warf einen Blick auf die Uhr im Armaturenbrett. Er hatte ausreichend Zeit. Deshalb fuhr er noch einmal ins Büro und telefonierte mit Rostock. Die Kollegen wollten sich in der Wohnung des Ehepaars Traber umsehen.

Zur verabredeten Zeit fuhr Ritter zur Pension. Das Ehepaar Görges erwartete ihn schon. Sie setzten sich draußen auf die Terrasse und die Wirtin brachte einen Krug Apfelsaft.

»Selbst gekeltert«, sagte sie, als sie einschenkte. Dann ließ sie ihre Gäste alleine.

»Sie wollten uns sprechen?« Herr Görges war schlank, fast dünn, und er trug eine dieser modischen Hornbrillen, die Ritter gar nicht mochte. Seine Frau war rothaarig und sehr blass. Sie gehörte wohl zu den Menschen, welche die Sonne meiden mussten. Ihr Gesicht war mit Sommersprossen übersät.

Ritter dankte den beiden für die Bereitschaft, mit ihm zu reden.

»Sie hatten als einer der wenigen Gäste Kontakt zum Ehepaar Traber. Die Wirtin erzählte mir, Sie hätten am Tag ihrer Abreise einige Worte mit ihnen gewechselt.«

Frau Görges warf einen raschen Blick zu ihrem Mann, der ihr leicht zunickte.

Dann sprach sie. »Wissen Sie, es ist uns ein wenig peinlich.«

Ritter sagte nichts.

Stockend berichtete sie weiter. »Es war früh am Morgen. Wir sind zeitig hoch, so gegen halb acht waren wir im Frühstücksraum. Da saßen die beiden älteren Herrschaften und genossen ihr Frühstück. Sie machten einen netten Eindruck und auch unsere Kinder vertrauten ihnen. Lucas, unser Ältester, wollte sich noch ein Glas Saft holen, als er am Tisch des älteren Ehepaars vorbeikam. Der Herr hatte eine kleine Silberdose neben sich liegen, die er öffnete, um seine Tabletten zu nehmen. Lucas schaute ihm zu.«

Frau Görges wurde bei diesen Worten rot. »Kinder sind manchmal unmöglich.« Fügte sie leise hinzu.

Ritter lächelte ihr aufmunternd zu.

»Der Herr musterte unseren Sohn und fragte ihn dann, ob ihm die kleine Dose gefiel. Klar gefiel sie unserem Lucas, und der Herr schenkte sie ihm. Einfach so.«

Sie schüttelte den Kopf. »Oh Gott, war das peinlich. Er kam ganz stolz an unseren Tisch. Mein Mann hat dann versucht, den Herrn zu bewegen, die Dose wieder zurückzunehmen, doch der weigerte sich. Er sagte ein Geschenk sei ein Geschenk und es käme von Herzen. Als dann noch unsere fünfjährige Tochter anfing zu quengeln, war die Blamage riesengroß.«

Ihr Rot wurde noch tiefer, und sie blickte auf ihre Hände.

»Warum?«

»Die Frau des älteren Herrn nahm ihre Kette ab und schenkte diese unserer Hanna.«

»Sie sagte, das sei nur gerecht. Wenn die Männer Geschenke machen, können die Frauen das auch.« Herr Görges hatte weitergesprochen. Seiner Frau viel es schwer, darüber zu reden.

»Wir baten sie, es zurückzunehmen, aber beide weigerten sich. Und das auf eine sehr angenehme Art und Weise. Unseren Kindern machten sie eine große Freude und auch sie selber schienen Spaß daran zu haben. Wir geben die Dinge natürlich zurück.«

Ritter schüttelte den Kopf. »Das brauchen Sie nicht. Wie schon gesagt. Es handelt sich um Geschenke. Darf ich die Dose und die Kette einmal sehen?«

Frau Görges öffnete ihre Handtasche und legte auf den Tisch eine Filigrankette aus Silber und eine silberne Schupftabakdose, die auf dem Deckel ein Relief einer Gasthausszene trug.

Ritter fotografierte die beiden Stücke.

»War etwas ungewöhnlich?«

»Die ganze Sache war ungewöhnlich. Zwei unbekannte Herrschaften schenkten unseren Kindern Schmuck. Einfach so.«

»Haben die beiden ihr Handeln begründet?«

»Sie sagten, sie hätten Spaß daran, etwas weiterzureichen. So wie ein Staffelstab. Von den Alten zu den Jungen. So sagte es der ältere Herr.«

»Sagen Sie«, Frau Görges, zögerte etwas. »Stimmt es, was die Wirtin erzählte? Die beiden netten Herrschaften sind verstorben?«

»Ja, das stimmt.«

Frau Görges wich das Blut aus dem Gesicht. Aschfahl saß sie da und starte auf die Kette.

Die beiden Kinder kamen angestürmt. Beide begrüßten Ritter, und jeder nahm schnell sein Geschenk vom Tisch. Der Junge klammerte sich an die Tabaksdose und das Mädchen streifte ihre Kette über.

»Ich bin eine Prinzessin!«, rief sie mit strahlendem Gesicht. Sie kam nach ihrer Mutter. Die vielen Sommersprossen und die blasse Haut ließen daran keinen Zweifel.

»Und was für eine hübsche«, sagte Ritter zu der Kleinen, die ihrem Bruder die Zunge rausstreckte, nachdem dieser ihr einen Vogel gezeigt hatte.

Ritter bedankte sich bei dem Ehepaar und wünschte ihnen und ihren Kindern noch einen schönen Urlaub.

»Morgen fahren wir zum Klettern und Rutschen!«, rief die kleine Hanna Ritter hinterher.

Der drehte sich noch einmal um.

»Wohin geht's denn?«

»Harsefeld[72]«, sagte Herr Görges.

Ritter hob den Daumen.

Er versuchte in den nächsten Tagen, Licht in das Dunkel zu bringen. Den ehemaligen Freund von Frau Traber, den ihre Tochter im Gespräch mit Ritter Wolfgang nannte, hatte er ausfindig gemacht. Er lebte in Hamburg in einem Altenheim. Sein Gesundheitszustand ließ keine Fahrt ins Alte Land zu.

Uwe Trabers erste Frau war vor drei Jahren verstorben. Kinder hatten sie keine. Die Wohnung in Rostock war durchsucht worden. Ein Notebook war sichergestellt worden. Die Auswertung der Festplatte ließ auf sich warten. Ritter rekonstruierte die letzten Tage im Leben des Ehepaars Traber. Er machte den Kutscher ausfindig, der die beiden gefahren hatte. Dieser bestätigte den Eindruck von einem glücklichen, verliebten Ehepaar. Wo Ritter auch nachfragte, alle waren dieser Meinung.

Eine Woche später lag der toxikologische Befund vor. Ritter überflog ihn nur, dann setzte er sich in sein Auto und fuhr zu Frau Dr. Seidenbach.

Sie deutete auf einen Stuhl vor ihrem Schreibtisch. Ritter hatte hier schon oft gesessen.

»Schön, dass sie persönlich erschienen sind. Ich hoffe, meinetwegen.« Sie zwinkerte ihm zu.

»Natürlich.« Ritter strahlte die Ärztin an.

»Na, nun lassen Sie mal den Schmus. Sie kommen doch wegen des Berichtes.«

Er nickte.

»Da hatten wir eine schöne Nuss zu knacken. Wie ich ihnen

---

72 Harsefeld – dort ist der Indoorpark Kidsplanet mit einer Hallenfläche von über 3000qm

schon mitteilte, hatte die Frau höchstens noch drei Monate zu leben. Ihr Mann hätte hundert werden können, wenn er regelmäßig seine Herzmedikamente genommen hätte.«

»Er war herzkrank?«

Die Ärztin winkte ab. »Nichts Schlimmes. Ich habe mit dem Hausarzt der beiden telefoniert und mit der Uniklinik Rostock. Beide bestätigten meinen Verdacht. Herr Traber bekam ein Herzmedikament, Frau Traber wurde schon palliativ behandelt, und zwar mit Morphin und Verdauungsenzymen.«

Ritter hörte genau zu. Aufmerksam verfolgte er jedes Wort der Ärztin.

»Nun kann man mit Morphin, wie auch mit dem Herzmedikament, Suizid begehen, doch erstens ist es kein leichter Tod, und zweitens läuft man Gefahr, gerettet zu werden. Doch in der Kombination ergeben sich völlig neue Möglichkeiten. Und die beiden toppten das ganze noch. Wir fanden ein Schlafmittel in ihren Körpern und diese drei Medikamente ergeben eine tödliche Mischung.«

Der Kriminalist zog die Augenbrauen hoch. »Sie sagen das mit einem gewissen Triumph in der Stimme.«

»Das kann ich auch. War ja keine leichte Sache. Übrigens, da wusste jemand, was er tat. Sagten Sie nicht, die Tochter wäre Ärztin?«

Ritter nickte. »Glauben Sie an Beihilfe?«

Frau Dr. Seidenbach zuckte mit den Schultern. »Ich glaube gar nichts. Sie sollten aber diese Variante nicht aus den Augen verlieren.«

»Wurden die Medikamente auf einmal genommen oder in mehreren Dosen?«

»Das sieht mir wie eine einmalige Dosis aus.«

»Wie lange dauert es, bis der Tod eintritt?«

»Etwa eine Stunde, aber das unter Vorbehalt.«

»Ist man nach der Einnahme der Medikamente fahrtüchtig?«

Die Ärztin stieß die Luft hörbar aus. Sie neigte den Kopf erst nach links, dann nach rechts. »Für dreißig Minuten ja. Danach nimmt die Fahrtüchtigkeit schnell ab.«

»Können die Medis ohne das Wissen der Verstorbenen ihnen zugeführt worden sein?«

Die Ärztin nickte. »In ein Getränk mit starkem Eigengeschmack gemischt, ohne Weiteres.«

Ritter fluchte. Die Ärztin konnte den Kriminalisten verstehen. Eine Frage wurde beantwortet, sofort kamen drei weitere auf.

Ritter dankte ihr.

Im Büro lag der Bericht über die Auswertung der Festplatte in seinem Posteingang.

Ritter las diesen aufmerksam durch. Er konnte seinen Abschlussbericht schreiben.

Es fand sich ein Schreiben des Ehepaars Traber, welches einen Tag vor ihrer Abreise aus Rostock geschrieben worden war.

In diesem nahmen sie Abschied von ihrem Leben. Herr Traber hatte es wohl geschrieben, denn ein Satz lautete: »Ich werde mit meiner geliebten Sieglinde gemeinsam über den Fluss fahren. Der Fährmann Charon wird uns beide fahren dürfen.«

Sie schilderten, wie sie die letzten Tage ihres Lebens verbringen wollten. Sie suchten die Orte auf, die ihnen gemeinsam die schönsten Stunden beschert hatten. Jene Stätten, an denen sie sich kennengelernt, verliebt und geheiratet hatten.

Ritter musste schlucken, als er den Bericht verfasste. So eine große Liebe! Man hörte oft die Worte »bis ans Ende« oder »in guten wie in schlechten Zeiten«, doch so eine Liebe war mehr als selten. Uwe Traber hatte seine Liebe begleitet, sogar über den größten aller Flüsse.

Das Ehepaar hatte nach dem Frühstück die Medikamente eingenommen, die später zu ihrem Tod führen würden. Dann waren sie losgefahren. Doch die Medikamente wirkten schneller, als gedacht. So hielten sie am Rathaus und setzten sich auf die Bank, um friedlich einzuschlafen, sich gegenseitig stützend und den Raum im Blick, in dem sie ihre Ehe besiegelt hatten.

Ritter blickte zur Uhr. Er hatte seit einer Stunde Feierabend. Nachdenklich schloss er sein Büro ab. Dann fasste er einen Entschluss. Mit schnellen Schritten lief er durch die Stader Innenstadt. An einem Blumenladen stoppte er. Er riss förmlich einen Strauß aus dem Angebotsregal. Das Wasser tropfte auf den Boden, doch das war ihm egal. Er wollte nur bezahlen und weiter. Doch an der Kasse wurde er ausgebremst. Eine alte Dame sprach mit der Verkäuferin. Ritter trat von einem Fuß auf den anderen, doch die Frau konnte sich nicht entscheiden.

»Ach, so viele Blumen, da fällt es mir schwer, mich zu entscheiden.« Sie schaute sich um und sah zu Ritter auf.

»Vielleicht können Sie mir helfen, junger Mann. Ich weiß nicht, soll ich Tulpen nehmen oder doch lieber was anderes?«

Ritter hätte ihr eine Gürtelrose gewünscht, doch er biss sich auf die Zunge. Freundlich meinte er: »Ich tendiere zur Gerbera. Die haben etwas Edles und Sonniges.«

»Sie haben recht und die halten sich auch länger.« Die alte Dame strahlte. Sie musterte den großen Strauß, den Ritter vor sich hielt.

»Na, ich lass mir einen Strauß Gerbera binden, und Sie bezahlen Ihren Strauß. Das Fräulein Braut wird sich freuen.« Bereitwillig ließ sie Ritter vor. Der dachte an die Gürtelrose und tat in Gedanken Abbitte.

Als er aus dem Geschäft kam, zeigte die Uhr von St. Wilhadi[73] die siebte Abendstunde. Ritter hetzte weiter. Er rannte

---

73 St. Wilhadi – dreischiffige gotische Hallenkirche mit berühmter Erasmus-Bielfeldt Orgel

fast den Spiegelberg hinauf. Bevor er klingelte, atmete er mehrmals tief durch.

Als der Summer ertönte, riss er die Tür auf und stürmte die Treppe hinauf. Oben an der Tür stand Daniela Jäger, ihn erstaunt anblickend.

»Jörg? Ist etwas passiert?«

Er nickte. Dann nahm er sie in den Arm und küsste sie. Zuerst spürte er, wie sie sich versteifte. Doch nach einem Bruchteil einer Sekunde erwiderte sie leidenschaftlich seinen Kuss. Als sie sich voneinander lösten, schauten sie sich lange an.

»Ich hatte Sehnsucht nach dir«, hauchte er.

»Du fehlst mir auch.«

Dann fiel die Tür ins Schloss.

7 TOD ZUM FEIERABEND

Klaus Feldmann trat kräftig in die Pedalen. Sein Gesicht war rot wie ein Hahnenkamm. Er schwitzte und fluchte. Er ärgerte sich über seine Frau und über sich selbst. Warum hatte er auch so viel Übergewicht und Probleme mit dem Blutdruck. Sein Arzt hatte ihn ermahnt und zu mehr Bewegung verdonnert. Seine Frau hatte nichts Besseres zutun, als auf diesen Zug aufzuspringen. Na ja, sein Bauch war ihm manchmal selber zu viel. Er störte auch, vor allem beim Schlafen.

Die Maisonne stand tief, aber sie wärmte. Ihm klebte die Zunge am Gaumen. Er freute sich auf sein Bier am Angelteich. Genüsslich leckte er sich die Lippen. Es schmeckte salzig nach Schweiß.

Vorsichtig bog er von der B74 auf die Kreisstraße ein. Die beiden Angelruten, die er an das Fahrrad gebunden hatte, wippten.

Der Wald links und rechts kühlte. Hier fuhr es sich angenehmer.

Er hätte doch das Auto nehmen sollen, dachte er, als er sich vorwärts quälte. Doch seine Frau hatte nur auf seinen Bauch gezeigt und sich dann wortlos umgedreht. Er war jetzt 35 Jahre verheiratet, und er wusste, wann er klein beigeben musste. Jetzt war so ein Zeitpunkt.

Schweiß tropfte in seine Augen. Er hielt an und stieg ab. Aus den Taschen seiner Hose zog er ein Stofftaschentuch von enormer Größe. Es hatte ähnliche Ausmaße wie ein Geschirrtuch. Er rieb sich sein Gesicht trocken, dann fuhr er sich mit dem Tuch über seine Glatze. Er nickte zufrieden, als er das Stück Stoff einsteckte. Dann fuhr er weiter. Es war wenig Verkehr auf dieser Straße. Von hinten näherte sich ein Auto. Er hörte, wie der Motor in den hohen Drehzahlbereich getrieben wurde. Der Wagen schien zu beschleunigen. Instinktiv fuhr Feldmann am äußersten Rand der Straße. Er wollte sich umdrehen, um zu sehen, wer da angerast kam. Doch er hatte gerade begonnen, den Kopf zu drehen, als der Wagen ihn erfasste. Er wurde vom Fahrrad gerissen und in die Luft geschleudert. Sein massiger Körper drehte sich in der Luft, dann schlug er auf die Motorhaube, um dann gegen die Windschutzscheibe geworfen zu werden. Die Knochen in seinem Leib splitterten. Das Hirn wurde gegen die Schädelwand geschleudert und gestaucht. Dann fiel sein Körper vor das Auto, um überrollt zu werden. Der Fahrer hatte Mühe den Wagen in der Spur zu halten. Durch die geborstene Frontscheibe, die mit Blut beschmiert war, sah er wenig. Doch er hielt den Wagen auf der Straße. Unbeeindruckt raste er weiter. Hinter dem kleinen Waldstück bog er in einen Feldweg ein, der zurück zur B74 führte.

Klaus Feldmann war da schon tot. Blut lief auf die Straße und mischte sich dort mit dem Bier aus der Fahrradtasche.

Die mit der Unfallaufnahme betrauten Polizisten hatten nach der Befragung des einzigen Zeugen die Kollegen der Kriminalpolizei gerufen. Ritter hatte Bereitschaft und so durfte er diesen Fall übernehmen. Er hörte sich die Zusammenfassung der uniformierten Kollegen an.

»Wir haben einen Zeugen?«

Der Hauptwachtmeister nickte.

»Ein Knallzeuge?«

»Ne, ne! Der hat schon was gesehen. Muss er auch. Der stand mit seinem Wagen im Waldstück. Da geht ein Waldweg rein und dort parkte er. Hatte eine Reifenpanne. Von da sah er das Auto heranrasen.«

Ritter blickte zu dem Feldweg. Dort stand ein schwarzes Auto. Sein Lack glänzte zwischen dem Unterholz.

Der Zeuge saß im Unfallaufnahmefahrzeug. Ritter ging langsam zu diesem. Der Polizist räumte seinen Platz, um Ritter mit dem Zeugen alleine zu lassen.

Der Kriminalist stellte sich vor. Der Zeuge hieß Frank Segner und war 40 Jahre alt. Er war Vertreter für landwirtschaftliche Maschinen und auf dem Weg nach Hause. Eine Reifenpanne hatte ihn aufgehalten.

»Sie standen im Waldweg?«

»Ja, ein Reifen war platt, also bin ich runter von der Straße.«

»Von wo kam der Wagen?«

Segner zeigte Ritter die Fahrtrichtung.

»Und er hielt auf den Fahrradfahrer zu?«

Segner nickte. »Ja, der hielt voll drauf. Der Fahrradfahrer fuhr weit nach rechts und der Autofahrer korrigierte ebenfalls nach rechts.«

»Wollen Sie mir erzählen, er wollte den Radler überfahren?«

»Es sah so aus,« Segner sprach leise.

»Konnten Sie den Fahrer sehen?«

»Nein. Es ging ja alles sehr schnell.«

»Saß sonst noch jemand im Auto?«

Segner zuckte mit den Schultern. »Kann ich nicht sagen.«

»Was war es für ein Auto?«

»Ein Blaues. So ein verwaschenes blau und es war ein alter Opel Kadett.«

»Das wissen Sie genau?«

»Ja, ich hatte auch mal so einen, aber nur kurz.«

»Konnten Sie das Kennzeichen erkennen?«

»Nein! Wie auch. Ich war ja ein ganzes Stück entfernt.«

Ritter nickte verstehend.

»Sagen Sie mal, Herr Segner, Sie fahren zum Radwechsel auf einen unbefestigten Waldweg?«

Ritter musterte den Mann. Der lächelte kurz. Dann antwortete er.

»Ich sprach nicht von einem Radwechsel, sondern von einer Reifenpanne, und da es ein Dienstfahrzeug ist, hat mein Arbeitgeber auf das Reserverad verzichtet. Stattdessen liegt im Kofferraum so ein neumodisches Pannenset.«

»Mmh, da haben Sie recht. Sie sprachen von einer Reifenpanne. Sie haben den Reifen repariert?«

»Nein, ich war gerade ausgestiegen und habe nach dem Rad gesehen. Dann bin ich zum Kofferraum, aber bevor ich den geöffnet habe, passierte es!«

»Okay. Geben Sie mir einen kleinen Moment.« Ritter stieg aus und fragte den uniformierten Kollegen, der zwei Schritte abseits stand.

»Ist die Fahndung nach dem Opel Kadett schon raus?«

»Ja, als wir die Info bekamen, ging sie sofort raus.«

»Danke!« Ritter widmete sich wieder dem Zeugen.

»Was taten Sie nach dem Unfall?«

»Ich rannte über die Straße hier her. Ich kümmerte mich um den Mann, aber da war ja alles schon zu spät. Als ich sah, dass ich nicht viel machen konnte, rief ich den Notruf an. Einer hielt noch an und half mir bei der Absperrung, bis der Rettungswagen kam.«

»Hat der Mann etwas gesehen, der Ihnen half?«

»Nein, kann er doch nicht. Der kam doch ein paar Minuten später von da.« Er zeigte in die entsprechende Richtung.

»Und Sie bleiben dabei, der Wagen hielt auf den Radfahrer zu?«

»Ja, dabei bleibe ich. Der beschleunigte doch noch. Man hörte, wie er auftourte und der Radfahrer war nicht zu übersehen.«

Ritter griff zum Telefon und rief die Spurensicherung. Diese traf 20 Minuten später ein.

Ritter befragte in der Zwischenzeit den Notarzt. Doch der konnte ihm nur den Tod des Mannes bestätigen.

»Massive Frakturen durch den Aufprall und deutliche Spuren des Überfahrens. Der Mann hatte keine Chance.«

Ritter begab sich zu Segners Kraftfahrzeug. Es hatte vorne links einen Plattfuß. Von dieser Stelle aus war die Straße gut einsehbar. Der Zeuge schien die Wahrheit gesagt zu haben.

Als Ritter wieder über die Straße ging, näherte sich das Fahrzeug der Spurensicherung. Fünf Minuten später begannen die Männer mit ihrer Arbeit.

Vier Stunden später wurde der Opel Kadett gefunden. Er stand in der Nähe einer Diskothek[74] in Heinbockel. Ritter ließ den Wagen sofort abschleppen. Der Opel sah mitgenommen aus. Der Vorderwagen war demoliert. Die Frontscheibe war zersplittert und blutverschmiert. Es schien ein Wunder zu sein, dass der Fahrer es bis hierher geschafft hatte.

Ritters Handy klingelte. Es war Daniela Jäger, die sich nach seinem Wohlergehen erkundigte. Welche Wohltat nach diesem Abend. Ihm wurde warm ums Herz. Morgen würde er sie sehen. Sofort korrigierte er sich. Der neue Tag war soeben angebrochen. Sie wechselten noch einige Worte. Es tat gut, über Belanglosigkeiten zu reden.

Nach der Unfallaufnahme war er zu der Ehefrau des Verstorbenen gefahren, um ihr die Nachricht vom Tod ihres Mannes zu überbringen.

Als sie die Tür öffnete und ihn sah, wusste sie sofort, dass etwas Schlimmes geschehen war. Ritter konnte es ihr ansehen. Wortlos bat sie ihn herein, und als sie saßen, fragte sie gerade heraus.

»Es geht um meinen Mann? Ist etwas passiert?«

Ritter unterrichtete sie mit wenigen Worten. Er verschwieg die genauen Umstände des Todes.

Blass und mit leerem Gesicht saß die Frau ihm gegenüber.

---

74 Musikladen Heinbockel – ist jeden Freitag Treffpunkt für Jugendliche und Erwachsene

Sie beantwortete seine Fragen sehr einsilbig. Er kannte das. Zu oft hatte er es schon erlebt. Solche Botschaften waren zu unglaublich, die Tragweite einer solchen Nachricht gar nicht absehbar.

»Und ich sagte ihm, nimm das Fahrrad.« Leise sprach sie, mit einem vorwurfsvollen Unterton.

»Wo wollte er denn hin?«

»Zum Nachtangeln.«

»Deinster Mühle[75]?« Ritter kannte die Anlage durch seinen Vater, der ihn als Kind öfters zum Angeln mitnahm. Ritter mochte diese Art von Freizeitbeschäftigung nicht. Er aß gerne Fisch, doch mit einer Rute in der Hand auf den Fang seines Lebens warten, das wollte er nicht.

Frau Feldmann schüttelte den Kopf. »Nein, er wollte zum Angelparadies Fredenbeck[76]. Hatte sich dort mit einem Kollegen verabredet.«

Ritter ließ sich den Namen des Mannes geben.

»Warum sind die beiden nicht zusammen gefahren?«

»Der Peter Zahl kommt doch aus Harsefeld.«

Ritter nickte verstehend. Harsefeld lag, von Stade aus gesehen, noch hinter Fredenbeck.

»Wer wusste von dem Nachtangeln?«

»Unser Sohn und die Belegschaft.«

»Sie haben eine Tischlerei?«

Die Frau nickte. »Da muss es ja auch noch weitergehen.« Sie sah hilflos aus.

»Wie viele Leute beschäftigen Sie?«

»Zwei Fensterbauer und zwei Gesellen. Dazu noch einen Lehrling im ersten Lehrjahr. Ich mache die Bücher, und mein Mann war der Chef.«

---

75 Gut Deinster Mühle – 6000qm große Anlage, mit Angelteichen, Hotel, Restaurant und Golfplatz

76 Angelparadies Fredenbeck – hier kann man Forellen, Saiblinge, Aale, Stör und Zander fangen

Sie schluchzte. Ihre Augen füllten sich mit Tränen. Doch dieser Zustand dauerte nur einen Moment. Dann hatte sie sich wieder gefangen.

»Soll ich jemanden informieren, Frau Feldmann? Vielleicht eine Nachbarin oder Ihren Sohn.«

»Nein, nein … Ist schon gut. Meinem Sohn sage ich es selber.«

Sie machte mit den Händen eine abwehrende Bewegung bei diesen Worten und rückte ein Stück von Ritter weg.

Ritter fragte noch nach der Abfahrtszeit ihres verstorbenen Mannes. Bereitwillig gab die Frau Auskunft. Die Frage nach Feinden oder ob ihr Mann bedroht worden war, verneinte sie.

Plötzlich schaute sie auf. »Warum fragen Sie das?«

Ritter antwortete. »Nur so, Frau Feldmann. Sagen Sie mir bitte, fährt jemand aus Ihrem Bekanntenkreis einen Opel Kadett?«

Sie zuckte mit den Schultern. »Also ehrlich gesagt, ich kenne mich mit Autos nicht aus.«

Ritter holte sein Handy aus der Tasche und nach einem kurzen Abstecher ins Internet zeigte er der Frau ein Foto.

»So eine alte Kiste? Nein!« Sie schüttelte resolut den Kopf.

Ritter dankte ihr. Er ließ eine nachdenkliche, traurige Frau zurück.

Die Besucher der Diskothek waren befragt worden. Es war ein aussichtsloses Unterfangen. Keiner hatte etwas gesehen oder gehört. Niemand hatte das Auto oder dessen Fahrer gesehen. Teilweise war die Bereitschaft zur Zusammenarbeit mit der Polizei sehr gering. Die jungen Leute fühlten sich gestört, und das taten sie lautstark kund. Erst als Verstärkung eintraf und die Besucher merkten, dass sie um eine Befragung nicht umhin kamen, lockerten sich die Fronten. Eine Stunde später hatten sie alle Namen der Anwesenden, aber nichts, was sie weiterbrachte.

Ritter schickte Daniela ein Küsschen durch das Telefon. Dann legte er auf. In seinem Gesicht war ein Lächeln getreten. Sein Herz pochte schneller. Er freute sich auf Daniela und das Wochenende. Er würde jetzt noch seinen Bericht schreiben, und dann den Fall an die Kollegen übergeben, die am Wochenende Dienst hatten.

Daniela Jäger und Jörg Ritter genossen das Wochenende. Sie hatten am Altländer Blütenfest[77] am letzten Wochenende nicht teilnehmen können. Ritter hatte Dienst gehabt. Doch sie hatten alles nachgeholt. Das Alte Land lockte mit allem, was es hatte. Die Apfelbäume standen in voller Blütenpracht. Die Obstbauern hatten ihre Höfe geöffnet und Tausende Besucher strömten ins Alte Land. Ritter mochte diese Jahreszeit, und auch Daniela Jäger liebte das Frühjahr. Überall blühte es, und das neue, zarte Grün zeugte vom Willen der Natur es noch schöner zu machen als im letzten Jahr. Die Bienen und Hummeln summten und die Singvögel zwitscherten, als wenn es kein Morgen gäbe.

Ritter hatte ein romantisches Zimmer in einer kleinen Pension gebucht. Das Abendessen bei Kerzenschein war vorzüglich. Als die Kellnerin den Kaffee servierte, stellte sie vor Daniela Jäger eine kleine Schmuckschachtel.

Überrascht schaute diese die Kellnerin an.

»Für mich?«

»Ja. Von einem Herrn, der Sie sehr lieb hat.« Sie zwinkerte Ritter zu, um sich dann diskret zu entfernen.

Daniela musterte Ritter. Der deutete auf die Schachtel.

»Möchtest du nicht nachsehen?«

Sie schaute ihm tief in die Augen, und ihm wurde ganz anders. Himmel, dachte er, was hatte diese Frau für einen Blick. Wenn sie ihn so anschaute, dann setzte sein Verstand aus.

---

77 Altländer Blütenfest in Jork – immer am ersten Maiwochenende, mit über 120 Ständen zum Verweilen und Krönung der Blütenkönigin, eines der größten Ereignisse im Alten Land

Mit zittrigen Fingern öffnete sie das Schächtelchen. Drinnen lagen ein Paar Ohrstecker, in deren Mitte jeweils ein Blautopas prangte, die im selben Blau leuchteten, wie ihre Augen.

»Oh, wie schön.« Verzückt drehte sie die Schachtel. Dann beugte sie sich über den Tisch und küsste ihn. Leise sagte sie dann: »Danke.«

Er lächelte. »Gefallen Sie dir?«

Sie nickte heftig. »Ich bin gleich wieder da.«

Sie stand auf und verschwand. Nach einigen Minuten setzte sie sich wieder, an ihren Ohrläppchen erstrahlten die Topase.

Als er mit ihr später aufs Zimmer ging, stupste sie ihn mit der Schulter in die Rippen.

»Und ich hatte schon Angst, du machst mir einen Antrag.«

»Wäre das so schlimm?«

»Ich möchte, dass es so bleibt, wie es jetzt ist.«

Er nickte, und dann öffnete er die Tür. Als sie das Himmelbett sah, lachte sie auf.

»Oh, wie eine Prinzessin.«

Er nahm ihre Hände und schüttelte den Kopf. »Nein, wie eine Königin! Du bist die Königin meines Herzens.«

Dann hängte er, das Bitte-nicht-stören-Schild von außen an die Tür.

Am Montag hatte der Alltag Ritter, und Ritter hatte den Fall Feldmann wieder.

Einer der Kollegen, die am Wochenende Dienst hatten, war erkrankt. Ritter trug die Akte wieder in sein Zimmer. Akribisch sah er sie durch. Der Halter des Opel Kadett war festgestellt worden. Ein Rentner aus Stade war Eigentümer des Wagens. Als er von den Kollegen befragt worden war, hatte er noch nichts vom Diebstahl bemerkt. Der Wagen steht doch in der Garage, so behauptete es der alte Mann. Nur mühsam gelang es den Kollegen, ihn vom Gegenteil zu überzeugen.

Sie fuhren zu der Garage, einen guten Kilometer vom Wohnort des Mannes entfernt. Der 84-jährige Mann stand erstaunt vor dem Garagentor und deutete auf dieses.

»Das ist ja aufgebrochen.« Seine Hand zeigte auf das Schloss.

Wieder mussten die Kollegen von der Spurensicherung ran. Nach einer halben Stunde lagen die ersten Informationen vor. Das Tor der Garage war mit roher Gewalt aufgebrochen worden. Deutlich sah man die Spuren des Einbruchwerkzeuges. Der oder die Täter hatten den Wagen gestohlen und das Tor nur angelehnt.

Der alte Mann stand hilflos im Garagenkomplex.

»Warum nur meine Garage?«, stammelte er. Laut Bericht der Spurensicherung waren an keiner anderen Garage Einbruchsspuren gefunden worden.

Seit einem halben Jahr war das Auto nicht mehr bewegt worden. Gesundheitliche Probleme zwangen den alten Mann, auf das Auto zu verzichten.

Seit diesem Zeitpunkt hatte keiner mehr nach dem Opel geschaut. Der genaue Zeitpunkt des Diebstahls ließ sich so nicht ermitteln. Die anderen Garagenbesitzer wurden noch am Wochenende befragt. Doch niemand hatte etwas bemerkt.

Ritter legte den Bericht auf den Schreibtisch. Er fuhr sich mit der Hand über das Gesicht. Warum bekam er immer diese aussichtslosen Fälle? Ein gestohlenes Auto, ein überfahrener Radfahrer und ein Zeuge der behauptete, der Kraftfahrer habe den Mann absichtlich überfahren. Für einen Film waren das die besten Zutaten.

Seufzend griff er zum Telefon. Die Spurensicherung bestätigte ihm, dass der Opel der Tatwagen war.

»Euer Zeuge scheint die Wahrheit gesagt zu haben.« Der Leiter der Spurensicherung machte eine Pause. Ritter stutzte.

»Warum?«

»Der Opel stand direkt an der B74, dort wo das Wäldchen beginnt, in einer Einfahrt für die Forst.«

»Das wisst ihr genau?«

»Ja, wissen wir.«

»Aha, und würdest du mir verraten woher?«

»Gerne! Wir fanden Reifenspuren, die zum Opel passen, und der Motor verliert Öl. Nach der Menge, die wir fanden, würde ich schätzen, dass der Fahrer etwa eine Stunde gewartet hat.«

»Eine Stunde?«

»Ja, in etwa. Nach Auswertung der Spuren kann ich dir sagen, der Kraftfahrer steuerte direkt auf den Radfahrer zu. Die Spurenlage ist eindeutig!«

Ritter atmete tief durch. Der Zeuge Segner hatte recht. Jemand hatte es auf den Tischlermeister abgesehen, und diesen jemand musste er finden.

»Habt ihr Fingerabdrücke gefunden oder DNA?«

»Ja, wobei wir noch in der Auswertung sind. Da musst du dich noch gedulden.«

Ritter stöhnte innerlich auf. Immer hieß es Geduld, Geduld. Er legte auf.

Er beschloss, die Tischlerei des Verstorbenen aufzusuchen.

Dort parkte er seinen Wagen auf dem Kundenparkplatz. Im Büro war niemand, und auf sein Rufen hin, meldete sich niemand. Eine Tür führte in die eigentliche Tischlerei. Ritter musterte die Räumlichkeiten. Nirgendwo sah er einen Menschen. Die Maschinen standen still. Staubpartikel tanzten in der Luft, und es roch würzig nach Holz. Er atmete tief ein. Dieser Duft von Holz gefiel ihm. Langsam durchquerte er die kleine Halle. Im hinteren Bereich sah er eine Tür. Dort war ein Raum abgeteilt worden. Dorthin ging er. Als er die Tür öffnete, schauten ihn die Angestellten der Tischlerei erstaunt an. Die Gespräche verstummten sofort, und schweigend wurde er gemustert. Er nickte Frau Feldmann zu und stellte sich vor. Ein Mann, klein und untersetzt, trat an ihn heran. »Ich bin der Sohn vom Chef.« Er deutete auf einen freien Stuhl.

Ritter dankte, doch er blieb stehen. Er erklärte seine Anwesenheit. Frau Feldmann unterbrach ihn.

»Wie sind Sie überhaupt reingekommen?«

Ritter zeigte in die Richtung des Büros. »Von dort, und da niemand dort war, bin ich durch die Werkstatt.«

Frau Feldmann sprang auf. »Oh Gott, ich habe vergessen abzuschließen. Die Geldkassette!«

Sie lief los, um nach einigen Minuten wiederzukommen. »Alles noch da. Ich werde noch meschugge.«

Tränen liefen über ihr Gesicht. Ihr Sohn nahm sie in den Arm, doch nur kurz, dann setzte sie sich wieder, und auch der Sohn nahm wieder Platz.

Dieser deutete auf die Anwesenden. »Wir haben gerade die Angestellten über das Ableben meines Vaters informiert und besprechen das weitere Vorgehen.«

Ritter nickte. »Und wie sieht dieses aus?«

»Was meinen Sie?« Der Sohn blickte irritiert zu Ritter.

»Das weitere Vorgehen! Wie sieht das aus?«

»Ach so, also … wir werden die Firma fortführen.«

»Wer ist wir?«

»Meine Mutter und ich.« Misstrauen lag in der Stimme des Sohnes.

Ritter lächelte. »Das ist gut. Ihre Kunden haben Vertrauen in Sie, und Sie führen das Werk Ihres Vaters fort. Weswegen ich komme, können Sie sich sicher denken.« Er schaute in die kleine Runde. Alle blickten auf ihn.

»Wer von Ihnen wusste, dass Herr Feldmann zum Angeln fahren würde?«

»Wir alle!« Ein etwa fünfzigjähriger Mann hatte diese Worte gesagt.

»Aha, und Sie sind?«

»Peter Zahl.«

»Der Mann, der mit Herrn Feldmann angeln wollte.«

»Genau der. Doch Klaus kam nicht.«

Ritter nickte nachdenklich. »Warum wusste jeder Bescheid?«

»Der Chef hatte in der Frühstückspause erzählt, dass es zum Nachtangeln rausginge. Am Mittag, als ich von einem Kundenbesuch reinkam, versuchte er, mich aufzuziehen. Nach dem Motto, er fängt die größten Brocken. Wir haben uns dann noch lustig gemacht. Er wollte nämlich mit dem Fahrrad rauskommen.«

»Gibt es jemanden hier, der mir sagen kann, ob Herr Feldmann Feinde hatte? Gab es Streit oder Ärger?«

Die Belegschaft schaute sich an und der eine oder andere schüttelte den Kopf. Wieder redete Peter Zahl. »Feinde? Ne, die hatte Peter nicht, und Ärger gibt es immer mal, aber sagen Sie mal. Sie fragen so eigenartig. War es denn kein Unfall?«

Ritter schüttelte den Kopf. »Wir ermitteln natürlich in alle Richtungen.«

»Ihre Frage klang aber anders.« Peter Zahl hatte die Stirn kraus gezogen. Man sah ihm förmlich an, dass er mit der Antwort nicht einverstanden war.

»Ich hätte Sie gerne heute noch gesprochen, Herr Zahl. Passt es gegen 18 Uhr bei Ihnen zu Hause?«

»Ja klar! Meine Adresse haben Sie?«

Ritter schüttelte den Kopf. Zahl nickte, griff in seine Tasche und zog eine Visitenkarte heraus. Mit einem Stift notierte er auf der Rückseite seine Anschrift. Dann stand er auf und gab diese dem Kriminalisten. Dieser warf einen flüchtigen Blick darauf, dann steckte er sie ein.

Ritter blickte zu Frau Feldmann. »Gibt es hier einen Raum, in dem ich mit den Angestellten alleine reden kann?«

Die blickte kurz zu ihrem Sohn, dann nickte sie. »Ja, das können Sie in meinem Büro.«

»Gibt es sonst noch einen Raum? Ich möchte ungern stören.«

»Sie können auch hier mit den Leuten reden. Wir waren sowieso fertig.« Frau Feldmanns Sohn hatte gesprochen.

Ritter nickte dankbar. »Ja, wenn das so ist, dann gerne.«

Die Feldmanns standen auf, und auch der Rest der Belegschaft erhob sich. Ritter bat zuerst um ein Gespräch mit einem der Gesellen. Nach zwei Stunden hatte er alle Angestellten der Tischlerei befragt. Bei keinem gab es Auffälligkeiten in der Aussage. Alle Angaben hatte sich Ritter notiert. Jetzt musste er noch die Alibis überprüfen. Hier kam er nicht weiter.

Er beschloss, sich in der Nachbarschaft von Feldmann umzuhören. Er parkte am Anfang der Straße, um diese dann langsam entlang zu schlendern. Nachdenklich setzte er einen Fuß vor den anderen. Ein Kraftfahrzeug als Tatwaffe, das war selten. Die Chance, ungesehen davonzukommen war sehr gering gewesen. Ebenso, dass der Täter Feldmann in einem Augenblick traf, wo sie alleine waren. Und dann kam noch erschwerend hinzu, dass der Täter keine Kontrolle über den Tod des Mannes hatte. Warum ging er so ein großes Risiko ein?

Eine Handlung im Affekt schied aus. Der Täter hatte planmäßig und skrupellos gehandelt. Ritter war am Haus der Feldmanns angelangt. Er beschloss, bei den Nachbarn linker Hand zu beginnen. Eine Frau, um die 70, arbeitete im Vorgarten. Ritter grüßte und fragte sie nach den Feldmanns. Doch die schüttelte nur den Kopf und arbeitete weiter. Ritter öffnete das Gartentor, und nachdem er das Grundstück betreten hatte, wies er sich aus.

»So, so die Polizei! Sie kommen bestimmt, weil der arme Herr Feldmann verstorben ist. Ich sage Ihnen, da ist die Frau nicht ganz unschuldig.«

»Warum?«

Die Nachbarin stütze sich auf die Gartenhacke, beugte sich leicht zu Ritter nach vorne und sprach dann: »Die hat doch was mit dem Kerl aus der Nummer 15. Kaum war der arme

Herr Feldmann am Freitag aus dem Haus, da schlich sich doch der Casanova von hinten in das Haus der Feldmanns. Der denkt, das sieht keiner, aber mir entgeht so leicht nichts.«

»Wissen Sie noch die Uhrzeit?«

Die alte Frau überlegte einen Augenblick, dann gab sie Ritter die gewünschten Auskünfte. Die Ehe der Feldmanns, war doch nicht so glücklich, wie er angenommen hatte. Vor einer Woche hatte es ein Riesenkrach bei den Feldmanns gegeben. Der Sohn war zu Besuch gekommen und nach einer Stunde hatten er und sein Vater sich angeschrien. Der Streit war völlig eskaliert, und der Sohn hatte förmlich die Flucht ergriffen. Die alte Dame deutete mit dem Stil der Hacke die Straße hinunter. »Da ist er lang gerast. Die Reifen haben gequietscht, als er losfuhr. Dabei ist hier Tempo 30 und der ist mit mindestens 100 davongefahren. Aber da war kein Polizist in der Nähe.«

Ritter murmelte Zustimmung.

Er fragte die Frau, ob sie ihm etwas über den Inhalt des Streites erzählen konnte. Sie schüttelte nur den Kopf. »Die haben ja nur unverständliches Zeug geschrien.«

»Ist der Nachbar aus der 15 jetzt auch zu Hause?«

»Der Herr Hauschildt? Nein! Er ist doch arbeiten.«

»Wissen Sie wo?«

Auch das wusste die Frau. Bereitwillig gab sie Ritter Auskunft. Nach 10 Minuten kannte Ritter die halbe Nachbarschaft. Er bedankte sich und die Frau widmete sich wieder ihrer Gartenarbeit.

Ritter fuhr zur Arbeitsstelle des Nachbarn Hauschildt. Dieser betrieb einen Fahrradverleih[78]. Als Ritter beim Fahrradverleih vorfuhr, sah er Hauschildt. Die Nachbarin hatte ihn beschrieben. Der Mann, der einer jungen Frau den Sattel einstellte, musste es sein. Er war Mitte vierzig, schlank und

78 Fahrradverleihe gibt es mehrere im alten Land, z.B. Stussnat-Drögemöller in Grünendeich, Servicecenter Orlowski in Steinkirchen

braun gebrannt. Er hatte etwas Drahtiges, Sportliches an sich. Ritter wartete, bis die junge Frau davonfuhr. Dann stieg er aus und ging geradewegs auf den Mann zu.

»Herr Hauschildt?«

Der Angesprochene drehte sich zu Ritter um und nickte.

Der Kriminalist wies sich aus.

Hauschildt musterte ihn kurz, nickte dann und deutete auf seine Räumlichkeiten.

»Am besten wir gehen rein. Der Lehrling kann weitermachen.«

Er wies den Lehrling kurz ein, dann gingen sie in ein kleines Büro, welches vom Hauptraum abgetrennt war.

»Ja, ich war mit Gesine, also Frau Feldmann an diesem Abend zusammen. Ihr Mann war gerade weggefahren, da bin ich zu ihr. Wir wollten uns einen netten Abend machen …«

Er hatte die Arme vor der Brust verschränkt.

»Dazu kam es aber nicht?«

»Nein, dann kamen ja Sie. Ich hatte damit zu tun, Gesine zu trösten. Schöner Abend ade!«

Er schüttelte den Kopf und grinste dabei.

Was für ein Typ dachte Ritter.

»Kam es öfters vor, dass Sie Frau Feldmann besuchten?«

Hauschildts Grinsen wurde breiter.

»Ab und zu verbringen wir einige nette Stunden miteinander. Ihr Mann wusste gar nicht, was er an ihr hatte.«

»So, so, aber Sie wissen es!«

»Ja! Frau Feldmann ist eine von ihrem Mann vernachlässigte Frau.«

»Ah ja.« Ritter fragte weiter: »Und Sie waren da, als ich Frau Feldmann die Nachricht vom Tod ihres Mannes überbrachte?«

»Ja! Ich war nebenan. Als Sie wegfuhren, habe ich mich um Gesine gekümmert. Das Ganze hat sie sehr mitgenommen.«

Ritter notierte sich die Angaben. Dann ging er.

Er brauchte frische Luft. In Steinkirchen hielt er am Lühedeich[79]. Er ging hinauf und atmete tief ein. Wanderer gingen mit fröhlichen Gesichtern an ihm vorbei. Der eine oder andere mochte ein Pilger[80] sein. Sie genossen die einmalige Landschaft und die sommerlichen Temperaturen. Ritter musterte die Wanderer und ging dann langsam hinterher. Er wollte den Kopf freibekommen. Feldmann wird kaltblütig überfahren und seine Ehefrau hat in der Nachbarschaft einen Geliebten und das trotz ihres fortgeschrittenen Alters. Na ja, dachte er, Sexualität ist kein Privileg der Jugend.

Feldmanns Sohn hatte einen heftigen Streit mit dem Vater. Auch er war tatverdächtig. Laut seiner Aussage war er zum Tatzeitpunkt in Wischhafen. Er hatte für das Kehdinger Küstenschifffahrtsmuseum[81] nach Feierabend gearbeitet. Er gehörte dem Freundeskreis des Museums an. Sein Alibi musste Ritter noch überprüfen. Ein Rentnerpaar überholte ihn. Freundlich grüßten sie. Ebenso freundlich grüßte er zurück. Wie schön konnte das Leben sein!

Er bekam Appetit auf Tee. Er verließ den Deich und ging ins nächste Café. Touristen aller Couleur saßen unter den bunten Sonnenschirmen und aßen Eis und Kuchen. Ritter schaute kurz in die Runde. Alle Tische waren besetzt. Er wollte gerade gehen, als ein junges Pärchen aufstand. Ritter setzte sich, und bis die Bedienung kam, genoss er die Ruhe und Alltäglichkeit.

Zahl wohnte in einem Einfamilienhaus, im Zentrum des Ortes. Ein gepflegter Vorgarten empfing Ritter, als er zur Tür schritt. Zahl hatte wohl das Klappen der Gartenpforte

---

79 Lühedeich- mit Häusern bebauter Deich

80 Jakobspilgerweg – Der unmittelbare Pilgerweg führt vom Alten Marktplatz in Steinkirchen auf dem Lühedeich über Guderhandviertel nach Mittelnkirchen

81 Kehdinger Küstenschifffahrtsmuseum – das Museum befindet sich in einem alten Getreidespeicher, dazu gehört auch das Küstenmotorschiff Iris-Jörg

gehört. Er kam um die Hausecke und bat Ritter, auf der Terrasse Platz zu nehmen. Diese befand sich im großen Garten, der ebenso gepflegt war wie der Vorgarten. Ritter deutete auf den gepflegten Rasen und die zahlreichen Blumen , um dann einige lobende Worte zu sagen.

Zahl winkte ab. »Das ist mehr der Verdienst meiner Frau. Sie ist Gärtnerin aus Leidenschaft. Sie ist leider nicht da. Sie ist beim Zumba.«

Ritter nickte.

»Ich wollte ja auch mit Ihnen reden. Sie hatten sich mit Herrn Feldmann zum Nachtangeln verabredet?«

»Ja. Ab und zu gehen wir zusammen los. Gerade beim Nachtangeln ist es zu zweit besser. Macht ja auch mehr Spaß.«

»Er kam aber nicht?«

»Nein. Ich nahm an, er hätte es sich anders überlegt.«

»Warum sollte er?«

Zahl winkte ab. »Er hatte in der letzten Zeit oft schlechte Laune. So richtig wollte er nicht mit der Sprache raus. Ging wohl um seinen Sohn und seine Frau. Und dann noch der Krach mit dem Lehrling am Freitag.«

»Was für ein Krach?«

»Der Kevin, unser Lehrling, hat sich am Holzvorrat vergriffen. Natürlich hat er das teuerste Holz genommen, was wir haben. Bubinga! Wir sollten daraus eine Treppe bauen. Klaus war außer sich. Der Kevin ist aber auch ein selten dämlicher Hund.«

Zahl schüttelte den Kopf.

»Warum?«

»Der hat immer noch nicht begriffen, dass das Leben auch ernste Seiten hat. Immer nach dem Motto: Komm ich heute nicht, komme ich morgen nicht.«

»Also die Zuverlässigkeit in Person?«

Zahl lachte kurz auf.

»Sie sagen es. Ich glaube, Klaus hätte ihn schon rausgeschmissen, wenn er nicht der Stiefsohn eines Schulfreundes wäre.«

»So schlimm?«

Zahl nickte. »Kevin ist schon mal gefeuert worden. Als dann sein alter Herr bei Klaus anfragte, wollte oder konnte Klaus nicht Nein sagen. Aber wenn Sie mich fragen, vergebene Liebesmüh mit dem Knaben. Dem gehört mal kräftig der Arsch versohlt. Total verzogen das Früchtchen.«

»Wann genau war der Streit?«

»Freitag nach dem Frühstück. Ich wollte gerade zu einem Kunden fahren und Aufmaß nehmen.«

Ritter notierte sich die Angaben.

»Sie hatten sich für Freitagabend zum Nachtangeln mit Ihrem Chef verabredet?«

»Ja.« Zahl nickte. »Wir wollten in Fredenbeck ein wenig die Ruhe genießen. Zweimal im Monat ist dort Nachtangeln.«

»Waren Sie dort regelmäßig?«

»Ne. Einmal oder zweimal im Jahr! Sonst sind wir auf der Elbe oder an der Schwinge. Nächstes Jahr will ich mal wieder nach Norwegen. Die ganz Großen anlanden.«

Seine Augen leuchteten.

»Wer wusste, dass Ihr Chef mit dem Rad kommen würde, und dass er genau diese Route fahren würde?«

Zahl überlegte kurz. »Also im Betrieb wusste das jeder. Wir machten beim Frühstück noch unsere Witze. Klaus und Radfahren! Er wollte das aber, da er gesundheitliche Probleme hatte.«

»Und die Route?«

»Die haben wir dort auch besprochen. Es ist ja der kürzeste Weg von ihm zur Angelstelle. Ich habe mit dem Auto das meiste mitgenommen. Er wollte nur seine Ruten und etwas Verpflegung mitschleppen.«

»Und Sie warteten am Teich, doch Ihr Chef kam nicht. Hat Sie das nicht verwundert?«

»Doch hat es. Nur, was sollte ich tun?«

»Ihn anrufen?«

Zahl winkte ab.

»Mein Handy hatte ich zu Hause gelassen. Beim Angeln möchte ich meine Ruhe haben.«

»Und einen Angelfreund fragen, ob man sein Handy mal nutzen könnte?«

Zahl beugte sich noch vorne.

»Ich will Ihnen mal was sagen! Ich war da zum Angeln, und wer nicht kam, war Klaus. Warum er nicht kam, war mir zu diesem Zeitpunkt unbekannt. Ich dachte, er hätte es sich anders überlegt oder es war ihm zu anstrengend mit dem Fahrrad. Ich telefoniere doch nicht hinterher. Wenn er nicht kommen will, dann erscheint er eben nicht. So dachte ich an dem Abend!«

Als wollte er seinen Worten Nachdruck verleihen, ließ er seine Faust auf die Tischplatte fallen.

»Sie blieben dann die Nacht am Teich?«

»Ja. Als ich ankam, da angelten schon einige. Unter anderem der Toralf Kabulke, ein Kunde von uns. Ich gesellte mich dazu, und wir hatten unseren Spaß, auch ohne Klaus.«

Er bemerkte, wie eigenartig seine Worte klangen, und so setze er schnell hinzu: »Also, ich machte mir keine großen Gedanken um Klaus' Fernbleiben. Hätte ich gewusst, was passiert war, ja dann …«

Ritter nickte.

»Haben Sie die Adresse von dem Herrn Kabulke?«

Zahl gab sie ihm. Ritter verabschiedete sich und fuhr zurück.

Am nächsten Morgen telefonierte Ritter mit dem Kehdinger Küstenschiffmuseum. Was er hörte ließ ihn ganz aufmerksam werden. Feldmanns Sohn Bolko war nicht in dem angegebenen Zeitraum dort tätig gewesen. Er gehörte zwar dem Freundeskreis des Museums an, doch an diesem Abend hatte er nur kurz vorbeigeschaut. Er war dann mit Sebastian Ahrend, davongefahren.

Ritter bestellte den jungen Herrn Feldmann ins Büro. Als dieser kam, konfrontierte er ihn mit dem geplatzten Alibi.

»Ja, Sie haben recht. Ich war nur kurz in Kehdingen. Ich holte meinen Freund ab, und dann sind wir nach Hamburg.«

»Und warum haben Sie das nicht gleich angegeben?«

Bolko Feldmann zuckte mit den Schultern.

»Ihr Freund heißt Sebastian Ahrend?«

Überrascht schaute Feldmann auf.

»Das wissen Sie?«

Ritter nickte. »Ich weiß noch einiges mehr. Herr Ahrend war etwas gesprächiger als Sie.«

Feldmann schluckte mehrmals, bevor er sprach.

»Es ist für mich nicht leicht, zugeben zu müssen, dass ich schwul bin.« Er stockte kurz.

»Nun was soll es! Ja, ich war von Freitagabend bis Sonntagabend mit Sebastian zusammen.«

Ritter lächelte. »Hätten Sie mir das gleich gesagt, hätte ich weniger Arbeit gehabt. Und Sie wären aus dem Kreis der Tatverdächtigen ausgeschlossen gewesen.«

»Ich war verdächtig?«

»Ja, was denken Sie denn. Ihr Vater wird getötet! Sie hatten einige Tage vorher einen Streit mit ihm, und dann tischen Sie mir ein falsches Alibi auf.«

»Der Streit mit meinem Vater hängt mit Sebastian zusammen.«

»Aha.«

»Ja. Mein Vater ist förmlich explodiert, als ich ihm erzählte, dass ich einen Mann liebe.«

»Und Ihre Mutter?«

Ein Lächeln trat in Feldmanns Gesicht.

»Die hatte es geahnt. Sie freute sich für mich und stand auf meiner Seite.«

»Aber Ihr Vater nicht.«

»Ne, der alte Sturkopf nicht. Der lebte ja noch im letzten Jahrhundert. Meine Mutter hatte sehr unter ihm zu leiden. Ich bin ja früh ausgezogen, doch einiges bekam ich doch noch mit.«

»Sie sagten, Ihr Vater lebte noch im letzten Jahrhundert. Was für ein Mensch war er wirklich?«

»Wollen Sie das wirklich wissen?«

»Sonst würde ich nicht fragen.«

Feldmann atmete tief ein und aus, dann platze es aus ihm heraus.

»Ein Haustyrann war er. Alles musste so gemacht werden, wie er es sagte. Er bestimmte, was es zum Essen gab. Er bestimmte, wann was gekauft wurde und ob es eine Urlaubsreise gab und wohin gefahren wurde. Und wehe, man war anderer Meinung als er. Ganz anders sein Verhalten gegenüber Nachbarn und Kunden. Da war er immer sehr bedacht, allen eine heile Welt vorzugaukeln.«

»Und Ihre Mutter tolerierte dieses Verhalten?«

»Was sollte sie tun? Ihm gehörten die Firma und das Haus. Schauen Sie mal ins Grundbuch. Da werden Sie nur den Namen meines Vaters finden.«

»Wie wird es für Sie und Ihre Mutter weitergehen?«

Feldmann musterte Ritter.

»Wie schon! Wir führen die Firma fort. Meine Mutter ist eine tüchtige Geschäftsfrau, und die Leute sind gut. Ich kann mein Wissen einbringen. Die eine oder andere Idee haben wir schon.«

Ritter dankte für das Gespräch, und Feldmann durfte gehen.

Er fuhr zu Toralf Kabulke. Ein Mann Mitte vierzig und die Ruhe in Person. Er bestätigte die Angaben von Herrn Zahl. Somit hatte auch dieser ein Alibi für die Tatzeit.

Langsam wurde der Kreis der Tatverdächtigen kleiner, aber einer blieb. Mit diesem wollte sich Ritter vor dem Mittagessen unterhalten.

Der uniformierte Kollege brachte den Lehrling in Ritters Dienstzimmer. Unsicher sah dieser sich um. Ritter deutete auf den Stuhl, der vor dem Schreibtisch stand.

»Setzen Sie sich.«

Der Lehrling nahm Platz. Auf der vordersten Kante des Stuhles, wie Ritter feststellte. Er saß da, als wolle er jeden Moment aufspringen. Seine Körpersprache ließ nur einen Schluss zu: Flucht!

Ritter wusste, das war sein Mann.

»Sie heißen Kevin Baasmeyer und sind am 13.12.1996 geboren?«

Der Lehrling nickte.

»Sie wissen, warum Sie hier sind?«

Er schüttelte den Kopf. Seine Lippen presste er aufeinander und wurde leichenblass. Die zahlreichen Sommersprossen in seinem Gesicht traten deutlich hervor.

Ritter lächelte. »Sie wissen nicht, warum ich Sie holen ließ?«

Heftiges Kopfschütteln war die Antwort.

»Na dann will ich es Ihnen mal sagen. Ist ja auch nicht gut, so im Ungewissen zu leben. Ich habe noch einige Fragen bezüglich des Todes von Herrn Feldmann an Sie.«

Kevin Baasmeyer rutschte unruhig auf seinem Stuhl hin und her.

Ritter schlug die Akte auf und schob eine Fotografie über den Tisch.

»Wissen Sie, was das ist?« Er wartete die Antwort des Lehrlings nicht ab.

»Das ist der Rückspiegel des Tatfahrzeuges und an diesem fanden wir einen Fingerabdruck. Ich wette, wenn ich diesen mit einem der Ihren vergleiche, dann sind sie identisch.«

Ritter beobachtete den Lehrling genau. Dieser versuchte, seine Finger zu verbergen.

»Wo waren Sie am Freitagabend, und bitte fangen Sie beim Feierabend an.«

Baasmeyer streckte seinen schlaksigen Körper und begann dann zu erzählen.

Hier fühlte er sich sicher. Diese Frage hatte er erwartet.

Die nächste nicht.

»Wo haben Sie bisher gewohnt?«

Baasmeyers Augen musterten den Kriminalisten. Was sollte diese Frage?

Er gab langsam die Anschriften bekannt. Es waren nur drei.

»Sie kennen einen Herrn Rudolf Werner?«

Baasmeyer schüttelte langsam den Kopf.

»Doch, den kennen Sie. Er war doch Ihr Nachbar. Vor drei Jahren sind Sie zwar umgezogen, aber Ihr Stiefvater hat eine Garage im gleichen Komplex wie Herr Werner. Herr Werner ist der Besitzer eines Opel und dieser Wagen wurde gestohlen, um Herrn Feldmann zu töten.«

Der Lehrling verschränkte seine Arme vor die Brust.

»Ich habe ein Alibi.« Presste er hervor.

Ritter nickte. »Ja, Sie gaben an, Tanzen gewesen zu sein. Zufällig in der Disco, vor der wir den Opel fanden. Ihre Kumpels gaben an, Sie seien nicht lange geblieben. Wobei egal ist, wann Sie gingen. Wichtig ist, wann sind sie gekommen? Alle Zeugen sagen übereinstimmend aus, Sie waren schon da, als alle anderen erschienen.«

»Die lügen!«

»Warum sollten Sie?«

Achselzucken war die Antwort.

Ritter wechselte das Thema. »Sie lernen Tischler?«

Wieder kam nur ein Nicken als Antwort.

»Macht Ihnen die Arbeit Spaß?«

»Arbeit ist Scheiße!«

»Warum?«

Baasmeyer schaute verdutzt auf den Kriminalisten. Auf diese einfache Frage hatte er keine Antwort.

»Die Tischlerlehre ist Ihre zweite Ausbildung, die Sie begonnen haben?«

»Ja.«

»Was für eine Ausbildung hatten Sie davor in Angriff genommen?«

»Kfz-Mechatroniker.«

»Sie wurden aber entlassen. Warum?«

»War scheiße!«

»Dass Sie entlassen wurden?«

»Die Lehre war scheiße!«

»Und Ihre jetzige Ausbildung ist besser?«

»Ne, ist auch scheiße.«

»Bei Ihnen ist wohl alles scheiße!« Ritter schüttelte ärgerlich den Kopf.

Der Lehrling zeigte keine Reaktion. Ritter zog ein weiteres Foto hervor. Es zeigte in Vergrößerung einen Holzsplitter.

»Wissen Sie, das ist ein Holzsplitter und diesen fanden wir im Opel. Raten Sie mal, woher der stammt?«

Baasmeyer musterte den Kriminalisten. Er schien abschätzen zu wollen, was dieser ihm noch vorhalten würde.

»Er stammt aus der Tischlerei, in welcher Sie lernen.«

»Da arbeiten viele.«

»Na, so viele sind es nicht. Und von denen hat niemand in der letzten Zeit mit dieser Holzart hantiert. Bubinga, wie unser Labor feststellte. Der Einzige, der damit Umgang hatte, waren Sie.« Ritters Finger schnellte nach vorne. Der Lehrling schaute erschrocken drein.

»Sie hatten am Freitag einen riesen Krach mit Herrn Feldmann, weil Sie sich am Bubingavorrat vergriffen hatten. Haben Sie da beschlossen, ihn zu töten?«

Kalkweiß wurde Baasmeyer.

»Ich, ich«, stotterte er.

»Ja, Sie. Hier schauen Sie. Ihr Chef!«

Ritter legte mehrere Fotos des Unfallopfers vor den Lehrling auf den Tisch. Baasmeyer warf nur einen flüchtigen Blick auf die Bilder.

»Der dachte, er könnte mich zur Sau machen und das vor allen, aber dem habe ich es gezeigt.«

Im Laufe der nächsten Stunde erzählte er Ritter den Tathergang.

Nach dem Streit beschloss Baasmeyer, Feldmann zu töten. Er kannte den alten Herrn Werner, und er wusste, wo dieser seine Garage hatte. Er war des Öfteren mit seinem Stiefvater in diesem Garagenkomplex gewesen. Die Tür war kein großes Hindernis, ebenso der Opel. Dieses alte Modell hatte keine Alarmanlage oder Wegfahrsperre, und es war leicht zu knacken. Von den Gesprächen beim Frühstück wusste er, welchen Weg Feldmann nehmen würde. Er wartete auf den Tischlermeister, und als dieser kam, überfuhr er ihn. Danach fuhr er nach Heinbockel. Dort stellte er den Wagen vor der Diskothek ab und mischte sich unter die Discobesucher. Ein Bekannter nahm ihn dann später mit nach Stade.

Ein junger Mensch ermordet einen Mann, nur weil er sein Leben scheiße findet. Ritter schüttelte den Kopf. Nachdenklich schlug er die Akte Feldmann zu.

8 SCHAFSBLÖKEN

»Mutti, ich weiß noch nicht genau, ob wir kommen.« Ritter versuchte, seine Mutter zu besänftigen.

»Papperlapapp! Ihr habt frei und dein Vater und ich möchten deine neue Freundin kennenlernen. Es wird glaube ich Zeit, dass du sie uns vorstellst und deine Schwester freut sich bestimmt auch, dich mal wiederzusehen. Also gebt euch einen Ruck.«

»Ich kann's nicht versprechen. Lass mich erst Daniela fragen, und dann melde ich mich.«

»Ne, ne mein Kleiner. So nicht.« Seine Mutter schlug einen energischen Ton an.

»Ab Montag sind die Fremdenzimmer belegt. Vorschlag meinerseits: Ihr kommt Freitagnachmittag und bleibt über das Wochenende. Ein Zimmer ist euer! Oder soll ich mit deiner Daniela reden?«

»Das lass mal lieber bleiben, Mutti. Okay, ich rede mit ihr. Sei aber nicht böse, wenn es dieses Wochenende nichts wird.« Der Klang seiner Stimme hatte einen entschuldigenden Unterton.

»Doch das bin ich. Du warst schon lange nicht mehr bei uns.«

»Ich weiß, aber die Arbeit.«

»Ach was! Kommt rum und alles ist gut. Außerdem haben wir was zu besprechen.«

Ritter wurde hellhörig.

»Ist was passiert?«

»Nein, jedenfalls nichts Schlimmes.«

»Mutti, was ist los?«

»Jörg, wie gesagt, am Wochenende werden wir alles bereden. Mach dir keine Sorgen. Mit uns ist alles gut.«

»Na ja. Das glaube ich zwar nicht, aber wenn du es sagst.« Ritter merkte, dass es seiner Mutter sehr wichtig war, dass er und Daniela sie besuchten. Irgendetwas hatte sie auf dem Herzen. Deshalb stimmte er ihrem Wunsch zu.

»Folgender Vorschlag Mutti. Ich spreche nachher mit Daniela. Wir wollen zum Geburtstag ihrer besten Freundin. Wenn sie nichts dagegen hat, dann sehen wir uns am Freitag.«

»Einverstanden mein Sohn.«

»Macht euch aber bitte keine Umstände.«

»Nein, machen wir nicht.«

Seine Mutter war dankbar. Er hörte das. Nach einigen liebenswerten Sätzen legte er auf. In sein Gesicht hatte sich ein nachdenklicher Zug geschlichen. Was bedrückte seine Mutter? Nun, wenn Daniela zustimmte, so würden sie es am Freitag erfahren.

Er holte seine Freundin mit dem Auto ab. Er hatte nicht vor, heute Abend Alkohol zu trinken. Ritter war ein Verfechter der 0,0 Promillegrenze und Daniela sollte heute mit ihrer besten Freundin anstoßen können. So langsam lernte er ihren Freundes- und Kollegenkreis kennen und sie den seinen. Manche ihrer Bekannten mochte er, den einen oder anderen nicht. Ihr erging es ebenso.

Er freute sich auf den Abend. Er freute sich immer, wenn er mit Daniela zusammen sein konnte. Als sie die Tür öffnete und ihn mit den Blumen stehen sah, lächelte sie ihr bezauberndstes Lächeln.

»Jörg, die Blumen hättest du doch im Auto lassen können.«

Er musterte den Strauß.

»Das sind nicht die Blumen für Ruth. Die sind für dich!«

Er sah, wie sehr sie sich über den Strauß freute. Zärtlich küssten sie sich.

Er berichtete ihr vom Telefonat mit seiner Mutter. Sie musterte ihn, und ein Grinsen schlich sich in ihr Gesicht.

»Jörg Ritter muss Farbe bekennen. Meinst du, ich bin vorzeigbar?«

»Bist du!« Er nahm sie in den Arm. Er schaute ihr tief in die Augen.

»Ich glaube, es wird Zeit, dich meinen Eltern vorzustellen.«

»Aha, wird es das?«

»Ja, ich brauche dich, und ich kann ohne dich nicht leben.«

Einen kurzen Moment glaubte er, eine dunkle Wolke sei aufgezogen, doch dann strahlte sie wieder.

»Große Worte, die du da sprichst. Wer weiß, wie vielen Frauen du das schon gesagt hast.«

Er schüttelte ganz langsam den Kopf. »Mit diesen Worten bin ich bisher sehr sparsam umgegangen, und das ist die Wahrheit.«

Sie lachte kurz auf. »Männer! Los jetzt, sonst kommen wir noch zu spät.«

Ruth freute sich, sie zu sehen. Galant überreichte Ritter ihr die Blumen und Daniela ihr das Geschenk.

Eine Stunde später wurde Ritter gebeten, Weinflaschen zu öffnen. Er ging mit Ruth in die Küche. Sie musterte ihn kurz und wieder hatte er das Gefühl, mit Laser abgetastet zu werden.

Er nahm sich die erste Flasche und schaute sich nach einem Öffner um. Ruth gab ihm diesen.

»Du liebst Daniela?« Ihr Blick fixierte ihn.

»Ja!«

»Gut und lass dir eines gesagt sein. Brich ihr nicht das Herz sonst …« Den Rest des Satzes ließ sie unausgesprochen. Ritter hielt ihrem Blick stand.

»Ich liebe sie, und ich möchte mit ihr mein restliches Leben verbringen. Ich verstehe dass du als ihre beste Freundin sie beschützen willst. Nur …«

Er suchte die passenden Worte.

»Ist schon gut, Jörg.« Ruth legte ihm die Hand auf den Arm. »Ich will mich nicht einmischen. Es ist euer Leben, aber noch eine Enttäuschung muss Daniela nicht erleben.«

»Wird sie nicht.« Ritter zwinkerte ihr zu und nahm damit die Spannung aus dem Gespräch. Ruth lächelte ihn an.

»Bist ein patenter Kerl!«

Er lachte kurz auf und öffnete die erste Flasche.

Der Abend wurde wunderschön. Sie lachten und erzählten viel.

Am Freitag wartete Ritter vor Danielas Arbeitsstelle auf sie. Die Woche hatte ihm wenig Arbeit beschert. So konnte er sein Versprechen gegenüber seiner Mutter einlösen. Als Daniela kam, freute er sich. Er nahm sie in den Arm und küsste sie.

»Toll siehst du aus.« Er sah in ihr lachendes Gesicht.

»Ja, ganz toll. Lass uns losfahren.«

»Auf zu meinen Eltern.« Er seufzte und sie stiegen ein.

»Fahr bitte noch bei mir zu Hause vorbei. Ich habe einen Kuchen gebacken. Der muss noch mit.« Er nickte und sie fuhren los.

Seine Eltern wohnten in einem kleinen Dorf im Alten Land. Früher hatten sie einen Bauernhof, doch diesen hatte Ritters jüngere Schwester übernommen, nachdem sich die Eltern zur Ruhe gesetzt hatten. Jetzt wohnten sie einige Meter von ihrem ehemaligen Hof entfernt. Sie hatten sich einen Bungalow bauen lassen. Ritter brauchte nicht klingeln. Seine Mutter riss förmlich die Tür auf. Sie stürmte auf ihren Sohn zu und schloss ihn fest in ihre Arme. Nach einem Augenblick ließ sie ihn los und wandte sich zu Daniela.

»Herzlich willkommen, mein Mädchen.« Ganz selbstverständlich umarmte sie die Freundin ihres Sohnes. Ritter war erstaunt. Seine Mutter hatte bisher wenig oder nichts von seinen Freundinnen gehalten und nun so ein Empfang. Daniela erwiderte die freundliche Geste.

»Wir gehen auf die Terrasse.« Ritters Mutter hakte die beiden unter und sie gingen ums Haus, wo Ritters Vater sie freundlich begrüßte. Er musterte Daniela, und scheinbar gefiel sie ihm, denn er bot ihr sofort das Du an. Wer seinen Vater kannte, der wusste, das war keine Kleinigkeit.

Daniela übergab den Kuchen.

»Selbstgebacken?« Ritters Mutter schaute ungläubig auf das Kuchenblech.

Daniela nickte. »Ja, ich backe gerne.«

Ritters Vater nickte wohlwollend bei diesen Worten.

»Na, Mädchen, dann hilf mir mal beim Aufschneiden.« Die beiden Frauen gingen in die Küche. Ritter setzte sich zu seinem Vater.

»Schön, dass ihr gekommen seid. Freut mich.« Ritters Vater musterte seinen Sohn.

»Wir uns auch. Sag mal, ist was passiert? Mutter machte so komische Andeutungen.«

Sein Vater schaute überrascht. »Bei uns? Ne du. Da passiert recht wenig. Wir genießen den Ruhestand. Ab und zu helfen wir deiner Schwester und ihrem Mann, Mutter im Laden und ich in der Käserei[82]. Was soll denn passiert sein?«

Ritter zuckte mit den Schultern. »Keine Ahnung. Mutti machte nur eine Andeutung.«

Sein Vater zündete sich eine Zigarette an. »Na, dann fragen wir sie mal. Beim Kaffee kann sie ja nicht weglaufen.« Er grinste breit.

Einen Augenblick später kamen die Frauen aus der Küche, um den Kaffeetisch zu decken.

---

82 Käsereien gibt es mehrere im Alten Land, u.a. Jithofer Käserei in 21698 Bargstedt oder der Milchschafshof Brünjes in 27432 Bremervörde, beide geben Einblick in den Produktionsprozess und bieten Verkostungen an

»Horst, hast du gewusst, dass Daniela Ergotherapeutin ist?«

Ritters Mutter schaute ihren Mann an, der genüsslich einen Zug von seiner Zigarette nahm.

»Nein, wie sollte ich, aber schön, dass du es mir mitteilst.«

Er wandte sich Daniela zu.

»Das heißt, wenn meine Frau mich weiter so schafft und ich eines Tages nicht mehr kann, dann bringst du mich wieder auf Vordermann?«

»Das mache ich gerne.«

Sie lächelte Ritters Vater an, während sie den Kuchenteller abstellte.

»Da komm ich ja richtig.« Eine schlanke, große Frau mit einem schwarzen Kurzhaarschnitt kam um die Hausecke.

»Anja!« Ritter sprang auf.

»Schwesterchen, sei mir gegrüßt.« Sie umarmten sich. Dann wurde Daniela vorgestellt. Die beiden Frauen musterten sich und fanden sich sympathisch.

Innerhalb einer Minute waren sie in ein Gespräch vertieft.

Ritters Mutter brachte den Kaffee, in der anderen Hand hielt sie eine Teekanne.

»Für dich, Jörg.«

»Ach ich trinke auch Kaffee, aber danke schön.«

»Du trinkst Kaffee? Seit wann?« Ritters Schwester hatte ihr Gespräch mit Daniela unterbrochen.

»Schon länger. Warum fragst du?«

»Nur so. Mein großer Bruder wird langsam erwachsen.«

»Nun lasst ihn mal in Ruhe. Bin ja froh, dass wir alle mal wieder an einem Tisch sitzen.« Ritters Mutter blickte in die Runde.

Sie goss ein, und Daniela gab jedem von dem Kuchen.

Während dem Essen fragte Ritters Vater seine Frau. »Sag mal, was hast du Jörg erzählt? Er macht sich Sorgen.«

»Ich?« Sie blickte überrascht.

»Ich finde es schön, dass er und Daniela uns besuchen, und so nebenbei, weil er ja bei der Polizei ist …«

»Was meinst du?«

Ritters Vater setzte die Kaffeetasse ab.

»Na ja, du weißt ja, dass bei Anja zwei Schafe verschwunden sind, und …«

»Mutti, sag mal!« Ritter setzte die Tasse mit dem Tee etwas heftig auf. Es klirrte. Seine Mutter schaute besorgt auf das Porzellan.

Sein Vater, der gerade einen Happen Kuchen essen wollte, musterte ungläubig seine Frau. Die Hand mit der Kuchengabel verharrte in der Luft, kurz vor dem Mund.

»Man liest ja immer wieder solche schlimmen Sachen. Neulich haben sie im Fernsehen gezeigt, wie es mit Tieren anfing, und dann hat der Täter Menschen getötet. Ihr nehmt das alles auf die leichte Schulter.«

Sie schmollte.

»Mutti, ich bin für Gewaltverbrechen zuständig und nicht für entlaufene Schafe!«

Ritters Schwester sagte: »Mutter, ich verstehe dich nicht. Die zwei Schafe sind weg. Wahrscheinlich sind sie von der Weide entlaufen. Das passiert. Deswegen Jörg anzurufen, also weißt du!« Sie klang entrüstet.

»Ich dachte nur an euch. So dicke habt ihr es doch nicht, oder sind dir die zwei Schafe egal?«

»Natürlich sind sie mir nicht egal und mich interessiert auch, wo sie sind. Deshalb alarmiere ich aber nicht die Kriminalpolizei.«

»Du hast es doch gar nicht zur Anzeige gebracht!«

»Was soll denn das nun heißen?« Ritters Schwester wollte gerade aufbrausen, als Ritter sich einmischte.

»Nun hört mal auf. Ich schaue, was sich machen lässt,

aber erwarte keine Wunder.« Er blickte seine Mutter an, die zufrieden nickte.

»Und wenn die beiden Tiere wirklich gestohlen wurden, dann sollte auch eine Anzeige aufgegeben werden.«

Ritters Schwester winkte ab. »Was soll das bringen? Ersetzt bekommen wir sie nicht, und weg ist weg.«

»Ist vielleicht der Ausgleich für meine zerbissenen Schuhe.« Er grinste. »Na, das musst du wissen. Ist dein Hof, und es sind deine Tiere.« Ritter hieb die Kuchengabel in das Gebäck.

»Schmeckt lecker!« Er strahlte Daniela an.

»Stimmt.« Seine Schwester nickte zustimmend, und auch der Rest der Runde stimmte zu.

In der nächsten Stunde wurde nicht mehr über die verschwundenen Schafe gesprochen.

Diese wurden erst wieder ein Thema, als Ritters Schwester ihnen ihr Zimmer zeigte. Ihr Mann und sie hatten, als sie den Hof übernahmen, angebaut. Einige Gästezimmer waren so entstanden. Als Anja Daniela und ihrem Bruder die Tür öffnete, hob Ritter anerkennend den Daumen und auch Daniela äußerte Lob.

»Schick, Schwesterlein!«

»Will ich wohl meinen. Gerd und ich haben auch viel Arbeit reingesteckt. Der Winter war lang und wir hatten Zeit, alles neu zu machen.«

»Habt ihr toll gemacht. Wo ist eigentlich dein Mann?«

»Mit dem Tierarzt unterwegs. Zum Abendbrot wirst du deinen geliebten Schwager sehen. Dann könnt ihr wieder eure Witze auf meine Kosten machen.«

»Wir? Das würden wir nie tun.«

Seine Schwester winkte ab. »Übrigens, die zwei so sehr von dir geliebten Hunde sind bei Gerd. Ich lass euch jetzt mal alleine. Wenn ihr was braucht, dann sagt Bescheid. Abendbrot gibt es gegen sieben. Einverstanden?«

Beide nickten und Ritters Schwester schloss leise die Tür.

Ritter ließ sich auf das große Bett fallen. Er verschränkte die Arme hinter dem Kopf, und ein Lächeln huschte über sein Gesicht.

Daniela deutete auf den Koffer. »Und deine Sachen?«

Sie hatte ihre Reisetasche geöffnet, und Stück für Stück verschwand ihre Kleidung im Schrank.

»Mach ich nachher. Komm zu mir.« Seine Stimme hatte einen bittenden Klang.

Daniela schüttelte den Kopf. »Ne, mein Lieber. Du willst nur schmusen und wahrscheinlich noch mehr.«

»Na und?« Er kam ein wenig hoch.

»Und deine Sachen? Sollen die zerknittern im Koffer?«

»Dann bügle ich sie wieder auf. Mach ich ja auch sonst.«

»Untersteh dich und jetzt hoch!«

Er merkte, dass sie es ernst meinte. Stöhnend stand er auf, um dann seinen Koffer auszupacken.

Nach zehn Minuten war alles verstaut und sie gab ihm einen Klaps auf den Po.

»Und jetzt lass uns ein wenig spazieren gehen. Ich sehne mich nach frischer Luft und das Wetter ist so schön.«

Er nickte, und sie verließen das Zimmer. Auf der Treppe kam ihnen eine Familie entgegen. Die etwa fünf Jahre alte Tochter weinte. Die Mutter versuchte, das Kind zu beruhigen. Doch ihre Bemühungen hatten wenig Erfolg.

»Ich möchte doch aber auf einem Pferd reiten.« Schluchzend kamen diese Worte heraus.

»Hier gibt es aber nur große Pferde.« Der Vater war wohl etwas genervt, denn er hatte laut gesprochen. Das Kind weinte umso mehr.

»Da ist aber jemand traurig.« Ritter musterte das Kind.

»Sie wollte doch so gerne reiten. Doch der ortsansässige Reiterhof hat keine Ponys.«

Die Mutter hatte geantwortet, und mit einem Taschentuch wischte sie die Tränen ihrer Tochter ab.

»Na, da kann ich helfen.« Ritter beugte sich zu dem Kind hinab.

»Du möchtest unbedingt auf einem Pony sitzen?«

Heftig nickend musterte die Kleine Ritter. Er streichelte ihr die Wange. »Ich sag der Mutti und dem Vati, wo du reiten kannst. Und du versprichst mir, nicht mehr zu weinen und nicht vom Pony zu fallen. Versprochen?«

Wieder nickte das Mädchen. Ritter kam hoch und riss einen Zettel aus seinem kleinen Notizbuch. Schnell notierte er die Anschrift eines benachbarten Ponyhofes[83].

Lächelnd gab er dem Vater den Zettel.

Der blickte auf das Blatt Papier und dann zu Ritter. »Danke. Wir sind erst den zweiten Tag hier.«

Ritter nickte. »Ich helfe gerne.«

Sie verabschiedeten sich und Daniela und Ritter traten hinaus in die Sonne. Langsam gingen sie Hand in Hand die Straße entlang, vorbei an gepflegten Vorgärten und Häusern, die vom Fleiß ihrer Bewohner kündeten. Spatzen schilpten um die Wette. Die Häuser wurden weniger und am Dorfende lagen Weiden rechts und links der Straße. Auf einer grasten Schafe. Ritter blieb stehen und zeigte auf die Tiere.

»Das sind die Schafe meiner Schwester.«

Sie gingen näher. Ritter fasste an den dünnen Draht. Plötzlich zuckte seine Hand zurück.

»Steht unter Strom.« Er grinste.

Daniela zeigte ihm einen Vogel.

»Willst du den starken Mann markieren?«

Er rieb sich den Oberarm.

---

83 Ponyhöfe- gibt es mehrere im Alten Land, wie den Ferienhof Carstens in Stade oder Susis Ranch in Jork

»Nein, war nur ein Test.« Er musterte die Umgebung. Dann deutete er in eine Richtung und meinte: »Lass uns mal da lang gehen. Ich möchte was überprüfen.«

Daniela nickte, und dann hakte sie ihn unter. Langsam schlenderten sie weiter. Sie erreichten einen Feldweg und nach wenigen Metern blieb Ritter stehen. Er deutete auf den Elektrozaun. Ein roter Kunststoffgriff mit Haken bildete den Abschluss. Ritter griff zu und hakte den Zaun auf.

Die Schafe kamen auf ihn zu gerannt. In kurzer Zeit war er von den Tieren umringt. Sie blökten und drängten sich um ihn. Er streichelte einige Tiere, dann ging er zu Daniela zurück. Er hakte den Zaun wieder zu.

»Wenn die Tiere gestohlen wurden, dann wahrscheinlich hier. Zutraulich sind sie, und man kann den Zaun öffnen, ohne eine gewischt zu bekommen.«

»Und warum sollte jemand nur zwei Tiere mitnehmen und nicht alle?«

Ritter zuckte mit den Schultern.

»Eventuell braucht er nur zwei oder er wurde gestört. Ich werde mich heute Abend noch einmal mit meiner Schwester kurzschließen. Jetzt lass uns den Tag genießen.«

Er zog sie an sich, und dann gab er ihr einen Kuss.

Sie folgten dem Feldweg. Nach einigen Minuten sahen sie eine alte Scheune. Ihr Zustand war erbärmlich. Zwei Kinder fuhren mit dem Rad an ihnen vorbei. Freundlich grüßten sie.

Ritter deutete auf die Scheune.

»Die gehört dem alten Lorenz. Weiß gar nicht, ob der noch lebt. Sein Haus steht da hinten.«

Nach einigen Minuten waren sie an dem Haus angelangt. Eine Frau, etwa in ihrem Alter, werkelte im Vorgarten. Sie trug ein weites, langes Sommerkleid und um den Kopf hatte sie ein Tuch geschlungen.

Als Daniela und Ritter grüßten, richtete sie sich kurz auf,

musterte die Spaziergänger und grüßte freundlich zurück. Die Holzketten, die sie um den Hals trug, klapperten im Bewegungsrhythmus. Hier gab es keine weiteren Häuser. Erst in einigen Hundert Metern Entfernung war das nächste sichtbar.

»Schön ist es hier!« Daniela lehnte sich an Ritter. Dieser genoss ihre Nähe.

Er spürte den Duft ihres Haares und den Hauch ihres Parfüms. Was für eine tolle Frau, dachte er.

»Meine Familie mag dich. Meine Mutter hat dich ja förmlich ins Herz geschlossen«, sagte er.

Sie blieb stehen und schaute ihm in die Augen.

»Ich mag sie auch. Und deine Schwester ist so anders als du.«

»Stimmt! Sie hat ja auch den Hof übernommen, weil ich ihn nicht wollte.«

»Wolltest du nicht Bauer werden?«

Er schüttelte den Kopf. »Ne, das war nicht mein Ding.«

»Und Polizist bist du gerne?«

Er musterte sie kurz, überlegte und sagte dann: »Eigentlich ja. Also meistens. Manchmal gibt es aber auch Tage, da denke ich, warum habe ich gerade diesen Beruf gewählt?«

»Na ich glaube, diese Tage haben wir alle mal.« Sie zog ihn weiter. Langsam schlenderten sie den Weg zurück. Die Frau, welche vor Lorenz' Haus gearbeitet hatte, war verschwunden.

Ein Segelflieger[84] zog am Himmel seine Bahnen. Daniela deutete nach oben.

»Schau mal! Ob der uns sieht?«

Ritter legte den Kopf in den Nacken. »Bestimmt. Muss fantastisch sein, dort oben wie ein Vogel zu schweben.«

»Hier unten ist es auch schön.« Daniela deutete um sich.

»Du bist schön.«

---

84 Segelflieger – Segelflugschnuppern bietet der Luftsportverein Günther Groenhoff e.V. vom Flugplatz Stade von April bis Oktober an

Und wieder küsste er sie.

»Du bist sehr verschmust heute.« Sie musterte ihn.

»Nicht nur heute.« Er zog sie noch fester an sich.

»Herr Ritter, Herr Ritter!«

Er gab sie frei. »Ich möchte dir so viel sagen.« Seine Stimme klang brüchig.

Sie schüttelte den Kopf. »Bitte nicht.« Und nach einer kurzen Pause fügte sie hinzu. »Sag lieber, was wir morgen machen.«

»Geklaute Schafe suchen!«

»Du meinst also, die sind nicht weggelaufen?«

»Schafe sind Herdentiere, und die Weide ist gut gesichert. Da hat sich jemand bedient.«

Daniela zog einen Schmollmund. »Schade, und ich dachte, wir machen uns ein schönes Wochenende. Dabei machst du den Sherlock Holmes.«

Er lachte kurz auf und tippte ihr mit dem Zeigefinger zärtlich an die Nasenspitze.

»Ich mache nicht den Holmes, ich bin Holmes. Nein, Spaß beiseite!« Er wurde ernst.

»Ich glaube nicht, dass ich meiner Schwester helfen kann. Ich verspreche dir, wir unternehmen nur das, was du möchtest. Einverstanden?«

»Solange ich mit dir zusammen bin, kannst du tun, was du möchtest.«

»Wollen wir morgen mal raus zum Deich? Einfach mal Deichsitzen[85]?«

»Nur so rumsitzen? Ein bisschen aktiver darf es ruhig sein. Wir haben lange genug geschlunzt. Sonst werden wir noch fett und träge.«

»Dann mach du einen Vorschlag.«

---

85 Deichsitzen- von einer Bank aus oder auf einer Decke gemütlich auf das Gewässer schauen und einfach nichts tun

»Vorhin, als wir aus dem Zimmer kamen, da war doch von Reiten die Rede, und dass es hier nur große Pferde gibt. Ich habe schon lange nicht mehr auf einem Pferd gesessen.«

»Mit anderen Worten, du möchtest auf dem Rücken der Pferde die Welt erkunden.«

»Ja!«

»Dein Wunsch sei dir erfüllt.« Er machte eine tiefe Verbeugung vor ihr.

»Dann mal los. Haste aber Glück, dass ich mich hier auskenne. Den Reiterhof[86] betreibt eine ehemalige Schulfreundin, Karola Felk.«

»Schulfreundin?«

»Ja, und nur Freundin. Du wirst sie gleich kennenlernen, und dann weißt du, warum.« Er nahm ihre Hand und sie gingen weiter. Nach gut zwanzig Minuten waren sie am Ziel.

Ritter betrat den Hof und schaute sich um. Eine blonde Frau kam aus dem Stall und musterte ihn kurz. Dann rief sie.

»Jörg?!«

Er nickte, und beide lagen sich in den Armen. Daniela stand etwas verwundert daneben.

Einen Moment später stellte Ritter sie vor. Die blonde Frau gab Daniela die Hand. Ihr Händedruck war fest, und sie musterte Daniela.

»Hübsch ist deine Freundin.«

»Nun spann sie mir mal nicht aus.«

Sie winkte ab. »Ich habe mein Glück gefunden. Also keine Gefahr. Willst du mich besuchen?«

»Wir wollen eigentlich ein wenig reiten.«

»Das letzte Mal, als du auf einem Pferd saßt, da meinte es dieses aber nicht gut mit dir.«

---

86 Reiterhöfe – gibt es mehrere im Alten Land, bei vielen sind Gastreiter willkommen, wie z.B. Reiterhof »Estehof« – Jork, Beeke Lichtenberg – Drochtersen, Familie Carsten Haack – Freiburg

»Karola, erinnere mich bitte nicht daran. Der Hengst war unfair.«

»Ja, sicher.« Sie lachte.

»Wann wollt ihr reiten?«

»Morgen.«

Ein Mädchen von etwa 13 Jahren kam heran.

»Hallo Karola, ich möchte zu Silberflocke.«

»Hallo Verena, klar, geh nur.«

Das Mädel nickte und wollte gerade Richtung Stall gehen, als Daniela sie fragte: »Darf ich mit?«

Das Mädel nickte; und auch Karola stimmte zu.

Als beide im Stall verschwunden waren, erklang ein Fluchen aus dem Büro, dessen Fenster weit offen stand.

»Meine Frau.« Karola grinste. »Lass uns schauen, welche Laus ihr jetzt über die Leber gelaufen ist.«

Beide gingen in das Büro, in dem eine etwa vierzigjährige, braun gebrannte, groß gewachsene Frau stand. Ritter wurde ihr vorgestellt.

»Hi, ich bin Evelin.« Sie gaben sich die Hand. Ihr Händedruck war angenehm und fest.

Sie wandte sich an Karola. »Kannst du mir sagen, warum so viele Beziehungen in die Brüche gehen?«

»Wieso?«

Evelin deutete auf das Telefon. »Das war der junge Mann, der unser Special Event gebucht hatte. Morgen früh wollten wir starten. Eben hat er abgesagt. Seine Freundin hat ihn verlassen!« Sie schüttelte den Kopf.

Ritter hörte neugierig zu. Was er erfuhr, ließ ihn umdisponieren.

»Könntet ihr für Daniela und mich das arrangieren. Etwas anders, aber auch so schön?«

Die beiden Frauen hörten sich an, was Ritter wünschte, dann nickten sie.

»Aber kein Wort zu Daniela. Versprochen?«

»Versprochen! Es geht aber früh los.«

Ritter nickte.

»Rechnung bitte an mich, auch darüber kein Wort. Ich möchte Daniela überraschen.«

»Ist doch selbstverständlich. Dich hat es ganz schön erwischt. Freut mich für euch.«

Karola knuffte ihn in die Rippen. Sie lachten.

Eine Stunde später gingen Daniela und Ritter hinauf aufs Zimmer.

Er überraschte Daniela und seine Gastgeber, als er ihnen eröffnete, dass sie morgen früh um fünf Uhr schon unterwegs sein würden.

Daniela machte große Augen. »Sonnenaufgangsreiten?«

»Genau. Ich habe mich von Karola breitschlagen lassen. Ich dachte, der frühe Vogel fängt den Wurm.«

Sie gingen früh schlafen.

Als der Wecker klingelte, war es noch dunkel. Ritters Schwager war schon auf. Er hatte Kaffee gekocht und ein kleines Frühstück vorbereitet.

Er musste wegen der Tiere sowieso früh raus.

Sie aßen eine Kleinigkeit, dann fuhren sie los.

»Mit dem Auto?« Warf Daniela ein. Ritter deutete nur auf die Uhr.

Wenige Minuten später trafen sie am vereinbarten Treffpunkt ein. Auf einer großen Wiese luden gerade einige Helfer einen großen Korb vom Auto. Im Licht der aufgehenden Sonne wurden sie begrüßt. Daniela musterte das Geschehen.

»Das hat aber mit Reiten nichts zu tun. Was habt ihr vor?«

»Eine Überraschung, meine Fee.« Ritter nahm sie in den Arm und schaute ihr tief in die Augen. »Hab Vertrauen.« Er küsste sie sanft.

Sie zog die Stirn kraus.

»Ich habe eine Befürchtung. Männer und ihre Überraschungen! Wenn es das ist, was ich denke, dann vergiss es. Ich habe Höhenangst.«

Ritter wurde blass. »Scheiße!«, dachte er. Seine Überraschung schien nach hinten loszugehen. Doch Karola half ihm.

»Brauchst du nicht zu haben. Ballonfahren[87] kann man auch mit Höhenangst. Das ist wissenschaftlich bewiesen.«

»Ja, bestimmt.« Danielas Stimme klang gequält.

»Ich habe auch Höhenangst.« Ein Arbeiter, der mit am Korb angefasst hatte, rief das herüber.

»Im Ballon aber nicht. Ist ein anderes Gefühl, als wenn du irgendwo an einem Abgrund stehst. Ganz anders. Im Korb kommt keine Höhenangst auf.«

»Na euer Wort in Gottes Gehörgang. Ich lass mich überraschen. Ich sag es aber gleich. Wenn das mir zu bunt wird, dann geht's gleich runter. Versprochen?«

»Versprochen!«

Ritter atmete auf. Gemeinsam bauten sie alles auf. Nach gut einer Stunde hoben sie ab. Die Thermik meinte es gut mit ihnen und der Wind trieb sie langsam weiter. Sie hatten eine herrliche Aussicht. Sie überflogen Ritters Heimatdorf und auch die alte Lorenzsche Scheune. Etwas erregte Ritters Aufmerksamkeit. Er nahm sich den Fotoapparat und zoomte sich das Gebäude näher. Als er wieder aufblickte, lächelte er. Dann widmete er sich wieder Daniela, die ihre anfängliche Ängstlichkeit abgelegt hatte. Neugierig schaute sie in die Runde.

»Wie windstill es hier oben ist.« Sie schüttelte den Kopf.

Der Ballonführer lachte. »Wir fliegen mit dem Wind. Dadurch spüren wir ihn nicht.«

Er öffnete kurz den Brenner und laut zischend schoss die Flamme empor. Sie spürten die Hitze.

---

87 Ballonfahrten – bieten mehrere Anbieter an, unter anderem A.O. Ballonreisen, Heideballon und Dunker Müller

In der Ferne tauchten die Strommasten[88] der Insel Lühesand auf. Ritter deutete auf die Masten.

»Nicht, dass wir auf dem Campingplatz[89] landen!«

Der Ballonfahrer schüttelte den Kopf.

»Nein! Der Wind treibt uns nicht nach Lühesand.

Linker Hand überflogen sie die alte Ziegelei[90] in Bevern. Unter ihnen zog der Beverner Wald dahin.

Nach anderthalb Stunden erreichten sie das Landegebiet. Langsam sanken sie. Am Boden war ein großes Tuch ausgebreitet. Ein riesiges Herz leuchtete, und man konnte den Satz lesen: »Daniela, ich liebe dich!«

Ritter nahm Daniela in den Arm. In ihren Augen leuchteten Tränen.

»Ich liebe dich ganz, ganz doll«, flüsterte er. Dann küsste er sie zärtlich.

Sie zog sein Ohr vor ihren Mund.

»Ihr Männer seit sehr verschwenderisch mit diesen Worten.«

Er flüsterte zurück. »Ich nicht! Damit war ich sehr, sehr sparsam in meinem Leben und einer anderen werde ich es nie mehr sagen. Ich liebe dich!«

Seine Augen funkelten.

»Ich liebe dich auch, du Lügner. Mich zum Sonnenaufgangsreiten einladen und dann in einem Ballon verschleppen.«

Sie tat entrüstet, doch ihr zärtlicher Blick sagte etwas ganz anderes.

Am Landeplatz wurden sie schon erwartet. Evelin lud sie zu einem Picknick ein. Doch vorher wurden Daniela und Ritter getauft und in den Adelsstand erhoben.

---

88 die Strommasten auf der Insel Lühesand sind die höchsten Europas mit 227 Metern Höhe

89 Campingplatz Lühesand – idyllischer Campingplatz mitten in der Elbe

90 Alte Ziegelei – wer diese kennenlernen möchte, kann sich frei auf dem Gelände bewegen oder einen Rundgang unter kompetenter Anleitung machen und mit der Feldbahn fahren

Evelin zelebrierte die Taufe feierlich.

Da früher nur Adlige der Ballonfahrt frönten, mussten beide dieses Prozedere über sich ergehen lassen.

Dafür schmeckte der Sekt umso besser. Kurz vor dem Mittag fuhren sie mit dem Auto wieder zurück.

Daniela strahlte und auch Ritter war glücklich.

Am Nachmittag bat Ritter um ein wenig Zeit für sich.

Er wollte das Verschwinden der Schafe aufklären.

Als er sich der Lorenzschen Scheune näherte, flimmerte die Luft. Es war heute heiß. Gewitter lag in der Luft. Daniela ließ sich von Ritters Vater in die Kunst der Käserei einführen. Er hatte also Zeit.

Er zog die Schlupftür im großen Scheunentor auf. Dämmerlicht empfing ihn. Es dauerte einen Moment, bis er sehen konnte. Der Kontrast zwischen Sonnenschein draußen und dem Dämmerlicht im Inneren war zu groß. Seine Augen brauchten einen Augenblick sich umzustellen.

Ein alter Leiterwagen empfing ihn. Ritter musterte diesen. An einigen Stellen war die dicke Staubschicht unterbrochen. Fußspuren von Kinderschuhen waren sichtbar. Im hinteren Teil der Scheune waren Strohballen aufgeschichtet worden. Ritter ging langsam weiter. Hinter den Ballen sah er die zwei Schafe, welche ihn aus großen Augen ansahen. Dann blökten sie los.

Futter und Wasser hatten die Tiere und auch ihr Allgemeinzustand war gut.

Ritter sah sich um. Er versteckte sich in einem Haufen alten Heus.

Er dachte an Daniela und an ihre gemeinsame Zukunft. Wie genau diese aussehen würde, das wusste er nicht, aber dass eine gemeinsame Zukunft vor ihnen lag, war ihm klar.

Er lächelte bei dem Gedanken an Daniela. So eine tolle Frau, und er liebte sie!

Nach einer halben Stunde kitzelten die Staubkörner, welche er in der Luft tanzen sah, in seiner Nase. Nur mühsam konnte er ein Niesen unterdrücken. Nach einer weiteren halben Stunde hörte er Kinderstimmen und die Schlupftür wurde aufgezogen.

»Max und Moritz geht es gut.«

Eine Mädchenstimme antwortete. »Wir pflegen sie ja auch schön.«

Leise stand Ritter auf. Ein Junge und ein Mädchen standen bei den Schafen und streichelten diese.

Ritter machte sich bemerkbar. Der etwa zehn Jahre alte Junge schaute erschrocken zu ihm, und das etwa acht Jahre alte Mädchen griff die Hand des Knaben.

Ritter gab seiner Stimme einen ernsten Klang.

»Sind das eure Schafe?«

Der Junge nickte zaghaft.

»Und das soll ich glauben?«

Wieder bekam er ein Nicken als Antwort. Er trat langsam näher.

»Ich bin Polizist, und lügen macht alles nur noch schlimmer.«

Das Mädchen fing an zu weinen.

Ritter sah auf die beiden Kinder hinab.

»Kommt mal zu mir.« Seine Hand winkte die zwei heran.

Langsam kamen beide auf ihn zu. Er klopfte auf einen Strohballen.

»Setzt euch.« Auch er nahm Platz.

Nach einigen Minuten wusste er Bescheid. Er wischte dem Mädchen die Tränen von der Wange.

»Ich werde mit eurer Mutter reden. Dann sehen wir weiter. Max und Moritz müssen aber zurück. Das versteht ihr doch?«

Beide nickten.

»Und jetzt raus hier.« Er stand auf und auch die Kinder erhoben sich. Sie gingen zu den Schafen, streichelten diese und dann gingen sie in die Sonne hinaus.

Als Ritter wieder an seinem Elternhaus ankam, hatte er eine Lösung für das Problem der Kinder.

Er suchte seine Schwester. Diese war dabei, Kuchen zu backen. Daniela half ihr.

»Schon fertig mit dem Käse?« Er gab Daniela ein Küsschen.

»Ja. Du, ich durfte mit der Käseharfe die Milch zerteilen.«

»He, und ich habe eure Schafe wieder herangeschafft.« Er wandte sich an seine Schwester, die ihn überrascht ansah.

»Du hast …«

Er nickte. Mit wenigen Worten erzählte er die Geschichte.

Seine Schwester schüttelte den Kopf. »Wieso zieht jemand aufs Land und erlaubt dann seinen Kindern keine Haustiere?«

Er zuckte mit den Schultern. »Kann ich dir nicht sagen, aber ich habe mir etwas überlegt. Dazu musst du nur noch deinen Segen geben.«

Er unterrichtete seine Schwester und diese stimmte zu.

»Klar, das können wir so machen. Die Mutter, Frau Becker, stimmt zu?«

»Kann ich dir nicht sagen. Ich wollte jetzt mit ihr reden. Zu Hause ist sie, laut Auskunft ihrer Kinder.«

»Da komme ich mit. Der Kuchen ist gleich fertig und es sind ja unsere Tiere.«

Ritter nickte. »Dann werde ich mal Gerd bitten, die beiden Entführten wieder der Herde zuzuführen.«

Daniela winkte ab. »Geht ihr beide Mal los und tut ein gutes Werk. Ich spreche mit Gerd.«

Zwanzig Minuten später klingelte Ritter bei der Mutter. Diese musterte überrascht die Besucher. Mit wenigen Worten erzählte Ritter das Vorgefallene. Die Frau errötete bis unter die Haarspitzen.

Stotternd versuchte sie sich zu entschuldigen.

Ritters Schwester übernahm das Gespräch.

»Nun lassen Sie mal das. Wir sind ja fast Nachbarn. Ich

bin die Anja und mein Mann ist der Gerd. Wir bieten ihren Kindern an, eine Tierpatenschaft zu übernehmen. Wie mir mein Bruder berichtete, geht es den Schafen gut. Ergo, ihre beiden Sprösslinge haben diese gut versorgt.«

Nach einigem Hin und Her gab die Frau ihre Einwilligung. Die beiden Kinder wurden gerufen. Erschrocken blickten sie zu Ritter. Der zwinkerte ihnen zu.

Er unterbreitete den beiden seinen Vorschlag. Heftig nickend antworteten sie auf seine Frage, ob sie sich weiter um die Schafe kümmern wollten.

»Aber ich habe viele Tiere, nicht nur Max und Moritz.« Ritters Schwester machte schmunzelnd diesen Einwand.

»Und wir können immer kommen?« der Junge fragte.

»Könnt ihr.« Ritters Schwester nickte. »Ihr meldet euch bei mir oder bei meinem Mann und dann ist alles in Ordnung. Eure Mutti hat zugestimmt.«

Ein Jubelschrei brach aus. Beide fielen ihrer Mutter um den Hals. Ritter erhob sich.

»Den Rest schafft ihr ohne mich. Ich möchte jetzt den Rest meines Wochenendes genießen.«

9 APFELBÄUME

Frank Stüber lief durch seine Plantage. Die alten Obstbäume trugen reiche Frucht. Es würde eine gute Ernte geben. Die Sonne schien, und das Gras war nass. Das Gewitter in der Nacht hatte kräftige Schauer mitgebracht. Er hatte leichte Kopfschmerzen. Das letzte Bier musste schlecht gewesen sein. Mit diesen tröstenden Worten ging er weiter. Seine Gummistiefel schlurften über den Boden. Er war schlank und braun gebrannt. Den ganzen Tag an der frischen Luft, das brannte sich förmlich ein. Sein Gesicht leuchtete in einem Bronzeton und seine schwarzen Haare trug er kurz geschnitten. Falten überzogen sein Gesicht. Immerhin hatte er schon ein halbes Jahrhundert gelebt.

Irgendwo schrien Krähen. Das war ungewöhnlich. Er schaute sich um. Am Ende der Plantage sah er einige Vögel kreisen. Wahrscheinlich würde dort ein toter Fuchs oder Marderhund liegen. Er beschloss nachzusehen.

Als er näherkam, sah er etwas Ungewöhnliches. Etwas Unförmiges hing in einem Baum. Es sah aus wie ein alter Sack. Stüber schüttelte den Kopf. Wer hängte ihm einen alten Sack in den Baum? Doch als er näherkam, sah er, dass es ein Mensch war. Ein Mann, um genau zu sein.

Stüber rannte die letzten Meter so schnell, wie es seine Gummistiefel zuließen. Schnell zog er seine Hippe aus der Hosentasche und mit dem Baummesser schnitt er das Seil durch, welches um den Hals des Mannes geschlungen war. Dumpf schlug der Erhängte auf dem Boden auf. Der Rest des Strickes baumelte am dicken Ast. Stüber griff zum Handy, um die Polizei zu verständigen.

Eine halbe Stunde später war es mit der Ruhe vorbei. Männer in weißen Overalls drehten jeden Grashalm um und die Rechtsmedizinerin war bei der Arbeit. Der Tote hieß Benjamin Berthold. Sein Ausweis steckte in der Gesäßtasche. Die Ärztin hatte Ritter kurz auf eine Besonderheit aufmerksam gemacht. Es gab zwei Strangmarken, deren Verläufe unterschiedlich waren.

»Wenn Sie mich fragen, er wurde erst erdrosselt und dann hier aufgehängt.«

»Also eine Vertuschungstat.«

Sie nickte, und Ritter ging zu Stüber, der abseits im Gras saß und alles genau beobachtete.

Der Landwirt musterte ihn. Er deutete auf den Toten.

»Was muss in einem Menschen vorgehen, dass er sich das Leben nimmt?«

»Warum glauben Sie, dass er sich das Leben genommen hat?«

»Wie kommt der sonst an den Ast?«

»Eventuell hat ihn da jemand hingehängt!«

Stüber stutzte. »Warum sollte das jemand tun?«

Ritter seufzte. »Ja, warum wohl? Kennen Sie den Mann?«

»Gesehen habe ich den schon mal. Er hat damals geholfen, die alten Bäume bei meinem Nachbarn zu roden. Schade um die schönen Bäume.«

Er deutete in alle vier Himmelsrichtungen.

»Ist überall das Gleiche. Keiner kümmert sich um die alten Sorten. Wussten Sie, dass nur noch gut ein Dutzend Sorten angebaut werden? Sozusagen der Apfel nach Euronorm!«

Das war Ritter neu. Er schüttelte den Kopf.

»Sie scheinen darüber nicht glücklich zu sein.«

Ärgerlich winkte Stüber ab.

»Wie kann ich darüber glücklich sein? Wissen Sie, ich bin Pomologe.«

»Pomo…?«

»Ich bin Pomologe, also Apfelkundler.« Stüber sprach das gelassen aus. Er musste wohl öfter diese Erklärung abgeben.

»Aha! Sie können mir also alles über Äpfel erzählen?«

»Kann ich! Was wollen Sie wissen?«

»Sie sagten, der Mann habe geholfen, die Bäume zu roden. Wann war das?«

Stüber überlegte einen Augenblick. Dann sprach er.

»Wenn ich mich nicht irre, letztes Jahr im März.«

»Das wissen Sie genau?«

Stüber nickte.

»Warum können Sie sich an diesen Mann noch so genau erinnern?«

»Weil er dazwischen gegangen ist, als ich mit meinem Nachbarn aneinandergeraten bin.«

»Erzählen Sie.«

Stüber rieb sich die Nase.

»Ich wollte mit meinem Nachbarn reden, ob er nicht einige der alten Bäume stehen lassen könnte. Doch der winkte ab. Er hatte kein Interesse an einem Gespräch. Hat mich beinahe mit dem Trecker angefahren. Dieser Mann ist dazwischen gegangen. Sonst hätte es mich wahrscheinlich erwischt.«

Stüber schwieg. Ritter musterte den Mann. »Und dann?«

»Und dann? Dann war gar nichts. Ich hab gemerkt, dass mit meinem neuen Nachbarn nicht zu reden ist. Da habe ich ihm einen Vogel gezeigt und bin abgedampft. Sonst war nichts.«

»Wo waren Sie gestern Abend?«

Langsam drehte der Mann den Kopf. Ebenso langsam glitt sein Blick an Ritter hoch.

»Ich war im Ratskeller[91] in Stade, leckeres Gertrudenbräu trinken.«

---

91 Ratskeller in Stade – Brauhaus, Weinkeller und Restaurant, der Weinkeller ist der älteste Deuschlands- wurde schon 1305 schriftlich erwähnt

»Gibt es dafür Zeugen?« Ritter hatte sein Notizbuch aufgeschlagen, und mit dem Kugelschreiber klopfte er rhythmisch dagegen.

»Ja, die gibt es. Bei mir auf dem Hof haben Studenten gearbeitet und gestern feierten wir Abschied.«

»Ich brauche die Namen und Anschriften.«

»Die habe ich im Büro.« Er schmiss den Grashalm weg, auf dem er bis eben herumgekaut hatte.

»Von wann an haben Sie gefeiert und bis wann?«

»Gegen 19.00 Uhr haben wir angefangen, und um eins war ich wieder zu Hause.«

»Sind Sie mit dem Auto gefahren?«

»Nein, zu viel Bier, wenn Sie verstehen.«

Ritter verstand. Er war kein Biertrinker. Er bevorzugte Wein. Doch ihm war bekannt, dass das Gertrudenbräu, welches im Ratskeller gebraut wurde, einen guten Ruf hatte.

»Gelaufen sind Sie aber nicht!?«

»Nein, hab mir ein Taxi genommen.«

Ritter schaute sich kurz um.

»Dann lassen Sie uns mal zu Ihrem Büro gehen.«

Stüber nickte wortlos, und mit schlurfenden Schritten ging er voraus. Vorbei war es mit seiner guten Laune, dabei hatte der Tag so schön angefangen.

Als Ritter die Namen und Anschriften hatte, fragte er Stüber. »Was haben Sie gegen die neuen Apfelsorten?«

»Sie haben keine Individualität mehr. Kaum Geschmack und noch weniger Seele. Außerdem sind sie viel zu anfällig. Das kann Ihnen bei den alten Sorten nicht passieren. Auf meinen sechs Hektar habe ich etwa 300 verschiedene Sorten.«

»Sie bewahren also die alten Sorten vor dem Aussterben?«

»Auch das mache ich. Ich vermehre sie und verkaufe die jungen Bäume an Interessenten.«

»Lohnt sich das?«

Stüber lächelte. »Irgendwann werden die Leute die Schnauze vollhaben vom Einheitsapfel, von der Einheitsgurke und -Tomate. Sie werden sich auf die alten Werte zurückbesinnen. Es gibt so viele unterschiedliche Apfelsorten, gezüchtet für unterschiedliche Ansprüche. Es gibt zum Beispiel den Gehrers Rambour, ein Mostapfel, oder den Rotfranch, ein toller Speiseapfel, welcher leicht nussig schmeckt. Oder nehmen Sie den Horneburger Pfannkuchenapfel! Der schmeckt erst richtig toll im Februar und März. Jetzt gehen Sie mal in einen deutschen Supermarkt und versuchen, eine dieser Sorten zu kaufen.«

Er lachte kurz auf.

»Sie werden diese Sorten nicht bekommen. Importware aus Neuseeland oder von was weiß ich woher. Da werden Äpfel einmal um die Welt geflogen! Was für ein Irrsinn! Dabei gibt es hier so schöne Sorten. Und um auf Ihre Frage zurückzukommen, ja, es lohnt sich.«

Er hatte mit viel Engagement geredet. Man hörte heraus, wie wichtig ihm dieses Thema war.

»Und finanziell?«

»Ich lebe nicht schlecht. Meine Äpfel werden gerne gekauft. Sie finden keinen Bioladen zwischen Cuxhaven und Hamburg, der nicht meine Äpfel im Angebot hat. Ein Teil geht in die Vermostung, und die jungen Bäume bringen auch den einen oder anderen Euro. Dazu kommen die Einnahmen aus Vorträgen und meinen Büchern.«

»Sie schreiben?«

»Keine Krimis, sondern Fachbücher.«

Er stand auf und ging zu einem Regal. Aus einem Karton holte er ein kleines Taschenbuch. Auf dem Cover prangte ein roter Apfel.

»Hier, schenke ich Ihnen.«

Er drückte Ritter das Buch in die Hand.

»Danke, aber …«

»Kein aber! Sie haben mich gefragt, und hier drin stehen einige Antworten. Auf anderen Höfen können Sie das Apfeldiplom[92] erwerben und bei mir eben so etwas.«

Er deutete auf das Buch in Ritters Händen.

»Herr Stüber, Sie sagten, der Verstorbene half Ihrem Nachbarn beim Roden der alten Obstbäume. Wie heißt Ihr Nachbar?«

»Krakowski, Sebastian Krakowski. Er hat einige Hektar samt Hof gekauft. Der alte Besitzer war verstorben und die Kinder hatten kein Interesse.«

»Wie kommen Sie mit ihm aus?«

»Man kennt und grüßt sich. Mehr aber auch nicht.« Er hob abwehrend die Hände.

»Okay, dann danke ich Ihnen. Bei Bedarf komme ich noch einmal vorbei und danke für das Buch.«

Ritter machte sich auf den Weg zurück zum Fundort der Leiche. Die Spurensicherung hatte zusammengepackt. Der Leiter kam noch einmal auf Ritter zu.

»Der Mann wurde einige Meter geschleift, und zwar ein Stück über das Nachbargrundstück. Wir fanden das hier.« Er schwenkte eine Tüte mit einem Schlüsselbund in der Hand.

»Die werden wahrscheinlich aus der Hosentasche gefallen sein. Der Mörder wird es nicht bemerkt haben. Habt ihr noch etwas für mich?«

Der Leiter der Spurensicherung schüttelte den Kopf. »Der Regen hat fast alle Spuren ausgelöscht. Die, die noch da waren, sind kaum auswertbar.«

Ritter dankte ihm. Die Ärztin war nicht mehr da. Der Leichnam lag im Gras unter dem Apfelbaum. Ein uniformierter Posten stand einige Schritte entfernt. Er wartete auf den Bestatter.

---

92 Altländer Apfeldiplom – wird von verschiedenen Höfen angeboten hier lernt man unterhaltsam und spielerisch und kann seine Kenntnisse der Apfelsorten mit Kostproben erweitern

Ritter sah, dass es hier nichts mehr zu tun gab. Er wollte zu Krakowski.

Sebastian Krakowski war Anfang dreißig, mittelgroß und sein Körperbau ließ auf Kraftsport schließen. Seine dunklen Haare hatte er kurz schneiden lassen. Eine gesunde Bräune unterstrich den sportlichen Eindruck, den er machte.

Als Ritter sich vorstellte, nickte Krakowski nur.

»Ich komme wegen einer Ihrer Angestellten.«

»Aha, und wen suchen Sie?« Krakowski wippte auf den Zehenspitzen.

»Niemanden! Ich wollte zu Ihnen.«

»Das verstehe ich nicht.«

»Werden Sie gleich.« Der Kriminalist fragte nach Benjamin Berthold.

»Der Benjamin ist kein Angestellter.«

»Was dann?«

»Ein Kumpel, aber das auch nicht so richtig. Mehr so ein entfernter Bekannter.«

»Der Ihnen half, die alten Obstbäume zu roden.«

»Ja, stimmt. Wer hat Ihnen das denn erzählt? Sagen Sie nichts, der Stüber war's. Der und die alten Bäume!«

»Was können Sie mir über Benjamin erzählen?«

»Nicht viel.«

»Dann berichten Sie das Wenige.«

»Wir haben zusammen das Abitur gemacht. Irgendwann haben wir uns wiedergetroffen, man unterhielt sich, und ab und zu half er mir. Im letzten halben Jahr habe ich ihn kaum gesehen.«

»Warum nicht?«

Krakowski zuckte mit den Schultern. »Er war sehr komisch, gerade in der letzten Zeit. Faselte immer etwas von Endzeitstimmung, Weltuntergang und so nen Kram.«

»Hat er je geäußert, sich das Leben zu nehmen?«

Krakowski dachte kurz nach. »So direkt nicht, aber jetzt, wo Sie es sagen.« Er ließ den Satz unvollendet.

»Wann haben Sie ihn das letzte Mal gesehen?«

»Das ist schon eine Zeit her.«

»Bitte genauer!«

»Drei bis vier Wochen muss es schon her sein. Wie gesagt, so genau kann ich mich da nicht festlegen.«

»Und wie kommt es, dass er über Ihr Grundstück auf die Plantage von Ihrem Nachbarn geschleift wurde?«

»Wer? Der Benjamin? Wann?«

Ritter schüttelte den Kopf. »Beantworten Sie bitte meine Frage.«

Krakowski zuckte mit den Schultern. »Kann ich Ihnen nicht sagen. Es gibt keinen Zaun zwischen den Plantagen. Da kann jeder rein und raus.«

»Und Herr Berthold war die letzten Tage nicht auf Ihrem Hof?«

Krakowski schüttelte den Kopf. »Also nicht, als ich hier war. Ich hätte mich gefreut, ihn wiederzusehen. Schon der alten Zeiten Willen!«

Aus einer Halle erklang ein Ruf. »Krake, du wirst hier gebraucht.« Ein Mann im roten Arbeitsanzug wedelte mit den Armen.

»Entschuldigen Sie mich, die Arbeit wartet.«

Ritter nickte. Er klappte sein Notizbuch zu und steckte es ein.

»Herzlichen Dank für Ihre Zeit.« .

In seinem Büro legte Ritter eine neue Akte an. Ein kurzes Telefonat mit dem Labor, und er konnte das Schlüsselbund abholen. Die Kollegen hatten sich dieses als Erstes vorgenommen.

Ritter hatte den Polizeicomputer befragt. Benjamin Berthold war noch nie mit dem Gesetz in Konflikt geraten. Er war der Halter eines sechs Jahre alten Golf. Diesen Wagen hatten sie nicht in der Umgebung des Fundortes gefunden. Er gab eine Fahndung nach dem Wagen raus. Berthold war nicht verheiratet. Seine Eltern lebten in Oederquart. Ein Ort, den Ritter kannte. Vor zwei oder drei Jahren hatten sie von der Dienststelle einen Ausflug dorthin gemacht. Er erinnerte sich an den Barfußpfad[93]. Zu sehr liebte er Schuhe, als dass er dieser Anlage viel abgewinnen konnte. Seine Kollegen hatten aber ihren Spaß. Das Bogenschießen[94] war da schon mehr seine Sache.

Eine halbe Stunde später war er in Buxtehude, der kleinen Stadt mit der malerischen Flethanlage. Doch ihretwegen war Ritter nicht hierher gefahren. Er hatte keine Augen für die Ausstellung im Marschtorzwinger[95] und er wollte auch keine Barkassenfahrt[96] machen. Er musste einen Mord aufklären. Mit schnellen Schritten ging er durch die Innenstadt.

Den Has-und-Igel-Brunnen am Geesttor ließ er links liegen, dann war er angekommen. Mitten in der Innenstadt wohnte Benjamin Berthold. Im Briefkasten lag nur Werbung. Ritter musste zwei Treppen hinauf. Der zweite Schlüssel passte, und er betrat eine ihm fremde Wohnung.

Es roch nach Tabakqualm. In der Küche stand ein Aschenbecher mit mehreren Kippen.

Ein Teller und eine Tasse sowie Besteck standen in der Spüle.

Im Kühlschrank etwas Wurst, Butter und Bier. Wobei das Bier dominierte.

Er warf einen kurzen Blick in das Bad. Eine Zahnbürste steckte in einem Glas. Zwei Handtücher waren achtlos über den Badewannenrand geworfen worden.

---

93 Barfußpfad – mit dieser Anlage soll zum Barfußlaufen angeregt werden
94 Bogenschießen – im Stile von Robin Hood kann man seine Treffsicherheit unter Beweis stellen, angeboten z.B. von Witt's Gasthof in Oederquart
95 Marschtorzwinger – Bestandteil der ehemaligen Stadtbefestigung mit 1,90 Metern dicken Wänden, dient heute als Kulturzentrum
96 Barkassenfahrten – werden angeboten auf der Elbe und der Este

Im Schlafzimmer war das Bett nicht gemacht. Die Vorhänge waren noch zugezogen. Mit einem Ruck zog er einen Vorhang zurück. Staubteilchen tanzten im Sonnenlicht. Die Luft war abgestanden.

Er wechselte in das Wohnzimmer. Eine Wand wurde von einem großen Fernseher eingenommen. Davor stand eine Spielekonsole.

Einige Illustrierte lagen verstreut auf den Möbeln. Auf der Couch lagen ein Controller und getragene Socken.

Der Kriminalist zog die Stirn kraus. Er mochte keine Unordnung, und er verstand Menschen nicht, die ihre getragene Wäsche einfach in der Gegend umherwarfen und sie überall liegen ließen.

Er widmete sich den drei Schubladen.

In der ersten lagen persönliche Papiere, die Ritter schnell durchgesehen hatte.

In der zweiten lagen alte Lottoscheine und Spielequittungen. Oben auf lag ein Schulheft mit Zahlenkombinationen. Berthold schien mit System Lotto gespielt zu haben. Auch eine Sache, der Ritter wenig abgewinnen konnte. Er wollte sein Leben nicht vom Zufall bestimmen lassen.

Und mit Geld rechnen, welches man nicht hatte, das war gar nichts für ihn.

In der dritten Lade lag oben auf ein Anmeldeformular für einen Golfklub[97]. Himmel, dachte Ritter, wie verschieden waren sie sich. Er hatte es das eine oder andere Mal mit Minigolf[98] versucht, aber dass er es genossen hatte, konnte er nicht sagen. Er wusste selber, wie unglücklich der Vergleich war, aber Golfer waren ihm suspekt.

Unter dem Anmeldeformular lagen Kontoauszüge, natür-

---

97 Golf – kann man spielen im Golf Club Buxtehude, Golfclub Gut Immenbeck und Golfpark Deinste

98 Minigolf – kann man spielen im Sportpark Harsefeld und im Naturfreibad Krummendeich

lich nicht abgeheftet, sondern lose. Er überflog diese kurz. Berthold schaffte es nicht, größere Rücklagen zu bilden. Sein Monatslohn wurde fast immer ausgegeben. Das Konto war ausgeglichen und immer knapp im Plus.

Er sah sich um. Benjamin Berthold lebte alleine. Keine Hinweise auf eine Freundin oder einen Freund. Sein Ordnungssinn ließ zu wünschen übrig. Ritter ging noch einmal in die Küche. Unter dem kleinen Tisch fand er, was er gesucht hatte. Er zog einen Pappkarton hervor. Die Konservendosen stellte er auf den Tisch. Ravioli in Tomatensoße, Eintöpfe und eine Büchse Schmalzfleisch waren wohl Bertholds eiserne Reserve. Ritter schüttelte sich.

Er nahm den Karton, und zurück ging es in die Wohnstube. Kurz entschlossen kippte er den Inhalt der drei Schubladen in den Karton hinein. Dann verließ er die Wohnung, die er versiegelte.

Sein Auto stand einige Straßen weiter. Als Ritter bei ihm angekommen war, taten ihm vom Tragen die Arme weh. Die Länge macht die Last, dachte er. Als er den Karton im Kofferraum verstaut hatte, atmete er tief durch. Sein Magen meldete sich. Er schaute sich um. Eine Fleischerei bot auch Mittagstisch an. Er trat ein und ließ sich eine Portion Kassler mit Sauerkraut geben. Obwohl er das Essen an einem Stehtisch einnahm, schmeckte es ihm. Gesättigt trat er auf die Straße hinaus. Eine Reisegruppe lief an ihm vorbei. Neugierig wurden die Fassaden der Häuser gemustert. Der Stadtführer deutete in eine Richtung und die Gruppe folgte ihm.

Ritters Blick blieb am Schaufenster eines Schuhgeschäftes hängen. Neugierig wechselte er die Straßenseite und begutachtete die Auslage. Ein Paar leichte Herrenschuhe hatten es ihm angetan. Er wollte gerade in das Geschäft eintreten, da erinnerte er sich an Danielas fassungsloses Gesicht, als sie zum ersten Mal seinen Schuhschrank gesehen hatte. Völlig entgeistert hatte sie erst den Schrank, dann ihn gemustert. Er hatte sich wie ein Monster gefühlt. Wie jemand, dessen Geheimnisse ans Tageslicht gezerrt wurden.

Er konnte selber nicht sagen, warum er so viele Schuhe hatte. Das Schlimme war ja, er brauchte sie nicht. Seit er mit Daniela zusammen war, hatte er kein einziges Paar dazu gekauft. Doch kaum war sie zur Weiterbildung aus der Stadt, da ging es wieder los. Er rieb sich die Stirn. So musste sich ein Junkie auf Entzug fühlen.

Dabei war Daniela noch zwei Wochen in Berlin. Irgendjemand hatte wohl gemeint, der Hochsommer sei eine tolle Zeit für Seminare. Daniela hatte ihn mit ihren tollen Augen angesehen und gesagt: »Schau mal, das sind doch nur vier Wochen, und es ist wichtig für meinen Beruf.« Dann hatte sie ihn geküsst, und er hatte eine gute Miene gemacht.

Sie hatte ja recht! Er war ja kein kleines Kind mehr. Doch sie fehlte ihm. 355 Kilometer waren es bis zu ihr. Eventuell sollte er nach Berlin fahren. Das Wochenende stand vor der Tür. Doch einfach so bei ihr aufschlagen, das wollte er dann doch nicht. Er wollte nicht den Eindruck erwecken, dass er sie kontrollierte. Er hatte grenzenloses Vertrauen zu dieser Frau, und die restlichen zwei Wochen würden sie auch schaffen. Es gab ja das Telefon, und man schickte sich Nachrichten aufs Handy. Das war ein kleines Pflaster auf dem Trennungsschmerz.

Er fuhr zurück nach Stade. Danach musste er den Eltern des Toten die traurige Nachricht vom Ableben ihres Sohnes überbringen.

Die Eltern von Benjamin Berthold wohnten in Oederquart, in einem alten Haus mit Reetdach. Die halbrunden Dachfenster sahen aus wie Augen. Ritter mochte diese Häuser mit ihrem Charme. Kein Vergleich zu den heutigen, am Reißbrett entworfenen Gebäuden.

Das Gespräch war für Ritter sehr anstrengend. Er hasste sich manchmal selber. Nach solchen Gesprächen garantiert. Den Eltern die wahrscheinlich traurigste Nachricht überbringen, die es gab und dann nach wenigen Sätzen weiter mit der Ermittlungsarbeit machen. Routine wird das nie, dachte er.

Er bekam ein genaueres Bild von dem Menschen Benjamin Berthold. Er hatte zwar sein Abitur gemacht und wollte eigentlich Architektur studieren, doch dazu war es nie gekommen. Mehrere Universitäten hatten ihn abgelehnt. Halbherzig hatte er sich dann für Betriebswirtschaftlehre entschieden, doch nach drei Semestern hatte er sich umorientiert. Sein neues Ziel hieß Wirtschaftspsychologie! Doch auch hier schmiss er hin. Nach einigen Aushilfsjobs begann er eine Ausbildung bei Airbus, und dort hatte er bis heute gearbeitet. Bei seinem Vater klang Stolz mit, als er Ritter dies erzählte. Sein einziger Sohn hatte seinen Platz im Leben gefunden, und dann diese Tragödie. Weinend hatte der Mittfünfziger auf der Couch gesessen, die Hand seiner Frau haltend.

Ihr Sohn habe versucht, mit jedem gut auszukommen. Manchmal sei er zu gutmütig gewesen, so seine Mutter. Er habe gerne anderen geholfen, und manch einer nutzte das auch aus. Doch das habe seiner Lebenslust keinen Abbruch getan. Mit den Frauen dagegen habe er kein Glück gehabt. Seine letzte Beziehung lag zwei Jahre zurück. Auch Ritter hatte in der Wohnung keine Hinweise auf eine Freundin gefunden. Ritter fragte nach einem Handy.

Ihr Sohn habe eines besessen. Ritter machte sich eine Notiz. Nicht nur, dass das Auto nicht auffindbar war, auch das Handy hatten sie noch nicht gefunden.

Nach einer Stunde ließ Ritter die Eheleute alleine mit ihrem Schmerz. Nachdenklich fuhr er nach Stade zurück.

Im Büro gab es wenig Neues. Der Feierabend rückte näher. Ritter schrieb noch ein Protokoll, dann war es Zeit zu gehen. Doch was sollte er zu Hause. In seine Wohnung mochte er noch nicht und in Danielas konnte er nicht. Warum auch? Sie war nicht da, und was sollte er in ihrer leeren Wohnung. Es war das erste Mal, dass sie so lange getrennt waren. Dabei kannten sie sich erst einige Monate und doch tat es weh.

Er beschloss, Stübers Alibi zu überprüfen. Bis zum Ratskeller waren es nur einige Minuten Fußweg. Langsam ging er durch die Stader Altstadt. Es war warm und die Menschen waren gut gelaunt. Die Touristen hatten die Stadt fest im Griff. Die Restaurantbetreiber hatten Tische und Stühle nach draußen gestellt und kaum ein Platz blieb leer.

Er schritt die wenigen Stufen zum Ratskeller hinunter, und als er durch die Tür kam, blieb er erst einmal stehen, um sich einen Überblick zu verschaffen. Doch hinter ihm kamen noch mehr Gäste und er musste zur Seite treten. Es war mehr als voll. Die Bedienungen schleppten Gläser mit Bier und Teller mit Essen. Er fragte sich durch. Nach wenigen Minuten stand er am Tresen und schilderte dem Mann dahinter, warum er da war.

Der hörte zu, ohne das Zapfen von Bier zu unterbrechen. Geschickt füllte er die Gläser.

Als er die eine Bestellung abgearbeitet hatte, schaute er kurz auf.

»Jo, der Apfelpapst war hier.«

»Apfelpapst?«

Der Mann lachte kurz auf. »Ich nenne ihn immer den Apfelpapst. Der kennt die Äpfel besser, als der Papst die Bibel. Wenn Sie einen Baum bei sich im Garten haben, den sie nicht kennen, bringen sie Stüber einen Apfel, und der sagt Ihnen, um was für eine Sorte es sich handelt. Woher sie kommt und wann sie das erste Mal gezüchtet wurde, erfahren Sie dann gratis. Ich sage Ihnen, der Mann hat es drauf!«

Dann widmete er sich der nächsten Bestellung. Wieder floss das goldgelbe Bier in die Gläser.

Ritter stellte seine nächste Frage.

»Von wann bis wann war er hier?«

»Um sieben Uhr kamen sie und erst nach dem Feierabend sind sie raus.«

»Sie schließen um 23 Uhr?

Der Mann nickte. »Gestern wurde es etwas später.«

»War er mal weg?«

»Das kann ich Ihnen nicht sagen, aber Sie können ja die Katja fragen. Sie hat gestern bedient.«

Er füllte das letzte Glas und rief nach Katja.

Die kam und wollte das Tablett nehmen, doch der Wirt deutete auf Ritter.

Die Kellnerin hörte sich Ritters Frage an und schüttelte dann den Kopf.

»Der war den ganzen Abend da, auch seine Studenten. Da ist keiner mal weg. Höchstens mal aufs Klo, aber das war's dann auch.«

Ritter dankte ihr, und sie ging mit dem Bier zu einem ihrer Tische.

Er wollte gehen, als der Wirt auf eines der Gläser deutete.

»Auch ein Bier?«

Ritter schüttelte den Kopf.

»Bin Weintrinker.«

»Damit kann ich auch dienen.« Der Wirt lächelte.

»Und wenn Sie ein Glas Wein trinken, wie wäre es mit Abendessen?«

Ritter lächelte zurück. »Geschäftstüchtig sind Sie, das muss ich zugeben. Ehrlich gesagt, klingt das sehr gut. Nur …«

Er deutete auf den vollen Gewölbekeller.

»Ein Platz findet sich immer. Draußen haben wir den Biergarten. Wenn es Sie nicht stört, Ihren Wein dort zu genießen?«

»Draußen klingt gut.«

»Okay, warten Sie einen kleinen Augenblick.« Er wischte sich die Hände ab, um dann einige Worte mit einem Kellner zu wechseln.

Als der Wirt wieder hinter dem Tresen stand, deutete er mit dem Kopf zu dem Kellner.

»Der Kollege kümmert sich um Sie. Ich kann Ihnen den chilenischen Carmenere empfehlen.«

»Gerne. Wenn er zum Essen passt.«

»Da werden Sie sicher etwas finden. Haben Sie schon die Wein Erlebnistour[99] mitgemacht, die die Touristeninformation anbietet?«

»Nein, habe ich noch nicht. Ich bin aber auch kein Tourist.«

»Das glaube ich, muss man nicht sein.« Der Wirt schüttelte den Kopf. »Meine Frau hat mich mal zu einer Tidenkiekerfahrt mitgeschleift. Erst habe ich ihr einen Vogel gezeigt, aber als wir die Robben gesehen haben, fand ich es mehr als interessant. War auch schöner Wellengang.«

»Wurden Sie seekrank?«

»Ne, nur der Gang aufs Klo war problematisch. Der letzte Tropfen, den schüttelte der Dampfer ab, so sehr wackelte es.«

Er zwinkerte dem Kriminalisten zu.

Drei Minuten später saß Ritter an einem Zweipersonentisch im Biergarten. Er lehnte sich zurück, um den Feierabend zu genießen.

Ritter war früh auf. Am Abend hatte er ein wenig in Stübers Buch gelesen. Darüber waren ihm die Augen zugefallen. Eine Tasse Tee und ein kleines Frühstück, und er verließ die Wohnung. Er mochte nicht alleine sein. Daniela fehlte ihm. Also hatte er beschlossen, sich auf den Fall zu konzentrieren.

---

99 Wein Erlebnistour – führt durch vier Stader Weinlokalitäten in der Altstadt, mit Verkostung

Er fuhr zum Airbus-Werk, nach Finkenwerder. Es dauerte einige Zeit, bis Ritter den Vorgesetzten von Benjamin Berthold sprechen konnte.

Der Mann stellte sich als Klaus Gebert vor.

»Ich bin der Abteilungsleiter.« Er lächelte und sein Händedruck war fest. Ritter schilderte mit kurzen Worten sein Hiersein.

Klaus Gebert machte einen bestürzten Eindruck. »Die Frage, ob Sie Scherze machen, die verkneife ich mir. Letzte Woche haben wir noch miteinander gearbeitet. Wir waren sehr verwundert, dass er heute nicht zur Arbeit erschienen ist. Das ist gar nicht seine Art.«

Ritter fragte: »Wer ist wir?«

»Seine Kollegen, also die Mitarbeiter der Abteilung.«

»Hatte Benjamin Freunde oder engeren Kontakt zu bestimmten Kollegen?«

»Ja, da gibt es jemanden. René Schiefner.«

»Den Herrn Schiefner hätte ich gerne gesprochen.«

»Einen Moment bitte.« Klaus Gebert schaute schnell im Computer nach. »Ja, das ist möglich. Er hat Schicht. Ich lasse ihn holen.«

Er griff zum Telefon, um dann seinen Gesprächsteilnehmer zu bitten, Rene Schiefner zu ihm zu schicken.

Ritter stellte in der Zwischenzeit Fragen zu Bertholds Arbeit. Wie Ritter erfuhr, war er in der Endmontage beschäftigt. Er war pünktlich, hilfsbereit und kollegial. Er ging Streit aus dem Weg, und Gebert konnte sich nicht vorstellen, dass er Feinde hatte.

Es klopfte an der Tür. Rene Schiefner war da. Gebert öffnete eine Tür gegenüber seinem Büro.

»Unser kleiner Besprechungsraum. Ich nehme an, Sie möchten mit Herrn Schiefner alleine sein.«

Ritter nickte und dankte ihm. Schiefner und er nahmen in dem kleinen Besprechungsraum Platz.

Ritter fragte Schiefner direkt nach seinem Alibi. Der musterte den Kriminalisten, und stotternd antwortete er: »Ich war zu Hause. Wieso fragen Sie?«

»Sie waren mit Herrn Berthold befreundet?«

»Ja, wir sind Kumpels.«

»Sie waren Kumpels.«

Schiefner lehnte sich zurück. Langsam schüttelte er den Kopf. »Ich kann immer noch nicht glauben, dass er wegen der paar Mücken gleich die Polizei einschaltet.«

»Ein paar Mücken?«

»Na gut, 1000 Euro sind nicht wenig, aber das ist doch kein Grund, einem die Polizei auf den Hals zu hetzen und die Freundschaft zu kündigen.«

»Wie war das mit dem Geld? Erzählen Sie bitte.«

»Tja, wie war das? Zuerst ging die Waschmaschine kaputt und dann das Auto. Auf die Waschmaschine hätte ich verzichten können, aber nicht auf mein Auto. Ich war etwas klamm, und er borgte mir 1500 Euro. Ich wollte ihm das ja gleich wieder zurückzahlen, aber jeden Monat war was anderes. 500 Euro habe ich abgestottert. Vergangene Woche hat er dann ein riesen Fass aufgemacht. Hat mich echt zur Sau gemacht. Am nächsten Tag hat er eigenartigerweise kein Wort mehr darüber verloren.«

»Er wird darüber auch kein Wort mehr verlieren. Denn er ist tot!«

»Tot?« Schiefner schaute ungläubig auf den vor ihm sitzenden Ritter.

»Hatte er einen Unfall?«

»Wir ermitteln noch.«

»Aber was hat das mit den 1000 Euro zu tun?« Schiefner überlegte angestrengt. Plötzlich fixierten seine Augen den Kriminalisten.

»Sie denken doch nicht etwa, ich habe etwas mit seinem Tod zu tun!« Er sprang auf. Ritter bat ihn, sich wieder zu setzen. Langsam ließ sich Schiefner wieder auf den Stuhl nieder. Seine Hände hatte er auf der Tischplatte abgelegt. Sie zitterten.

»Gab es sonst noch jemanden, mit dem er Streit hatte?«

Schiefner schüttelte den Kopf. »Nein, er war viel zu friedfertig.«

»Womit beschäftigte er sich in seiner Freizeit?«

»Ach, da gab es nicht viel. Er ging gerne essen, ab und zu fuhren wir nach Hamburg und zogen um den Kiez.«

»Und sonst? Hatte er kein Hobby?«

Schiefner schüttelte den Kopf. »Ne, nicht so richtig. Lotto spielte er. Da wusste er alles drüber. Irgendein System. Mich wollte er auch überreden mitzumachen. Er meinte, man müsse den Einsatz vergrößern. Viele Pferde bringen mehr Leistung. Das war immer sein Spruch.«

»Und Sie haben mitgemacht?

»Ne, dafür habe ich kein Geld.«

»Na, die fünf Euro wären doch abgefallen.«

»Fünf Euro? Er spielte mit weit höheren Einsätzen. In der Woche mindestens 50 Euro.«

Ritter pfiff leise durch die Zähne.

»Und gewann er auch?«

Schiefner winkte ab. »Manchmal tippte er richtig, aber keine großen Gewinne.«

Ritter dachte an die Lottoscheine und das Heft, welche er aus Bertholds Wohnung mitgenommen hatte. Er musste sich den Inhalt der Schublade genauer ansehen. Er dankte Schiefner.

Im Büro lag ein Zettel des Laborleiters auf seinem Schreibtisch. Den Kollegen war es gelungen, die DNA Spuren zu sichern. Am Seil waren Hautpartikel gefunden worden, die vom Täter stammen mussten. Es ging langsam voran.

Wo war das Auto von Benjamin Berthold, und wo sein Handy? Die Ortung des Telefons war erfolglos gewesen. Das

Gerät war nicht eingewählt. Doch die letzte registrierte Einwahl war ein Funkmast in der Nähe des Fundortes der Leiche.

Der Mobilfunkanbieter hatte versprochen, den Verbindungsnachweis zügig zuzustellen. Noch war er nicht da, und Ritter fragte sich, wie die Mitarbeiter dort das Wort zügig interpretierten.

Er musste Druck machen.

Er rekonstruierte den letzten Tag im Leben von Berthold. Es war bekannt, bis wann er gearbeitet hatte. Danach war er in seinen Golf gestiegen und davongefahren. Wohin, war nicht bekannt.

Am Morgen danach hatte Stüber ihn gefunden, mit einem Strick um den Hals, an einem Apfelbaum hängend.

Was war dazwischen geschehen, und wie kam er auf Stübers Grundstück?

Ritter hatte zwar einen Verdacht, doch damit brauchte er nicht zum Staatsanwalt gehen. Dieser wollte Resultate und keine Vermutungen.

Er begann, die Lottoscheine zu ordnen. Schiefner hatte recht. Berthold hatte jede Woche über 50 Euro verspielt. In der Schublade lagen die Lottoscheine des letzten Jahres.

Dann warf er einen Blick in das Heft. Zahlen waren notiert worden. Langsam kam Ritter dahinter. Benjamin Berthold hatte jede Ziehung notiert. Dann folgten komplizierte Rechnungen. An dieser Stelle stieg er aus. Hier musste er einen Mathematiker befragen. Er griff zum Telefon, und nach einem kurzen Telefonat lächelte er.

Er nahm das Heft, und dann verließ er sein Büro. Die Mittagshitze hatte sich über die Stadt gelegt. Er sah auf die Uhr. Einige Minuten hatte er noch. Am Burggraben blieb er kurz stehen. Dort paddelten[100] junge Leute im Stehen. Neugierig

---

100 Stand up Paddling – wird betrieben vom SuP Club Hamburg am neuen Burggraben Anleger

sah er einen Augenblick zu. Was er sah, gefiel ihm. Vielleicht hatte Daniela Lust, das auch mit ihm zu versuchen.

Keine zehn Minuten später kam er am Vincent-Lübeck-Gymnasium an. Pünktlich, wie er feststellte, denn es klingelte eben zur Pause. Lärmend stürmten die Schüler auf den Hof. Die Spielgeräte wurden sofort in Beschlag genommen, und viele Kinder tobten umher.

Ritter lächelte. Schüler sind doch immer gleich, dachte er. Vor einigen Jahren war er genauso zur Pause gestürmt.

Er reckte sich und sah plötzlich seinen ehemaligen Mitschüler Konstantin Paratarus. Seinen Lockenkopf konnte man nicht übersehen.

Die beiden begrüßten sich herzlich. Konstantin zog ihn ins Schulgebäude. Sie gingen in einen leeren Klassenraum. Ritter zeigte seinem ehemaligen Mitschüler, der jetzt hier als Mathematiklehrer arbeitete, das Heft.

Der schaute es sich aufmerksam an und grinste dann.

»Hier versucht jemand, das Glück zu überlisten. Wenn du mich fragst, versucht hier jemand Lottozahlen mithilfe der Mathematik vorherzusagen.«

»Geht das?«

»Theoretisch schon.« Konstantin ging zur Tafel, um dann eine Formel anzuschreiben.

»Theoretisch musst du nur alle möglichen Kombinationen der sechs Zahlen tippen, um den Hauptgewinn einzustreichen. Bedauerlicherweise gibst du mehr Geld aus, als du gewinnst. Es sind nämlich über 13 Millionen Kombinationen möglich.«

»Also Blödsinn?«

»Nicht ganz!« Konstantin strich die eine Formel durch, um dann eine weitere anzuschreiben.

»Einige Zahlen werden häufiger gezogen, als andere. Dieses System basiert darauf. Trotzdem ist es ein Spiel.«

Ritter winkte ab. »Ich weiß schon, warum ich kein Lotto spiele. Die Chance zu gewinnen ist mir zu niedrig. Da wird man ja eher von einem Blitz getroffen, als den Hauptgewinn zu kassieren.«

Konstantin lachte. »Ich muss dich enttäuschen. Etwa 10 Menschen werden im Jahr vom Blitz getroffen, aber es gewinnen mehr Leute in der Lotterie.«

»Von mir aus auch das! Ihr Mathematiker seht eure Zahlen und seid glücklich. Kann er dadurch gewonnen haben?«

Konstantin lachte. »Kann er. Genau wie mit jeder anderen Methode. Du kannst dir die Augen verbinden und sechs Zahlen ankreuzen, die Geburtstage deiner Lieben tippen oder wahllos irgendwelche Zahlen nehmen, mit allen Varianten kannst du gewinnen. Die Frage ist nicht, ob du gewinnst, sondern ob du die komplette richtige Kombination hast und wie viele sie noch getippt haben.«

»Na ja, so ein Dreier ist ja nicht der Bringer.«

»Genau.« Konstantin rechnete schnell an der Tafel. Die Kreide tanzte förmlich.

»Was du hier siehst, ist die Quote beim Tippen von Geburtstagen. Du siehst, die Kombinationen werden weniger, da du nur Zahlen zwischen eins und 31 tippen kannst. Die Zahlen zwischen 32 und 49 werden nicht berücksichtigt. Die Chance, dass sie gezogen werden, ist aber genauso hoch wie die anderen. Ergo, tippe nie Geburtstage!«

»Okay, und was macht diese Formel?« Ritter deutete auf das Heft.

»Sie schränkt die möglichen Kombinationen ein. Das nennt man auch verkürzte engere Wahl. Sie mal.« Er setzte sich auf eine Bank, und das Stück Kreide wanderte die Finger rauf und runter.

»Die Chance, dass die Zahlen von eins bis sechs gezogen werden, ist sehr gering. Manche Zahlen werden häufiger, andere werden weniger häufig gezogen. Kombinationen, die in der letzten Woche gewonnen haben, werden in der neuen Woche nicht wieder gezogen. All das versucht die Formel zu berücksichtigen.«

»Die Wahrscheinlichkeit zu gewinnen steigt?«

»Ja, sie steigt, aber es bleiben noch genügend Kombinationen übrig. Du minimierst nur die Quote der Nieten. Es bleiben aber genügend Nieten im Spiel. Ergo, keine Gewinngarantie!«

»Und ich dachte nach deinen Ausführungen, ich könnte mich mit Lotto zur Ruhe setzen und mit Daniela mein Leben genießen.«

Konstantin lachte laut auf. »Du und dich zur Ruhe setzen? Mann, ich glaube es nicht. Du bist viel zu aktiv, als dass du Ruhe brauchst, und wer ist Daniela?«

Ritter zeigte ihm ein Foto.

»Wow! Hübsch! Macht einen sympathischen Eindruck. Glück muss man haben!«

Ritter nickte. »Ja, ich habe Glück, und klug ist sie auch.«

»Gefährliche Kombination! Damit kommen nicht viele Männer klar. Klug und hübsch, ich beneide dich.«

Ritter lächelte. »Und bei dir?«

Konstantin winkte ab. »Wieder mal Solo. Hab eben nicht so viel Glück wie du.« Er hüpfte von der Bank. In diesem Moment klingelte es.

Ritter erhob sich. »Ich danke dir.«

»Gerne. War schön, dich mal wiederzusehen.«

Sie schüttelten sich die Hände. Die hereinkommenden Schüler forderten Konstantins Aufmerksamkeit. Ritter ging hinaus. Es war wie das Schwimmen gegen den Strom.

Sein Magen meldete sich. Er beschloss, nur eine Kleinigkeit zu essen. In der Altstadt kaufte er sich ein Fischbrötchen auf die Hand. Genüsslich bis er hinein, dabei die Passanten beobachtend.

Soeben hatte eine Kindererlebnisführung[101] begonnen. Eine Stadtführerin, verkleidet als Bademutter Ursula, hatte eine Truppe Kinder unter ihre Fittiche genommen. Die Kleinen waren begeistert dabei.

Er sah dem Treiben noch eine Weile zu, dann musste er weiter. Im Büro schaute er sich noch einmal die Spielscheine an. Alle waren in derselben Lotto-Annahmestelle abgegeben worden. Er beschloss, dorthin zu fahren. Als er in Buxtehude ankam, hing am Lottoladen ein Zettel. Man möge sich gedulden, der Inhaber sei gleich wieder da.

Mist, dachte Ritter. Er schaute sich um. Die Werbefahne eines Eiscafés weckte seine Aufmerksamkeit. Wenn er schon wartete, dann wollte er auch seine Zeit angenehm verbringen, und mit einem Eis in der Hand ließ es sich besser nachdenken. Er kaufte sich eine große Portion. Eis leckend, schlenderte er die Straße entlang. Immer ein Auge auf die Lotto-Annahmestelle gerichtet. Wie so viele, war auch diese Annahme ein Nebenerwerb. Das Hauptgeschäft waren Tabakwaren. In der Auslage sah man Pfeifen, Feuerzeuge und auch Taschenmesser. Die Devise hieß Umsatz!

Ritter wartete eine halbe Stunde, doch niemand erschien. Das Eis war aufgegessen, und er kannte die Auslagen der Geschäfte genau. Er beschloss, noch genau fünf Minuten zu warten. Wenn dann niemand da war, dann würde er gehen. Eine Minute vor Ablauf seines selbstgestellten Ultimatums wurde von innen der Zettel entfernt. Ritter stürmte in den Laden und prallte beinahe mit einem kleinen, dickbäuchigen Mann zusammen.

»Na, nicht so eilig!« Der Mann musterte den Kriminalisten verärgert.

---

101 Kindererlebnisführung – wendet sich an Kinder zwischen 6 und 12 Jahren, die auf unterhaltsame Weise durch die Hansegeschichte der Stadt Stade geführt werden

Ritter entschuldigte sich.

»Tschuldigung, dass der Laden nicht offen war, aber ich hatte den Fensterbauer bei mir oben.« Er zeigte mit dem Finger in Richtung der Decke.

»Sie wohnen über dem Geschäft?«

Der Mann nickte. »Mir gehört das Haus. Sonst würde sich das alles hier gar nicht mehr rechnen.«

Ritter zeigte dem Mann ein Foto von Benjamin Berthold. Der warf einen flüchtigen Blick darauf, um gleich danach Ritter zu mustern.

»Kennen Sie den Mann?«

Der Ladenbesitzer nickte. »Einer meiner besten Kunden. Spielt mittwochs und samstags Lotto.«

»Jede Woche?«

Ein Nicken war die Antwort.

»Wurden die von Ihnen ausgestellt?« Ritter legte einige Quittungen auf den Tresen. Der Mann nahm eine in die Hand, schaute drauf und sagte: »Ja, die sind von mir. Hier, die Nummer der Annahmestelle, das ist die meine.«

Er zeigte Ritter, was er meinte.

Ritter verglich die Nummer. Die Quittungen, die er mitgebracht hatte, waren alle hier ausgestellt worden.

»Sie sagten, er sei einer Ihrer besten Kunden gewesen, auch was das Gewinnen betrifft?«

Der Mann lächelte. »Nicht mehr als andere auch. Bisher wartet er auch auf den großen Glücksgewinn. Na ja, vielleicht hat es ja am Samstag geklappt.«

»Wieso?«

»Ein Glückspils hat gewonnen, rund 750 000 Euro. Nur gemeldet hat sich noch keiner. Weder bei mir noch in der Zentrale.«

»Wissen Sie, wer der Glückliche ist?«

Der Mann schüttelte den Kopf. »Ne, das Ganze ist ja anonymisiert. Nur wenn sie online spielen, weiß die Zentrale, wer der Glückliche ist.«

»Und man kann so nicht feststellen, ob er gewonnen hat?« Ritter deutete auf das Foto.

Wieder erntete er ein Kopfschütteln. »Bringen Sie die Quittung vom Samstag. Dann kann ich Ihnen mehr sagen.«

»Und genau diese habe ich nicht, aber trotzdem danke.« Ritter wollte gehen, doch in der Eingangstür blieb er stehen. »Wo waren Sie vorgestern Abend zwischen 19 und 22 Uhr?«

»Im Ohnsorg Theater in Hamburg. Die spielten das Stück ›Kannst di dreihn, as du wist, dien Mors blifft jümmers achtern‹ und wenn Sie jetzt nach Zeugen fragen möchten, meine Frau war mit und unsere Nachbarn.«

Ritter verließ den Laden. Der Inhaber schaute ihm hinterher.

Etwas mehr als eine Woche ermittelte Ritter, bis er den Täter eingekreist hatte. Der Mobilfunkanbieter hatte sich Zeit gelassen und auch einige Bankauskünfte hatten auf sich warten lassen. Doch nun hatte er alles zusammen. Am Donnerstag früh stellte die Staatsanwaltschaft den Haftbefehl aus. Ritter ließ den Tatverdächtigen vorführen.

Sebastian Krakowski saß da, als könne er kein Wässerchen trüben. Mit lächelndem Gesicht hörte er Ritter zu, als dieser ihn beschuldigte, Benjamin Berthold getötet zu haben.

»Ihre Fantasie möchte ich haben. Sie sollten Krimis schreiben. Werden bestimmt Bestseller.«

Er lehnte sich zurück und verschränkte dann die Arme vor der Brust. Seine Füße zeigten in Richtung der Tür. Für Ritter ein Zeichen mehr, dass Krakowski hier raus wollte.

»Wo waren Sie am Samstag zwischen 19 und 22 Uhr?«

Krakowski wollte gerade antworten, als Ritter hinzufügte: »Bevor Sie antworten, überlegen Sie gut. Sie ersparen mir und sich einiges.«

Krakowski zog einen Mundwinkel hoch. »Ich war daheim.«

»Stimmt, aber nur zum Teil. Bei der ersten Befragung sagten Sie aus, Sie hätten Benjamin Berthold seit drei oder vier Wochen nicht mehr gesehen. Bleiben Sie dabei?«

Der Verdächtige nickte.

Ritter schüttelte langsam den Kopf.

»Ich glaube, Sie verkennen den Ernst der Lage.« In einer Kunststofftüte verpackt, legte er das Seil auf den Tisch, an dem Berthold gehangen hatte. Dann fragte er: »Wissen Sie, was das ist?«

Krakowski grinste. »Ein Seil.«

»Richtig. Das ist das Seil, welches Sie benutzten, um die Erdrosselung Ihres ehemaligen Klassenkameraden zu vertuschen. Meine Kollegen aus dem Labor fanden DNA Spuren, und ich wette, wenn ich diese Spuren mit Ihrer DNA vergleichen lasse, landen wir einen Treffer. Sie sind so dämlich, wie ich es selten erlebt habe.«

Krakowski wollte protestieren, doch Ritter war aufgestanden. »Sie glauben, Sie sind so schlau, aber das sind Sie nicht. Sie haben ja nicht mal Handschuhe angezogen. Wobei wir Sie auch so dranbekommen hätten.«

Er legte vor Krakowski ein Blatt Papier. »Das ist eine Auskunft Ihrer Bank über Ihre Vermögensverhältnisse. Von Vermögen mag ich gar nicht reden. Sie sind verschuldet, bis über beide Ohren. Die Bank macht Ihnen Druck!«

»Ich gebe ja zu, dass der Hof nicht so gut läuft, aber …«

»Nicht so gut läuft? Sie hangeln sich von Monat zu Monat, und die Außenstände nehmen immer mehr zu.«

Ritter setzte sich. Er ließ Krakowski einen Augenblick Zeit, alles zu überdenken.

Doch dieser schwieg. Nach und nach breitete Ritter seine Ermittlungen vor Krakowski aus.

»Ich wette, wenn wir Sie und den Hof durchsuchen, dann finden wir die Quittung vom Lottoschein und den Golf von

Benjamin Berthold. Und ich nehme mal an, den Rest des Seiles, mit dem Sie Berthold an den Baum knüpften, den finden wir auch.«

Das Telefon klingelte. Ritter hob ab, und nach einem Augenblick des Zuhörens sagte er: »Super, dass ihr den Wagen gefunden habt. Schaut euch doch bitte die Aufnahmen der Sicherheitskameras an. Darauf ist bestimmt der Fahrer zu erkennen.«

Er legte auf, und sagte dann zu Krakowski gewandt: »Der Golf von Benjamin Berthold wurde am Flughafen Hamburg gefunden. Das war Ihr nächster Fehler. Sie tischten mir das Märchen von der Suizidgefahr auf. Dass Berthold von einer Endzeitstimmung befallen sei. Keiner seiner Kollegen oder Freunde konnte das bestätigen. Nur Sie trafen diese Aussage. Warum? Ich will es Ihnen sagen. Sie wollten seinen angeblichen Suizid untermauern. Zu dem passt jetzt aber nicht der Fundort des Wagens.«

Krakowski schaute ungläubig drein.

»Okay, ich sehe, Sie sind etwas überfordert.« Ritter sprach ganz ruhig, so als erkläre er einem kleinen Kind etwas.

»Warum sollte Benjamin Berthold mit dem Wagen zum Hamburger Flughafen fahren, ihn dort abstellen, dann mit irgendwas wieder zurückkommen und sich dann in Stübers Plantage erhängen?«

Krakowski wusste darauf keine Antwort. Nach zwei Stunden fing er an zu reden.

Benjamin Berthold half ihm am Samstag auf dem Hof. Das machte er des Öfteren. Doch an diesem Tag dauerten die Arbeiten etwas länger als geplant. Am Abend kontrollierte Berthold seinen Lottoschein, und er hatte gewonnen. Überglücklich vor Freude erzählte er Krakowski davon, den Lottoschein in der Hand haltend. Krakowski sah plötzlich einen Ausweg aus seiner finanziellen Misere. Er griff ein Stück Schnur und warf es Benjamin Berthold von hinten über den Kopf, dann zog er zu. Berthold schaffte es nicht, sich zu wehren. Als Krakowski dann den leblosen Körper sah, bekam er Angst. Er wuchtete den Toten auf das Quad und schaffte ihn zur Grundstücksgrenze. Die restlichen Meter musste er ihn schleifen. Er warf ein Seil über einen Baum, legte die Schlinge um Benjamin Bertholds Hals, und dann zog er ihn mit aller Kraft nach oben.

Bertholds Handy schaltete er aus, legte es dann in den Golf und fuhr mit diesem zum Flughafen Hamburg. Dort stellte er ihn ab. Mit dem Metronom fuhr er zurück. Das Gewitter überraschte ihn, und pitschnass kam er zu Hause an. Die Straßen waren leer. Bei dem Gewitter war niemand unterwegs. So wurde er nicht gesehen, und auf dem Hof lebte nur er.

Er rechnete nicht mit einem so schnellen Auffinden von Benjamin Berthold. Einige Wochen wollte er warten, um dann den Lottogewinn zu kassieren.

Am späten Abend klappte Ritter die Akte zu. Wieder hatte er einen Fall aufgeklärt. Er wollte gerade Feierabend machen, als sein Handy piepte. Stöhnend sah er auf das Display. Nicht noch ein Fall, dachte er. Doch es war Daniela, die ihm eine Nachricht geschickt hatte. Sein Herz schlug schneller, als er sah, von wem die Nachricht war.

›Bin gleich am Bahnhof. Magst du mich abholen?‹, las er. Im Laufen tippte er ein ›Ja‹. Er rannte förmlich die Strecke bis zum Bahnhof. Zum Glück hatte er noch einige Minuten Zeit, um Luft zu schöpfen. Der Schweiß rann ihm den Rücken herunter. Doch das war ihm egal.

Als Daniela aus dem Zug stieg, riss er sie an sich. Der Kuss war lang und innig. Er freute sich so.

»Du kommst schon heute? Ich dachte, erst morgen ist deine Weiterbildung zu Ende.«

Daniela lachte. »Ich hatte Sehnsucht nach dir und nach Stade, und da morgen nur noch der Abgesang stattfindet, durfte ich schon heute fahren.« Er nahm sie in den Arm und drückte sie.

Später in seiner Wohnung, schmiss er den Herd an. »Du hast doch sicher Hunger.«

Sie nickte. »Wir können uns doch was kommen lassen oder wir gehen essen.«

Er schüttelte den Kopf. »Ach was. Ich mache uns schnell ein wenig Pasta mit Lachs, davor einen kleinen Salat und dazu einen lecker italienischen Weißwein.«

Er baute die Nudelmaschine auf und schüttete Mehl auf die Arbeitsfläche.

Daniela staunte. »Du machst die Nudeln selber?«

Er nickte. »Geht ruck zuck. Ich kenne die Inhaberin der Nudelschmiede[102]. Sie hat mir einige Tricks und Kniffe beigebracht. Und so habe ich mehr Zeit für dich.« Er küsste sie.

---

102 Nudelschmiede – Nudelfachgeschäft in Stade mit Schaumanufaktur, wo man mittwochs zusehen kann, wie Nudeln gemacht werden

10 DER TOTE IN DER APFELKISTE

Wolfgang Peschulke spürte ein Ziehen in der Wade und es wurde immer stärker.

Er wandte sich zu seiner Frau, die hinter ihm fuhr, und sagte: »Schatz, ich glaube, wir sollten eine Pause machen.«

Sie lachte kurz. »Du möchtest eine Pause machen?«

»Meine Wade macht Probleme.«

»Ist schon gut. Lass uns da vorne ein wenig ausruhen. Sie deutete auf eine Art kleines Wartehäuschen, welches am Straßenrand stand. Er nickte und trat noch einmal in die Pedale, das nahe Zwischenziel vor Augen. Als sie ankamen, sprang er mehr vom Rad, als dass er abstieg. Das, was sie für ein Wartehäuschen gehalten hatten, war eine Erntegroßkiste für Äpfel, die zur Geschichtenkiste[103] umfunktioniert worden war. In ihr saß ein Mann Anfang sechzig, mit grauen, langen Haaren. In seiner Brust steckte ein Messer.

Wolfgang Peschulke drehte sich zu seiner Frau um.

»Schatz, bleib bitte, wo du bist.« Seine Stimme ließ keinen Widerspruch zu. Seine Frau kannte diesen Ton, und im Laufe ihrer langen Ehe hatte sie gelernt, mit seinen Marotten umzugehen. Also blieb sie etwa zehn Meter von der Geschichtenkiste entfernt stehen, den Lenker des Rades festumklammert. Ihr Mann zog das Handy hervor, dann rief er die Polizei.

Wenig später hatte sich das bisher ruhige Bild völlig gewandelt. Kriminaltechniker, Gerichtsmedizinerin und Polizisten gingen ihrer Arbeit nach.

---

103 Geschichtenkiste- davon stehen mehrere im Alten Land, die Kisten sind mit Tonanlagen und Infotafeln versehen, hier kann man Geschichten über und aus dem Alten Land hören, und der schlaue Apfel Glosti hat Tipps für Kinder parat

Das Ehepaar Peschulke machte bei Ritter seine Aussage. Sie deutete auf die Fahrräder.

»Wir fahren abends immer noch ein Stückchen. Das hält jung und wir können gut schlafen.«

»Sie sind zum ersten Mal im Alten Land?«

»Nein, Gott bewahre. Wir kommen jedes Jahr hierher. Seitdem wir Rentner sind, haben wir viel Zeit.«

»Na, das kann ja noch nicht lange sein. So, wie Sie aussehen.«

Ritter zwinkerte der Frau zu.

»Ha, Sie übertreiben, junger Mann. Ich bin 72 Jahre alt und mein Mann 74. Da ist der Lack schon fast ab.«

»72 Jahre? Das hätte ich nicht gedacht.« Ritter tat überrascht. Er kannte das genaue Geburtsdatum der beiden. Er hatte es aus den Personalausweisen notiert. Doch er hatte die Erfahrung gemacht, dass Menschen ab einem bestimmten Alter empfänglich waren für diese Art der Schmeichelei. Erst konnte man nicht schnell genug volljährig werden, und mogelte sich ab und zu ein wenig älter. Später versucht man dann, jünger zu wirken. Der Mensch ist schon eine komische Spezies, dachte Ritter.

Er deutete zur Erntegroßkiste. »Kennen Sie den Mann?«

Die Eheleute schüttelten den Kopf.

»War jemand in der Nähe, als Sie hier eintrafen?«

»Nein, niemand.« Frau Peschulke deutete auf die Straße. »Hier war niemand. Erst einige Minuten später kam jemand von dem Hof dort.«

Sie deutete in die entsprechende Richtung.

»Und der Jemand war ein Mann?«

»Ja.« Sie nickte.

»Er steht doch dort.« Sie zeigte mit der Hand auf einen etwa fünfzig Jahre alten, mittelgroßen Mann, der eine Frau im Arm hielt.

Ritter warf einen schnellen Blick hinüber, dann dankte er den Eheleuten.

Diese stiegen auf ihre Räder, und langsam fuhren sie wieder zurück.

Ritter ging durch die kleine Menschenmenge, die neugierig das Geschehen betrachtete. Er fragte den Mann, welcher von den Peschulkes benannt worden war: »Sie kamen kurz nachdem der Tote aufgefunden worden war?«

Der Mann nickte. Er stellte sich als Dr. Marder vor. Die Frau in seinem Arm war seine Ehefrau.

Ritter bat ihn mitzukommen. Die Ehefrau folgte. Abseits der Menge stellte er seine Fragen.

Doch Dr. Marder hatte wenig zu berichten. Immerhin konnte er die Aussage der Eheleute Peschulke bestätigen. Er hatte gesehen, wie die beiden angeradelt waren. Seinen kleinen Abendspaziergang hatte er abgebrochen, nachdem er erfahren hatte, dass es einen Toten gegeben hatte. Er kannte den Mann. Er wohnte, so wie er, auf dem Obsthof.

»Kennen Sie seinen Namen?«

Dr. Marder verneinte und auch seine Frau schüttelte den Kopf.

»Sie wissen aber, dass er in der Pension auf dem Obsthof wohnt?«

»Gestern Abend saß er zum Abendbrot am Nachbartisch. Daher nehme ich an, er ist dort Gast, wie wir.«

»War er allein?«

»Ja.« Beide bestätigten dies.

Ritter schrieb sich die Personalien der beiden auf und wünschte ihnen, trotz der traurigen Umstände, einen schönen Urlaub.

Er ging zur Gerichtsmedizinerin. Diese deutete auf den Toten.

»Er ist noch nicht lange tot. Etwa eine Stunde würde ich sagen.«

Ritter nickte. »Ich nehme an, er starb durch das Messer in seiner Brust?«

Die Ärztin zuckte mit den Schultern. »Kann ich nicht sagen. Noch nicht. Auf den ersten Blick kann man zu diesem Schluss kommen, aber …«

»Was aber?« Ritter stutzte.

Die Medizinerin hob die Hände des Toten an. »Sehen Sie selbst. Es gibt keine Abwehrverletzungen. Der Täter muss hier gestanden haben, und das Opfer saß so, wie wir ihn fanden.«

»Er kannte den Täter.«

»Wahrscheinlich ja, aber auch dann wehrt man sich doch bei einem Angriff.«

»Außer dieser erfolgt plötzlich und unverhofft!«

»Warten Sie die Obduktion ab. Ich denke, dann wissen wir mehr. Einverstanden?«

»Ach, Frau Doktor, Ihre Weisheit ist erleuchtend.« Ritter schmunzelte.

»Ach, Herr Ritter, ein Zwerg wird nicht gleich zum Riesen, nur weil er auf einem Berg steht.« Sie lachte. Er lachte mit. »Der war gut. Muss ich mir merken.«

Er schaute auf den Verstorbenen und wurde wieder ernst. »Haben wir einen Ausweis?«

Sie schüttelte den Kopf. »Keine Papiere, auch keine Geldbörse.«

Er zog die Stirn kraus. »Ich werde mich in seiner Pension umschauen.«

Sie nickte, und er wandte sich an die Mitarbeiter der Spurensicherung. Diese hatten wenig beizutragen. Er bat sie, in wenigen Minuten zur Pension zu kommen, um das Zimmer des Verstorbenen zu durchsuchen.

Die Pension war ein ehemaliges Bauernhaus. Ein großer Wintergarten war an der Traufenseite angebaut worden. Hier standen Tische und Stühle. Er diente als Frühstücksraum.

Ritter trat ein und stellte sich vor. Eine junge Frau, Anfang zwanzig, bat ihn um einen Moment Geduld. Sie holte die Eigentümerin, die nach wenigen Augenblicken zu Ritter trat.

Er berichtete, warum er hier war, und sie bestätigte, dass sie einen allein angereisten Herrn Anfang sechzig beherbergten. Die Beschreibung passte auf das Opfer. Sie zeigte Ritter das Anmeldeformular. ›Konrad Zeisig‹ stand dort. Als Adresse war eine Straße in Bielefeld angegeben.

Einen Augenblick dachte Ritter an die Bielefeldverschwörung.

»Haben Sie den Schlüssel zu seinem Zimmer?«

Sie schaute zum Brettchen und nickte. »Er hat das Zimmer Quitte. Unser einziges Einzelzimmer.«

»Wie viele Zimmer haben Sie?«

»Zwei Ferienwohnungen, 4 Doppelzimmer und das eine Einzelzimmer.«

»Wie lange ist er schon Ihr Gast?«

»Genau eine Woche. Er wollte noch eine Woche bleiben.«

Ritter machte sich Notizen.

»Hatte er Besuch oder gab es Streit?«

»Nein. Er war ein ruhiger Gast. Schlief gerne länger, aber sonst gab es nichts. Besuch hat er auch nicht gehabt.«

»War er das erste Mal hier?«

Sie nickte. »Er war das erste Mal im Alten Land. Er erzählte uns, dass er viele Länder schon gesehen hat in seinem Leben, er aber überrascht war, wie nah doch Schönheit und Idylle wären.«

»Ich möchte mit Ihren Angestellten sprechen.«

»Selbstverständlich. Hier in der Pension arbeitet meine Wenigkeit, dann die Lisa, die Sie ja schon kennengelernt haben.«

Ritter unterbrach sie. »Die junge Dame, die mich um einen Augenblick Geduld gebeten hat?«

»Genau, und dann ist in der Küche Frau Miething tätig.«

»Und auf dem Hof?«

»Mein Mann und zwei Angestellte. Paul Weihmann und Arnold Last, genannt Erno.«

»Und hatte er zu allen Kontakt?«

Sie ging zum Empfangstresen und schlug ein kleines Buch auf.

»Er hat eine Führung über den Obsthof[104] gebucht. Er fuhr mit dem Apfelkistenexpress[105]. Da kann er mit allen in Kontakt gekommen sein.«

»Und diese Führung auf dem Hof bieten Sie Ihren Gästen an?«

Sie schüttelte den Kopf. »Nicht nur, die sind öffentlich. Immer am Freitag machen wir die große Runde.«

Ritter stöhnte kurz auf. »Da werden also einige Personen dabei gewesen sein.«

»Ja, als Herr Zeisig, die Führung mitmachte, da waren es zwölf Personen. Vier weitere Gäste unserer Pension, er und sieben Besucher.«

»Haben Sie die Namen?«

»Nur von den Gästen unserer Pension. Das waren das Ehepaar Rabert und Czychowski. Letztere sind gestern abgereist.«

Ritter stöhnte noch einmal leise auf. Er notierte sich die Adressen.

»Wissen Sie, mit wem der Herr Zeisig Kontakt hatte oder was er heute alles unternehmen wollte?«

Sie musterte Ritter, als wenn er etwas völlig Geistloses geäußert hätte.

»Wissen Sie, ich leite zwar diese Pension, aber ich überwache nicht die Gäste. Wir haben jetzt im Sommer alle Hände voll zu tun. Das Café fordert Tribut, wie der Hof auch. Ich

---

104 Führung über den Obsthof – wird von vielen Obsthöfen im Alten Land angeboten, hier erfährt man unter fachkundiger Führung wo und wie alles wächst

105 Apfelkistenexpress – für Menschen die nicht zu Fuß den Obsthof erkunden wollen

arbeite mehr als 12 Stunden am Tag und Sie fragen mich, wo unsere Gäste den Tag verbringen und mit wem.«

Sie schüttelte den Kopf. Ihre Lippen bildeten einen dünnen Strich. Ihr war anzusehen, wie verärgert sie war.

Ritter kannte diese Reaktion. Seiner Schwester erging es ja nicht anders. Die Arbeit war enorm und auch hier wurde der Euro nicht leicht verdient.

»Ich wollte Ihnen nicht zu nahe treten, und mir ist bewusst, wie viel Arbeit Sie haben. Nur …« Er machte eine kleine Pause. »Sie kennen die Gäste. Der eine oder andere wird Sie sicher auch fragen, was man wann hier unternehmen kann. Sie sind doch nicht nur Pensionsbetreiberin, sondern auch Touristenmama. Wenn ich das so sagen darf.«

Ein zaghaftes Lächeln huschte über das Gesicht der Wirtin.

»Touristenmama! Na, Sie sind mir einer. Aber es stimmt. Viele fragen, nur Herr Zeisig nicht. Jedenfalls nicht mich. Vielleicht die Lisa. Wir statten unsere Gäste aber auch mit umfangreichem Informationsmaterial aus. Auf jedem Zimmer liegen Broschüren über Stade und das Alte Land, und wenn die Gäste zu ihren Zimmern gehen und von ihnen kommen, kommen sie am Ständer mit Flyern vorbei.«

»Super, dann würde ich jetzt gerne die Angestellten befragen. Haben Sie eine Rückzugsmöglichkeit für mich?«

Die Wirtin nickte und führte ihn in ein Zimmer, welches als Büro diente.

»Möchten Sie etwas trinken?«

Ritter verneinte dankend, und die Wirtin versprach, als Erste die Lisa hineinzuschicken.

Lisa Rank trat auch keine zwei Minuten später durch die Tür und musterte den Kriminalisten.

Ritter bat sie, Platz zu nehmen.

Er berichtete, warum er hier war und fragte sie nach Herrn Zeisig.

Sie rümpfte die Nase.

Ihm entging ihre Reaktion nicht.

»Sie mochten ihn nicht?«

Sie schüttelte den Kopf.

»Warum?«

»Er war ein unangenehmer Mensch.«

»Können Sie das präzisieren?«

»Er war aufdringlich. Dazu schlief er lange, und ich konnte nie am Vormittag sein Zimmer machen.«

Sie schlug die Beine übereinander, und langsam drehte sie sich in Richtung Tür.

»Na ja, immerhin hatte er Urlaub. Da schlafe ich auch mal länger.«

»Mal ist gut. Vor elf Uhr war er nie wach.«

»Äußerte er sich darüber, warum er gerade hier Urlaub machte?«

Sie schüttelte den Kopf.

»Ich hatte kaum Kontakt zu diesem Typen.«

»Mir scheint, Sie mochten ihn überhaupt nicht, so wie Sie über ihn reden.«

Sie winkte ab. »Er war einfach ein Schmierlappen. Lange Haare wie ein Hippie und dabei schon uralt. Bäh!«

Ritter zog die Augenbrauen hoch.

»Sie arbeiten hier schon wie lange?«

»Heute?«

»Nein, ich meine seit wann sind Sie hier in der Pension beschäftigt?«

»Seit Anfang der Semesterferien.«

»Ah, Sie studieren?«

»Ja, und bevor Sie fragen, Computervisualistik, und zwar in Magdeburg.«

»Magdeburg?«

»Ich komme aus Sachsen Anhalt.«

»Wie kommt es dann, dass Sie hier im Alten Land arbeiten?«

»Meine Oma arbeitet hier und durch sie konnte ich hier anfangen.«

»Wie heißt Ihre Oma?«

»Bärbel Miething, warum fragen Sie?«

»Dann arbeitet ihre Oma in der Küche?«

»Ja, sie ist die Köchin.«

»Was haben Sie vor einer Stunde gemacht?«

»Abgewaschen, Gläser und Besteck poliert und so etwas.«

»Waren Sie auch mal auf der Straße?«

Sie schüttelte den Kopf. »Nein, warum auch.«

»Genau. Warum auch. Sie sagten, Herr Zeisig wäre zudringlich geworden. Wann war das?«

Sie winkte ab. »War nicht so schlimm.«

»Ich möchte die Frage wiederholen. Wann war das?«

»Vorgestern«, antwortete sie einsilbig.

»Früh, am Abend? Bitte ein wenig genauer.«

»Och Mensch, gegen 11 Uhr war das. Ich wollte sein Zimmer reinigen und das Bett machen, da kam er in das Zimmer geschlichen und fasste mir von hinten an die Brust.«

Ritter musterte die junge Frau wortlos. Die redete dann weiter.

»Er bekam ein paar auf seine dreckigen Pfoten und gut war.«

»Sie haben den Vorfall gemeldet?«

»Warum so ein Trara? Bei so was bin ich gechillt.«

»Aha.« Ritter machte sich einige Notizen. Als er wieder aufblickte, bemerkte er, wie die junge Frau schnell ihren Blick von ihm abwendete.

»Hatte jemand aus der Pension Kontakt mit Herrn Zeisig oder bekam er Besuch?«

»Der war Einzelgänger.«

»Hat er Ihnen erzählt, was er hier unternommen hat?«

Sie nickte. »Am zweiten Tag passte er mich ab und fragte mich ein wenig aus. Viel konnte ich ihm nicht sagen. Bin ja nicht von hier. Habe ihm die Altländer Bimmelbahn[106] empfohlen.«

Ritter dankte, und dann bat er sie, ihre Großmutter hineinzuschicken. Doch vorher trafen zwei Kollegen der Spurensicherung ein. Sie ließen sich den Schlüssel zu Zeisigs Zimmer geben und verschwanden darin.

Frau Miething war eine kleine Frau, die ihr graues Haar hochgesteckt trug. Sie sah blass und müde aus. Ritter befragte auch sie.

Doch hier kam er nicht weiter. Sie hatte keinen Kontakt zu den Gästen. Die Küche forderte ihre ganze Kraft. Sie wollte auch nur noch diesen Monat arbeiten.

»Montag kommt der neue Koch. Den arbeite ich noch ein und dann ist Sabbat.« Sie legte ihre kleinen, faltigen Hände in den Schoß.

»Ihre Enkeltochter arbeitet auch hier?«

»Sie suchte eine Arbeit während der Ferien und sie wollte bei mir sein. Warum fragen Sie nach meiner Kleinen?«

»Ich befrage alle Angestellten und auch die Gäste. Sie wohnen auch in diesem Haus?«

»Nein, meine Wohnung ist fünf Minuten entfernt.«

Sie erhob sich. »Wenn Sie keine weiteren Fragen haben, meine Küche ruft.«

»Eine habe ich noch, Frau Miething. Wo waren Sie vor einer Stunde?«

»In der Küche, so wie die anderen Stunden auch, und meine Enkeltochter war bei mir. Hat geholfen.«

Ritter nickte, und die alte Frau ging. Er stand auf, um in das Zimmer von Zeisig zu gehen. Die Wirtin beobachtete ihn.

---

106 Altländer Bimmelbahn – bietet verschiedene Touren durch das Alte Land an

Die Männer der Spurensicherung hatten routiniert gearbeitet. Einer deutete auf das Nachttischchen.

»Darin fanden wir seine Brieftasche. Etwa 500 Euro in bar, Geldkarte und einige Kassenzettel.«

»Sonst noch was?«

»Das Zimmer ist gereinigt. Einige Fingerabdrücke haben wir genommen. Hier im Prospekt wurde einiges angestrichen.«

Er reichte Ritter eine Broschüre über das Alte Land. Ritter blätterte sie durch. Bei der niedersächsischen Milchstraße[107] und der Molkerei Hasenfleet[108] hatte jemand ›ansehen‹ nebengeschrieben. Das Wort ›Milchmagister‹[109] war mit Kugelschreiber unterstrichen, und daneben stand ›witzig‹.

Ritter blätterte weiter. Auch bei der Ovelgönner Wassermühle[110] hatte man ›ansehen‹ daneben geschrieben. Ritter notierte sich die Hinweise.

Er wandte sich an die Wirtin: »Frau Schumann, meine Kollegen werden die persönlichen Sachen des Verstorbenen mitnehmen, ebenso diesen Prospekt.«

Er hielt den Prospekt hoch.

Die Wirtin nickte. »Können Ihre Kollegen alles mitnehmen. Wir geben jedem Gast neue Unterlagen. Dieser Prospekt ist nur ein Teil davon. Einige Flyer und eine Landkarte gehören auch dazu.«

Ritter schaute sich um. »Die Flyer sind da, aber die Land-

---

107 Niedersächsische Milchstraße – 12 Höfe und eine Molkerei öffnen ihre Tore für Radwanderer

108 Molkerei Hasenfleet – hier kann man sich die Herstellung und Verarbeitung von naturbelassenen Milchprodukten erklären lassen und einen Blick in die Produktionsräume werfen.

109 Milchmagister – Milchabitur, Milchmagister; wer dieses erwerben will muss z.B. melken am Gummimelkeuter, Stroh werfen, ein Schubkarrenrennen bestreiten und einen Käse- und Getreidetest bestehen

110 Ovelgönner Wassermühle – alte Wassermühle aus dem Jahre 1674, es gibt bestimmte Mahl- und Backtage wo man sieht, wie Getreide backfähig gemacht wird

karte fehlt. Ich möchte das Ehepaar Rabert sprechen. Sind sie im Haus?«

»Sie wollten heute ins Estetal[111]. Einen Moment bitte, ich schaue nach.«

Sie verschwand kurz, um nach einigen Minuten wiederzukommen.

»Der Schlüssel hängt noch, da werden sie wohl noch unterwegs sein.«

Ritter dankte ihr. »Ich möchte die Männer sprechen, die auf dem Hof beschäftigt sind.«

»Da müssen Sie morgen wiederkommen. Die haben Feierabend und das schon eine geraume Zeit.«

Die Wirtin sah, wie ihre Worte beim Kriminalisten zu Unwohlsein führten.

»Ihr Mann?«, fragte er dann.

»Der ist was besorgen. Und dann wollte er nach Mittelnkirchen. Die Absprachen treffen bezüglich der Imkereiführung.[112]«

Sie verschränkte die Arme vor der Brust. Ritter nickte wortlos und wandte sich zum Gehen.

Die Tür wurde aufgerissen, und ein älteres Paar betrat die Pension.

»Hallo, Frau Schumann.« Sie nickten Ritter kurz zu und wandten sich an die Wirtin.

»Ihr Tipp war Goldwert. Die Gegend ist zauberhaft und wir sind gewandert. Jetzt sind wir k. o.!«

»Da werden Sie heute bestimmt gut schlafen. Dieser Herr möchte Sie sprechen.«

Frau Schumann zeigte auf Ritter.

»Das Ehepaar Rabert«, setzte sie erklärend hinzu.

---

111 Estetal – oberhalb der Hansestadt Buxtehude, ideal um in unberührter Natur zu wandern

112 Imkereiführung – mit Verkostung verschiedener Honigsorten, bietet der kleine Obsthof in Mittelnkirchen an

Ritter stellte sich kurz vor und bat die beiden in das Büro der Wirtin.

Wieder stellte er seine Fragen.

Beide konnten sich an den Verstorbenen erinnern.

»Wissen Sie, wir hatten kaum Kontakt. Der Mann war uns irgendwie suspekt.«

Frau Rabert schaute Ritter direkt an. Sie wich seinem Blick nicht aus.

»Wie meinen Sie das?«

»Nun, man sagt ja immer, dass man über Verstorbene nicht schlecht reden soll, aber …«

Ihr Mann unterbrach sie. »Er war sehr einfach gestrickt. Keine Kultur! Nehmen Sie nur seine Frisur. Er sah aus wie eine Mischung aus Paganini und einem Althippie. Und dann sein Duft. Haarpomade und billiges Rasierwasser.«

»Schatz, erinnere mich nicht an sein Rasierwasser.« Sie winkte ab.

»Entsetzlich, wenn Sie mich fragen. So aufdringlich! Einfach schlimm.«

»Hatte er Kontakt mit Gästen oder dem Personal?«

»Mit dem Personal schon. Geht ja auch schlecht, hier zu wohnen und keinen Kontakt zu haben, oder?« Herr Rabert musterte Ritter.

»Und sonst?«

Beide überlegten kurz. »Nein, da war niemand. Mal ein Wort hier oder da. Guten Tag und guten Weg, aber nichts was darüber hinausging. Wobei wir viel unterwegs sind. Es ist herrlich hier!«

Sie lehnte sich zufrieden zurück.

»Sie waren den ganzen Tag im Estetal?«

»Wir sind nach dem Frühstück los und erst gerade eben wiedergekommen.«

»Wann haben Sie Herrn Zeisig das letzte Mal gesehen?«

»Heute früh. Wir hatten unser Frühstück beendet, da kam er die Treppe hinunter. Wir grüßten, tja, und das war es.«

Ritter notierte sich die Angaben.

»Wie lange sind Sie noch hier?«

»Hier in der Pension oder hier im Ort? Könnten Sie Ihre Frage präzisieren? Ich möchte Ihnen auch mitteilen, wie lästig diese Fragerei für uns ist. Wir sind im Urlaub!«

»Hier im Ort! Wie lange dauert Ihr Urlaub noch?« Ritter hatte Mühe, einen freundlichen Ton beizubehalten. Er war müde und es leid, sich immer und überall zu rechtfertigen. Er hatte immer öfters das Gefühl, Polizisten würden nur noch als notwendiges Übel angesehen. Er hatte sich darüber mit Daniela unterhalten. Sie verstand ihn. Er ermittelte gerne, doch wenn er sah und hörte, wie manche Mitmenschen sich über seine Arbeit äußerten, war es mit der Arbeitsliebe vorbei. Doch was sollte er sonst beruflich machen? Daniela hatte dies zu bedenken gegeben. Irgendeiner musste ja die Verbrecher fangen. Lächelnd hatte sie das gesagt. Er dachte kurz an Danielas Augen, dann konzentrierte er sich wieder auf die Raberts.

»Hier sind wir noch drei Tage, dann fahren wir weiter in Richtung Kehdingen. Dort bleiben wir eine Woche.«

»Hier, meine Karte. Wenn Ihnen noch etwas einfällt, lassen Sie es mich wissen.«

Er stand auf, und auch das Ehepaar erhob sich.

»Eine Frage habe ich noch.« Herr Rabert wandte sich an Ritter.

»Fragen Sie.« Aufmunternd nickte Ritter.

»Kennen Sie die Kirche St. Pankratius in Neuenfelde[113]?«

»Ja, warum fragen Sie?«

»Ist sie einen Besuch wert?«

»Ja.«

---

113 St. Pankratius-Kirche Neuenfelde – mit Norddeutschlands ältestem Kanzelaltar

»Der Orgelbaumeister Arp Schnitger soll dort mit seiner Frau beerdigt sein?«

»Ja, fahren Sie hin. Die Kirche ist sehenswert!«

»Und danach wollten meine Frau und ich ins Mühlenmuseum Moisburg[114].

»Auch super!« Ritter lächelte.

»Sie meinen ein Besuch wäre eine Bereicherung?«

»Auf alle Fälle, und wenn Sie vom Besichtigen eine Auszeit brauchen, dann machen Sie eine Elbwattwanderung[115].«

»Das kann man? Wir wandern nämlich sehr gerne.«

»Kann man, aber nur bei Ebbe.«

»Ah ja, und das geht überall?«

»Nur da, wo die Elbe ist.« Ritter grinste breit, und der alte Herr schaute etwas irritiert drein.

»Kommen Sie mal mit.« Ritter nahm Herrn Rabert am Arm und zog in vor den Ständer mit den Prospekten.

Er suchte kurz und drückte dann seinem Gesprächspartner einen Flyer in die Hand. Frau Rabert, die den beiden wortlos gefolgt war, nahm ihrem Mann diesen aus der Hand und blickte kurz hinein.

»Auf der Insel Krautsand kann man das, so steht es hier.«

»Na sehen Sie, da habe ich doch nicht geschwindelt.« Ritter zwinkerte der Frau zu und verabschiedete sich.

Ritter schlürfte gerade seinen Morgentee, als sein Telefon klingelte. Die Gerichtsmedizinerin war am anderen Ende. Sie hatte Neuigkeiten. Das hörte er sofort heraus. Doch sie spannte in auf die Folter, und er spielte dieses Spiel mit.

»Sie wissen, weshalb ich Sie kontaktiere?«

»Geht es um den Verstorbenen? Lassen Sie mich raten, Sie haben etwas für mich.«

---

114 Mühlenmusuem Moisburg- mit einer Ausstellung zur regionalen Mühlengeschichte, Cafe und Sonntags ist Mahltag

115 Elbwattwanderung – Wandern dort, wo sonst das Wasser ist

Ritter nahm noch einen Schluck aus der Teetasse.

»Habe ich, und ich hoffe, Sie sitzen.«

»Mach ich. Wie könnte ich sonst Ihrer lieblichen Stimme lauschen?«

Er hörte ein gurrendes Lachen.

»Liebliche Stimme … na, das sagen Sie mal meinem Mann, wenn ich ihn bitte, etwas im Haushalt zu machen.«

»Sie müssen ihn bitten? Na, einer Frau, wie Sie es sind, der liest man doch alles an den Augen ab.«

»Ritter, hören Sie auf zu schleimen! Und nun zu den Ergebnissen. Da haben wir ein schönes Kuckucksei ins Nest gelegt bekommen!«

»Wie meinen Sie das?« Er wurde hellhörig.

»Nichts ist so, wie es scheint oder mit anderen Worten: Der Mann starb nicht am Messerstich.«

»Sondern?«

»Er wurde vergiftet, und zwar mit …« Sie nannte den lateinischen Namen einer Pflanze und die deutsche Bezeichnung.

»Also, wenn mich meine Kenntnisse nicht trügen, handelt es sich um kein seltenes Gewächs.«

Ritter rieb sich die Stirn.

»Da gebe ich Ihnen recht.«

»Kann es ein Suizid gewesen sein?«

»Kann, Herr Ritter, kann. Haben Sie Anzeichen dafür vorgefunden?«

»Nein, aber was heißt das schon.«

»Wie lange dauert es, bis der Tod eintritt?«

»Etwa eine Stunde nach Einnahme der tödlichen Dosis. Die ist aber sehr gering. Drei Milligramm reichen aus. Das entspricht nur wenigen Gramm der Pflanze.«

»Er war also schon tot, als ihm jemand das Messer in die Brust rammte.«

»Korrekt. Deswegen fand ich auch keine Abwehrspuren. Wobei ich zu bedenken gebe, er starb einen qualvollen Tod.«

»Wieso?«

»Etwa dreißig Minuten nach Einnahme des Giftes treten die ersten Vergiftungserscheinungen auf. Herzrasen, Panikattacken, Schmerzen. Es kommt zu einem ungewöhnlichen Zustand. Sie bekommen alles mit, können sich aber nicht mehr bewegen. Sie merken, wie das Leben Ihren Körper verlässt, aber Sie können nichts dagegen tun. Nicht einmal um Hilfe schreien ist möglich.«

Ritter schauderte es bei den Worten der Gerichtsmedizinerin.

»Himmel, was erzählen Sie mir?« Eine Gänsehaut überzog seine Unterarme.

»Die Wahrheit, Herr Ritter. Ich habe in der Fachliteratur nachgelesen. Eine Vergiftung ist äußerst selten. Meistens Kinder, die Pflanzenteile in den Mund stecken. Bei Erwachsenen sind es sehr, sehr selten Suizide. Da wird lieber Paracetamol genommen. Ist frei verkäuflich und wirksam. Des Weiteren, wer kennt sich in Botanik aus?«

»Nach Ihren Worten kann ich davon ausgehen, dass der Verstorbene sich nicht vergiftet und dann selber den Messerstich beigebracht hat?«

»Nein! Dazu war er nicht in der Lage. Der Stichkanal schließt dies aus. Der Stich wurde von vorne ausgeführt. Der Täter muss direkt vor ihm gestanden haben. Aufgrund seines Zustandes konnte er sich nicht wehren.«

Er wechselte noch einige belanglose Worte mit der Ärztin. Dann beendete er das Gespräch. Nachdenklich saß er am Schreibtisch, den Tee nicht mehr beachtend. Nach einigen Minuten sortierte er seine Unterlagen neu.

»Botanik« hallte es in ihm nach. Er vergrub das Gesicht in seinen Händen. Gift und Messer! Welche zwei Ereignisse trafen hier zusammen? Wollte der Mörder auf Nummer sicher gehen? Oder war er erst vergiftet und dann von einer anderen Person mit dem Messer attackiert worden? Letzte Möglichkeit war der Suizid und der darauffolgende Messerstich von einer weiteren Person.

Er beschloss, sich zuerst mit der Möglichkeit eines Suizids zu beschäftigen. Gleichzeitig galt es, das Umfeld des Verstorbenen zu durchleuchten.

Zeisig war in Neuruppin geboren, und zuletzt lebte er in Bielefeld. Ritter überprüfte die ihm vorliegenden Personalien.

Er nahm das Telefon und rief die Kollegen in Bielefeld an. Der Diensthabende dort war sehr kooperativ. Er versprach, sofort eine Streife zur Wohnung des Verstorbenen zu schicken.

Ritter wies eindringlich auf den Suizidaspekt hin.

Auch darauf wollten die Kollegen ihr Augenmerk richten.

Als Ritter auflegte, machte er einen zufriedenen Eindruck.

Er versuchte sein Glück bei den Kollegen des Labors.

Doch die hatten noch nicht alles ausgewertet.

»Hab doch mal Geduld!«, hörte er.

»Doch nicht bei einem Tötungsdelikt. Wie stellt ihr euch das nur vor. Mir sitzt die Staatsanwaltschaft im Nacken. Könnt ihr mir wenigstens etwas über das Messer sagen?«

»Normales Steakmesser. Ein Massenprodukt. Die gleiche Sorte wird in der Pension benutzt.

Ich habe ein Vergleichsmesser mitgenommen. Heute Abend kann ich dir mehr sagen.«

»Fingerabdrücke?«

»Am Messer keine. Der Täter muss Handschuhe getragen haben. Welche Art von Handschuh, da musst du …«

»Geduld haben, bis heute Abend.« Ritter unterbrach den Kollegen.

»Genau, und wenn wir weiter plaudern, dann bis morgen früh.«

Genervt drückte Ritter den Knopf mit dem kleinen, roten Hörer. Hier kam er nicht weiter. Er beschloss, die restlichen Zeugen zu befragen.

Als er auf dem Obsthof eintraf, war dort reger Betrieb. Paul Weihmann und Arnold Last waren gerade dabei, einen Anhänger an einen Traktor anzukuppeln.

Ritter wies sich aus. Doch beide konnten wenig Konkretes beisteuern.

Last erinnerte sich dunkel an Zeisig. Und das auch nur, weil Zeisig sich für die Arbeit auf dem Hof interessiert hatte. Die meisten Gäste wollten viel über das Obst wissen, aber wenig von der schweren Arbeit hören. Kontakt mit anderen hatte er wohl nicht gehabt, aber beschwören wollte Last dies nicht. Beide Männer konnten für die Tatzeit ein Alibi vorweisen.

Ritter dankte und fragte nach dem Chef.

Die Männer zeigten in Richtung der Plantage. Ritter ging los. Nach einigen hundert Metern sah er einen Mann, der die kleinen Obstbäume begutachtete.

Ritter ging schneller. Als er bei dem Mann angekommen war, sagte er etwas außer Atem: »Herr Schumann?«

Der Angesprochene drehte sich um.

»Wer will das wissen?« Er war mittelgroß und sein Haupthaar war silbergrau.

Es stand im Kontrast zu seinem sonnengebräunten Gesicht. Man sah ihm direkt die viele frische Luft an.

Ritter schilderte sein Hiersein und Schumann nickte.

»Traurige Sache das mit dem Mann. Wird einfach in der Geschichtenkiste massakriert.« Er schüttelte den Kopf.

Zur Tatzeit war er auf dem Weg zur Imkerei. »Den Gästen muss man etwas bieten.«

Ritter nickte. Als er Schumann nach Zeisig fragte, schüttelte dieser den Kopf.

»Wissen Sie, mein Revier ist der Hof und meine Frau kümmert sich um die Pension. Wir haben hier Gewaltenteilung, wenn Sie wissen, was ich meine.« Er zwinkerte dem Kriminalisten zu.

Ritter schürzte die Lippen. Gewaltenteilung dachte er. Was führten manche Menschen für eine Beziehung?

Daniela, schoss es ihm kurz durch den Kopf. Er hoffte, dass sie nie so voneinander dachten.

»Sie hatten also keinen Kontakt zu Herrn Zeisig oder haben etwas bemerkt. Gab es jemanden, mit dem er Streit hatte? War etwas ungewöhnlich in den letzten Tagen, speziell gestern?«

Wieder schüttelte Schumann den Kopf. »Ungewöhnlich? Ne, da gab es nichts Besonderes. Alles wie immer. Und gestritten hat sich niemand.«

Ritter verabschiedete sich und ging zur Pension.

Dort ließ er sich die Steakmesser zeigen. Sie sahen genauso aus wie die Tatwaffe.

»Kann man feststellen, ob eins fehlt?«

Frau Schumann schüttelte den Kopf. »Wir haben beim Geschirr und beim Besteck immer Verluste. Mal geht etwas kaputt, oder ein Gast denkt, das Besteck ist im Preis mit inbegriffen. Bei den Pensionsgästen weniger, aber die Laufkundschaft ist nicht ohne.«

»Wer hat Zugang zu den Bestecken?«

»Jeder Angestellte und auch die Gäste könnten an die Bestecke herankommen, aber warum sollten sie.«

»Ja, warum?«

Die Wirtin musterte den Kriminalisten.

»Sie meinen, jemand von meinen Gästen oder meinen Angestellten hat dem armen Herrn Zeisig das angetan?«

»Ich meine gar nichts. Ich darf aber keine Möglichkeit außer Acht lassen. Herr Zeisig aß gestern Abend hier?«

»Genau.«

»An welchem Tisch?«

Frau Schumann deutete auf einen Tisch für zwei Personen am Fenster.

»Aß er alleine?«

»Ja, er aß alleine und immer an diesem Tisch.«

»Hat er erzählt, warum er gerade hier Urlaub machte?«

»Nein, aber mir schien, ihn interessierten Land und Leute. Er zeigte kein Interesse an Kunst oder Bauwerken.«

»Aha, und woran machen Sie das fest?«

Die Wirtin lächelte. »Ich bin mit Herrn Zeisig ins Gespräch gekommen. Er hatte den Prospekt in der Hand und fragte mich nach der Molkereiführung in Hasenfleet. Ich gab ihm Auskunft und als ich ihm von Stade erzählte, winkte er ab. Die Stadt interessiere ihn nicht, auch keine Kirchen und Klöster. Das sagte er übrigens wortwörtlich. Er bedauere jetzt schon, angereist zu sein.«

»Warum?«

»Na ja, typisch Mann müsste ich jetzt sagen, aber er fragte nach den öffentlichen Brennseminaren[116]. Da geht es aber erst wieder im Oktober los. Zum Schnapsbrennen braucht man eben Obst.«

Ritter nickte. »Da haben Sie recht.«

»Das hat er auch gesagt und gemeint, dann schaut er im November noch einmal vorbei. Da könne er auch noch das Stintfest[117] in Buckow mitnehmen, so seine Worte.«

»Das Stintfest, so, so.«

»Er aß gerne Fisch. Gestern auch. Da hatte er Zander im Kartoffelmantel auf Fenchelgemüse.«

»Das hört sich gut an.«

»Schmeckt auch. Frau Miething ist eine tolle Köchin. Leider hört sie auf.«

---

116 Brennseminare – werden zum Beispiel von der Brennerei Nordik in Jork angeboten

117 Stintfest in Jork – der Elbfischer Buckow bietet an diesem Tag Unterhaltung und Köstlichkeiten für Groß und Klein an

»Das sagte sie. Sie haben aber doch schon Ersatz.«

»Das stimmt, nur, ich weiß, was ich an Frau Miething habe, aber wenn die Gesundheit es nicht mehr zu lässt ...«

Sie beendete den Satz nicht.

Ritter mochte keine Andeutungen. Er fragte nach.

»Verstehen Sie mich nicht falsch, aber Frau Miething hört nicht altersbedingt auf?«

»Nein.« Frau Schumann schüttelte den Kopf. »Sie hätte gerne noch ein paar Jahre gearbeitet. Ihre Gesundheit macht ihr aber einen Strich durch die Rechnung.«

»Oh, dann muss es wohl etwas Ernstes sein.«

Die Frau zuckte mit den Schultern. »Was Genaues weiß ich nicht. Es kam auch etwas plötzlich.«

Ritter nickte. »Hatte Herr Ziesig mit jemandem Kontakt gestern Abend?«

»Mit mir. Ich nahm die Bestellung auf und brachte ihm seinen Wein. Dann noch Frau Miethings Enkelin. Lisa brachte ihm das Essen. Sie hilft abends in der Küche.«

»Und am Vormittag reinigt sie die Zimmer?«

»Ja, das stimmt.«

Ritters Stirn kräuselte sich. »Ein langer Tag.«

Die Wirtin winkte ab. »Den haben wir alle. Ich stehe um halb fünf auf und vor elf liege ich nicht im Bett. Außerdem zahle ich ordentlich und das Geld kann Lisa gut gebrauchen.«

»Hat Lisa Ihnen von Zeisigs Zudringlichkeit berichtet?«

»Sie wurde nicht konkret, aber sie wollte sein Zimmer nicht mehr alleine betreten.«

»Wann war der Vorfall?«

»Vorgestern wohl. Denn gestern früh weigerte sie sich, in das Zimmer zu gehen. Ich bin mit ihr rauf und als sie sah, dass es leer war, begann sie, es sauberzumachen.«

»Herr Zeisig war nicht anwesend?«

»Nein, er war schon sehr früh los.«

»Wohin?«

»Hat er nicht gesagt. Ich habe ein Taxi gesehen, in das er stieg.«

»Sie sagten mir bei der ersten Befragung, Herr Zeisig hätte Sie nicht gefragt, was man hier unternehmen könnte. Jetzt erzählen Sie, der Verstorbene hätte sehr wohl Ihren Rat gebraucht. Also, was war jetzt genau los?« Ritters Augenbrauen hatten sich gefährlich zusammengezogen.

»Ich, ich …« Die Wirtin fuchtelte mit den Armen. »Ich weiß nicht, wo mir der Kopf steht und Sie legen jedes Wort auf die Goldwaage. Er hat mich gefragt, ja, aber nur einmal. Das war mehr ein Erzählen, also keine direkte Frage.«

»Sie zählten mir die Gäste ihrer Pension auf. Das Ehepaar Marder erwähnten Sie nicht. Warum?«

Frau Schumann wurde dunkelrot. Sie öffnete kurz den Mund, um ihn dann schnell wieder zu schließen. Leise sagte sie dann. »Die habe ich vergessen zu erwähnen. Ich bin schon total meschugge!«

Tränen füllten ihre Augen.

Ritter klappte sein Notizbuch zu und ging. Er ließ eine nachdenkliche Wirtin zurück.

Kurze Zeit später hatte er das Taxi, mit welchem Zeisig gefahren war, ausfindig gemacht.

Der Taxifahrer konnte sich an den Fahrgast erinnern.

»Der Typ roch wie ein tibetanischer Männerpuff! Wenn Sie verstehen, was ich meine.« Er schüttelte den Kopf.

Ritter verstand.

»Wo wollte er hin?«

»Zuerst nach Neu Wulmstorf und danach zum Freilichtmuseum am Kiekeberg[118].«

---

118 Freilichtmuseum am Kiekeberg – auf zwölf Hektar stehen 40 historische Gebäude, Bauernhäuser, Scheunen und Wirtschaftsgebäude, welche Einblick geben in das Leben zwischen 1600 und 1950

»Was wollte er in Neu Wulmstorf?«

»Hat er mir nicht verraten, aber ich wartete vor einem Einfamilienhaus.«

»Haben Sie die Anschrift?«

»Ne, aber ich kann Sie hinfahren.« Ritter wusste nicht, ob der Mann wirklich die Anschrift nicht kannte, oder ob er eine Extratour rausschlagen wollte.

»Okay, aber ich brauche eine Quittung.« Er stieg ein.

Der Fahrer nickte und schaltete das Taxameter ein. Zehn Minuten später hielt er vor einem Haus. Der Vorgarten und das Gebäude machten einen ordentlichen Eindruck.

Ritter wies den Fahrer an, zu warten. Der schlug eine Illustrierte auf.

Am Klingelschild stand ›Fürsten‹. Ritter klingelte. Er glaubte nicht, dass jemand am Vormittag zu Hause war. Doch es wurde geöffnet. Ein Mann Anfang sechzig stand vor Ritter. Groß war er und breit. Wortlos und mit fragendem Gesicht musterte er den Besucher. Als er erfuhr, wer geläutet hatte, änderte sich sein Benehmen.

»Oh, Polizei. Kommen Sie bitte herein.« Mit einem prüfenden Blick musterte er die Straße.

Er bat Ritter in die Küche. Dort saß eine kleine, schlanke Frau, welche das Kartoffelschälmesser sinken ließ, als Ritter eintrat.

Er stellte sich vor und schilderte, warum er da war.

Als er von Zeisig sprach, verfinsterte sich das Gesicht der Frau.

»Dieser Tunichtgut!«, schimpfte sie. »Der war doch nur hier, um meinen Otto in eine krumme Sache zu verwickeln. Rausgeschmissen habe ich den.«

»In was für eine krumme Sache wollte er Sie verwickeln?« Ritter musterte den großen Mann, der wie ein Häufchen Elend vor ihm saß.

»In keine, jedenfalls hat er nicht genau gesagt, was er vorhat.«

»Aber Andeutungen hat er gemacht!«

Fürsten rutschte im Sessel hin und her. Er druckste herum.

»Herrgott Otto, jetzt rede endlich.« Frau Fürstin haute mit ihrer kleinen Faust auf den Tisch. Otto Fürsten sank noch tiefer in sich zusammen.

»Er brauchte Geld, und dann faselte er was von touristischen Fördergeldern. So richtig schlau bin ich nicht aus seinen Andeutungen geworden. Und dann kam ja auch schon meine Frau und schmiss ihn raus.«

»Da kannst du aber froh sein. Dieser Haderlump. Geld wollte er. Nur gut, dass er keines bekommen hat und ich rechtzeitig hier war.« Fürsten wurde blass.

Seine Frau schimpfte weiter. »Ein Bulle von einem Mann, aber nicht so viel Hirn.« Sie zeigte mit dem Daumen und Zeigefinger, wie viel sie meinte. Es war wirklich nicht viel.

»Ich kam gerade von unserer Enkeltochter. Die zahnt, müssen Sie wissen, und unsere Tochter hat wenig Schlaf in der letzten Zeit. Unser Schwiegersohn arbeitet auf Montage. Also bin ich rüber, damit unsere Tochter sich mal ausschlafen kann.«

Ritter nickte. »Und dann am Morgen diese Überraschung. Zeisig in Ihrem Haus.«

»Wieso Morgen?« Frau Fürsten musterte erst Ritter, dann Ihren Mann. Der wollte sich gerade erheben.

»Du bleibst!« Die Stimme duldete keinen Widerspruch. Wortlos sank der Hüne auf das Sitzmöbel zurück. Er blickte auf seine großen Hände, die leicht zitterten.

Dann sprach sie zu Ritter gewandt weiter: »Es war gegen 15 Uhr am Nachmittag.«

»Er war schon mal am Morgen hier«, sprach Fürsten leise.

»Was?« Seine Frau sprang auf.

»Er stand plötzlich vor der Tür und ich wusste nicht, was ich machen sollte.«

»Ihn zum Teufel jagen. Das hättest du machen sollen.«

»Ich habe ihn ja weggeschickt. Nach einer Viertelstunde ist er wieder abgedampft.«

»Einfach so?« Ritter schlug sein Notizbuch auf.

»Ich hatte keine Zeit. Unser Nachbar hatte mich gebeten, ihm beim Einsetzen des Garagentores zu helfen. Ich versuchte, Zeisig abzuwimmeln. Er ging dann ja auch. Ich habe ihm ein paar Euro in die Hand gedrückt, und dann war er verschwunden. Ich konnte doch nicht ahnen, dass er am Nachmittag wieder aufschlägt.«

»Was sind bei dir ein paar Euro, Otto?« Ihre Stimme hatte einen scharfen Klang. Sie betonte jedes Wort.

»500.« Er flüsterte fast.

»Wie viel?«

»500!«, wiederholte er. Seine Stimme war noch leiser geworden. Man verstand ihn kaum.

»Woher hast du so viel Geld?«

»Die Urlaubskasse …«

Sie sprang auf, ging zum Schrank und zog eine Schublade auf. Mit geübten Griffen öffnete sie eine Keksdose. Schnell zählte sie nach.

Fassungslos blickte sie ihren Mann an, dann wieder warf sie einen Blick in die Dose.

»500 fehlen. Das ist unser Urlaubsgeld, Otto, und du gibst es diesem Subjekt?«

»Ich wollte, dass er geht und ich hätte es wieder reingelegt. Bitte Claudia, ich konnte nicht anders.« Seine Stimme klang weinerlich.

»Jetzt fang nicht noch an zu heulen.« Sie knallte den Deckel auf die Keksdose.

»Darüber reden wir noch.« Etwas Drohendes lag in ihren Worten. Er nickte nur noch.

»Woher kannten Sie Zeisig eigentlich?«

»Aus dem Knast.« Fürsten war froh, nicht mehr seiner Frau Rede und Antwort stehen zu müssen.

»Erzählen Sie bitte.«

Fürsten winkte ab. »Da gibt es nicht viel zu erzählen. Ich habe vor dreißig Jahren einen schweren Unfall verursacht. Nach einer Feier habe ich mich an das Steuer eines LKW gesetzt und einen Radfahrer angefahren. Der Mann überlebte, war aber schwer verletzt worden. Ich musste einsitzen. In Stralsund Franzenshöhe lernte ich Zeisig kennen. Wir waren in der gleichen Arbeitsbrigade. Jeden Tag ging es raus auf die Werft, Rost klopfen. Ich war schwere Arbeit gewöhnt und es machte mir nichts aus. Zeisig versuchte immer, mit dem Arsch an die Wand zu kommen. Gelang ihm aber selten.«

»Und Sie hielten Kontakt, nach Ihrer Entlassung?«

»Gott bewahre. Ich musste eine Arbeitsstelle in einem kleinen Dorf in Mecklenburg antreten. Dort lernte ich Claudia kennen. Zeisig habe ich erst gestern wiedergesehen.«

»Woher hatte er Ihre Adresse?«

»Das habe ich ihn auch gefragt. Er hat mich im Zug gesehen, als er letzte Woche anreiste, so seine Auskunft.«

»Und da hat er Sie angesprochen?«

»Nein.« Fürsten schüttelte den Kopf. »Er war gerade ausgestiegen und wollte zum Ausgang gehen. Da sah er mich im Zug sitzen. Ich war nämlich auf Kur.«

»Das erklärt aber nicht, woher er Ihre Adresse hat.«

»Wir stehen im Telefonbuch. Leider!« Er blickte kurz zu seiner Frau.

»Das erklärt manches.« Ritter nickte.

»Sie gaben ihm 500 Euro, einfach so?«

»Ich sagte doch schon, ich wollte ihn loswerden und es war nur geborgt.«

Seine Frau lachte kurz auf. »Geborgt! Das schöne Geld ist weg. Mensch Otto!« Sie machte eine Handbewegung, als wolle sie ihrem Mann eine überziehen.

»Was hat denn Zeisig angestellt?«

»Soweit wir wissen, nichts!« Ritter schaute erst zum Mann, dann zur Frau.

»Und Sie sind auch nur hier, wegen der guten alten Zeiten? So wie Zeisig, oder wie?«

Frau Fürsten sah zornig aus.

»Nein, das bin ich nicht. Herr Zeisig wurde das Opfer eines Tötungsdeliktes.«

Plötzlich war es still. Otto Fürsten glaubte, sich verhört zu haben. »Tötungsdelikt?«, flüsterte er.

Seine Frau hatte den Mund offen. Sie blickte erst zu Ritter, dann zu ihrem Mann und dann wieder zu dem Kriminalisten.

»Und Sie denken, mein Otto oder ich haben damit etwas zu tun? Otto ist zwar doof, aber eine Seele von Mensch!«

Sie wurde langsam lauter. Ritter befürchtete ein Donnerwetter. Er versuchte, die kleine Frau zu beschwichtigen.

»Sagen Sie mir bitte, wo Sie gestern Abend waren. Ich bin hier, um den Tathergang zu rekonstruieren. Nicht, um Sie oder Ihren Mann zu verhaften.«

Sie holte tief Luft, besann sich dann aber. »Wir waren drüben, bei unserer Tochter.«

Ritter ließ sich die Anschrift geben, dann ging er. Zehn Minuten später hatte er eine Bestätigung der Tochter. Er ließ sich vom Taxi zum Freilichtmuseum fahren.

Dort konnte sich niemand an Zeisig erinnern.

In seinem Büro ordnete er die Fakten. Die Kollegen aus Bielefeld hatten sich gemeldet. In der Wohnung waren keine Anzeichen für einen Suizid zu finden.

Zeisig war vorbestraft. Zweimal war er verurteilt worden. Einmal wegen Diebstahl und das andere Mal wegen Betruges.

Vor sechs Jahren wurde gegen ihn ermittelt. Die Anklage lautete Vergewaltigung. Doch das Verfahren war eingestellt worden. Der Aussage der Frau war wenig Glauben geschenkt worden. Sie hatte sich erst zwei Tage später bei der Polizei gemeldet. Zeisig hatte einen Zeugen, der bestätigte, die Frau habe dem Verkehr zugestimmt. Während einer sogenannten Feier war viel Alkohol geflossen. Was genau geschehen war, konnte nicht mehr ermittelt werden.

Zeisig war nichts nachzuweisen gewesen.

Ritter telefonierte noch einmal mit der Gerichtsmedizinerin. Diese bestätigte ihm, dass das Gift ohne Weiteres zum Abendessen verabreicht worden sein konnte. Der Fenchel überdeckte den spezifischen Geschmack des Giftes.

Eine Stunde später ließ Ritter Lisa Rank vorführen.

Sie schaute unruhig zu ihm und sah sich dann kurz im Zimmer um. Ihr Gesicht war blass. Einige Sommersprossen zeichneten sich deutlich ab. Sie hatte dunkle Augenringe. Man sah ihr an, dass es ihr nicht gut ging.

Ritter konfrontierte sie mit seinen Vermutungen. Sie unternahm einen kurzen Versuch, zu leugnen. Doch als der Kriminalist das Wort Vergewaltigung ausgesprochen hatte, brach die Wut aus Lisa Rank hervor.

Sie schrie förmlich alles heraus. »Dieses Schwein! Liegt nackt im Bett und wartet, dass ich reinkomme. Und kaum bin ich im Zimmer, da springt er auf, wirft mich aufs Bett und dann …«

Der Rest ging in Tränen unter. Ritter war ein wenig hilflos. Als Mann versuchte er, sich in die Situation der betroffenen Frauen hineinzuversetzen. Doch wie hatte es eine Kollegin einmal treffend formuliert: »Als Mann wirst du nie ganz begreifen, was es heißt, vergewaltigt worden zu sein.«

Er reichte der Frau ein Taschentuch.

»Geht's, oder soll ich einen Arzt holen?«

Lisa Rank beruhigte sich langsam. Sie schüttelte den Kopf. »Geht schon.«

»Sie riefen nicht um Hilfe?«

»Er drückte mir seine Hand auf den Mund, da konnte ich nicht, und später war ich wie geschockt.«

Wieder kullerten Tränen ihre Wangen hinunter.

»Sie haben dann zwei Tage später Herrn Zeisig in der Geschichtenkiste erstochen und davor vergiftet. Warum das? Wollten Sie auf Nummer sicher gehen?«

Sie schaute Ritter ungläubig an. »Was reden Sie da? Gift?«

Er legte ein Foto einer Pflanze vor ihr auf den Tisch.

»Schauen Sie, einige Gramm dieser Pflanze nahm Herr Zeisig zu sich, kurz bevor Sie ihn erstachen. Und wissen Sie, was ich glaube? Er hat das Gift nicht freiwillig genommen!«

Langsam schüttelte sie den Kopf und musterte Ritter.

»Ich habe ihn erstochen, das gebe ich zu, aber vergiftet habe ich ihn nicht. Obwohl das ja nun auch egal ist. Hauptsache, das Schwein ist tot!« Sie verschränkte die Arme vor der Brust.

»Sie geben also zu, das Steakmesser genommen und ihm in die Brust gerammt zu haben?«

»Ja, und ich bereue es nicht.«

Es klopfte an der Tür. Der Wachhabende trat ein und wechselte einige leise Worte mit dem Kriminalisten. Der nickte und meinte: »Schicken Sie sie rein.«

Eine Minute später betrat Frau Miething das Zimmer.

Sie musterte kurz ihre Enkeltochter, strich dieser über das Haar und wandte sich dann an Ritter.

»Lassen Sie bitte meine Kleine in Ruhe. Ich war's!«

Ritter bot der Frau einen Stuhl an. Nachdem sie sich gesetzt hatt, schaute er erst zur Enkeltochter, dann zur Großmutter.

Die beiden hielten sich an den Händen. Frau Miething streichelte die Hand ihrer Enkelin.

»Jetzt erzählen Sie bitte, was waren Sie?«

Frau Miething holte tief Luft, um dann zu antworten.

»Meine Kleine hat mir erzählt, was dieser Mann getan hat. Ich bin der Meinung, kein Mann hat das Recht, einer Frau so etwas anzutun. Also habe ich ihn vergiftet.«

»Woher haben Sie die Kenntnisse? Immerhin handelt es sich um kein in der Öffentlichkeit bekanntes Gift.«

Die alte Frau nickte. »Ich befasse mich seit meiner Kindheit mit Volksheilkunde. Meine Mutter und meine Tante haben sich schon sehr damit beschäftigt. Ist bei mir sozusagen Erbmasse.«

»Warum sind Sie nicht zu uns gekommen?«

»Weil solche Typen immer davonkommen!«

Frau Miething hatte die Augen zusammengekniffen, und sie spukte diesen Satz förmlich aus.

Ritter beugte sich zu ihr hinüber. »Wie kommen Sie darauf? Vergewaltigung kann mit bis zu 20 Jahren Haft bestraft werden!«

Frau Miething winkte ab. »Ja, sicher! Wenn man ihm die Tat nachweist und den Täter hat. Das ist doch alles Mumpitz. Glauben Sie mir, ich weiß, wovon ich rede. Entweder man bestraft diese Männer oder sie vergreifen sich an anderen Frauen.«

»Da stimmen wir überein. Nur sieht der Gesetzgeber keine Selbstjustiz vor.«

»Junger Mann, Sie reden von Selbstjustiz. Können Sie sich vorstellen, wie es meiner Enkeltochter geht? Oder was die anderen Frauen empfinden, die Opfer sexueller Gewalt wurden? Ich glaube nicht! Ich kann es Ihnen aber sagen. Sie hassen sich und sie hassen Männer. Es dauert Jahre, bis sie wieder einigermaßen leben können.«

Sie war immer lauter geworden. Plötzlich verstummte sie. Ihre Enkeltochter weinte.

Vorsichtig nahm ihre Großmutter sie in den Arm und tröstete sie.

Ritter wartete, bis Lisa Rank sich beruhigt hatte.

»Was wollen Sie wissen?« Die Köchin blickte Ritter geradeaus an.

»Erzählen Sie, was passiert ist.«

Frau Miething setzte sich zurecht.

»Es war kurz vor dem Mittagessen. Ich wunderte mich, warum Lisa nicht wiederkam. Sie wollte nur das eine Zimmer reinigen und dann wieder bei mir in der Küche sein. Ich suchte und fand sie unter der Dusche, weinend und sich die Haut vom Körper bürstend. Sie erzählte mir, was ihr widerfahren war. Anzeige wollten wir nicht erstatten.«

»Ich dachte, ich komme darüber hinweg.« Ihre Enkeltochter sagte dies mit einem entschuldigenden Unterton.

»Doch ich beschloss, dem Mann alles heimzuzahlen, der sich an meiner Kleinen vergriffen hatte. Da ich die Wirkung der Pflanze kannte und sie bei mir im Garten wächst, grub ich ein Wurzelstück aus und mischte ein wenig davon gestern unter den Fenchel.«

»Und das Messer?«

»Das war ich!« Lisa Rank meldete sich wie in der Schule. »Zeisig, dieses Schwein, grinste, als ich abräumte und meinte dann ganz leise, es hätte ihm gefallen und er hätte es genossen. Und er meinte nicht das Essen.«

»Und da sind Sie ihm hinterher?«

»Er ging noch einmal auf sein Zimmer und dann nach draußen. Ich schnappte mir irgendwas und bin ihm hinterher. Er saß an der Ecke in der Apfelkiste und glotzte nur blöd. Der reagierte überhaupt nicht auf das, was ich ihm an den Kopf schmiss. Da habe ich zugestochen.«

»Ach mein armes, kleines Ding.« Ihre Großmutter nahm sie in den Arm. Einen Augenblick später sah sie zu Ritter hinüber.

»Was passiert jetzt?«

»Ich muss Sie festnehmen. Beide.«

»Lassen Sie bitte meine Enkeltochter gehen. Sie hat sich doch nur gewehrt.«

Ritter schüttelte den Kopf. »Das kann ich nicht, und von wehren kann keine Rede sein.«

Frau Miething wollte Ritter unterbrechen, doch der hob die Hand. »Wobei ich glaube, der Staatsanwalt wird Milde walten lassen. Immerhin war Zeisig schon tot, als Lisa auf ihn einstach. Einen Toten kann man nicht ermorden!«

Die Köchin nickte zufrieden. »Dann machen Sie mal. Auf meine Gesellschaft werden Sie aber bald verzichten müssen.«

Ritter stutzte. »Wieso?«

»Ich werde bald sterben. Ein Hirntumor und zwar ein extrem aggressiver. Inoperabel, wie mir die Ärzte versicherten. Deswegen ist Lisa auch bei mir. Wir wollten die paar Wochen noch zusammen genießen. Ach Kind …«

Jetzt kullerten bei ihr die Tränen, und auch Lisa Rank fing wieder an zu weinen.

11 STURMGETÖSE

Daniela fuhr langsam. Der starke Wind zerrte am Auto. Sie konzentrierte sich auf die Straße. In einer Niederung stand Nebel. Das hatte etwas Gespenstisches. Ritter saß auf dem Beifahrersitz. Er hatte keine Ahnung, wohin sie fuhr. Es sollte eine Überraschung werden.

Er genoss es, nicht zu fahren. So konnte er sie beobachten. Diese kluge, hübsche Frau, mit der er sein weiteres Leben verbringen wollte.

Plötzlich bremste sie. Ein rotes, dreieckiges Warnschild stand verlassen am Straßenrand. Ein Ausrufezeichen und das Wort ›Bosseln‹[119] konnte man lesen.

»Bei dem Nebel macht es keinen Spaß.« Ritter deutete auf das Schild. Daniela nickte. Dann trat sie die Kupplung, um wieder Gas zu geben.

»Soll ich fahren?«

Sie blickte kurz zu ihm hinüber. »Nein, sollst du nicht.«

Er nickte, um sich dann wieder zurückzulehnen. Lächelnd schaute er sie weiter an. Eine kleine Falte hatte sich auf ihrer Stirn gebildet. Sie konzentrierte sich sehr.

An den freien Wochenenden hatten sie viel unternommen. Jetzt, im Oktober bot das Alte Land eine Fülle an Möglichkeiten, wie zum Beispiel die Altländer Apfeltage[120].

Nach einigen Kilometern mussten sie erneut halten. Eine Bahnschranke hinderte sie an der Weiterfahrt.

---

119 Bosseln – beliebter Freizeitspaß , bei dem eine Kugel eine bestimmte Strecke mit so wenig Würfen wie möglich geworfen wird, auch auf Straßen
120 Altländer Apfeltage – gehen von September bis November, hier kann man Äpfel selber pflücken, die neue Apfelkönigin kennen lernen und viele Höfe besichtigen

»Sag mir doch, wohin wir fahren.« Seine Stimme hatte einen bettelnden Klang.

»Nein, das mache ich nicht. Hab Geduld, mein süßer Sherlock.«

»Holmes wüsste hier auch nicht weiter. Zu wenig Anhaltspunkte!«

»Du kannst ja noch ein wenig kombinieren.«

Der durchfahrende Zug unterbrach ihre Unterhaltung. Buntes Herbstlaub wurde aufgewirbelt. Er schaute sie an.

»Das war der Moorexpress[121].«

»Ja und?«

»Der fährt aber nur bis Anfang Oktober, und heute ist schon der zwanzigste.«

»Vielleicht fährt er ins Depot?«

Die Schranken gingen hoch, und Daniela fuhr weiter.

»Kann sein«, murmelte er.

Zwanzig Minuten später hielt sie vor einem Hotel. Als sie ausstiegen, wurde Daniela die Autotür vom Wind aus der Hand gerissen. Erleichtert stellte sie fest, dass zum Glück nichts passiert war. Die Scharniere hatten gehalten.

Ritter hatte dies bemerkt. Er kam um den Wagen und nahm sie in den Arm.

»Alles gut?«

»Mit mir ja. Ich hatte nur Angst, dass was am Auto kaputt gegangen sein könnte.«

Er drückte sie. »Das Auto ist mir völlig wurscht. Hauptsache dir geht es gut.«

Zärtlich streichelte sie seine Wange. »Ja«, flüsterte sie. »Mir geht's gut.«

Er nahm den Koffer aus dem Kofferraum und gemeinsam betraten sie das Hotel. Es war eines dieser kleinen Landho-

---

121 Moorexpress – die Fahrt geht von Bremen nach Stade und/oder zurück, quer durch das Teufelsmoor mit einem historischen Dieseltriebwagen

tels. Gemütlich und familiär, so wie beide es mochten. Eine freundliche junge Frau begrüßte sie.

»Mein Name ist Jäger. Ich hatte reserviert.« Daniela lächelte die junge Frau an.

Die schaute kurz auf den Bildschirm ihres Computers.

»Genau. Sie haben Zimmer sieben. Herr und Frau Jäger, ich heiße sie herzlich willkommen.«

Ritter grinste, als er sagte: »Schön, nur ich heiße Ritter. Noch, wenn ich das so sagen darf.«

Die Frau errötete leicht. »Entschuldigung, das konnte ich ja nicht wissen. Um 18 Uhr bitte ich Sie zum Abendessen. Dann beginnt unsere Nacht der Kriminalistik.«

Sie händigte Ritter den Zimmerschlüssel aus, der diesen verdattert nahm.

Wortlos ging er Daniela hinterher. In der einen Hand hatte er den Zimmerschlüssel, in der anderen den Koffer.

Das Zimmer war im Landhausstil eingerichtet. Helle Möbel und der sogenannte Shabby Chic gaben diesem Raum eine besondere Note.

Er stellte den Koffer auf die dafür vorgesehene Ablage.

»Nacht der Kriminalistik. So, so«, murmelte er, aber so laut, dass Daniela es hörte.

»›Ich heiße Ritter, noch‹. Was wolltest du denn damit sagen?«, konterte sie.

Er sah sie lange an, bevor er antwortete: »Du weißt, dass ich dich liebe. Du hast mich verzaubert, wie eine Fee. Du bist meine Zauberfee.«

Er hielt sie mit beiden Händen zärtlich an der Schulter. »Und ich möchte, dass du das nie vergisst. Ich wünsche mir, mit dir alt zu werden. Ob ich Ritter heiße oder Jäger oder Rumpelstilzchen, das ist mir Wurst. Es gibt nur eines, was mir wichtig ist, und das bist du.«

Er beugte sich leicht zu ihr herunter, und dann küsste er sie.

»Und du bist nicht böse, dass ich dich hierher entführt habe?«, fragte sie, nachdem sich ihre Lippen wieder getrennt hatten.

Er schüttelte den Kopf.

»Nein! Wichtig ist deine Anwesenheit.«

Er ließ sich auf das Bett fallen. »Und das Bett ist groß und breit.«

Sie lachte. »Lüstling!« Sie zwinkerte ihm zu.

Er sprang auf und begann, den Koffer auszupacken.

»Wie bist du auf diese verrückte Idee gekommen?«

»Du hast so schön ermittelt bei deiner Schwester, als ihre zwei Schafe verschwunden waren, und da wollte ich dich noch einmal in Aktion erleben.«

»In Aktion? Na, dann begleite mich mal an einem normalen Arbeitstag, da wirst du von Aktion wenig bemerken.«

»Außerdem wollte ich ein wunderschönes Wochenende mit dir verleben.« Sie knöpfte den ersten Knopf ihrer Bluse auf.

Lächelnd schaute er ihr zu.

Eine Stunde später gingen beide die Treppe hinunter. Es war noch nicht 18 Uhr, aber sie wollten sich gerne noch ein wenig umsehen. Der Wind war langsam zu einem Sturm geworden. Heulend pfiff er um das Haus.

In der Lobby stand ein älteres Ehepaar. Freundlich grüßten sie sich.

Er hatte schlohweiße Haare, und um ihre schlanke Figur würden sie manche jüngere Frau beneiden. Beide machten einen sympathischen Eindruck. Sie stellten sich als das Ehepaar Weller vor. Die Unterhaltung drehte sich um das bevorstehende Event.

»Ich finde das sehr interessant. Wir waren schon mal bei einem Krimidinner. Das war sehr unterhaltsam. Ich bin nämlich eine alte Krimieule.« Frau Weller lächelte bei diesen Worten.

Ritter ahnte, was ihn erwartete.

»Morgen soll es noch eine Lesung geben. Ein Schriftsteller liest aus seinem neusten Buch. Ach, ich freu mich.« Sie hakte ihren Mann unter, und beide drehten eine Runde durch das Haus.

»Ich freu mich auch.« Ritter hauchte Daniela einen Kuss auf die Lippen. Dann bot er ihr seinen Arm an, und beide schlenderten ebenfalls durch die Räumlichkeiten.

Im Restaurant standen ein Mann und eine Frau am Fenster. Er hatte die Hand auf ihren Unterarm gelegt, und leise redeten sie miteinander. Ritter räusperte sich, und beide schauten zu ihnen. Ein freundliches Kopfnicken diente als Begrüßung.

Daniela und Ritter gingen langsam zurück. Ein Raum mit dem Schild ›Hier darf geraucht werden‹ weckte Ritters Interesse.

»Die Räucherkammer!« Er deutete auf das Schild.

Sie stupste ihn in die Rippen. »Räucherkammer! Du hast immer Vergleiche, die sind zum Piepen. Lass uns mal reinschauen.«

Sie öffnete die Tür. Ein junger Mann zog an seiner Zigarette. Eine junge Frau stand hinter ihm und hatte ihre Hände auf seine Schultern gelegt.

Ein freundliches »Hallo« wurde ausgetauscht.

Sie sahen sich um. Auch dieser Raum war geschmackvoll eingerichtet. Er erinnerte an ein englisches Herrenzimmer. Neben der Tür waren Messer dekorativ zu einem Kreis an der Wand befestigt worden. Daneben hingen Degen. Auf der anderen Seite waren Duellpistolen unter Glas zu sehen. Ob es sich um Imitate oder Originalwaffen handelte, konnte Ritter nicht sagen.

Ein großes Ölbild hing über dem Kamin, in dem ein Feuer brannte. Das Bild zeigte eine Jagdszene. Davor stand ein Clubtisch, der von zwei Ohrensesseln flankiert wurde. Der junge Mann saß an einem zweiten Clubtisch auf einer großen

Ledercouch. An der hinteren Wand stand ein großes Regal, gefüllt mit Büchern. Das Fenster war mit schweren Vorhängen versehen, und trotzdem hörte man den Wind heulen.

Ritter schloss leise wieder die Tür. »Gemütlich.«

»Vor allem der Duft.« Daniela hielt sich demonstrativ die Nase zu.

»Das Schlimme ist ja, es riecht alles nach Rauch. Selbst der Raucher dampft aus allen Poren.«

»Wenn nicht so viele rauchen würden, dann gäbe es weniger Kranke und dann hättest du weniger Arbeit.« Er nickte ihr zu.

»Darauf kann ich verzichten. Ich nehme an, du wärst auch nicht böse, wenn plötzlich nicht mehr gemordet würde.«

»Stimmt. Ach, was bist du klug und schön. Oder sollte ich sagen, schön und klug? Über die Reihenfolge sollte ich mir noch einmal Gedanken machen.«

»Schmeichler.« Sie kuschelte sich an ihn.

Von der Treppe ertönte ein lautes »Guten Abend.« Zwei Männer und zwei Frauen kamen diese herunter. Ritter und Daniela erwiderten den Gruß.

Aus dem hinteren Bereich trat ein Mann Anfang sechzig, gut gekleidet, zu ihnen. Er stellte sich als ihr Gastgeber vor.

»Meine Frau kommt gleich.« Seine Stimme hatte einen angenehmen Klang. Er überbrückte die Zeit bis zum Eintreffen seiner Frau mit Small Talk und Ritter musste zugeben, das beherrschte er perfekt. Er versuchte, jeden der Anwesenden einzubinden. Das Ehepaar Weller gesellte sich zu ihnen, und auch die jungen Leute hatten die Räucherkammer verlassen.

»Meine Damen und Herren, ich bitte Sie, Platz zu nehmen. Wie ich sehe, auch meine Frau heißt Sie herzlich willkommen.«

Er deutete kurz auf seine Frau, die lächelnd zu ihnen trat. Sie war etwa im gleichen Alter wie ihr Mann und von einer Üppigkeit, die manche Frauen ihres Alters ihr Eigen nannten.

Die Gruppe begab sich in das Restaurant. Hier war eine große Tafel eingedeckt worden. Die Gäste nahmen Platz, und der Hotelier sprach einige Worte.

»Ja, wie schon gesagt, wir, das Ehepaar Hofmann heißen Sie herzlich willkommen zur Kriminacht. Wir wünschen Ihnen angenehme und vor allem unterhaltsame Stunden in unserem Hause.«

Er wurde von einem Mann unterbrochen, der die Treppe gemächlich herabschritt. Er neigte zur Fülligkeit, und seine rosa Wangen leuchteten. Sein Alter ließ sich schwer schätzen. Ritter ordnete ihn zwischen vierzig und fünfzig ein.

Er genoss den Auftritt.

»Oh, bin ich zu spät? Mein lieber Herr Hofmann lassen Sie sich durch mich nicht stören.« Er schaute sich kurz um. Dann setzte er sich auf den einzigen freien Platz, zwischen Frau Weller und dem jungen Mann.

Herr Hofmann deutete eine leichte Verbeugung an. »Wunderbar! Mein Dank gilt Herrn Satorius. Wir sind jetzt vollzählig. Gerne nehmen wir Ihre Getränkebestellungen auf.«

Die junge Frau, welche vorhin noch an der Rezeption gearbeitet hatte, brachte die Getränkekarten. Auf jedem Platz lag eine Karte mit dem Menü des heutigen Abends.

Ritter überflog diese schnell. Es gab Kresserahmsuppe mit Räucherlachs, Lammfilet, Wachtel und andere Köstlichkeiten. Der Koch hatte ein erlesenes Menü zusammengestellt. Er entschied sich für einen Cabernet Sauvignon. Als er Daniela fragte, ob sie auch Wein möchte, antwortete diese: »Nein, danke.«

»Lieber ein Bier?«

»Heute nicht. Ich nehme ein Tonic.«

Er schaute verwundert.

»Na, ich muss doch einen klaren Kopf behalten, für die Kriminacht.«

Lächelnd disponierte er um. Er bestellte zwei Tonic.

»Du kannst gerne Wein trinken, wenn du magst.« Sie lächelte ihn an.

»Lass mal. Wenn du nicht magst, dann bleibe ich auch bei alkoholfrei«, flüsterte er ihr zu.

Jeder am Tisch gab seine Bestellung auf, und die Hofmanns und die junge Frau kümmerten sich um die Getränke. Einer der Männer, die vorhin laut Guten Abend gesagt hatten, brach das Schweigen.

»Also wenn wir hier heute Abend so schön zusammensitzen, dann können wir uns auch vorstellen. Also ik bin der August Prikoleit, Maurermeister aus Berlin, und dat is meine bessere Hälfte.« Er zog seine Frau ein Stück an sich heran.

»Und lassen sie mich raten, wegen ihr sind Sie hier.« Herr Weller hatte dies gesagt.

»Jenau! Denn wie sagen wir Berliner: Die Liebe is een Feuerzeuch, dit Herz dit is der Zunder, und fällt een kleenet Fünkchen rin, denn brennt der janze Plunder.«

Alle lachten.

»Ja, und weil wir letzte Woche unseren dreizigsten Hochzeitstag hatten, hat mich meine Gerda hierher verschleppt. Ist aber och schön hier.« Er grinste breit.

»Na dann mach ich mal weiter. August hat ja das Eis gebrochen. Mein Name ist Klausen, und die Frau neben mir ist die meine. Arbeiten tue ich als Hausmeister, meine Angetraute ist Verwaltungsfachangestellte und wir kommen aus Dresden.«

Ritter schmunzelte. Diesen Dialekt hätte er auch ohne Ortsangabe zuordnen können.

August Prikoleit fügte hinzu. »Und der Dieter ist selber Krimifan und hat seine Frau mit der Reise überrascht.«

Herr Klausen nickte.

Frau Weller fragte: »Sie kennen sich wohl?«

Prikoleit winkte ab. »Wir sind am selben Tag angereist.

Letzten Mittwoch, und da haben wir uns schon ein wenig beschnuppert.«

Frau Weller nickte zufrieden. Ihr Mann übernahm den Staffelstab.

»Wir sind die Wellers. Herr und Frau, wie man unschwer sieht. Wir sind Rentner und wir freuen uns, diese zwei Tage mit Ihnen verbringen zu dürfen.«

Als nächster war der Herr Satorius dran.

Er stand auf und verbeugte sich in alle Richtungen. »Wie Sie schon hörten, mein Name lautet Satorius. Meine Eltern tauften mich auf den Namen Friedrich Wilhelm, meinem Großvater zu ehren, und ich bin Journalist.«

Er blickte noch einmal in die Runde, dann setzte er sich.

Der junge Mann neben ihm schüttelte fast unmerklich den Kopf.

»Meine Frau Katrin, und ich bin Rene Zosert. Meine Frau arbeitet als Krankenschwester und ich als Teamleiter in einem Callcenter.«

»Callcenter? Himmel aber auch, Sie sind nicht zu beneiden!«

Herr Zosert wandte sich an Frau Prikoleit.

»Warum?«

»Was man da für schlimme Sachen hört.«

»Sie dürfen nicht alles glauben. Da sitzt niemand mit ölverschmiertem, nackten Oberkörper, um die Peitsche zu schwingen.«

»Och dat würde meiner Ollen schon gefallen. Wenn der och noch een Lendenschurz anhat, dann is dat okay.«

Prikoleit bekam den Ellenbogen seiner Frau mit aller Wucht in die Rippen gestoßen. Das schien ihn aber kaum zu stören. Er grinste über das ganze Gesicht.

Schmunzelnd übernahm der Mann, welcher vorhin mit der Frau am Fenster gestanden hatte, den Staffelstab.

»Wir sind die Königs. Ich heiße Ingo und meine Frau Martina.«

»Und was machen Sie beruflich?« Wieder fragte Frau Weller.

»Äh«, er schaute kurz zum Fenster, dann zur Fragestellerin, um zu antworten: »Ich bin Kfz-Schlosser.«

»Und ich Schneiderin«, setzte seine Frau hinzu.

»Kfz-Schlosser? Dann sind Sie mein Mann.« Ritter hatte sich leicht nach vorne gebeugt.

»Bei meinem Wagen machen die Nockenwellenklöppel Ärger. Meine Werkstatt bekommt das nicht hin. Haben Sie da Erfahrung?«

Herr König nickte. »Klar, habe ich. Wenn ich nicht Urlaub hätte …«

Ritter lächelte. »Den genießen Sie mal. Meiner Werkstatt werde ich mal die Leviten lesen.«

Er wandte sich an die Gruppe. »Ja, mein Name ist Ritter und die bezaubernde Frau neben mir ist meine Freundin. Ich bin Beamter, und bitte sparen Sie sich Ihre Witze.« Er zwinkerte Prikoleit zu.

Daniela sprach weiter: »Und ich bin Ergotherapeutin und habe Jörg hierher verschleppt.«

Sie wurden unterbrochen. Die Getränke wurden gebracht. Die Gespräche plätscherten dahin, und der erste Gang wurde serviert. Das Menü war ausgezeichnet. Das Fleisch war auf den Punkt gegart und das Gemüse hatte Biss. Alles war wohl abgestimmt. Alleine dieses Essen lohnte die Anreise.

Als der obligatorische Espresso gereicht wurde, sagte Herr Satorius: »Also mein lieber Herr Hofmann, Sie haben einen ausgezeichneten Koch. Das Mahl war vorzüglich, und ich weiß, wovon ich rede.«

Der Hotelier dankte. »Ja, der Herr Maier, er kocht seit zwei Jahren für unser Haus und ich bin froh, ihn und seine Frau zu haben. Übrigens, das ist seine Frau.«

Er deutete auf eine Frau Mitte fünfzig, die den Kaffee serviert hatte.

»Ich werde meinem Mann gerne erzählen, dass es Ihnen geschmeckt hat. Er ist noch in der Küche beschäftigt. Er bereitet den Spätimbiss vor.«

Satorius blickte über seine Tasse. »Oh, wir werden heute noch weiter kulinarisch verwöhnt?«

Hofmann nickte. »Eine Kleinigkeit, aber nur wenn der Kriminalfall gelöst wird.«

Er schaute auf die Uhr. »In einer halben Stunde geht es los.«

Satorius stellte die Tasse ab. »Na, dann werde ich mir nach diesem opulenten Mahl eine Zigarre gönnen. Ein guter Whiskey wäre auch nicht schlecht. Können Sie mir weiterhelfen?«

Er hatte sich an die junge Frau von der Rezeption gewandt.

»Selbstverständlich. Bevorzugen Sie irischen, schottischen oder darf es ein indischer sein?«

»Indischer Whiskey? Sie machen mich neugierig. Den nehme ich. Bringen Sie ihn bitte in das Raucherzimmer.«

Er ging, und auch der junge Mann folgte ihm. Seine Frau blieb bei der Gesellschaft sitzen.

Nach etwa fünf Minuten war ihr Mann wieder da, und beide gingen durch das Haus. Die Gesellschaft zerstreute sich. Der eine ging zur Toilette, der nächste holte sich noch ein Getränk, andere wieder vertraten sich die Beine. Herr Weller und Frau Klausen tauschten Freizeittipps aus. Er schwärmte vom Vogelkieker[122] und sie erzählte vom Moorkieker[123].

Als ihr Mann dazu kam, nickte er. »Dat war schon interessant. Man kann ja nicht den janzen Tag Boule[124] spielen.«

---

122 Vogelkieker – mit dem Doppeldeckerbus geht es zu den Nonnengänsen und zu den Brutvögeln der Kehdinger Marschen

123 Moorkieker – mit einer umgebauten Lorenbahn kann man die Welt des Hochmoores entdecken

124 Boule – wie das Bosseln auch ein Kugelspiel, wird angeboten vom »Der kleine Obsthof« in Mittelnkirchen

Frau Zosert sagte: »Wir haben eine Gokartfahrt[125] durch das Alte Land gemacht. Kann ich auch nur empfehlen.«

Plötzlich ging das Licht aus. Unruhe machte sich breit. Hier und da wurde die Taschenlampen-App des Handys benutzt. Auch Ritter hatte seines hervorgeholt. Im kalten Licht der LED sah alles verändert aus. Die Hofmanns kamen mit großen Kerzenleuchtern.

Prikoleit witzelte: »Sie ziehen aber alle Register, Herr Hofmann.«

Der entschuldigte sich. »Tut mir leid, aber das gehört nicht dazu. Der Sturm hat wohl eine Überlandleitung beschädigt. Der ganze Ort ist dunkel.«

Und in der Tat. Draußen herrschte tiefste Dunkelheit. Kein Licht war zu sehen, keine Straßenlaterne brannte.

»Ist doch schön gemütlich, so mit Kerzenschein.« Frau Weller lächelte.

Ritter nahm Danielas Hand. Zärtlich streichelte er sie.

Sie lehnte sich an ihn. Nach und nach kamen alle wieder in das Restaurant. Nur Satorius fehlte.

Herr Hofmann schaute kurz in die Runde. Er wandte sich an die junge Frau.

»Frau Böhmer, seien Sie doch so gut und schauen Sie bitte, wo Herr Satorius steckt. Wir wollen dann anfangen.«

Sie nickte, und mit einer Kerze ging sie in das Raucherzimmer.

Plötzlich ertönte ein Schrei.

Ritter schmunzelte, und Frau Weller flüsterte: »Jetzt geht's los.«

Nur Herr Hofmann sah etwas verwundert aus.

Nach einigen Sekunden kam Frau Böhmer zurück. Achtlos hielt sie die Kerze in der rechten Hand. Wachs tropfte auf

---

125 Gokart-Touren durch das Alte Land bietet die Firma Hanse Kart Tour aus Seevetal an

den Boden und das von unten kommende Licht gab ihrem Gesicht etwas Gespenstisches. Sie stammelte. »Er … er … ein Messer!«

Sie zeigte in Richtung des Raucherzimmers.

Herr Hofmann schüttelte den Kopf. »Frau Böhmer, bitte, was soll das?«

Tränen rollten über ihr Gesicht. Sie schüttelte sich.

Ritter sah, dass etwas nicht stimmte. Langsam stand er auf, dann ging er am ungläubig schauenden Hotelier vorbei in das Raucherzimmer. Im Ohrensessel vor dem Kamin saß Herr Satorius. Ein Messer steckte tief in seinem Hals. Kurz unter dem Kehlkopf war es eingedrungen. Die Zigarre qualmte noch im Aschenbecher. Das Glas mit dem Whiskey war leer, und auf dem Clubtisch lag eine Illustrierte. Der Boden war übersät von Erdnüssen. In einer Ecke lag ein Kristallschälchen. Ritter ging zurück.

»Da wir keinen Arzt hier haben, bitte ich Sie, Frau Zosert, mitzukommen.« Sie wollte sich gerade erheben, als Herr Weller aufstand.

»Ich bin Arzt, Zahnarzt um genau zu sein.« Er fuhr sich durch sein silbergraues Haar.

»Ich praktiziere nicht mehr, aber wenn ich helfen kann, dann gerne.«

Ritter nickte, und beide gingen zu Herrn Satorius. Die Erdnüsse knackten unter ihren Schuhen. Herr Weller konnte nur noch den Tod des Mannes feststellen. Ungläubig richtete er sich auf, und dann sagte er zu Ritter gewandt: »Der Mann ist tot, und wenn Sie mich fragen, er wurde ermordet. Das ist kein Spaß und kein Spiel. Wir müssen die Polizei rufen.«

Ritter nickte. »Die ist schon hier. Ich werde meine Kollegen verständigen.«

In Wellers Blick konnte Ritter keine Überraschung sehen. Sie schlossen die Tür und gingen zur Gesellschaft zurück.

Mit wenigen Worten informierten sie die Anwesenden. Bestürzung machte sich breit.

Ritter streichelte Danielas Schultern.

Er sprach zu Herrn Hofmann: »Bitte verständigen Sie meine Kollegen.«

Hofmann zuckte mit den Schultern. »Sagen Sie mir, wie. Der Strom ist weg, und meine ganze Anlage läuft über das Internet. Ohne Strom kein Telefon und keine Mails, und Handys funktionieren hier auch nicht. Unser Ort liegt in einem Funkloch.«

Ritter überlegte einen Augenblick. »Draußen ist es zurzeit lebensgefährlich. Der Sturm wütet! Kann man das Raucherzimmer abschließen?«

Hofmann nickte.

»Dann holen Sie bitte den Schlüssel und geben ihn mir.«

Hofmann ging los.

Prikoleit musterte Ritter. »Beamter, so kann man es auch sagen. Wat für ein Bul…, Entschuldigung, Polizist sind Sie denn?«

»Kriminalpolizist bin ich und spezialisiert auf Gewaltverbrechen.« Er musterte die einzelnen Anwesenden.

»Und dann sind Sie hier? Bei einem Krimispiel? Ich verstehe das nicht! Ich mag zu Hause nicht mehr telefonieren, und der Mann macht bei einem Krimispiel mit.« Herr Zosert schüttelte ungläubig den Kopf.

Ritter ging nicht weiter darauf ein. Hofmann kam und brachte den Schlüssel. Ritter ging in das Raucherzimmer, und mit dem Handy machte er einige Fotos. Dann verschloss er den Raum. Vorher löschte er die Zigarre im Aschenbecher.

Als er wieder das Restaurant betrat, herrschte gespenstische Stille. Die Männer hatten die Arme um ihre Frauen gelegt. Nur bei Herrn und Frau König war das nicht so. Frau Hofmann kümmerte sich um Frau Böhmer. Ihr Mann half ihr.

Ritter begann mit seiner Arbeit. »Ich bitte alle, hier sitzen zu bleiben. Sie, Herr Hofmann, holen bitte den Koch und seine Frau.«

Nach zwei Minuten waren alle drei da. Ritter deutete auf einen Tisch. »Bitte nehmen Sie dort Platz. Ich werde zuerst Ihre Aussagen aufnehmen. Eines sollten Sie wissen, der Mörder ist in diesem Raum.«

Langsam brannte Protest auf. »Wie können Sie so etwas sagen?«

Frau Weller war empört.

»Wir waren 13 Gäste und einer ist jetzt tot. Dazu kommen fünf Angestellte. Alle diese Personen sind jetzt hier. Es ist niemand gekommen oder gegangen.«

»Ich wusste es. Die 13 bringt Unglück.« Herr Hofmann hatte dies leise gesagt.

»Und Sie meinen, Sie können den Fall lösen? In den Krimis sind Gerichtsmediziner, Spurensicherung und viele kleine Helferlein damit beschäftigt, den Kommissar zu unterstützen. Das fällt ja nun wohl aus!«, sagte Herr Zosert.

Ritter nickte ihm zu. »Stimmt, aber wie sagte schon Sherlock Holmes, die kleinen grauen Zellen sind das Entscheidende.« Er tippte sich an die Schläfe.

»Ich hätte gerne Ihre Personalien, und zwar Ihre richtigen.« Er war an Herrn und Frau König herangetreten.

»Sie wissen …« Herr König war überrascht.

Ritter nickte. »Ich hörte vorhin Gesprächsfetzen, als Sie sich mit der Dame unterhielten. Da siezten Sie sich noch. Für ein angebliches Ehepaar sehr ungewöhnlich. Dann erzählten Sie uns, Ihr Beruf sei Kfz-Schlosser. Sie schauten, als Frau Weller diese Frage stellte, schnell aus dem Fenster, rüber zum Parkplatz. Durch Assoziation beeinflusst, antworteten Sie. Ihre Hände haben manikürte Fingernägel und zeigen keine Spuren körperlicher Arbeit. Und ehrlich gesagt, Nockenwellenklöppel gibt es nur in meiner Fantasie.«

Ritter lächelte ihn an. »Sie sind der Schauspieler, und Ihre angebliche Frau ist die Schriftstellerin, welche Morgen hier lesen soll.«

»Stimmt haargenau.« Die Frau nickte anerkennend. »Ich hätte aber doch auch seine Kollegin sein können!«

Ritter schüttelte den Kopf. »Dann hätten Sie sich geduzt. Ich nehme an, als meine Freundin und ich den Raum hier betraten, trafen Sie die letzten Absprachen.«

Wieder nickte die Frau. »Sie haben recht. Mein Name ist Manuela Mertens und ich bin freiberufliche Schriftstellerin. Wohnhaft bin ich in Osten.«

»An der deutschen Krimistraße, na das passt ja.« Ritter nickte ihr zu und nahm dann ihren Personalausweis.

»Ich hätte dann auch gerne Ihre Papiere.« Er sprach laut, sodass ihn jeder hören konnte. Jedem Gast nahm er den Ausweis ab. Bei den Angestellten hatte nur Frau Böhmer ihren Ausweis dabei.

»Unsere liegen in der Wohnung.« Frau Maier deutete nach oben.

»Sie wohnen hier im Hotel?«

»Wir haben hier eine Wohnung, oben im Dachgeschoss. Zwei Zimmer, Küche und Bad, und wir wohnen mietfrei.«

»Dann lassen Sie uns hochgehen.«

Frau Zosert protestierte. »Sie wollen uns doch nicht mit dem Mörder hier alleine lassen. Wenn er wieder zuschlägt, was dann?«

»Dann haben wir einen Toten mehr, aber das glaube ich nicht. Wenn Frau Maier und ich jetzt hochgehen, dann bleiben hier 15 Personen zurück. Ein Mörder gegen 14. Die Gefahr ist gleich null.«

Er ging mit Frau Maier die Treppe hinauf. Sie stiegen bis

unter das Dach. Dort war eine Wohnung ausgebaut worden. Im Flur hing ein gerahmtes Plakat. Ein Mann mit einer Zorromaske schwang die Peitsche. Darunter stand ›der große Francesco‹. Ritter musterte das Plakat, dann folgte er der Hausherrin. Sie war in die Wohnstube gegangen und stand vor einer Schrankwand. Aus einer Schublade zog sie zwei Personalausweise.

Ritter schaute sich um. Wie anders sah die Wohnung aus, als ihr Zimmer. Hier Anbauwand und bürgerliche Gemütlichkeit, unten Shabby Chic und Kreativität. Er nahm die Ausweise, und sie gingen wieder hinunter.

Alle saßen auf ihren Plätzen. Keiner redete mehr. Herr Hofmann zuckte mit den Schultern.

»Unsere Ausweise sind im Haus nebenan. Ich könnte rübergehen und sie holen.«

Ritter schüttelte den Kopf. »Bleiben Sie mal hier. Ich habe mir einige Blatt Papier aus Ihrem Drucker stibitzt.«

Hofmann nickte nur. Das war ihm egal.

Der Kriminalist legte die Ausweise vor sich hin, und säuberlich notierte er sich alle Angaben.

Nebenbei sprach er mit Herrn Maier.

»Sie haben heute vorzüglich für unser Wohl gesorgt. Sie sind ein sehr guter Koch. Wo haben Sie das gelernt?«

Maier lächelte. »Danke für das Lob. Gelernt habe ich bei der damaligen Seerederei der DDR. Wir kommen aus dem Vogtland.«

»Sie sollten Ihr eigenes Restaurant aufmachen!«

»Nicht noch mal.« Maier winkte ab.

Hofmann wurde hellhörig und protestierte. »Auch wenn Sie bei der Polizei sind, setzen Sie meinem Koch nicht solche Flausen in den Kopf.«

Ritter entschuldigte sich. Er gab jedem seinen Ausweis zurück. Nach und nach befragte er die Anwesenden, wo sie in der letzten halben Stunde waren.

Frau Böhmer fragte er: »Sie haben ihm den Whiskey gebracht. Wie war das?«

Die junge Frau schaute zu Frau Maier und sagte dann: »Frau Maier servierte ihm den Whiskey.«

»Warum?«

»Ich musste auf die Toilette.«

»Na, dann frage ich Frau Maier. Wie war das?«

Sie schaute zu Ritter. »Wie soll das schon gewesen sein? Er saß im Sessel, hatte eine Zigarre in der Hand und eine Zeitschrift aufgeschlagen. Der junge Mann stand im Raum und rauchte eine Zigarette.«

Sie zeigte auf Zosert.

»Er lebte aber noch!«, rief Herr Zosert aus.

»Wer alten Leuten was aufschwatzt, der lügt bestimmt auch hier.« Prikoleit hatte das so laut gesagt, dass alle es hören mussten.

»Ich schwatze alten Leuten nichts auf, und ich verbitte mir Ihre Unterstellungen. Als ob Handwerker ein reines Gewissen haben.« Zosert sah verärgert zu dem Berliner.

Der wollte gerade etwas erwidern, als Ritter die Hand hob.

»Bitte meine Herren, die Situation ist schon schlimm genug. Was war dann?« Er hatte sich wieder an Frau Maier gewandt.

»Er probierte den Whiskey und lobte ihn. Dann meinte er, er wolle ein wenig lesen. Ich bin dann gegangen.«

»Stimmt das?«

Ritter sah zu Zosert.

»Ich habe nicht zugehört, was gesprochen wurde, aber so war es wohl. Ich bin dann gleich nach Frau Maier raus. Da lebte er aber noch!«

Nach fast zwei Stunden hatte er alle Informationen. Er sah seine Zettel durch.

»Einer lügt, doch wer?« Überlegte er laut. Alle lauschten ihm. Nur der Sturm draußen blies unbeeindruckt weiter.

Ritter stand auf, um das Raucherzimmer noch einmal zu betreten. Er nahm sich die Illustrierte, dann setzte er sich wieder an den großen Tisch zu den anderen, und gedankenverloren blätterte er das Heft durch. Plötzlich stutzte er. Aufmerksam las er einen Artikel.

Prikoleit machte seinem Ärger Luft. »Mann, Ihre Ruhe möchte ich haben. Anstatt Fingerabdrücke zu nehmen und den Mörder zu suchen, liest der Mann Zeitung. Sie sind echt ein Beamter!«

Ritter nickte nur. Dann schaute er sich die Fotos auf seinem Handy an. Ein Lächeln trat in sein Gesicht. Er stand auf, um auf und ab zu gehen. Die Kerzen flatterten durch den Luftzug und die Atmosphäre wurde noch eigenartiger.

Plötzlich blieb er stehen. Er musterte jeden Einzelnen in dem Raum.

Frau Weller sagte leise. »Jetzt hat er die Lösung!«

Ritter nickte. »Ja, jetzt habe ich sie.«

»Dann lassen Sie mal hören.« Prikoleit machte mit den Händen eine auffordernde Geste.

»Gemach, Herr Prikoleit. Vorher habe ich noch eine Frage an Herrn und Frau Hofmann.

Die Anmeldungen für dieses Wochenende, in welcher Reihenfolge trafen die ein?«

Das Ehepaar schaute sich kurz an, und Frau Hofmann antwortete: »Ohne Computer ist das ein wenig schwer, aber ich versuche es mal. Sie können mich ja korrigieren, wenn ich etwas Falsches sage.«

Sie blickte in die Runde, um dann fortzufahren.

»Als Erstes kam die Anmeldung von Familie Prikoleit. Das war so vor einem halben Jahr. Kurz danach meldete sich Frau Weller, dann Herr und Frau Zosert. Vor einem Monat buchte Familie Klausen das Arrangement, vor einer Woche dann Ihre Freundin die Frau Jäger und vor drei Tagen Herr Satorius.«

Ritter hatte mitgeschrieben.

»Könnten Sie uns erklären, was das mit dem Tod des armen Mannes zu tun hat?« Herr Weller hatte diese Frage gestellt.

»Das will ich gerne tun.« Ritter war wieder aufgestanden, und langsam schritt er auf und ab. Dabei sprach er weiter.

»Es sollte heute Abend ein Spiel sein, und doch wurde es blutiger Ernst. 18 Menschen in einem Haus, und davon ist einer Opfer und einer Täter. Durch Zufall ist ein Polizist vor Ort und durch ein Unwetter ist die Gemeinschaft von der Außenwelt abgeschnitten. So etwas denken sich sonst nur Schriftsteller aus.« Er blickte kurz zu Frau Mertens, welche zustimmend nickte.

»Die Ausführung der Tat lässt nur einen Schluss zu! Dieser Mord war nicht geplant.« Er ging langsam weiter.

Frau Zosert wollte gerade fragen, als er weitersprach.

»Sehen Sie, als Tatwerkzeug wurde ein Messer genommen, welches bisher als Wanddekoration diente. Die Tat geschah spontan, ungeplant. Das zeigt auch das Buchungsverhalten. Immerhin buchte Herr Satorius sehr kurzfristig, und als Letzter, dieses Event.«

Beifälliges Gemurmel lösten seine Worte aus.

»Dieser Umstand entlastet alle Gäste des heutigen Abends.«

Sofort herrschte Ruhe. Alle schauten sich an, und langsam gingen die Blicke zu den Hofmanns hinüber.

»Was schauen Sie uns so an? Wir haben mit dem Tod des Mannes nichts zu tun.« Herr Hofmann sprach mit zittriger Stimme.

»Stimmt! Haben Sie nicht.«

»Und woher wissen Sie das?« Diesmal war es Herr Zosert, der fragte.

»Welches Motiv sollten unsere Gastgeber haben? Einen Mord in ihrem Hotel, das ist kein Ruhmesblatt. So etwas spricht sich rum.« Hofmann nickte zu Ritters Worten.

»Dann kommt da noch die Tatbegehung hinzu. Herr Satorius wurde nicht erstochen. Herr Weller, Sie untersuchten mit mir den Leichnam. Erinnern Sie sich an die Erdnüsse?«

»Sie lagen auf dem ganzen Boden verstreut.«

»Genau, und wir mussten da durch, um zum Opfer zu gelangen. Dabei zertraten wir viele.«

»Stimmt. Sie knackten unter meinen Sohlen, und einige blieben daran hängen.«

»Wie bei mir. Nur, als wir den Raum betraten, da waren nur wenige Nüsse zertreten. Wahrscheinlich von Frau Böhmer, die ja den Herrn Satorius fand. Sind Sie bis an den Sessel gegangen?«

Frau Böhmer schüttelte den Kopf. »Ich bin nur wenige Schritte hinein und als das Kerzenlicht auf sein Gesicht fiel, da …« Sie fing an zu schluchzen.

»Dann haben wir noch den Tatzeitpunkt. Etwa eine halbe Stunde lag zwischen dem Abendessen und dem Auffinden der Leiche. Doch wir können den Zeitraum noch weiter eingrenzen. Wie lange haben Sie gebraucht, Herr Zosert, um Ihre Zigarette aufzurauchen?«

»Etwa fünf Minuten. Wieso?«

»Weil wir diese fünf Minuten abziehen können. Bleiben also noch 25 Minuten übrig. Und wir können die Zeit noch weiter einschränken. Wie lange war der Strom schon ausgefallen, als Frau Böhmer die grausige Entdeckung machte?«

»Zehn Minuten etwa.« Fast alle hatten gesprochen.

»Das sehe ich auch so. Nun haben wir einen Zeitraum von 15 Minuten, in der die Tat begangen wurde. Denn ich vermute, als es dunkel wurde, da war Herr Satorius bereits tot. Denn er hätte sich bemerkbar gemacht, so alleine und im Dunkeln.«

Mehrere nickten zustimmend.

»Also frage ich, wo waren Sie in diesen 15 Minuten, Frau Maier?«

Er schaute die Frau direkt an. Sie erwiderte seinen Blick.

Langsam sagte sie: »Ich war in der Küche. Der Abwasch musste gemacht werden und mein Mann bereitete noch Essen vor. Ich wollte ihm helfen.«

Ritter nickte. »Ja, Sie waren in der Küche, aber keine 15 Minuten. Denn Sie haben Herrn Satorius ermordet.«

Er ging langsam auf die Frau zu. Im Raum war es totenstill. Man konnte die berühmte Stecknadel fallen hören. Selbst der Sturm draußen machte eine kurze Pause, so als wolle er hören, was passiert war.

»Sie spinnen!« Laut sagte sie diese Worte.

Ritter schüttelte den Kopf.

»Über ihr Motiv bin ich mir nicht ganz im Klaren, aber dass Sie es waren, das weiß ich.«

Nach einer kurzen Pause fuhr er fort.

»Ich war in Ihrer Wohnung, und dort hängt ein altes Zirkusplakat, fein säuberlich gerahmt und unter Glas. Der große Francesco steht darunter. Sie haben den gleichen Mund und dasselbe Kinn wie der große Francesco. Ihr Vater?«

Sie nickte.

»Ich glaube, Ihr Vater beherrschte nicht nur die Kunst mit einer Peitsche gut umzugehen, sondern er konnte auch Messer werfen und Sie, als seine Tochter beherrschen diese Kunst auch. Denn Satorius wurde durch einen geschickten Messerwurf getötet. Der Mörder stach nicht zu, sondern er schmiss das Messer geschickt. Beim Sterben riss Satorius das Schälchen mit den Erdnüssen hinunter, welche sich über den Boden verteilten.«

Alle Blicke wanderten zu Frau Maier. Sie saß erhobenen Hauptes da, um dann langsam in die Hände zu klatschen.

»Bravo! Bravo! Sie wissen bestimmt, der Beifall ist des Artisten Brot. Warum sollte ich diesen Mann töten?«

»Tja, das ist die Schwachstelle in meiner Kombination.

Ich vermute, es hat mit seiner Arbeit als Restaurantkritiker zu tun.«

Ritter deutete auf die Illustrierte. »Liegt diese Zeitung in Ihrem Hotel aus, Herr Hofmann?«

Der warf einen kurzen Blick darauf, um dann den Kopf zu schütteln.

»Das heißt, Herr Satorius brachte sie mit. Was ich so bemerkenswert finde, ist der eine Artikel. Verfasst von Herrn Satorius. Eine bemerkenswerte Kritik. Wenn ich zitieren darf.« Er nahm die Illustrierte und begann zu lesen.

»Bla, bla, bla, ah jetzt kommt es … Dem Koch jedes Maß an Fantasie abzusprechen, wäre eine Lüge. Kreativität hat er keine, aber Fantasie, was die Bezeichnung der Speisen anbelangt, schon. Was dem Gast hier geboten wird, kann man mit drei Worten beschreiben. Vergewaltigung der Sinne! Er wäre besser beraten, sein Restaurant zu schließen und Asphalt beim Straßenbau zu kochen. Dies sollte er sofort tun, bevor einem Gast …«

Ritter legte die Illustrierte auf den Tisch zurück.

»In diesem Stil geht es dann weiter. Hat er über Ihr Restaurant auch so geschrieben?«

Frau Maier kniff die Augen zusammen. »Er hat bekommen, was er verdiente. Mein Mann und ich haben unser gesamtes Geld vor zehn Jahren in ein Restaurant gesteckt. Zu Anfang lief es gut. Die Leute kamen gerne. Doch nach einigen Jahren machte in unserer Straße ein zweites auf. Nicht, dass wir uns vor der Konkurrenz gefürchtet hätten. Sie belebt ja bekanntlich das Geschäft. Doch plötzlich kamen Gäste, die wir vorher nie gesehen hatten und beschwerten sich über den Service, das Essen, das Ambiente. Meist in einem sehr lauten Ton. Zu Anfang dachten wir, unser Niveau sei nicht gut, aber als dann auch noch massive schlechte Bewertungen im Internet auftauchten, da ahnten wir, wohin die Reise gehen würde. Es wurden Speisen kritisiert, die wir nie angeboten hatten.

Angeblich hatten Leute bei uns gegessen an Tagen, an denen wir aber Ruhetag hatten. Unser Restaurant wurde gemieden. Es kamen einige Stammgäste, aber die Laufkundschaft fehlte. Wir machten Umsatzeinbußen, die wir zuerst mit Rücklagen kompensieren konnten.

Und dann erschien ein Artikel von einem Friedhelm Wilhelm Satorius in einer Fachzeitschrift, im selben Ton verfasst, wie der von Ihnen vorgelesene. Unsere örtliche Tageszeitung übernahm ihn und von da an ging es bergab. Irgendwann mussten wir verkaufen. Wir hatten keine Kraft mehr. Herr Hofmann bot uns Arbeit und wir nahmen an, in der Hoffnung, endlich zur Ruhe zu kommen.«

»Bis Sie heute auf Satorius trafen.«

»Ich kannte ihn nicht persönlich. Erst als ich ihm den Whiskey brachte und er mir breit grinsend von seinem Artikel erzählte, da wusste ich, wen ich vor mir hatte. ›Satorius ist nicht aufzuhalten‹, sagte er. ›Wir kriegen sie alle.‹ Das sagte er auch.«

»Und Sie beschlossen zu handeln.«

»Diesem Typen musste man das Handwerk legen.« Zornig stieß sie diese Worte heraus.

Ritter wollte gerade etwas erwidern, als das Licht anging. Die Runde kniff geblendet die Augen zusammen.

Herr Hofmann sagte: »Gott sei Dank! Ich schau mal nach dem Telefon.«

Nach fünf Minuten war er wieder da. »Ich habe den Notruf gewählt. Sie versuchen, eine Streife vorbeizuschicken.«

Ritter nickte.

Zwei Stunden später lag er mit Daniela im Bett. Keiner sprach ein Wort. Sie kuschelte sich ganz dicht an ihn. Ihr ging vieles durch den Kopf. Sie schlief erst im Morgengrauen ein. Anders Ritter, der hatte kaum seinen Arm um sie gelegt, da war er auch schon im Traumland angekommen.

Das Frühstück am Morgen verlief schweigend. Allen saß der Schrecken der Nacht noch in den Knochen. Man sah, dass mancher kaum geschlafen hatte. Der Sturm hatte nachgelassen. Jetzt wehte nur noch ein kräftiger Wind. Man hatte sich geeinigt, die anstehende Lesung von Frau Mertens ersatzlos ausfallen zu lassen.

Auf dem Rückweg fuhr Ritter. Nach einer Weile sagte er: »Ich glaube, wir sollten unsere Wochenendgestaltung überdenken.«

»Ich habe es nur gut gemeint.«

»Ich weiß. Damit kann ja keiner rechnen.«

Sie schaute zu ihm. »Trotzdem bin ich stolz auf dich. Ganz alleine löst du so einen kniffligen Fall. Mein Sherlock Holmes!«

Er lachte kurz auf. »Das ist es!«

»Was?«

»Wir fliegen das nächste Mal nach London und dann geht's in die Baker Street 221 b. Da wollte ich schon immer mal hin.«

»Ach ne! Mein Englisch ist soooo grottig.« Sie winkte ab.

»Noch ein Grund mehr. Dann bleiben wir ein paar Tage länger. Dein Englisch aufpolieren.«

Sie schmunzelte. »Dann sollten wir uns beeilen.«

»Wieso?«

»Fahr mal rechts ran. Ich möchte dir etwas sagen.« Sie sprach leise.

Er reagierte, und bei einem Feldweg bog er ein. Er schaltete den Motor aus und blickte zu Daniela. Die öffnete die Tür.

»Lass uns ein Stück gehen.«

Er nickte wortlos, und beide verließen das Auto. Sofort hatte der scharfe Wind sie gepackt. Er zog an ihnen und ihren Anoraks. Daniela hakte sich bei ihm ein, und langsam gingen sie ein Stück.

»Ich wollte dir gestern schon etwas sagen, nur ich kam nicht mehr dazu.« Sie machte eine kurze Pause. Scheinbar suchte sie nach den passenden Worten.

Ritter zog sich der Magen zusammen. Sein Herz schlug schneller. War es etwas Unangenehmes? Sein Mund war plötzlich trocken.

»Ich war am Montag beim Arzt.«

Scheiße, dachte er.

»Du wirst Papa.«

Es dauerte einige Sekunden, bis sein Hirn die Botschaft verarbeitet hatte. Sie blieben stehen.

Er schaute ihr tief in die Augen. »Ist das wahr?«

Sie nickte. In ihrem Blick lag Unsicherheit.

Ein Grinsen durchzog sein Gesicht. »Papa«, flüsterte er.

Ein Jubelschrei löste sich aus seiner Kehle. Die Raben, welche in einer Weide saßen, flogen erschrocken auf.

Er tanzte wie ein kleiner Junge. Dann fiel er plötzlich vor ihr auf die Knie. Erstaunt schaute sie zu ihm herunter.

»Steh auf, Jörg.« Sie wollte ihn hochziehen. Doch er bat sie einen Moment um Geduld.

Aus großen Augen sah er zu ihr auf. »Keine Angst, ich mache dir keinen Antrag, also noch nicht, aber ich verspreche dir, immer für dich da zu sein und für unser Kind. Ich möchte dir danken, dass du mir meinen größten Wunsch erfüllst. Ein Leben mit dir! Ohne dich kann und will ich nicht leben.«

Er sah an sich herunter. »Und jetzt stehe ich doch auf. Die Nässe und die Kälte sind meiner Gesundheit bestimmt nicht zuträglich.«

Als er sich erhob, fuhr Daniela ihm durchs Haar.

»Du bist ein Kindskopf«, flüsterte sie.

»Aber ein süßer«, entgegnete er. Dann gingen sie Hand in Hand zum Wagen zurück.

ENDE

Weitere Titel finden Sie auf den folgenden Seiten und im Internet:

WWW.GMEINER-SPANNUNG.DE

DIE NEUEN Lieblings-Plätze

ISBN 978-3-8392-2628-5

ISBN 978-3-8392-2615-5

ISBN 978-3-8392-2620-9

ISBN 978-3-8392-2635-3

ISBN 978-3-8392-2618-6

ISBN 978-3-8392-2623-0

ISBN 978-3-8392-2630-8

ISBN 978-3-8392-2631-5

ISBN 978-3-8392-2632-2

ISBN 978-3-8392-2405-2

ISBN 978-3-8392-2622-3

ISBN 978-3-8392-2545-5

ISBN 978-3-8392-2629-2

ISBN 978-3-8392-2634-6